OETINGER TASCHENBUCH

Silas Matthes wurde 1992 in Hamburg geboren und wuchs in einem kleinen Dorf ganz in der Nähe auf. Mit achtzehn Jahren begann er an Texten zu arbeiten, mit zwanzig schrieb er die erste Fassung seines Debütromans »Miese Opfer«. Zurzeit studiert er Kreatives Schreiben in Hildesheim.

Natalie Matt wurde 1993 in Freudenstadt im Schwarzwald geboren. Bereits im frühen Teenageralter verfasste sie erste Geschichten. Seit 2012 studiert sie Kulturwissenschaften und Literatur in Hildesheim. Der Band »Verstörende Träume« der »Kings & Fools«-Reihe ist ihr Debütroman.

Natalie Matt und Silas Matthes

KINGS & FOOLS

IM ZEICHEN DES RINGS

Oetinger Taschenbuch

Außerdem in der Reihe bei OTB erschienen:

Kings & Fools – Im Schatten des Phönix (DB 1)

MIX
Papier aus verantwortungsvollen Quellen
FSC® C083411

1. Auflage 2017
Oetinger Taschenbuch in der Verlag Friedrich Oetinger GmbH,
Poppenbütteler Chaussee 53, 22397 Hamburg
Mai 2017

Originalverlag: Oetinger34 in der Verlag Friedrich Oetinger GmbH,
Poppenbütteler Chaussee 53, 22397 Hamburg 2015

Beide Bände entstanden unter Mitwirkung von Bernhard Hennen.
Grafiken im Innenteil: Jacqueline Kauer
Umschlaggestaltung: ZERO Werbeagentur GmbH, München
Umschlagmotiv: © Finepic®
Druck: CPI books GmbH, Birkstraße 10, 25917 Leck, Deutschland
ISBN 978-3-8415-0492-0

www.oetinger-taschenbuch.de

KINGS & FOOLS

3

VERFLUCHTE GRÄBER

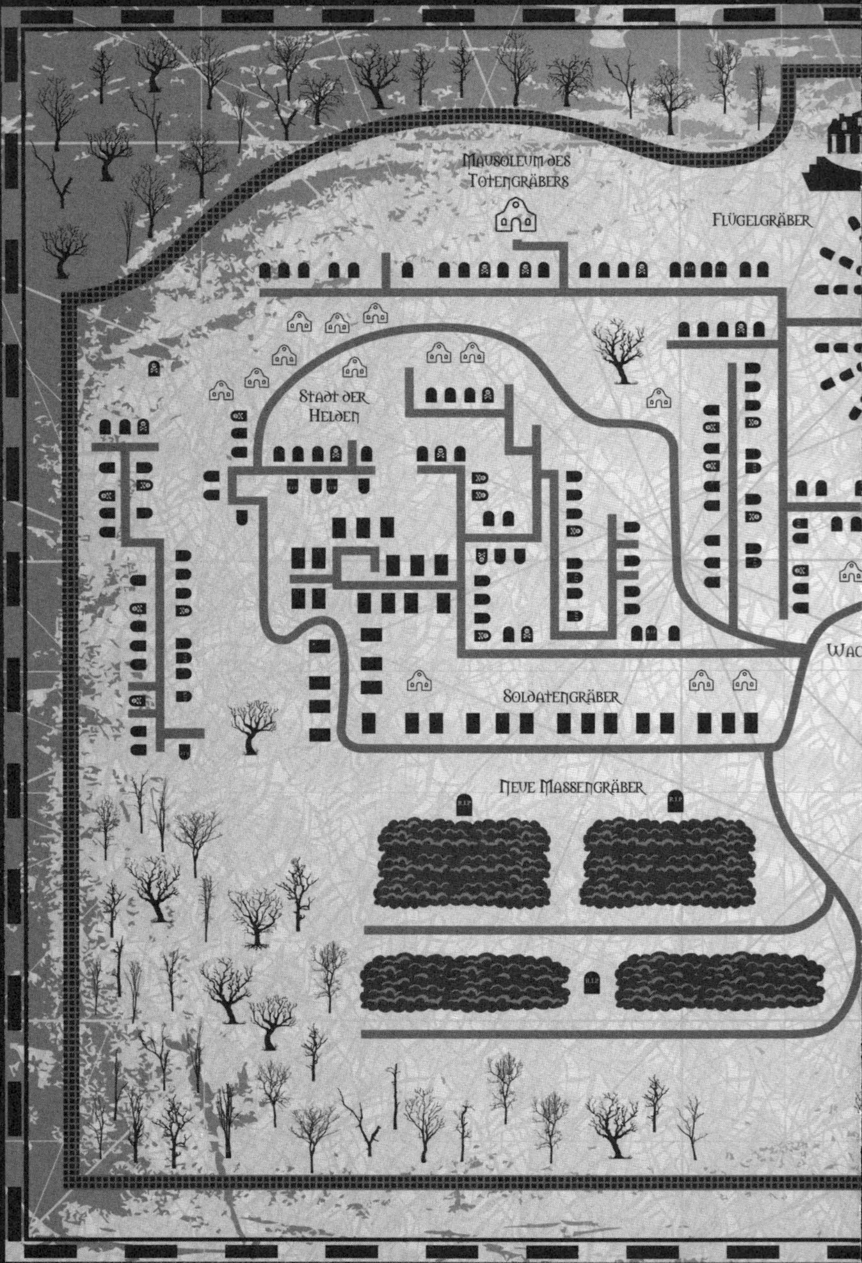
Mausoleum des
Totengräbers
Flügelgräber
Stadt der
Helden
Soldatengräber
Neue Massengräber

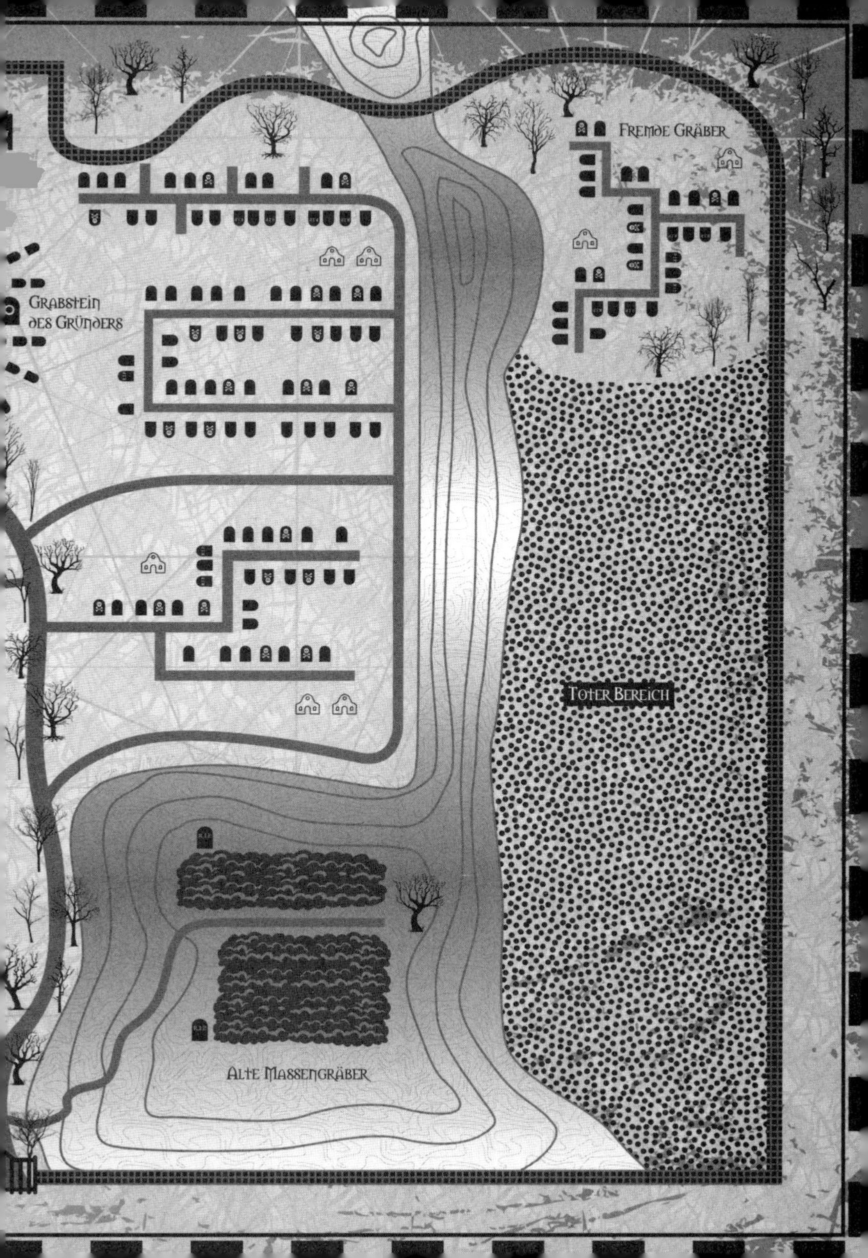
Fremde Gräber
Grabstein des Gründers
Toter Bereich
Alte Massengräber

Für meine Mama,

weil *du* die Sonne in *meinem* Leben bist.

NOEL

Prolog

Niemand weiß, was den Chronisten dazu bewog, seinen König zu ermorden.

Es war ein Jahr des Friedens gewesen. Das Getreide stand golden auf den Feldern, und es war reif für die Ernte. Das Volk arbeitete hart, doch es war klaglos. Nach dem langen Winter hatte die Sonne ihre Lebensgeister endgültig wieder aufgeweckt.

Die Königin erwartete ein Kind, neun Monate trug sie es bereits unter ihrem Herzen. Und das ganze Königshaus war in freudiger Erwartung.

Alle zwölf Phönixe hatten sich in der Burg versammelt, um am Tag der Geburt anwesend zu sein.

Niemand ahnte von den dunklen Plänen des Chronisten. Wie lange war der grausame Verrat in ihm gereift? Wie lange hatte er in seinem Laboratorium vor den dampfenden Kesseln gestanden? Hatten sich die düsteren Gedanken seiner bemächtigt, seit er begonnen hatte, Blut zu husten? War es, seit er das schwarze Pergament von seiner Reise mitgebracht hatte?

Der Chronist war ein Meister der Alchemie. Es gelang ihm, das Wasser der Phönixe mit einem Gemisch zu durchsetzen, das ihnen die Kraft raubte und ihnen die Inbrunst des Feuers entriss.

Zwei abtrünnige Phönixwächter überfielen die magischen Geschöpfe im Schlaf. Sie schnitten ihnen die Kehlen durch, durchtränkten die Weidennester mit Blut.

Die geschwächten Phönixe wurden erbarmungslos getötet. Sie verbrannten, und ihre Aschehaufen legte man für die Wiedergeburt in Käfige. Unzerstörbare Gitter, die sie nie wieder verlassen sollten.

Welche Kräfte sich der Chronist dabei zunutze machte, ist bis zum heutigen Tage nicht geklärt. Besaß er den Ring des Phönix, der ihm die Macht gab, die magischen Geschöpfe zu besiegen? Beschwor er eine Kreatur aus der Dunkelheit? Oder war das Gemisch im Wasser tatsächlich von einem Gift durchsetzt, das einen Phönix zu töten vermochte?

Der König und seine Männer kämpften indessen verzweifelt gegen die abtrünnigen Soldatentrupps. Doch zu lange hatte Frieden im Königreich geherrscht. Auf diesen Angriff war man nicht vorbereitet. Zu sehr hatte man sich nach außen, jedoch nicht nach innen geschützt.

Der Chronist erschlug seinen König eigenhändig und ließ das gesamte Königsgeschlecht umbringen, jeden Einzelnen von ihnen. Selbst die Königin und ihr Sohn, die im Kindbett lagen, wurden nicht verschont. Das Neugeborene hatte nur wenige Stunden das Licht der Welt erblickt, als man es zurück in die Dunkelheit stieß.

Lavis weinte. Erst laut, dann sehr bald leise. Doch in der neuen Ordnung vergaß man schnell, denn der Chronist, der fortan als Brennender König auftrat, wusste, wie man Wissen tilgt.

Favilla hat nicht vergessen. Favilla erinnert sich an diese Nacht des Blutes.

Die Nacht des Chronisten.

AUS: *DIE SCHRIFTEN DER ASCHE*, SEITE 34 FF., VON:
NATHANAEL HOOD, VERWAHRT IN DER GEHEIMEN SAMMLUNG
JONATHAN HOODS, REGAL VI

Mein Sohn, ich gründete Favilla, und du sollst dieses Erbe antreten. Ich überlasse dir dieses Schriftstück, denn schon bald wird mich die Krankheit dahingerafft haben. Ich vermache dir außerdem mein Amulett. Trage es mit Stolz, zeige Kraft, doch scheue dich nicht, Tränen zu verlieren, wenn du allein bist. Allein. Traue niemandem.

Ein Notizblatt, eingelegt in: *Die Schriften der Asche*

1

Lavis. Friedhof.

Das Knirschen vom Kies unter meinen Schuhen kommt mir viel zu laut vor. Bei jedem Schritt habe ich das Gefühl, der Nebel umschließt mich mehr. Die Schlieren im Weiß legen sich wie eisige Fesseln um meinen Körper. Es fühlt sich an, als würde eine zähe, milchige Schicht über meine Haut kriechen, sich unter den Saum meiner Hose bis hoch an die Kehle schlängeln.

Ich schiebe mein Kinn tiefer in den Kragen. Druck liegt auf meinen Ohren, als wolle sich die Stille des Friedhofs in meinen Kopf hineinpressen.

Ich kann mich kaum noch an diesen Ort erinnern. Mit den verhüllten Männern im Nacken hat das alles ganz anders gewirkt.

Ich gehe vorbei an den verwitterten Gräbern, den grauen, trostlosen Steinen, unter denen die Toten verwesen. Verdorrte Bäume schlagen sich mir in der Finsternis in den Weg. Der Geruch von feuchter Erde drängt in meine Nase.

Ich reibe mir über das Gesicht.

Ich habe kein Problem mit der Dunkelheit, hatte ich noch nie. Aber ich hasse die Ungewissheit.

Ich weiß nicht, was es mit diesem Ort auf sich hat. Etwas an diesem Nebel lässt mich denken, dass ich hier nicht alleine bin. Das Weiß ist ständig in Bewegung, als würden sich die Schlieren darin zu Gesichtern formen, die mich gespenstisch anstarren.

Aus den Fängen des Nebels taucht plötzlich die Kutsche des Totengräbers auf. Nicht mal Hufgetrappel konnte ich ausmachen, erst jetzt höre ich, wie die Kutsche mit einem Knarren zum Stehen kommt. Das Holz ist mit pechschwarzer Farbe beschmiert. Der Leichenkasten sieht von hier wie eine gewaltige dunkle Truhe auf Rädern aus. Ich trete näher.

Eine Gestalt steigt herab, das alte Holz knarzt bei jeder Bewegung. Ein krummer Rücken drückt sich unter einem schwarzen Gewand hervor. Der Totengräber.

Er klopft kräftig mit der flachen Hand auf den Hals seines Pferdes. Es wiehert, und Fliegen schwirren aufgeschreckt in die Finsternis. Lange, zottlige Haare verbergen die Hufe. Die Flanken wirken erstaunlich kräftig, kein einziger Rippenbogen zeichnet sich ab, nur die Konturen der breitläufigen Muskeln. Das schwarze Fell liegt eng und glatt am Körper, als wäre es die bloße, nackte Haut.

Der Totengräber grummelt etwas vor sich hin, noch hat er mich nicht bemerkt. Er öffnet eine Klappe hinten an der Kutsche. Füße rutschen aus der Öffnung hervor. Nackte, bleiche Füße. Tote Füße.

In den Bergwerken habe ich manchmal Leichen gesehen, aber ich kann mir nicht vorstellen, wie schnell sie verwesen, bis sie so aussehen wie die Totenschädel in Favilla. Ob sie dann zuerst braun werden, so wie ein Apfel, wenn man ihn zu lange liegen lässt? Ob dann das Fleisch ganz langsam abfault, oder wird es einfach Stück für Stück von Maden weggefressen?

Ruckartig dreht der Totengräber den Kopf in meine Richtung.

Erst sieht es so aus, als würde er die Zähne fletschen, aber ich glaube, er schaut immer so. Sein Gebiss ist ungewöhnlich groß. Die vorderen Eckzähne zeigen als spitze Zacken schief aus dem Zahnfleisch.

Weiß er, dass ich komme?, habe ich Jon gefragt.

Ja, er wird dich an deiner Robe erkennen. Aber sei vorsichtig, hat er dann hinzugefügt und die Stimme ein wenig gesenkt, *reize ihn nicht. Er hat zu viel Zeit mit den Toten verbracht.*

Ich schlucke und hebe meine Hand, tippe zweimal mit dem Finger gegen die Stirn – der Gruß der Minenarbeiter.

Der Totengräber rümpft die Nase. Sein Bart umrahmt das faltige Gesicht, borstige Haare wachsen ihm bis weit über die Wangen. Misstrauisch sieht er mich aus tief liegenden, alten Augen an.

»Jonathan schickt mich«, sage ich.

»Aha.« Der Totengräber zieht die Kapuze vom Kopf und entblößt verfilzte, lange Haare.

»Ja. Da war was«, sagt er, dann greift er nach den nackten Füßen der Leiche und dreht mir den Rücken zu.

»Erst mal muss ich die hier wegschaffen.«

Ich bin mir nicht sicher, ob er mit sich selbst redet oder noch mit mir, aber dann ruckt sein Kopf plötzlich wieder in meine Richtung.

»Wie ist dein Name, Junge?«, fragt er.

»Noel«, sage ich.

»Aha«, krächzt er und schielt dabei seltsam zu mir. »Pack mal mit an.« Er deutet mit dem Kopf in das Innere der Kutsche. »Ganze zehn Stück heute.«

Der Totengräber zieht einen schlaffen Körper nach draußen, schwerfällig stapft er rückwärts, seine Füße schlurfen über den Boden. Erst bleibt der Kopf der Leiche noch am Rand der Klappe hängen, dann plumpst er mit einem dumpfen Schlag auf die Erde. Ich ziehe scharf die Luft ein.

So kann er doch nicht mit dem Mann umgehen – tot oder nicht.

Wenn ein Grubenmann oder eine Grubenfrau in den Minen verschüttet wurde, haben wir den leblosen Körper geborgen, möglichst vorsichtig hinausgetragen, und irgendwer hatte immer ein Kleidungsstück parat, mit dem wir das Gesicht bedecken konnten.

»Du nimmst die Arme«, sagt der Totengräber.

»Okay«, sage ich. So hätte man mich auch damals in der Schicht fragen können, ob ich mal kurz mit anpacke. Aber hier handelt es sich nicht um irgendein Gestein.

Ich trete vor den Kopf der Leiche. Von hinten stößt mir der abartige Geruch aus der Kutsche in die Nase. So was habe ich noch nie gerochen, süßlich und doch nicht, faul und das irgendwie auch nicht. Meine Kehle schnürt sich zu, krampfhaft versuche ich, den Würgereiz zu unterdrücken. Ich bemühe mich, nur noch flach durch den Mund zu atmen.

»Ich hab nicht bis Sonnenaufgang Zeit«, drängt er mich.

»In Ordnung.« Der Tote ist ein Mann, etwa um die dreißig Jahresumläufe, er trägt ein graues Gewand. Sein Gesicht sehe ich mir nicht genauer an. Der kurze Blick auf die gelblich weiße Haut hat mir gereicht und der Gedanke, dass er viel zu früh sterben musste. Ich greife nach den Händen. Sie sind weich und kalt.

Plötzlich ein lautes Lachen, vielleicht auch ein Husten, das lässt sich nicht eindeutig sagen. Ich sehe in das haarige Gesicht des Totengräbers.

»Ha. Hattest gedacht, ich würde dich das machen lassen.« Wieder zeigt er mir die Zähne. »Nun hau schon ab, Junge, das ist mein Job.«

»Ja«, sage ich. »Ich komme ja auch wegen der Nachricht.«

»Ach ja«, er schürzt die Lippen. Er starrt auf die Leiche am Boden, dann wieder nachdenklich ins Innere der Kutsche. »Ja, jetzt weiß ich's wieder«, sagt er und zieht eine weitere Leiche nach draußen. Sie fällt auf den Boden, halb über die andere drüber.

Diesmal ein Schwarzgewändler. Die Kleidung hat weder Risse, noch ist sie dreckig. Vielleicht jemand, der in der niederen Politik gearbeitet hat.

Und irgendwo im Ring der Schwarzgewändler sitzt nun eine trauernde Familie. In meiner Brust verschließt sich etwas. Seine Augen sind zu. Aber er könnte sie jeden Moment wieder aufreißen, so wirkt es. Woran ist er gestorben?

Die meisten Minenarbeiter sterben, weil ihre Lungen voller Staub sind, die harte Arbeit sie zermürbt hat und sie ihr Pensum nicht mehr einhalten können. Sie verhungern ab einem gewissen Alter einfach. Oder ein Einsturz in den Minen zertrümmert ihre Körper. Aber ein Mann wie dieser?

Der Totengräber beugt sich über die Leiche und macht sich grob an der Hose zu schaffen, der Körper wackelt auf dem Boden hin und her. Dann zieht er ein Stück Pergament aus dem Hosenbein hervor und drückt es mir in die Hand.

Die Adern auf seinem verschrumpelten Handrücken sehen aus wie Würmer, die unter der Haut kriechen.

»Danke«, sage ich und falte die Nachricht einmal in meiner Hand. »Was war das für ein Mann?«

Der Totengräber zuckt mit den Schultern.

»Tot ist tot.« Er zeigt mit dem Finger auf das Pergament in meinen Händen. »Damit könntet ihr mir in Zukunft gestohlen bleiben. Kannst du Jon sagen. Die verdammten Königswachen nerven mich so schon genug.« Er zieht die Nase hoch.

»Was ist mit denen?«, frage ich.

»Stellen Fragen. Schnüffeln rum.« Urplötzlich schnellt seine Hand hoch und zerquetscht eine Fliege, die sich auf seinen Unterarm gesetzt hat. »Lästige Dinger.«

»Was wollen sie denn?«

»Das Übliche. Wichtigtun.« Er schnieft noch mal. »Aber irgendwie sind mehr von denen unterwegs als sonst.«

»Wo sind sie unterwegs? Geht Gefahr von ihnen aus?«

Der Totengräber zuckt wieder mit den Schultern. »Früher oder später landen sie eh alle bei mir.« Er dreht sich noch einmal zu seinem Pferd um und tätschelt ihm die Flanke. Ich kann den Blick nicht von den langen Fingernägeln des Totengräbers nehmen. Dicke verhornte Klauen, unter denen sich schwarzer Dreck gesammelt hat. »Nicht wahr, Nelson.«

Das Pferd bleibt unverändert stehen.

Dann dreht der Totengräber sich wieder zu mir, und an dem Ausdruck in seinen Augen erkenne ich, dass er jetzt in Ruhe weiterarbeiten will.

»Na dann«, sage ich, »danke für die Nachricht.«

Es ist ein komisches Gefühl, ihm und den Leichen den Rücken zuzukehren. Langsam gehe ich vorwärts und sinke wieder in die Nebelschwaden ein. Ich fasse mit den Händen in das Weiß, als könnte ich nach dieser Substanz greifen, aber meine Finger gleiten hindurch.

Mein Atem geht flach. Möglichst lautlos bewege ich mich an den Grabsteinen vorbei und halte die Augen offen. Hin und wieder werfe ich einen Blick über die Schulter.

Links liegt das *Soldatenfeld*, geradeaus die *Alten Gräber*, ich muss die Richtung halten. Auf dem Hinweg habe ich versucht, mir alles einzuprägen.

An dem großen Grabstein etwa in der Mitte des Friedhofs bleibe ich stehen, er ist mir vorhin schon aufgefallen.

Die Oberfläche ist glatt. Buchstaben sind darin eingemeißelt, angeordnet zu einem Block, der aus sechs Zeilen besteht. Komisch, sie ergeben keine Wörter, jedenfalls keine, die mir bekannt sind. Um die Buchstaben herum ist ein Flammenkreis ins Gestein geschlagen. Wahrscheinlich hat der Verstorbene der alten Kultur angehört. Jemand, der vielleicht viel Einfluss hatte.

Noch einmal wandern meine Augen über die Zeilen. Was steht dort? Welche Botschaft aus alter Zeit bleibt mir verborgen? Aber ich muss weiter, ich hätte überhaupt gar nicht stehen bleiben sollen.

Der Nebel hat sich etwas gelichtet. Schon auf der Hälfte der Allee kann ich das ruinenartige Bauwerk sehen. *Amphitheater*, hat Jon es genannt.

Der steinerne Halbkreis, der etwa vier Manneslängen in die Höhe ragt, hat in der Mitte einen Durchgang. Von dort fächern sich in beide Richtungen breite Stufen auf, die wie geschichtete Ringe auf den zentrierten Platz vor dem Eingang von Favilla führen.

Ich streiche über den Stein. Sandstein. Es muss Hunderte von Jahresumläufen gebraucht haben, um so etwas Gewaltiges zu errichten.

Das Pergament in meinen Händen zittert im Wind. Der Drang, das Siegel zu brechen, ist groß. Welche Information hat der Kontaktmann für den Internatsleiter? Aber Jon würde das natürlich bemerken, nicht nur wegen des Siegels. Ein Blick in mein Gesicht würde reichen.

Ich betrachte das Siegel genauer und fahre einmal mit dem Finger über die Prägung. Das Symbol eines Phönix ist ins Wachs gedrückt. Breite Flügel und ein prächtiger Schweif, der von innen die Kreisform des Siegels nachzeichnet.

Ich müsste es nur öffnen. Ich müsste es bloß vorsichtig lösen und einen kurzen Blick hineinwerfen, ich würde es ganz schnell machen.

In diesem Moment durchbricht ein Geräusch die Stille. Irgendwo hinter mir. Wie ein Fauchen, das zwischen den Steinen widerhallt und nur mir gilt.

Ich lasse mich in die Sträucher hinter mir fallen, Äste kratzen durch das Leinen über meine Haut, mein Herz klopft wie wild.

Ich lausche.

Vermutlich nur ein aufgeschrecktes Tier?

Ich wage es nicht, meine Deckung aufzugeben. Ich warte so lange, bis mein Herzschlag wieder gleichmäßig wird.

Erst dann setze ich meinen Weg fort, bin noch aufmerksamer als vorher.

Ich hasse die Ungewissheit. Ich hasse sie, seit ich nach Favilla gebracht wurde. Weil ich jetzt weiß, dass hinter den Dingen viel mehr steckt als angenommen.

Der Umschlag liegt in meinen kalten Händen. Alles gilt es zu hinterfragen, alles.

Als ich die Treppen des Amphitheaters hinabsteige und vor dem Eingang zu Favilla stehe, drehe ich mich noch einmal um. Nichts.

Nur das Weiß, das hinter den Steinmauern wartet.

2

Favilla. Einzelzelle.

Die Klinge saust auf mich zu. Aber ich schrecke nicht zurück.

Mein Arm schnellt hoch, ich packe Mirlindas Handgelenk. Das Messer stoppt etwa eine Handbreit vor meinem Gesicht. Ich halte stand. Beide Hände zittern leicht, weil wir mit voller Kraft gegeneinanderdrücken. Bis Mirlinda schließlich nachgibt und die Waffe sinken lässt.

»Gut gemacht«, sagt sie, atmet durch und streicht sich die blonden Locken nach hinten.

Für eine Lehrende ist sie sehr jung. Ich nehme an, sie hat um die dreißig Jahresumläufe hinter sich.

»In solchen Momenten wird immer die Kraft siegen. Sprich – du. Sei dir deiner Stärken bewusst, bring deine Gegner dazu, dass du sie einsetzen kannst.« Sie richtet sich auf, wischt sich mit dem Handrücken über die verschwitzte Stirn.

Ohne Vorwarnung geht es weiter. Das Messer kommt frontal auf mich zu, danach von rechts. Einmal fälsche ich ihren Arm mit dem Ellenbogen ab, dann wieder weiche ich schnell zur Seite, sodass die Klinge ins Leere sticht.

Mir gefällt das Training mit ihr, wie kontrolliert sie vorgeht, sich aber gleichzeitig nicht zurückhält. Es ist okay, wenn hin und wieder jemand einen Treffer im Kampf abbekommt, das gehört dazu. Nur so lernt man.

Meine Reaktionen haben sich verbessert, und die Tricks, die sie mir beigebracht hat, wende ich teilweise schon an, ohne darüber nachzudenken.

Jetzt tänzelt Mirlinda nach links, dann wieder nach rechts. Ich folge ihren Schritten, fixiere aber gleichzeitig die Waffe in ihren Händen.

Sie zuckt vor. Das Messer kommt von der Seite auf mich zugeschossen, aus einem Winkel, auf den ich nicht gefasst bin. Ich weiß nicht, wie ich ausweichen soll. Knapp vor meiner Hüfte bleibt die Messerspitze stehen.

Einen Augenblick verharren wir so. Ich sehe von der Klinge in ihre Augen. Dann lässt sie die Waffe sinken.

»Damit habe ich nicht gerechnet«, sage ich außer Atem.

Mirlinda nickt. »Ich werde dir zeigen, wie du einen solchen Angriff abwehren kannst. Wir stellen es in verlangsamter Zeit nach.« Sie reicht mir das Messer, es ist überraschend leicht. Ich betrachte meine Lederhandschuhe mit den Metallbeschlägen auf dem Handrücken. Ich muss versuchen, auch mit ihnen ein Gefühl für die Waffe zu bekommen.

»Ziel von der Seite auf meine Hüfte«, sagt Mirlinda.

Ich mache ihre Bewegung von eben langsam und sauber nach. Ich merke mir, wie sie mit ihrer Hand von unten unter meiner durchgreift, dann eine ruckartige Drehbewegung ausführt, sodass ich mit dem Arm zwangsläufig nachgeben muss. Meine Hand wird nach hinten gedrückt, und ich kann nicht anders, als das Messer fallen zu lassen. Es schlittert über die Steinplatten. Ich bin entwaffnet.

»Konntest du folgen?«, fragt sie.

»Ich denke schon.«

Sie hebt das Messer wieder auf und positioniert sich in Kampfhaltung. »Jetzt du.«

Ich lecke mir über die Lippen, nehme ebenfalls die Kampfhaltung ein.

Den ersten Schlag führt sie noch nicht ganz so schnell aus, sodass ich erst versuchen kann, das Entwaffnungsmuster anzuwenden. Sobald ich aber verstanden habe, wie die Bewegungsabläufe funktionieren, gehen wir wieder in den normalen Kampf über und kombinieren ihn mit dem neuen Abwehrgriff. Unsere Schatten tanzen über die Wände, sie sind riesengroß. Wie zwei Bären, die miteinander ringen.

Beim fünften Versuch schaffe ich es, sie zu entwaffnen.

»Gut«, sagt Mirlinda schließlich, während sie die Handschuhe abstreift. »Das reicht für heute.«

Ich lasse die Arme sinken, meine Haltung lockert sich. Das Leinenhemd klebt an meinem Rücken, die Schweißperlen auf der Kopfhaut kitzeln mich. Meine Glieder sind schwer.

Plötzlich kneift Mirlinda das Gesicht zusammen und zieht Luft durch die Zähne. »Ich muss dich wohl erwischt haben.« Sie zeigt auf meinen Oberarm und betrachtet dann das Messer. Mit dem Finger fährt sie über einen Sporn am Griff. »Ich schätze, das ist von dieser Kante hier. Ich sollte das mal abschleifen.«

Erst nun bemerke ich den lang gezogenen Kratzer auf meiner Haut, der langsam zu brennen beginnt. »Jetzt, wo du es sagst.« Ich drehe den Arm etwas zu mir. Es sieht allerdings wirklich nicht dramatisch aus, es blutet nur ein klein wenig.

Sie lacht auf. »Oft kommt der Schmerz erst, wenn man ihn entdeckt hat.«

Es ist schon die fünfte Einzelstunde mit Mirlinda, trotzdem

habe ich immer noch keine Ahnung, wer sie ist. Ich kenne die Regungen in ihrem Gesicht, die Momente, wenn ein kurzes Lächeln oder ein Augenblick der Besorgnis wie eben gerade die Gleichgültigkeit durchbricht, die sie normalerweise ausstrahlt. Aber ich weiß weder, wie sie nach Favilla gekommen ist, noch, welche Vergangenheit hinter ihr liegt. Wie steht sie zu uns Zirklern, den anderen Lehrenden, Jon?

Ich öffne den Mund, aber sie kommt mir zuvor. »Die Handschuhe.« Sie zeigt auf meine Hände.

Ich brauche einen Augenblick. »Klar«, sage ich dann und streife sie ab. Meine Hände fühlen sich etwas taub an, ich balle sie ein paarmal zu Fäusten, um die Finger dann wieder zu strecken. Das Gefühl kehrt langsam in sie zurück.

»Wir machen nächstes Mal bei der Übung weiter.«

»Gut.« Ich bleibe noch kurz stehen, aber sie erwidert nichts mehr.

Ich habe die Hand schon am Türgriff, doch ich halte inne, denn in diesem Moment öffnet Mirlinda die schwere Truhe gleich neben dem Ausgang.

Die Scharniere quietschen, und der Deckel kracht gegen die steinerne Wand. Ich habe noch nie gesehen, was sich in der Truhe befindet. Als ich hinüberschiele, erkenne ich fünf Paar Handschuhe, die in verschiedenen Fächern liegen.

Links außen die braunen Lederhandschuhe mit den Metalleinfassungen, die ich eben getragen habe. Daneben ein Paar, das ich nicht kenne, auf den Fingerkuppen sind eiserne Dornen angebracht.

In der Mitte liegen mit Eisenplättchen beschlagene Handschuhe, deren metallene Stulpen bis zu den Ellenbogen aufragen und kein verwundbares Stück Haut freilassen.

»Wie nennt man die in der Mitte?«, frage ich.

Ich drücke mich wieder in die Zelle hinein, die Tür fällt zu.

»Pikenierhandschuhe«, sagt Mirlinda. »Die sind für den Nahkampf aber eher ungeeignet. Das da –«, sie zeigt auf die daneben, »sind Panzerhandschuhe mit Kettengeflecht.« Sie spricht, ohne sich dabei umzudrehen.

Ich stelle mich neben sie, und schließlich reicht sie mir eins der metallenen Paare. Es liegt schwer in meiner Hand.

»Die Stacheln sind spitzer als ein Pfeil«, stelle ich fest.

»Wenn du damit jemanden im Kampf triffst, brauchst du sonst keine Waffe mehr.« Sie zeigt auf die Finger. »Die Metallschuppen sind dazu da, um sich deinen Bewegungen anzupassen.«

Ich biege die Fingerglieder und beobachte, wie sich die Metallplättchen mitbewegen.

»Was ist mit denen?« Ich deute auf das schwarze Paar rechts außen in der Truhe.

»Das zeige ich dir am besten ein anderes Mal.« Ein kurzes Aufblitzen in ihren Augen, sie nimmt mir den Handschuh ab, legt ihn zurück und schließt die Truhe wieder. »Bis dann, Noel.«

Hinter Jon leuchten die Flammen zwischen den vielen Türen. In seinem Gesicht kann ich nie lesen, ob er etwas Gutes oder Schlechtes zu verkünden hat.

Alle neun Zirkler, zu denen eigentlich auch Lucas gehörte, sind anwesend. Mir fällt das Pergament auf, das Jon fest in den Händen hält. Es ist die Nachricht des Totengräbers, die ich ihm letzte Nacht gegeben habe.

Jon.

Mir kommt es vor, als wüsste ich schon seit meiner Ankunft in Favilla, dass er in Wahrheit der Internatsleiter ist. Aber tatsächlich ist es nur wenige Wochen her, dass er mich in einen Nebenraum der Krankenstation geführt hat. Dass ich all das erfahren habe.

»Wir müssen miteinander sprechen«, sagte er an dem Morgen, an dem Lucas nicht in unserer Zelle war, die blutigen Flecken auf der weißen Schürze blendeten mir förmlich in den Augen.

Nervös stand ich in diesem fremden Raum und wartete, dass etwas passierte. Ähnlich wie im Hauptraum der Krankenstation drängten sich Glasfläschchen in den Holzregalen an der Wand, nur waren es hier noch viel mehr. Manche hatten eine ganz seltsame Farbe: von Dunkelblau bis hin zu einem kräftigen Orange. In einigen Fläschchen waren noch Reste irgendwelcher Kräuter zu erahnen. Kleine Schilder klebten am Glas, aber im schummrigen Licht konnte ich sie nicht entziffern.

»Setz dich«, erklang seine Stimme hinter mir, wie die eines heranschleichenden Tieres, und ich rechnete mit dem Schlimmsten.

Stammten die roten Flecken von Lucas? Ich war mir sicher, dass er mir genau das gleich sagen würde: dass er alles getan hatte, aber Lucas nicht hatte retten können.

Ich versteifte mich auf dem kalten Stuhl, während er sich mir gegenübersetzte. Am liebsten hätte ich mir die Ohren zugehalten, um nichts hören zu müssen. Seine Augen hielten mich gefangen mit ihrem prüfenden, alles durchdringenden Blick. Wie weiße Kugeln drückten sie sich aus seinem Gesicht.

»Ich habe einen Fehler gemacht, Noel«, sagte Jon schließlich und faltete die Hände auf der Tischplatte.

Ich sah zum Hauptzimmer, die Tür war einen Spalt offen, aber ich konnte keinen toten Lucas-Körper entdecken, keine schlaffe Hand, die zur Seite fiel, es waren nur die Steinwand und die metallenen Geräte zu sehen.

Ich wollte fragen, was mit Lucas los ist. Wo zum Henker sie ihn hingebracht hatten.

Aber ich bekam keinen Laut hervor.

Jon ergriff endlich wieder das Wort. »Du sitzt hier, weil ich einen Fehler gemacht habe«, wiederholte er. »Ich habe die besten Kämpfer gesucht. Ich habe ihnen mein Vertrauen geschenkt. Ich habe auf sie gesetzt. Auf ihre Fähigkeiten und auf ihre Talente. Und weißt du, was geschehen ist?«

Er zuckte mit dem Kinn ein klein wenig nach vorn.

»Lucas ist geflohen. Er hat uns verraten.« Er faltete die Hände noch fester zusammen. »Ohne dass ich es geahnt hätte, stand er von Anfang an nicht hinter den Werten, die mir am allerwichtigsten sind: Er hat mein Vertrauen gebrochen.« Er blinzelte. Einmal. Zweimal.

»Er würde niemals …«

Jon unterbrach mich, indem er einfach nur still die Hand hob. Und dann erzählte er mir von all diesen Dingen, die ich in jenem Moment noch nicht annähernd verstehen konnte: was Favilla ist, wieso wir hier sind, von dem Zirkel und unserem größten Feind, dem Brennenden König.

Worte wirbelten in meinem Kopf umher und prallten unkontrolliert aufeinander. Ich versuchte, sie irgendwie zu ordnen. Aber da war nur Chaos.

Die Schritte nachts, Lucas' Wut und sein Ehrgeiz, Estelles blasses Gesicht – all das schoss mir nun durch den Kopf.

»Ich habe dich beobachtet, Noel«, sagte Jon schließlich, und irgendwie war es unheimlich, das zu hören, die Vorstellung, dass diese Augen mein Favilla-Leben die ganze Zeit verfolgt hatten.

»Du bist vielleicht nicht der beste Kämpfer von Favilla, nicht unbedingt so talentiert wie Lucas. Aber es war ein Fehler, sich darauf zu versteifen. Ich brauche jemanden, der loyal ist, der hinter meiner Idee steht. Ich brauche jemanden, der weiß, worauf es ankommt, mehr, als ich einen perfekten Krieger brauche. Das weiß ich nun. Dabei konnte ich es doch die ganze Zeit in deinen Augen sehen. Die Art, wie du Bücher aufschlägst, dein Gesichtsausdruck, wenn du liest. Die entschlossene Haltung der Feder, wenn du etwas zu Papier bringst. Und genau deshalb bist du hier.«

Irgendwo in mir regte sich etwas. Eine Nervosität, von der ich plötzlich wusste, dass nur Jon sie auflösen konnte.

»Du bist einer von den Guten, Noel. Aber vor allem ist es …« Er erhob sich von seinem Stuhl, stützte sich mit beiden Händen auf der Tischplatte ab, und mir lief ein Schauer den Rücken hinunter. »In meiner ganzen Laufbahn, in all der Zeit in Favilla, hatte ich noch nie einen Schüler vor mir sitzen, der für das Wissen so sehr brannte wie du.«

Jetzt richtete er sich ganz auf. »Und deshalb …«, sagte er, »deshalb wirst du keiner Prüfung unterzogen, du wirst bedingungslos Mitglied des Zirkels, weil ich weiß, dass ich dir vertrauen kann und dass du mich nicht hintergehen wirst.« Er unterbrach den Augenkontakt keinen Moment. »Ich täusche mich darin nicht, richtig, Noel?«

Ich holte tief Luft.

»Tue ich nicht«, beantwortete er sich die Frage selbst, bevor ich überhaupt etwas erwidern konnte.

Und zum ersten Mal, seit ich Jon kannte und ihn auf diese bestimmte Art grinsen sah, steckte mich das an.

Und mir war plötzlich klar, dass sich von nun an alles ändern würde, dass es jetzt einen Sinn gab, hier in diesen leblosen Katakomben zu sein, und nicht nur das, ich war irgendwie auch stolz.

Jons Augen erinnern mich immer wieder daran. Jedes Mal, wenn wir uns im Zirkel versammeln.

»Danke, dass ihr hier seid.« Seine Stimme hat in diesem Raum einen ganz anderen Klang, einen viel gebieterischeren. »Ich habe lange über das nachgedacht, was ich nun mit euch besprechen werde. Doch die Befürchtungen haben sich bestätigt. Ich habe die Nachricht von einem Informanten erhalten.«

Ich schlucke.

»Die Königswachen. Sie kommen näher.« Er hält das Pergament nach oben.

Irgendjemand rechts neben mir scharrt mit dem Fuß nervös über den Boden. Nora und Callan wechseln einen beunruhigten Blick.

»Im Südwesten von Lavis wurde ein Lager entdeckt. Die Boten durchstreifen die Wälder bei Nacht. Wir sind beunruhigt. Wir wissen nicht, wonach sie suchen. Wir glauben zwar nicht, dass sie von unserer Existenz ahnen, dafür gibt es keinen Anhaltspunkt, aber trotzdem suchen sie anscheinend nach etwas. Irgendetwas in diesem Wald.« Er tauscht einen kurzen Blick mit Roland. »Es ist Zeit, sich für diesen Schritt zu entscheiden: Wir müssen weitere Wachen aufstellen, und zwar draußen auf dem Friedhof.« Er sagt es mit dieser Entschlossenheit, die zu ihm zu gehören scheint wie die Käfigvögel zu den Minen.

Aber die Unruhe in mir wird trotzdem größer. Ich war erst auf dem Friedhof. Ich war erst dort.

Es muss ihn große Überwindung gekostet haben, sich tatsächlich zu dieser Maßnahme durchzuringen, bei einem solchen Ort wie dem über uns.

»Nora.«

»Ja.« Sie tritt einen Schritt vor.

»Du wirst morgen die erste Nachtwache mit Ellinor halten.«

»Okay.«

»Theodor bringt euch die Waffen und wird euch zum Wachtposten führen. Sollten die Königsmänner das Friedhofsgelände betreten, zündet ihr sofort das Nebelfeuer an der Statue an, um den Begrabenen am Eingang von Favilla ein Warnsignal zu geben. Noel.« Sein Kopf wandert zu mir. »Du hältst die darauffolgende Nachtwache mit Sam.«

Langsam drehe ich mich nach rechts. Sam hat die Hände in die Taschen ihrer Hose gesteckt. Die blonden Haare fallen ihr etwas zerzaust bis über die Brüste. Sie sieht nur einmal flüchtig zu mir rüber, aber als sich unsere Blicke treffen, ist es kurz so, als hätte ich mich erschreckt.

Ich weiß kaum etwas über Sam.

»Moa«, sagt Jon. »Du hältst Wache mit Callan. Melvin und Liv übernehmen die Nacht darauf.«

Für einen Moment ist nur das Knistern der Flammen zu hören. Ihr Schein wirft unruhige Schatten auf die ernsten Gesichter. Mein Blick wandert weiter durch den Raum.

Estelle. Sie beugt den Kopf ein wenig nach unten, taucht unter ihre roten Haare. Das gefällt mir nicht. Mir gefällt es nicht, wie sie dasteht. Und aus irgendeinem Grund war mir klar, dass sie übrig bleiben würde, dass Jon sich dazu entschlossen hat, sie unter der Erde zu lassen.

Seit der Nacht, in der Lucas im Wald verschwunden ist, wirkt sie noch abwesender als vorher. Sie lächelt zu oft, wenn sie sich dazu aufgefordert fühlt, und dieses Lächeln finde ich noch schlimmer als die Traurigkeit in ihrem Gesicht.

»Wir müssen zusammenhalten«, sagt Jon ein letztes Mal. »Der Brennende König schickt diese Leute nicht umsonst in die Wälder. Unsere ganze Existenz könnte auf dem Spiel stehen, behaltet das immer im Kopf.«

»Du weißt schon, was das bedeutet, wenn du mit Sam zur Wache auf dem Friedhof eingeteilt wirst«, sagt Melvin. Er liegt schon auf seinem Lager, ich habe mir noch letzte Notizen gemacht. Nun lege ich die Feder aus der Hand.

»Wieso? Was denn?« Ich sehe ihm an, dass er sich sein Grinsen kaum noch verkneifen kann.

Ab und an erschrecke ich, wenn ich nach links schaue und dort Melvins blonder Haarschopf auf den Fellen liegt und nicht mehr der braune Lockenkopf von Lucas. Ich vermisse die Gespräche mit ihm, das friedliche Schweigen. Manchmal vermisse ich sogar seinen verbissenen Kampfgeist, der mir eigentlich immer Sorgen gemacht hat.

Die Öllampe wirft Schatten auf Melvins Gesicht. Ich bin froh, dass er vorher eine Einzelzelle hatte und nun mir zugeteilt wurde. Es tut mir gut, mit ihm zu reden.

»Na, die beste Kämpferin wird immer dem Schwächsten zugeteilt«, sagt Melvin schließlich.

Ich schnaube amüsiert und schüttle den Kopf. Dann schaue ich ihn herausfordernd an. »Wollen wir Armdrücken machen?«

Melvin hebt die Hände zur Abwehr, er lacht einmal auf. »Schon gut, Großer. Ich bin ja froh, dass sie dich endlich mal in den Zirkel geholt haben.«

Ich packe das Schreibzeug unten ans Fußende des Bettes. Ja, das bin ich auch.

»Aber ihr werdet euch trotzdem die ganze Nacht anschweigen«, sagt Melvin belustigt. »Sam ist stumm wie ein Fisch.« Er dreht sich auf den Rücken, übertrieben verträumt starrt er an die Decke. »Ich denke, Liv und ich werden uns ganz gut unterhalten … und wenn ihr kalt wird, dann werde ich mich notfalls opfern und sie wärmen.«

»Ich hab's verstanden, du Trottel.« Ich streife die Schuhe von meinen Füßen, um mich nun ebenfalls schlafen zu legen.

»Von mir aus können die Königswachen dann ruhig etwas länger die Wälder durchstreifen«, redet Melvin ungerührt weiter. Aber sein Lachen ist nicht mehr ganz so ansteckend. Plötzlich sind wir still.

Ich muss an die Königswachen denken, die ich schon gesehen habe. Männer in schwerem Metall, die bei den Hinrichtungen dortstanden und deren Gesichter hinter Helmen verborgen waren. Ich habe sie nie ein Wort reden hören, nur töten sehen.

»Gute Nacht dann.« Ich höre, wie Melvin sich zur Seite dreht.

»Gute Nacht«, sage ich und lösche die Öllampe, aber ich starre immer noch an die Decke.

Zu viel geht mir noch durch den Kopf.

Ich rieche an meinem Trinkschlauch, bevor ich einen Schluck Wasser daraus nehme.

Er hat dir Schlaftropfen in den Trinkschlauch gemischt, hallt Jons Stimme in meinem Kopf nach.

Natürlich habe ich bemerkt, dass mit Lucas etwas nicht stimmte. Wie er im Gemeinschaftsraum mit den beiden Schwertern in den Händen trainiert hat und dann in der Zelle immer noch vom Kämpfen sprach, wie die Ränder unter seinen Augen dunkler wurden, der Ausdruck in seinem Gesicht verbissener, der Blick abwesender. Ich habe ihm gesagt, dass ich sein Verhalten nicht gut finde, ich habe ihm gesagt, dass er anders geworden ist.

Aber meine Worte sind einfach nicht zu ihm durchgedrungen. Was ist hier unten mit ihm passiert?

Vielleicht wäre es leichter für mich, wenn ich wütend sein könnte. Dann könnte ich mir wünschen, ihn zu schütteln oder anzuschreien, ja, ihm eine Faust ins Gesicht zu schlagen.

Aber Lucas ist nicht da. Und ich kann nicht wütend sein. Ich will es *verstehen.* Ich will wissen, warum er nichts gesagt hat, warum er mir nicht vertraute. Er hätte doch mit mir reden können. Wenn nicht mit mir, mit wem sonst?

Er hat dir Schlaftropfen in den Trinkschlauch gemischt, hat Jon gesagt, *nur so konnten wir sichergehen, dass du nichts vom Zirkel erfährst.*

Deshalb habe ich die Schritte irgendwann nicht mehr gehört.

Er hat bei alldem mitgemacht, er wusste von Jon, er wusste, was in Lavis wirklich vor sich geht, von allem. Und er hat mir nie etwas gesagt.

Er hätte sich wenigstens verabschieden können. Wenigstens ein paar kurze Sätze sagen.

Ich höre Melvins leichtes Schnarchen. Immer wieder bin ich verwundert, wie schnell er einschlafen kann. Ich ziehe die Felle weiter nach oben, drehe mich schließlich zur Seite.

Ich mache einfach die Augen zu und warte auf den Schlaf. Irgendwann wird er mich bestimmt einholen. Ganz bestimmt. Verdammt, Lucas und ich waren Freunde.

3

Favilla. Große Halle.

Ich sammle die Pfeile, die danebengegangen sind, vom Boden auf. Sieben. Danach ziehe ich diejenigen aus der Strohpuppe, die getroffen haben. Dreizehn.

Um mich herum tönt von allen Seiten das Klackern von Pfeilen, die aufgesammelt werden. Irgendwer brüllt stolz seine Trefferzahl in den Raum. Es klang nach Moa. Siebzehn – wirklich nicht schlecht.

Ich lasse meinen Blick durch die Halle wandern. An den Phönixstatuen bleibe ich hängen. Jetzt, wo ich weiß, dass das Leben in Lavis früher ganz anders gewesen ist, versuche ich, mir immer wieder vorzustellen, wie die Menschen in der alten Kultur gelebt und wofür sie diese Räume wohl genutzt haben.

Ich sehe zu der riesigen Flamme im Marmorboden. Dann wieder hoch zu den ausgebreiteten Flügeln der Statuen. Die Phönixe wirken, als hätten sie dort früher lebendig gestanden, mächtige Wächter, die den Saal überblicken, bereit, sich jederzeit mit kräftigen Flügelschlägen in die Luft zu erheben. Jedes Mal wieder verursacht ihr Anblick so etwas wie Ehrfurcht in mir.

Ob die Menschen hier die Phönixe verehrt haben? Ob sie wie beim Gedankenunterricht in der Hocke saßen und Rituale durchführten, während hinter ihnen das Feuer in den Eisenkörben brannte und über ihre geschlossenen Lider flackerte?

Ich gehe mit dem vollen Köcher wieder zurück auf meinen Platz. Lennart ist der einzige Schüler, der immer noch seine Pfeile einsammelt, sie liegen weit verstreut auf dem Boden. Seine Bewegungen sind hektisch, er weiß genau, dass wir alle darauf warten, dass er fertig wird und Finnley das Schießen wieder freigibt.

Lennart ist erst seit einigen Wochen in Favilla. Er bemüht sich in jedem einzelnen Fach, aber ich habe das Gefühl, seine Leistungen haben sich noch kein Stück verbessert.

Zurück an seinem Platz, versucht er unbeholfen, nach hinten zu seinem Köcher zu greifen, der ihm etwas zu locker auf dem Rücken sitzt. Der Langbogen passt nicht zu dem dünnen Kerl, es ist so, als hätte man einem Kutscher eine Spitzhacke der Grubenmänner in die Hand gedrückt. Seine Strohpuppe steht unversehrt am Hallenende.

Das Einzige, was sich seit Lennarts Ankunft verändert hat, ist Finnleys Geduld mit ihm. Bei jedem Fehlschuss von Lennart zieht er die Luft lauter durch seine Zähne.

»Weiter g-geht's!«, brüllt Finnley, und schlagartig setzt aus allen Richtungen das Zischen von Pfeilen ein.

Finnley läuft hinter Lennart vorbei, der heftig zusammenzuckt. Auch wenn er darauf mittlerweile gefasst sein müsste, erschreckt er sich immer wieder. Kurz darauf schießt einer von Finnleys Pfeilen knapp an Lennarts Kopf vorbei und landet in einer geraden Schusslinie in der Puppe.

Lennart versteift sich schlagartig und zeigt ein paar Augenblicke keine Regung. Dann zieht er die Schultern ängstlich hoch, um vorsichtig einen nächsten Pfeil aus dem Köcher zu zittern.

Finnley muss doch verstehen, dass er die Sache so nicht besser macht. Lennart bekommt vor Aufregung nicht mal die Nock in die Sehne gehakt.

Das reicht jetzt.

Ich stapfe an den anderen Schülern vorbei und bleibe neben Lennart stehen. »Dein rechter Ellenbogen und dein linker Arm müssen eine Linie ergeben«, sage ich.

»Mhh?« Lennart dreht sich mit dem gespannten Bogen zu mir um, die Pfeilspitze zielt genau auf meine Brust.

Ich reiße warnend die Hände hoch. »Lennart, die Waffe!«

»Oh, entschuldige.« Er lässt den Bogen sinken, ich hole wieder Luft. Hoffentlich werde ich meine Hilfsbereitschaft nicht bereuen.

»Noel«, sage ich. »Minenarbeiter.«

»Ich weiß«, sagt Lennart und lächelt kurz.

Von Nahem sehen seine Nase und seine Ohren irgendwie zu groß aus für sein schmales Gesicht. Seine Kopfform kommt mir seltsam vor. Das könnte aber auch genauso gut an der hohen Stirn und den strähnigen braunen Haaren liegen.

»Du musst auf deine Haltung achten, damit du das Zuggewicht des Bogens und die Pfeillänge voll ausnutzen kannst. Warte, ich zeig es dir.«

Ich erkläre ihm an meinem Bogen einmal die vollständige Abfolge eines Schusses. Er sieht mir genau dabei zu und sagt viel zu oft »Mhm« oder »Aha«.

»Und vergiss nicht, zu atmen.«

»Atmen. Ja«, wiederholt er.

Er gibt sich wirklich Mühe, meine Bewegungen nachzumachen, auch wenn er dabei immer noch ungeschickt aussieht. Vielleicht schafft er es diesmal wenigstens, die Puppe zu treffen.

»So?« Er stellt sich schussbereit hin und schielt dann zu mir rüber. Seine Augen werden plötzlich groß, und er fixiert einen Punkt neben meinem Kopf.

Ich sehe über die Schulter, Lennart hat Finnley im Blick, der uns mit strenger Miene beobachtet.

»Vergiss ihn einfach«, sage ich zu Lennart. »Oder stell dir vor, die Puppe hat sein Gesicht.«

Lennarts Lachen klingt eher wie ein Wimmern.

»Viel Erfolg«, sage ich und wende mich zum Gehen.

»Danke, Noel. Danke.« Ich bemerke, wie beim Sprechen seine Finger schon wieder von der richtigen Haltung abrutschen.

»Kein Problem.« Ich deute nochmals auf seine linke Hand. »Drei Finger auf die Sehne.«

Ich höre Finnleys tiefes Seufzen. Lennart sieht versteinert nach vorn. Er schießt.

Noch hat seine Sehne nicht genug Spannung, aber immerhin landet der Pfeil diesmal zumindest in der Nähe der Puppe.

Im Essenssaal sieht Lennart hin und wieder zu mir, einmal winkt er flüchtig.

Ich häufe mir den Teller mit Höhlenkäfern voll. Sie riechen heute etwas verbrannt, vermutlich hat Benjamin einen schlechten Tag. Trotzdem könnte ich eine doppelte Portion vertragen, aber mehr passt nicht auf meinen Teller.

Melvin stößt mir seinen Ellenbogen in die Seite. »Ist dir schon aufgefallen, dass Lennart ganze zweimal in dich hineinpassen würde?«

Lennart ist schon am Versorgungstisch vorbei und steht nun mit dem Teller verloren im Raum. Er sucht die Bänke ab, aber sobald sich seine Blicke mit denen der anderen Schüler kreuzen, drehen sie die Köpfe wie zufällig weg.

»Wir sollten ihn fragen, ob er sich zu uns setzen will«, sage ich.

»Klar, wieso nicht.« Melvin zuckt mit den Schultern und grinst. »Estelle freut sich immer besonders über neue Gesellschaft.«

Ich verdrehe die Augen. »Es gibt ja keine Tischordnung oder so.«

Melvin schlendert zu den anderen zurück. Ich laufe einen Bogen und komme neben Lennart zum Stehen, der immer noch die Reihen mit den Augen nach einem Platz absucht.

Ich nicke zum Tisch, wo Phil, Estelle und Melvin essen. »Möchtest du dich zu uns setzen?«

Lennart sieht mich an. Er erinnert mich dabei an ein Insekt, mit seinem langen dünnen Hals und den runden, dunklen Augen, die in dem weißen Gesicht so auffallen.

»Okay.« Er trägt den Teller mit beiden Händen fest umklammert vor der Brust und läuft mir nun hinterher.

Er setzt sich neben mich auf den alten Platz von Lucas.

»Lennart, richtig?« Melvin nickt ihm einmal zu, und irgendwie erscheint mir diese Situation absurd, weil ich weiß, dass es Melvin und Callan waren, die ihn von seiner Türschwelle im Köhlerdorf abgeholt haben.

Ich kann mich nicht an einen Schüler erinnern, der aus einem Köhlerdorf stammt.

»Ja.« Lennart nickt, er beißt ein kleines Stück vom Höhlenkäfer ab und kaut hastig darauf herum. »Du warst sicher ein Jäger, oder?«, sagt er.

Melvin guckt überrascht und hört mit dem Kauen auf. »Woher weißt du das?«, fragt er mit vollem Mund.

»Du setzt dich gerne so hin, dass du den Raum überblicken kannst, und du schießt die Pfeile manchmal ohne festen Stand, so, als ob du eigentlich laufen würdest.«

Melvin schluckt das Essen runter und legt eine halbe Wurzel zurück auf den Teller. »Ist das dein Ernst?«, fragt er. »Du bist erst zwei Wochen hier, du kannst nicht mal einen Bogen halten, aber du kannst erkennen, dass ich Jäger war?«

»Ja, ist doch logisch«, sagt Lennart.

»Welcher Berufsgruppe hast du angehört?«, frage ich, obwohl ich das natürlich schon weiß.

»Köhler«, sagt er.

»Und was hat man da so gemacht?«, frage ich weiter.

»Das ist geheim.« Lennart grinst kurz. »Das war schon immer so. Köhler reden nicht über ihr Handwerk.«

Sie brennen. Die Fragen, sie brennen in mir. Es kostet mich große Überwindung, Lennart jetzt nicht auszuhorchen. Auch wenn es sich nur um eine Kleinigkeit handelt: Jede Information über Lavis schafft ein genaueres Gesamtbild.

Noch vor Monaten hätte ich so etwas hingenommen, ohne auch nur den winzigsten Gedanken daran zu verschwenden. Die Schicht fing an und hörte erst wieder auf, wenn auch der Tag vorbei war. Ich stieg durch brunnenartige Schächte, mein Gezähe um die Bauchmitte gegurtet, ich schlug in den Stollen nach Eisenerz, und mehr gab es nicht.

Nichts habe ich infrage gestellt. Nicht die langen Arbeitszeiten, nicht die Dunkelheit in den Höhlen, die Anstrengung, die ich aufbringen musste, nichts. Das war eben so.

Das gehörte genauso dazu wie die ständige Gefahr eines Höhleneinsturzes, die Schwindsucht oder Staublungen. Mir kommt es plötzlich vor, als hätte dieses Leben in den Stollen niemals wirklich stattgefunden. Als wäre das ein anderer gewesen, der unter Tage nach Eisen schlug. Nicht ich.

Kein Ereignis konnte mich damals aus meiner Arbeit reißen.

Nicht einmal der schimmernde Stein.

Ich weiß es noch, das Geräusch klang seltsam, irgendwie weicher als gewöhnlich, wenn die Spitzhacke auf Stein traf.

»Earl«, rief ich. »Earl, komm mal her! Und bring eine Fackel mit.«

Earls verdreckt-verschwitztes Gesicht tauchte vor mir auf.

»Sieh dir das an«, ich zeigte mit der Hacke auf das kleine schimmernde Ding dort vor mir im Gestein.

Earl hatte beide Finger in die Riemen seiner Arbeiterhose eingehakt, mit dem Kopf kam er ein Stück näher und machte große Augen. »Was zum …« Er streifte seinen Handschuh ab, um besser mit den Fingern darüberstreichen zu können. »Was in aller Welt ist das? Wir müssen es ausgraben.« Er klopfte mir einmal kräftig auf die Schulter. »Junge, wer weiß, was du da gefunden hast.«

Es dauerte nicht lange, bis wir den schimmernden Stein freigelegt hatten. Er war nicht größer als eine Faust, seine Kanten auffällig glatt. Er war fast durchsichtig, und in der Mitte schimmerte ein blauer Kern wie Feuer. Er wirkte fehl am Platz in der kalten Grube, schien in dieser tristen Ödnis alles zu überstrahlen.

»Was jetzt?«, fragte Earl und rieb sich den Bart.

Ich steckte den Stein in die Tasche meiner Hose. »Erst mal bringen wir die Schicht zu Ende«, sagte ich und nahm die Spitzhacke wieder in die Hand.

Damals habe ich mir nicht den Kopf wegen so etwas zerbrochen. Schließlich gab es genug anderes, das mich vorantrieb: die Zeit, die Arbeit, die Pflicht – das Pensum.

Doch am Ende der Schicht hatten sich draußen bestimmt zehn Grubenmänner und Grubenfrauen um mich versammelt, um den Fund zu betrachten. Sie redeten durcheinander, bis plötzlich schwere Schritte auf uns zudonnerten. Alle verstummten und machten mit gesenkten Köpfen Platz. Der Schichtaufseher baute sich vor mir auf.

»Wo?«, fragte er.

»Unten im neuen Stollen«, sagte ich.

Er nahm mir den Stein wortlos aus der Hand, und so etwas wie Erschrockenheit lag auf seinem Gesicht. Ein Ausdruck, den man von den Schichtaufsehern sonst nicht kannte.

Er drehte den Stein in der Abendsonne, die ihn von allen Seiten funkeln ließ. Erst jetzt kehrte die bekannte Strenge in sein Gesicht zurück. »Sollte ich rausfinden, dass jemand irgendwann mal einen solchen Fund einsteckt, streiche ich die Ration für das ganze Dorf.« Er ließ den Stein in seiner Brusttasche verschwinden und spuckte Staub zur Seite aus. »Ich hoffe, ihr merkt euch das.«

Dieser kurze erschrockene Ausdruck blitzte in dieser Nacht noch mehrmals vor meinen Augen auf. Doch schon am nächsten Tag war das Bild verblasst.

Ich schlug nach Eisenerz, wie immer, und die Sache war abgehakt.

Damals war es so. Heute könnte ich das nicht mehr einfach hinnehmen.

Ich schaufle den letzten Höhlenkäfer in mich hinein, dann schaue ich umher.

Sam sitzt neben Nora, auf der anderen Seite des Saals. Ihr Kopf ist halb hinter der Öllampe auf ihrem Tisch verborgen, die kleine Flamme wirft spielerische Schatten auf ihr Gesicht. Sie sitzt schon seit einigen Wochen nicht mehr neben Estelle am Tisch. Auch sonst habe ich die beiden nicht mehr zusammen gesehen.

Sam. Das Mädchen, das Lucas im Kampf geschlagen hat.

Ich weiß noch nicht, was ich davon halten soll, dass wir heute Abend zusammen auf den Friedhof müssen.

4

Lavis. Friedhof.

Graue Augen starren uns an. Vogelköpfe auf Menschenkörpern. Die Statuen tragen lange steinerne Gewänder, unter denen schwere Stiefel und Handschuhe herausragen. Das Gefieder legt sich schuppenartig um die Hälse.

Ich betrachte den Vogelmann, der mir direkt gegenübersteht. Sein Gesichtsausdruck liegt irgendwo an der Grenze zwischen Feind und Verbündeter.

Es sind vier von ihnen, aus deren Rücken Flügel herauswachsen, die sich ausbreiten, und so stehen sie nicht Schulter an Schulter, sondern viel eher Flügel an Flügel. Jeder hält eine Fackel vor der Brust.

Vom Wachtposten weiter oben haben wir immer das Flügeltor im Blick. Im Notfall werden wir in der Fackel derjenigen Statue ein Nebelfeuer entzünden, die in Richtung Favilla zeigt. So könnten die Wachen unten im Amphitheater es zwar sehen, doch ein Eindringling würde es vom Flügeltor aus nicht erkennen.

Hinter den vier Vogelmännern geht es eine kleine Anhöhe rauf, wo dann unser Posten ist. Auf dem kleinen Hügel wächst nur dürres Gras, mich wundert es, dass auf diesem Friedhof überhaupt etwas wächst.

Sam ist vor mir oben, sie hat ihren Schild und das Schwert schon neben sich gelegt, als ich die Streitaxt aus der Gürtelhalterung ziehe und mit dem Speer auf den Boden lege.

Bevor ich mich auf das Gras setze, sehe ich einmal über die neblige Weite. Das seltsame Weiß wabert nicht annähernd so hoch wie in der Nacht, in der ich die Botschaft vom Totengräber geholt habe. Ich kann die näher gelegenen Grabsteine wie schiefe Klötze aus der trägen Masse auftauchen sehen. Und dann verschwimmen Hunderte von Gräberreihen in der Finsternis, Stein an Stein, Tausende Tote unter der Erde.

Auf dem ganzen Friedhof liegt eine Unbeweglichkeit, und ich habe Angst, sie könnte jeden Moment aufbrechen. Wie die glatte Oberfläche eines stillen Sees, die man nur antippen muss, um das ganze Wasser in wellenartige Bewegung zu bringen.

Ich stelle mir vor, wie dann plötzlich die Toten aus ihren Gräbern krabbeln, die Statuen ihre gesenkten Köpfe aus den Kapuzen erheben und alles, was sich vielleicht noch in den Schatten versteckt, zum Vorschein kommt.

Ich dachte, wir würden uns an einen Baum lehnen oder an irgendetwas, das einem das Gefühl von Schutz bietet, aber hier oben ist nichts, mein Rücken ist frei.

Ich sehe zu Sam, sie hat den Hals ein wenig vorgereckt und ihre Beine im Schneidersitz verknotet.

Plötzlich ein Geräusch in der Finsternis. Ich erschrecke, es ist wie ein kurzer Ruck durchs Herz.

Sam greift sofort nach ihrem Schwert. Ich fasse nach dem Speer.

»Hast du das auch gehört?«, fragt sie.

»Ja.«

»Rücken an Rücken«, flüstert sie, und wir gehen in Stellung.

Gemurmel. Schritte.

Selbst durch das Lederwams spüre ich, wie angespannt ihr Körper ist. Ihr Atem dringt leise, aber in kurzen Abständen in die Nacht. Das Wühlen in meiner Brust wird schneller, drängender.

Wir drehen den Kopf nach rechts und links. Ich sehe angestrengt in die Ferne, wo die Lichter der Totenkutsche schimmern. Dann lasse ich die Waffe sinken und lege die Hand auf Sams Schulter.

»Es ist der Totengräber«, sage ich.

Sie atmet auf, und ich spüre, wie sich ihre Schultern wieder senken. Und auch in mir breitet sich eine gewisse Erleichterung aus, bei ihm weiß ich wenigstens, dass er hierhergehört.

Die bucklige Gestalt taucht aus dem Weiß auf und steigt die Anhöhe hinauf, dabei verwendet er die Schaufel als Stütze. Sie knirscht auf dem Boden. Langsam kommt er auf uns zu, dann hält er vor uns an.

Ich weiß, dass Jon ihn ins Vertrauen gezogen hat, aber das mulmige Gefühl in seiner Nähe verschwindet einfach nicht.

Er zieht einmal laut die Nase hoch und wischt sich mit dem Handrücken übers Gesicht. »Kalt geblieben, die Nächte«, sagt er. Wie schon bei unserer ersten Begegnung bin ich mir kurz nicht sicher, ob er nicht einfach mit sich selbst spricht. »Ihr seid also der nächste Wachtrupp, hä?«

»Sieht ganz so aus«, sage ich.

Der Totengräber kneift die Augen zusammen. Dann zeigt er mit einem seiner langen Finger auf mich. »Dich kenn ich doch, Minenarbeiterbursche.«

Er zieht noch mal die Nase hoch und kommt einen Schritt näher. Ich hatte fast vergessen, wie haarig sein Gesicht ist, selbst auf Nase und Wangen wächst ein leichter Flaum.

Er greift grob in meinen Oberarm. »Kratz mir hier bloß nicht ab, du.«

Seine spitzen Nägel drücken in mein Fleisch, und ich werde den Gedanken nicht los, dass diese Hände schon Hunderte Tote berührt haben.

Er nickt Sam zu. »Die wäre sicher das kleinere Problem.« Dann grinst er. »Aber dich müsste ich von Nelson hinterherschleifen lassen. Mein Rücken tut eh schon weh.«

»Keine Sorge, ich hab nicht vor, hier umzukommen«, sage ich.

»Das haben sie alle nicht.« Erst jetzt lässt der Totengräber meinen Arm los und hebt die heruntergefallene Schaufel vom Boden auf. »Und macht hier oben nicht so einen Lärm. Ihr wollt ja sicher nichts Falsches anlocken, hä?« Er blickt über den Friedhof.

Und selbst bei ihm, der Tag für Tag über diesen kahlen Boden humpelt, lese ich Anspannung im Gesicht.

»Na ja. Nelson wird sicher ungeduldig«, sagt er nun. »Und es gibt da außerdem so ein paar schlaffe Burschen, die mich auch schon sehnlichst erwarten.«

Ich nicke kurz und tippe mir mit zwei Fingern an die Stirn. Der Totengräber hebt eine Hand zum Abschied, zeigt uns einmal sein gewaltiges Gebiss und kehrt uns schließlich den Rücken zu.

»Nicht wahr, Nelson«, höre ich ihn dabei noch murmeln.

Wir warten eine ganze Weile, bis er außer Sichtweite ist. Keiner kennt diesen Friedhof besser als er. Und ich muss wieder an Jons Worte denken. *Reize ihn nicht*, hat er gesagt, *er hat zu viel Zeit mit den Toten verbracht.*

Wir setzen uns irgendwann wieder ins Gras auf dem Hügel, aber die Unruhe in meiner Brust verschwindet nicht.

Eine Weile starre ich einfach nur auf die Gräber. Je länger mein

Blick bei irgendeinem Fleck verweilt, desto mehr habe ich das Gefühl, dort bewegt sich etwas.

Sam ist ganz still, das Schweigen zwischen uns merkwürdig. Was ihr wohl durch den Kopf geht?

Ich wechsle die Sitzposition und komme mir viel zu laut und ungelenk dabei vor.

Ich spüre, wie mein Magen sich auf einmal meldet. Mist. Jetzt ist eigentlich die Zeit, in der ich den Hunger gerade so überwinden kann, weil ich dann einschlafe. Aber gleich kommt das Grummeln, das merke ich. Als es losgeht, ist es noch lauter, als ich befürchtet habe. Von Sam kommt keine Reaktion. Ich reibe mir den Bauch.

»Ich bin mir ja mittlerweile sicher, dass ich mit einem Loch im Magen geboren wurde«, rede ich einfach los. »Und alles, was ich esse, fällt durch und verschwindet. Nur deswegen hab ich immer Hunger.« Ich lache ein bisschen ungeschickt über meinen eigenen Scherz.

»Mhh«, sagt Sam nur.

Aber was soll sie auch groß erwidern, es gibt sicher Spannenderes, als sich über meinen Hunger zu unterhalten.

Ich lasse den Blick über den breiten Schotterweg schweifen. Über die hageren Bäume, die ihn wie eine löchrige Allee säumen.

»Ich erinnere mich kaum noch an die Nacht, in der sie mich hergebracht haben. Nur an die Angst«, sage ich dann. »Es war wie einer dieser schlimmen Träume, die man als Kind hatte.«

Ich sehe zu ihr. Sie starrt in die Ferne. Ein Streifen Mondlicht fällt auf ihre rechte Gesichtshälfte und verwandelt die Haut an dieser Stelle in Marmor. Ich erkenne winzige Leberflecke, die ein Dreieck auf ihrer Wange bilden.

»Wie war es bei dir?«, frage ich vorsichtig.

»Ich weiß es nicht.« Sie zerdrückt Erdkrümel zwischen ihren Fingern. »Ich denke nicht so gern daran zurück.« Sie schaut einmal flüchtig in mein Gesicht.

»Schon in Ordnung«, sage ich und beschließe, einfach zu erzählen. Das ist auf jeden Fall besser als diese unerträgliche Stille.

»Eigentlich war es ein ganz normaler Tag. Ich war im Bergwerk. Aber in den Stollen tat sich nicht viel. Earl, ein guter Freund von mir, hatte sich schon damit abgefunden, dass wir an diesem Tag nicht mehr viel Eisen schlagen würden. Aber ich habe immer weitergemacht, die Rationen für meine Familie durften nicht schon wieder so klein ausfallen. Dann war die Schicht vorbei. Es war gegen Ende des Sommers. Wir sind in den Bergsee gesprungen und haben den Schweiß und den Staub abgewaschen. Wir sind getaucht, und ein Fisch hat mich am Bein gekitzelt. Und da kam mir der Gedanke, einen zu fangen. Wir sind wirklich nach Fischen getaucht. Earl und ich.« Ich muss schmunzeln. »Wir haben schnell gemerkt, dass es total unmöglich ist, einen Fisch mit der bloßen Hand zu fangen, nur keiner wollte es aussprechen. Bestimmt sahen wir ziemlich bescheuert dabei aus.« Ich ahme die Bewegungen mit den Händen nach, um damit unsere ungeschickten Versuche nachzustellen, dann halte ich inne. »Kommst du nicht aus einem der Fischerdörfer?«

»Doch«, sagt Sam. »Komme ich.«

»Wie habt ihr sie gefangen?«

»Mit Netzen«, antwortet sie knapp.

Ich nicke. Wir schweigen einen Moment.

»Es war ein Tag wie jeder andere«, rede ich dann weiter, ich kann nicht mehr aufhören. »Wenn nicht sogar einer der schöneren. Und dann war das Symbol an der Tür.«

Bei der Erinnerung an die drei blutroten Striche im Holz fühle ich mich kurz wieder so wie damals: gelähmt, und als müsse gleich das Schlimmste passieren, das ich mir nur vorstellen kann.

»Ich wusste, dass die verhüllten Männer jede Nacht kommen konnten. Ich wusste, was es bedeutete, wenn die Zeichner durch das Dorf ritten. Der Gedanke war da: Jeden Tag konnten sie ihre Striche auch an unsere Tür malen. Aber genauso war eben der Gedanke da, dass im Bergwerk zu jeder Zeit etwas einstürzen könnte. Ich hatte nicht damit gerechnet.«

Sam dreht den Kopf zu mir. Ich habe das Gefühl, sie sieht mich zum ersten Mal richtig an.

Da erklingt plötzlich ein Scharren hinter uns, dicht gefolgt von einem schabenden Geräusch. Ich richte mich auf, sehe zu allen Seiten, aber in der Finsternis kann ich nur dieselben dunklen Umrisse erkennen wie zuvor.

»Ich denke nicht, dass der Totengräber schon zurück ist«, sage ich.

»Pssst«, zischt Sam und legt den Zeigefinger an den Mund. »Ich kann es wieder hören«, flüstert sie.

Wir horchen. Keiner regt sich.

Die Geräusche kommen von weit entfernt. Es ist schwer auszumachen, aus welcher Richtung sie stammen, aber ich schätze, dass sie rechts von uns sind.

»Die Stadt der Helden«, sage ich leise.

»Die was?«

»Dort, wo die großen Mausoleen und Gräber der gefallenen Krieger liegen.« Ich zeige mit dem Finger in die Richtung. Jon hat mit mir die Karte des Friedhofs studiert, bevor ich die Nachricht des Totengräbers abholen musste. »Es scheint von da zu kommen.«

Wir lauschen weiter, und es fühlt sich an, als würde sich in meiner Kehle etwas verschließen.

Komm runter, sage ich mir. *Es kann alles Mögliche sein.*

Für eine Weile ist nichts zu hören. In stummer Absprache beschließen wir, uns wieder hinzusetzen. Das hier ist unser Posten. Es ist unsere Aufgabe, auf diesem Hügel Wache zu halten, das Tor im Blick zu haben. Geräusche auf einem Friedhof sind vermutlich nichts Ungewöhnliches.

Trotzdem platziere ich den Speer etwas dichter neben meiner Hüfte. Jetzt ist die Stimmung eine ganz andere. Genau wie ich lauscht Sam angestrengt in die Nacht.

Ich fürchte, es könnte jeden Augenblick etwas aus der Leere auftauchen und den Hang zu uns heraufkriechen. Etwas, das diese hartnäckige Unruhe in mir bestätigt.

Ob es nun jede Nacht so gehen wird? Lauschen, bis einen das nächste Geräusch aufschreckt?

Je länger wir warten, desto mehr spüre ich die Kälte, die vom Boden ausgeht und sich wie ein Trupp aus Grubenmännern immer weiter in meinen Körper gräbt.

Die Zeit scheint nicht zu vergehen, meine Gedanken kreisen.

Es kann alles Mögliche gewesen sein, sage ich mir.

Der Friedhof von Lavis ist groß. Größer als mein altes Eisendorf.

Aus der Ferne klingt Hufgetrappel. Es muss Nelson sein, jetzt höre ich auch das unverkennbare Knarren der Totenkutsche. Ich erkenne die Umrisse des schwarzen Leichenabteils. Aber es sind bestimmt dreihundert Schritte, die uns vom Totengräber trennen.

Ich versuche, die einzelnen Geräusche genauer zuzuordnen. Stelle mir vor, wie er die Leichen erst alle aus der Kutsche zerrt, dann nacheinander an den Beinen zu den Massengräbern schleift und dort zu den anderen toten Körpern vom Vortag schmeißt. Seit der Herrschaft des Brennenden Königs werden keine Grabsteine mehr aufgestellt, die Leichen werden alle zusammen in ein großes Loch geworfen.

Sam und ich haben während der restlichen Wache nicht mehr geredet, aber irgendwann war das in Ordnung, nicht mehr unbedingt unangenehm. Es war ein wachsames Schweigen.

Langsam reißen die Wolken auf. Fahles Licht ist durch die dunkle Front am Himmel zu erkennen. Selbst im Morgengrauen bleibt der Friedhof ein düsteres Labyrinth. Ein Ort, an dem es wohl nie richtig hell wird.

Auf den Grashalmen haben sich Wassertropfen gebildet, ohne dass wir es gemerkt haben. Und der Nebel zwischen den Grabfeldern ist dichter geworden.

Wir sehen einander an. Angespannt, aber auch irgendwie erleichtert. In der feuchten Luft kann ich die kleinen Härchen sehen, die sich auf ihrem Haar gekräuselt haben, und ihre leicht geröteten, müden Augen. Nur das Grün darin leuchtet unverändert. Draußen sieht es viel klarer aus, als es mir in den Katakomben je aufgefallen wäre.

Seufzend legt sie den Kopf in den Nacken, um nach oben zu sehen. Sie schließt die Augen, und ich tue dasselbe. Für einen Moment genieße ich noch das Gefühl des anbrechenden Tages und den Gedanken, der Sonne näher zu sein als sonst, zu wissen, dass sie sich dort hinter den Wolken verbirgt.

»Ich glaube, wir müssen los«, sage ich dann.

»Ja«, sagt sie, ihre Stimme ist ein wenig rau. Vielleicht klingt sie ja auch so, wenn sie morgens gerade in ihrer Zelle aufgewacht ist.

Ich stehe auf, meine Beine sind weich. Ich strecke ihr die Hand entgegen.

Sam sieht auf meine Handinnenfläche. Sie zögert, reibt die restlichen Erdkrümel von ihren Händen. Dann legt sie ihre helle, kleine Hand in meine. Ich ziehe sie in einem Ruck hoch. Sie bleibt vor mir stehen.

Plötzlich, zwischen all der Erde, dem verwitterten Stein und den Toten, schleicht mir ihr Duft in die Nase. Zurückhaltend und doch unverkennbar. Ein bisschen so wie der Honig der Wildbienen. Aber das auch nicht ganz.

»Vielleicht war es gerade gut«, sagt sie.

»Mh?«

»Vielleicht war es gerade gut, dass du nicht damit gerechnet hast, Abschied nehmen zu müssen.« Sie tritt einen Schritt nach hinten und streicht sich eine Strähne aus dem Gesicht. »Vielleicht wäre der Tag sonst nicht einer der schöneren gewesen.«

Ich fahre mir übers Kinn, bin verwundert. Aber wenn ich so darüber nachdenke, dann verstehe ich sehr gut, was sie meint.

Wir machen uns auf den Weg zurück, nehmen den breiten Schotterweg, der auf das Amphitheater zuführt.

Tau liegt auf den Grasflächen um die Gräber herum. Wenn ich über die Buchstaben streichen würde, die in die Marmorsteine eingemeißelt sind, wäre meine Handfläche nass.

Es wird endlich hell, nur ein letzter Sonnenstrahl fehlt, der durch eine Wolke bricht, oder ein Vogel, der irgendwo zwitschert. Dieser Ort bleibt grau und still.

Hinter uns liegen die Massengräber, rechts verschiedene Grabsteine und Statuen, hinter denen ich kein System erkenne, und links in der Ferne zeichnen sich die ersten Mausoleen und Säulen am Eingang zur *Stadt der Helden* ab.

Eine ganze Weile gehen wir voran. In Richtung des Amphitheaters liegen die Flügelgräber, die Steine sind so angeordnet, dass sie die Form von zwei ausgebreiteten Flügeln ergeben. Unwillkürlich sehe ich zu der Reihe mit dem großen Grabstein und dem Buchstabenblock.

Plötzlich bleibt Sam stehen. »Siehst du das?«, fragt sie.

Ich will ihr gerade sagen, dass ich diesen Grabstein schon einmal entdeckt habe, man die Zeichen aber nicht entschlüsseln kann, da steuert sie in eine andere Richtung. Es geht gar nicht um den Grabstein.

Ich folge ihr. Dann verstehe ich. Nicht nur das, ich kann es riechen. Die frische Erde.

Sam bleibt direkt vor dem dunklen ausgehobenen Viereck stehen.

Ich spähe vorsichtig in das Loch. Es geht etwa zwei Schritt nach unten, und der Blick in diese Tiefe ist wie ein Sog. Weiße Knochen ragen aus der schwarzen Erdmasse hervor.

Das Grab wurde aufgebuddelt.

5

Favilla. Zirkelraum.

»Sobald wir die Nachtwachen vom Friedhof zurückziehen können, werde ich auch dich von Zeit zu Zeit losschicken, um die Nachrichten der Informanten einzusammeln.«

Jon steht etwa zwei Schritt vor mir. Er trägt die schwarze Rüstung unter der Robe. Ich lehne mit den Händen hinter meinem Rücken am Brunnenschacht und presse mich gegen die kalten Felssteine.

»Wir wollen die Menschen von Lavis aus ihrer Unmündigkeit befreien. Das Spionagenetz ist ein Schritt auf diesem Weg«, sagt er. »Jedes Land besitzt einen sogenannten *Wissensverwalter*. Er steht in Kontakt mit den einzelnen Spionagezellen eines jeweiligen Landes und fasst die Informationen für uns zusammen.«

Es ist immer noch ungewohnt, mit ihm allein im Zirkelraum zu sein und von ihm ins Vertrauen gezogen zu werden. Ich weiß nicht, warum Jon diese Einzelsitzungen mit mir macht, ich habe den anderen nicht davon erzählt, aber sie werden es zwangsläufig mitbekommen. Noch stellen sie keine Fragen.

Vielleicht läuft das auch bei allen Neuankömmlingen so. Aber ich werde das Gefühl nicht los, dass ich schon jetzt anders behandelt werde als die Zirkler, die einer Prüfung unterzogen wurden.

Vertraut Jon mir wirklich so sehr? »Du wirst dann zu den einzelnen Treffpunkten im Wald gehen, an denen dir die Wissensverwalter die Schriftrollen überreichen.«

Ich schaue hinüber zum Pult, wo die Karte von Tyrganon noch ausgebreitet liegt. Ich stelle mir ein zweites Netz darauf vor, ein Netz, das nichts mit den Grenzen der Länder zu tun hat, sondern das die einzelnen Informanten mit den Wissensverwaltern verbindet. Und diese Wissensverwalter sind alle mit einem Punkt auf der Karte verbunden: Favilla, dem Ort, an dem das Wissen zusammenläuft.

»Handel, den der König betreibt, die Politik fremder Länder, die Bräuche, potenzielle Verbündete oder uralte Feinde. Alles sind letztendlich Informationen, die uns gegebenenfalls zu einem Wissensvorsprung verhelfen können«, sagt Jon. »Und ein solcher Vorsprung kann im Ernstfall ein entscheidender Vorteil gegenüber dem Brennenden König sein.«

»Eine Sache verstehe ich nicht.« Ich drücke mich mit den Händen vom Brunnen weg, sehe ihm genau ins Gesicht. »Wir sammeln all dieses Wissen. Schon seit vielen Jahren. Aber wenn wir gegen den Brennenden König vorgehen wollen, ihn stürzen, wieso …«, ich hole einmal tief Luft, »wieso greifen wir ihn dann nicht an?«

Jon sieht mich unverändert ruhig an. Für einen Augenblick ist nur das Wispern der Fackeln zu hören.

»Hast du schon mal etwas von den Vermauerten Minen gehört, Noel?«

»Ja«, antworte ich. »Sie sind nicht weit von meinem alten Eisendorf entfernt.«

»Und weißt du auch, was es mit diesen Minen auf sich hat?«

»Nein, nicht so richtig.«

»Ich will es dir sagen. Du sollst nachvollziehen können, warum wir nicht offen gegen den Brennenden König vorgehen.« Er verschränkt die Arme vor der Brust. »Seit der Nacht des Chronisten vor etwa 300 Jahren, in der unser rechtmäßiger König gestürzt wurde, diente ein stillgelegtes Minensystem als Stützpunkt von Favilla.« Er macht eine Pause. »Favilla bekämpfte den jeweiligen König und ging dabei mehr oder weniger offen vor. Immer wieder kam es zu Scharmützeln, wir rekrutierten neue Rebellentrupps und riefen zum Widerstand gegen den Tyrannen auf. Vor gut fünfzig Jahren wagte mein Vater den größten Aufstand seit der Nacht des Chronisten. Es gab blutige Kämpfe. Zahllose Männer und Frauen, die in der Schlacht das Leben ließen. Wir waren viele, wir waren gut ausgerüstet, wir hatten das Recht auf unserer Seite. Dennoch sind wir gescheitert. Und weißt du, warum?« Kurz unterbricht Jon den Augenkontakt, er löst die verschränkten Arme. »Es gibt zwei Gründe dafür«, sagt er. »Zum einen fehlte es an einem Anstifter, einem Mitreißer, jemandem, hinter den sich das Volk stellen konnte.« Er deutet auf sich selbst. »Ich bin ein hervorragender Stratege. Ich verstehe viel von Politik, von Kriegsführung, ich habe ein Gefühl für die richtigen Zeitpunkte, aber ich bin keiner, dem die Massen folgen. Und mein Vater war es auch nicht.«

Ich nicke. Ich glaube, ich verstehe, was er damit meint.

»Und der zweite Grund ist schlimmer, hat Favilla sehr viel tiefer getroffen. Er ist abscheulicher … Das Versteck in den Minen war grandios. Es war noch sicherer als diese Katakomben. Selbst wenn jemand danach gesucht hätte, er hätte wenige Schritte vor dem Eingang stehen können, ohne ihn zu entdecken. Ich sagte dir einmal, dass es nichts Wichtigeres für mich gibt als Vertrauen.«

»Richtig«, sage ich.

»Das ist der Grund, weshalb.« Er stockt für einen Augenblick. Dann schluckt er. »Es gab einen Verräter, jemanden aus den eigenen Reihen, der das Vertrauen meines Vaters missbraucht hat. Favilla stand kurz davor, für immer unterzugehen, weil mein Vater seine Geheimnisse den falschen Leuten anvertraut hatte. Dieser Fehler hat zahllose Menschen das Leben gekostet. Es ist ein Fehler, den ich nicht erneut zuzulassen gedenke. *Deswegen* nehme ich so wenige Schüler in den Zirkel auf. *Deswegen* müssen auch sie sich erst nach und nach um ihre Aufgaben verdient machen. Und selbst dann kontrolliere ich sie dabei nicht selten, ohne dass sie es überhaupt ahnen. Ich tue es, Noel, weil unsere größte Gefahr in uns selbst schlummert. Verstehst du das?«

»Ja«, sage ich sofort, aber dann schließe ich den Mund, und Jon lächelt verhalten. Er weiß genau wie ich, dass seine Worte erst wirken müssen. Wir schweigen.

Und erst nach einer ganzen Zeit öffne ich den Mund wieder. »Ja«, sage ich, und diesmal meine ich es auch so.

»Gut.« Er zögert.

»Jon?«

»Es gab da tatsächlich noch eine dritte Sache, die Favilla vor fünfzig Jahren beinahe in die Knie gezwungen hat«, sagt er leise.

Ich kann spüren, wie etwas in ihm vor sich geht. Ist es … *Furcht*? Ausgerechnet bei ihm diese Regung zu erkennen verunsichert mich.

»Schreie. Und Schatten.« Seine Worte sind nun kaum mehr als ein Flüstern. »Mein Vater hat mir davon erzählt. Irgendetwas war in diesen Minen, als der Brennende König uns angegriffen hat. Irgendetwas, das sie zum Einsturz gebracht hat.«

Erst nach einer Weile wage ich es wieder, zu sprechen. »Hast du Hinweise?«, frage ich vorsichtig.

Er schüttelt den Kopf.

»Irgendeine Ahnung?«

»Keine, die es zu teilen lohnt.«

Ich reibe mir die Augen. Mir kommt es vor, als schwappten die Fragen in meinem Kopf nur so übereinander.

»Was ist heute mit dem Brennenden König, sucht er nicht nach uns?«

»Er geht davon aus, dass keiner von uns den Aufstand überlebt hat. Um ganz sicherzugehen, hat er die Minen nach dem Einsturz zumauern lassen. Aber er wusste nichts von den Geheimgängen, die in ein anderes Minensystem führten. Die wenigen von uns, die nicht verschüttet wurden, konnten so unbemerkt überleben.«

»Deshalb all die besonderen Maßnahmen«, murmle ich. »Der Friedhof, die Katakomben, das Türschwellensystem, die dritte Ebene, der Zirkel.« Ich rede mehr zu mir selbst als mit Jon. Jetzt, wo sich alles zusammenfügt, beginnt mein Herz, wie wild zu pochen.

Jon nickt. »Unsere Strategie hat sich geändert. Wir müssen im Verborgenen bleiben. Wir können derzeit nicht mehr tun, als das Wissen zu erhalten und zu sammeln. Uns fehlen die nötigen Kräfte für einen offenen Kampf.«

Ich nicke schon wieder. All das ergibt Sinn, Favilla ergibt Sinn. Nur an einem Punkt im System bleibe ich ständig hängen.

»Jon, da ist noch eine Sache«, sage ich. Es ist eine Frage, die mich schon seit Längerem beschäftigt. »Die Nichtzirkelschüler, die du austauschst und die in die anderen Länder geschickt werden, wie kannst du sichergehen, dass sie dich nicht verraten?«

Etwas zuckt in seinem Gesicht. Eine Antwort kann ich wohl vergessen.

»Wir haben viel geredet, Noel, es muss für heute reichen. Wenn du noch immer nicht genug hast, suche die Bibliothek auf. Lies und sauge alles auf, um deinen Durst zu stillen. Ich gebe Theodor Bescheid, er wird dir Zutritt gewähren.«

Jon macht eine ausschweifende Bewegung zur Tür. Noch fühlen sich meine Füße an wie mit dem kühlen Boden verwachsen, aber ich schaffe es irgendwie, den Ausgang anzupeilen.

»Und, Noel.«

Ich bleibe stehen.

»Vergiss die Zeit in den Zeilen nicht.«

Ich drehe mich nochmals zu ihm um. Er steht unverändert am selben Fleck. Und er sieht mich an, als hätte er nie weggeschaut.

»Ich brauche dich für die Nachtwache. Du musst bei vollen Kräften sein. Das aufgebrochene Grab, es beunruhigt mich.« Er tritt einen Schritt vor. »Und du bist dir wirklich sicher, dass du außer dem Totengräber niemanden durch das Flügeltor kommen gesehen hast?«

»Ich bin ganz sicher«, antworte ich. »Warum fragst du?«

»Die Wachen schlagen ein Lager auf, sie streifen durch den Wald, plötzlich ist ein Grab aufgebrochen. Es muss nicht unbedingt miteinander zusammenhängen, aber es könnte.«

»Wenn, dann sind sie nicht durchs Flügeltor gekommen. Darauf hast du mein Wort«, sage ich, und trotzdem macht mich seine Warnung unruhig. Da ist sofort wieder das Bild vor meinen Augen: das dunkle, tiefe Viereck, wie eine Wunde inmitten der Gräberreihen.

Wie mit Jon abgesprochen, holt mich der Dürre in Ebene Zwei vor dem Grab des dritten Phönixwächters ab. Er hat nur eine Öllampe bei sich.

»Mitkommen«, sagt er.

Ein bisschen fühle ich mich zurückkatapultiert in meine erste Nacht in Favilla, als er vor der Zelle stand, um Lucas und mich abzuholen. Das alles kommt mir vor, als würde es viele Jahresumläufe zurückliegen.

Trotz der spärlichen Lichtquelle geht der Dürre zügig voran. Wahrscheinlich würde er auch bei völliger Dunkelheit nicht langsamer werden. Kein einziges Mal dreht er sich nach hinten, um zu prüfen, ob ich ihm noch folge. Ich zähle die Abzweigungen. Schließlich muss ich später zurückfinden.

Die Totenköpfe werden in diese Richtung weniger. Nur noch vereinzelte Senkgräber liegen in den Wänden, und die meisten sind schmaler als diejenigen, in denen Lucas und ich uns damals versteckt hatten.

Immer wieder zieht es mich runter, wenn ich an ihn denke. Wo ist Lucas jetzt? Endlos weit entfernt in einem der neun Königreiche, in einem neuen, anderen Leben? Oder ist er noch in der Nähe, gefangen in den Verliesen des Brennenden Königs? Oder schlimmer, verhungert im Wald von Lavis oder getötet von Königswachen?

Lucas, der Kräutersammler, der Junge, der mit mir nach Favilla gekommen ist. Durch ihn war diese erste Zeit erträglich.

Wir hätten jetzt zusammen hier langgehen können.

Immer wieder muss ich den Kopf einziehen, weil die Decke auf einmal niedriger wird. Der Boden ist durchzogen von Senken, die ich in dem wenigen Licht nie rechtzeitig sehe, sodass ich immer wieder stocke. Ein bisschen erinnert es mich an die Stollen, wenn man sich erst noch einen Weg freischlagen musste. Es geht etwa vierhundert Schritt den Gang entlang, bis der Dürre vor einer schmalen, hölzernen Tür mit Eisenbeschlägen anhält.

Die Flamme der Öllampe erhellt nur sein langes Gesicht. Es

sieht fast aus, als würde sein Kopf losgelöst im Dunkel schweben. Er holt einen rostigen Schlüssel aus der Hose. Nachdem er das Schloss entriegelt hat, schubst er die Tür mit der flachen Hand auf.

Ich hätte erwartet, dass sie ein Quietschen von sich gibt, aber sie schwebt lautlos auf. Dahinter ist einfach nur Schwärze.

Der Dürre nimmt eine Blendlaterne, die in einer Halterung neben der Tür steckt, und entzündet sie mit der Öllampe. Er überreicht sie mir, dann wendet er sich ab und verschwindet stumm zurück in Richtung Gemeinschaftsraum. Seine Schritte verklingen in den Gängen.

Beim Eintreten ziehe ich den Kopf ein, diese Tür ist niedriger als die gewöhnlichen Steintüren in den Katakomben. Vorsichtig leuchte ich mit der Blendlaterne durch den Raum.

Buchrücken schmiegt sich an Buchrücken. Die Regale gehen zwei Manneslängen in die Höhe, ganz bis unter die steinerne Decke. Sie türmen sich im Viereck die Wände der Kammer entlang, in deren Mitte ein massiver Holztisch steht.

Die Bretter der Regale biegen sich unter den zahlreichen Büchern. Einzelne sind umgefallen, es liegen aber auch ein paar lose Stapel auf dem Boden. Und in einem der Fächer sind bestimmt um die hundert Schriftrollen aufgeschichtet. Ich schlucke. Tausende Geschichten, Tausende Gedanken, die hier festgehalten wurden. Pergamente, die die Welt greifbarer machen, Worte, die lebendig bleiben wollen.

Ich stelle die Lampe am Boden ab. Mit seltsam zittrigen Fingern nehme ich eine Schriftrolle aus dem Regal, rolle sie auf und halte sie ins Licht. Ich überfliege ein paar Zeilen. Es sind Listen von Handelswaren.

In der Ecke neben der Tür steht eine kleine Leiter, ich klettere sie rauf, um auch an die obersten Reihen zu gelangen. Ich lasse den Finger einmal über die Buchrücken gleiten. Ein Kribbeln steigt in mir hoch. Ich puste ein paar Spinnweben und Staubflusen zur Seite, sie wirbeln in der Luft.

Warmzeiten und Kaltzeiten. Ich liebe neue Wörter. Neugierig ziehe ich das Buch mit der Aufschrift aus dem Regal. Es liegt schwer in meiner Hand. Ich schlage es auf und blättere durch die Pergamente. Die beschriebenen Seiten haben einen ganz eigenen Geruch. So, als wäre ein bisschen von dem Ort zurückgeblieben, an dem sie entstanden sind.

Ich setze mich an den Tisch in der Mitte und zünde mehrere Kerzen darauf an, sodass ihr Lichtkreis bis an die Ränder der Buchseiten grenzt.

Umgeben von diesen Büchern breitet sich eine Ruhe in mir aus, die ich seit der Nachtwache nicht mehr verspürt habe. Die Anspannung hat mich die ganze Zeit verfolgt.

Zuerst orientiere ich mich an den großen Überschriften. Es gibt auch Seiten mit Zeichnungen und Abbildungen von Stürmen und Regen. Sie sind mit einem Kohlestift skizziert. Gewitterwolken und Blitze.

Bei dem Wort *Nebel* bleibe ich mit dem Finger stehen.

Sofort denke ich an die seltsame milchige Schicht, den Nebel auf dem Friedhof.

Einer der Forscher geht davon aus, dass der Nebel der Atem des Bodens ist. Ähnlich wie der eigene Atem, wenn man ihn bei kalter Luft ausstößt und er sich in Rauch verwandelt.

Ein anderer denkt, Nebel bildet sich, wenn sowohl das Gras als auch die Erde kein Wasser mehr aufnehmen können und das Wasser im Boden erst tiefer sinken muss, um Platz zu machen. So wäre Nebel eigentlich nur Wasser, das wartet.

Ich sauge die Sätze nur so in mich auf.

Und trotzdem ist mir das zu wenig. Sie können doch nicht wirklich davon ausgegangen sein, dass dies eine vollständige Erklärung ist. Wo bleibt die Frage nach dem Warum? Auf den weiteren Seiten wird nur noch beschrieben und erzählt.

Besonders viel lese ich über die *Stummen Lande*, das Niemandsland vor dem Königreich Cavion, eine riesige Erdfläche, auf der nichts wächst und wo es nichts gibt außer Nebel.

Ich schüttle den Kopf. Manchmal macht mich dieses neue Wissen verrückt. Ich erfahre, dass diese Dinge existieren, und gleichzeitig kann ich es mir kaum vorstellen. Unglaublich, dass all dies schon da war, während ich Tag für Tag in den Minen Steine geschlagen habe.

Auf der nächsten Seite finde ich Beschreibungen über die Nebelbänke im Nordgebirge. Sie können urplötzlich auftauchen und alles, was ihnen in den Weg kommt, verschlingen.

Es schaudert mich. Auch auf dem Friedhof kam es mir vor, als würde der Nebel urplötzlich auftauchen und sich dann wieder lichten. Aber von dem Friedhofsnebel finde ich nichts in den Büchern.

Und überhaupt will ich noch so viel mehr wissen. Von diesem Etwas in den vermauerten Minen, von der alten Kultur und wie sie diese Katakomben genutzt haben. Ich will mehr erfahren über all die Legenden von den Vogelwesen. Über den blau schimmernden Stein, damals im Bergwerk. Eigentlich müsste ich schon längst weitersuchen, es gibt wichtigere Themen. Nur, wo fange ich an? Wo höre ich auf?

Ich gehe mit der Lampe zurück ans Regal und suche hastig die Buchrücken ab. *Nordgebirge, Trivium, Völkergruppen, Kräuter, Lavis: Gesammelte Berichte* – hier stoppe ich.

Ich ziehe das Buch hervor, eile zurück zum Tisch, schlage es auf.

Ich überfliege ein paar Abschnitte, es scheint sich um Berichte von Favilla-Spionen zu handeln.

... Die Stimmung am Hof kam mir sehr gezwungen vor, die Gärten selten besucht, tagsüber sah man die Haremsdamen kaum, selbst guten Tee und Gebäck haben sie verweigert ... Sie alle, besonders aber die engsten Vertrauten und der Brennende König selbst, wissen genau, wie man sich im Verborgenen hält. Ihre Privatgemächer sind strengstens bewacht. Prinzessinnen und Thronfolger in den innersten Bereichen nahezu eingesperrt. Das Einzige, was nach außen dringt, ist der ewig verbitterte Kampf der Thronfolger, der mit allen Mitteln ausgefochten wird. Wenn der alte König stirbt, dann gibt er seinen Mantel an den weiter, der sich am meisten darum verdient gemacht hat ...

... In den vergangenen drei Jahresumläufen ist er mir nur einmal flüchtig begegnet. Alles, was ich zu Gesicht bekam, war der Schwung seines roten Umhangs, prächtig, tiefrot – lebendig wie fließendes, frisches Blut ...

... Er bleibt verhüllt, so wie seine Vorfahren in den drei vergangenen Jahrhunderten und all jene, die noch folgen werden ...

Wenn ich nur schneller lesen könnte! Wenn ich doch nur einmal alles durchblättern müsste, um es im Kopf zu behalten, sosehr ich all das aufnehmen will, die Buchstaben verschwimmen müde vor meinen Augen.

Verärgert schlage ich das Buch zu. Ich muss zurückkommen.

Eine Weile starre ich einfach nur auf die Tischplatte, schabe dabei die Wachstropfen mit den Nägeln vom Holz.

Wie Claire. Meine Kehle verengt sich.

Immer wenn ich sie zu Bett brachte und sie zudeckte, hatte sie einen Riesenspaß daran, das Wachs vom Holzboden zu pulen. Mit ihren ungeschickten Fingerchen kratzte sie daran herum und bat mich anschließend, einen neuen Wachstropfen von der Kerze auf das Holz fallen zu lassen.

Meist musste ich ihre Hand zurückhalten, sonst hätte sie in das heiße, noch flüssige Wachs gefasst und sich die Finger verbrannt. Ich musste es immer wieder sagen. Aber das war nicht weiter schlimm, sie konnte es nicht verstehen. Claire ist eine der *Unbrauchbaren*, so sagt man in Lavis dazu.

In meinen Augen ist Claire genauso wie alle anderen Menschen. Sie kann lachen und weinen, sich ärgern und wütend sein, nur eben ein bisschen anders. Genauso, wie sie eben ein bisschen anders aussieht.

Sie hat ein sehr rundes Gesicht, und ihre Augen stehen etwas weit auseinander, sie haben eher die Form von Schlitzen, und wenn sie lacht, dann bleiben nur noch zwei Striche. Ihr Lachen ist mein Lieblingslachen. Das herzlichste und unbekümmertste, das ich kenne.

Sie hat jetzt vierzehn Jahresumläufe hinter sich, sieht aber aus, als wären es vielleicht erst neun. Ihr Verständnis kann gerade mal mit dem von Kindern mithalten, die vier Jahresläufe zählen.

»Noch mal«, schrie sie. »Noch mal!«

»Pssst.« Ich strich ihr die braunen Haare aus dem Gesicht. »Mama und Papa wollen doch schlafen.«

Sie schlug die Hand vor den Mund und schielte mich an. »Ups.« Sie lachte wieder. Ein letztes Mal ließ ich Wachs neben ihrem Bett auf den Boden tropfen. Ich bin mir sicher, sie hätte dieses Spiel auch die ganze Nacht fortsetzen können. Sie konnte sehr fordernd sein. Aber ihr Lachen war es mir wert.

Es ist ein Wunder, doch wir fanden eine Aufgabe für sie im Bergwerk. Wir haben nicht aufgegeben, ihr die Arbeit für die Minen beizubringen, stundenlang mit ihr geübt.

Während der Schicht packte mich oft die Angst, manchmal sprang ich schlagartig von meinem Arbeitsplatz auf, um nach ihr zu sehen. Meistens schlug sie ganz friedlich nach den Steinen. Vielleicht etwas ungeschickt, und sie schaffte es, sich dabei dreckiger zu machen als alle anderen, aber sie schien zufrieden mit ihrer Aufgabe zu sein.

Auch wenn ihre Steine nicht für ein volles Pensum genügten, niemals hätten wir daran gedacht, das zu machen, was manche Familien in Lavis mit den *Unbrauchbaren* tun. Wir füllten ihre Rationen mit Teilen von unseren auf. Es war mehr als hart, aber wir schafften es irgendwie.

»Jetzt musst du aber schlafen.« Ich deckte sie zu, woraufhin sie mir einen Schmollmund zeigte.

Eben wollte ich die Kerze auspusten, da schrie sie wieder auf. »Ich will!«

»Na gut.« Ich lehnte mich zurück, und sie pustete einmal kräftig.

»Schlagen wir morgen wieder Steine?«, drang ihre Stimme dann aus der Dunkelheit. Sie stellte mir diese Frage fast jeden Abend.

Das werden wir, Claire, sogar so viele, wie wir können.

Der Satz ist wie eingebrannt in mein Hirn, und ich flüstere ihn noch mal vor mich hin. Hier in der Bibliothek von Favilla, wo er sich plötzlich ganz fremd anfühlt, ganz weit weg.

Ich sehe der kleinen Flamme vor meinen Augen zu, wie sie hin und her flackert. Ich schließe die Lider, atme einmal tief durch.

Ich habe dich so lieb, Claire.

Ich schlucke. Vergrabe das Gesicht in den Händen.

Ich will es nicht zugeben. Nicht mal vor mir selbst. Dabei weiß ich es doch eigentlich – es geht mir gut.

Ich habe es bei den Gesprächen mit Jon gemerkt, ich habe es in den Unterrichtsstunden gemerkt. Mit jeder neuen Möglichkeit, die ich hier geschenkt bekomme, habe ich es gemerkt.

Ich fühle mich freier, besser. Ich bin mehr als froh, dass ich mich auf die Türschwelle setzen musste.

Auf Favilla gibt es niemanden, um den ich mich kümmern muss. Zum ersten Mal gibt es nur mich.

Ich konzentriere mich auf meinen Atem, darauf, wie die Luft bis in meinen Bauch strömt.

Es ist Zeit, die Bibliothek zu verlassen.

Ich puste die Kerzen aus. Für einen Moment bleibe ich noch sitzen und warte, bis der Duft verfliegt, warte, wie ich mit Claire gewartet habe, bis der letzte Funke am Docht erloschen ist.

Ich lausche in die Stille. Ich kann es deutlich hören. Irgendein Rauschen. So ähnlich wie der Wind, wenn er die Bäume aufbauscht. Ein stetiges, leises Rauschen, das irgendwo aus den Wänden kommt.

Ich sehe einmal an die Decke und zu allen Seiten.

Geräusche in den Katakomben haben meist etwas zu bedeuten. Das weiß ich jetzt. Zumindest das.

6

Favilla. Gemeinschaftsraum.

Nur einen Strich am Stundenglas hat der Sand noch nicht erreicht. Gleich ist Nachtruhe. Von der Feuerstelle geht eine wohltuende Wärme aus. Wenn ich zwischen den anderen Schülern dort sitze, wird mir manchmal sogar zu warm. Ein seltenes Gefühl in Favilla.

Ich stehe an der Schwelle und beobachte Estelle und Sam. Sie sitzen auf ein paar Fellen an die Wand gelehnt. Estelle sieht ziemlich aufgewühlt aus. Sie redet auf Sam ein und schüttelt dabei den Kopf, greift sich verzweifelt in die Haare. Zwischen dem ganzen Stimmengewirr im Raum und dem Prasseln der Flammen ist kein Wort von dem zu verstehen, was Estelle sagt.

Sam fällt es schwer, ihr ins Gesicht zu sehen. Immer wieder schaut sie zu Boden. Traurig? Beschämt?

Estelle redet einfach weiter, und dann steht Sam plötzlich ruckartig auf. Sie feuert einige Worte zurück und stürmt Richtung Ausgang. Ich stehe immer noch an der Schwelle, und sie fegt nur knapp an mir vorbei, ohne mich überhaupt zur Kenntnis zu nehmen. Mir steigt kurz ihr Duft in die Nase, den ich jetzt irgendwie schon kenne.

Ich sehe ihr verwundert hinterher. Was war das denn gerade? Als ich mich wieder umdrehe, steht Melvin plötzlich vor mir.

»Komm schon, die Würfel warten.« In seinen Augen blitzt die Vorfreude. Dann mustert er mein Gesicht und sieht von mir in das Dunkel des Gangs, wo Sam gerade um eine Ecke verschwindet. »Wenn du gewinnst, verrate ich dir ein Geheimnis über sie.«

Zuerst runzle ich die Stirn. Welches Geheimnis über Sam sollte denn bitte interessant für mich sein?

Aber wie auch immer – *Könige und Narren* bedeutet für mich eine Auszeit von allem. Es bedeutet Entspannung nach einem harten Kampftraining, wenn die Muskeln noch brennen. Es bedeutet Abwechslung zu den kalten Gängen und der Dunkelheit, es bedeutet Ablenkung von den roten Flecken auf Jonathans weißer Schürze. Es tröstet mich, wenn ich Claire vermisse.

Würfelwerfen hat mit alldem nichts zu tun. Sie fallen auf den Boden und rollen vielleicht noch ein kleines bisschen. Aber irgendwann bleiben sie stehen, völlig willkürlich. Sie entziehen sich der Favilla-Kontrolle oder der Angst im Nacken.

»Wer spielt mit?«, frage ich.

Melvin deutet mit dem Kopf einmal auf die Schüler hinter dem Brunnenschacht. Dort sitzen Nora, Johanna, Phil und Liv.

»Alles klar, ich bin dabei.«

»Sehr gut.« Melvin schiebt mich an den Schultern vorwärts.

Und irgendwie will ich dieses Spiel nun wirklich gewinnen. Es geht einfach ums Prinzip, sage ich mir, weil Melvin mich neugierig gemacht hat und weil jedes Geheimnis dazu da ist, aufgedeckt zu werden.

Plötzlich tippt mir jemand auf die Schulter. Ich drehe mich um.

Lennart steht vor uns, er hat die Arme nun hinter dem Rücken verschränkt. Es sieht komisch aus, so, als ob er da wirklich etwas verstecken würde.

»Darf ich eine Runde mitspielen?« Er guckt uns mit seinen Insektenaugen an.

»Wenn du verlieren willst«, sagt Melvin.

Ich sehe von ihm zu Lennart. »Aus irgendeinem Grund schafft er es jedes Mal, zu gewinnen«, kläre ich Lennart auf. Der zuckt mit den Schultern.

»Gut«, sage ich dann. »Wenn man es ein paarmal gespielt hat, versteht man, wie es funktioniert.«

Wir setzen uns zu den anderen auf den Boden. Bevor wir anfangen, erkläre ich Lennart die Regeln. Im Wesentlichen geht es darum, immer den Wurf des Vorgängers zu übertreffen und so eine Chance auf den Pot zu erhalten. Als Einsatz legt man einen der Kettenhemdringe – unsere Spielsteine – in die Mitte. Spannend wird's dann, wenn man sich entscheidet, noch zusätzliche Ringe in die Mitte zu legen, um einen Vorteil zu erhalten. Man kann damit seinen Würfelwurf im Voraus erhöhen oder eine Erhöhung beim Gegner kontern, und für fünf Ringe darf man seinen Wurf sogar nachträglich wiederholen. Klappt es dann aber trotzdem nicht, ist man seine Ringe schneller los, als man *Phönix* sagen kann.

»Du kannst auch erst eine Runde zuschauen«, sage ich zu Lennart, nachdem ich einmal schnell mit allen Einzelheiten durch bin, »dann wird das Ganze etwas klarer.«

Lennart schüttelt den Kopf. »Ich habe es verstanden.« Er schnappt sich direkt zehn der Kettenhemdringe.

»Ich glaube, du willst hochgradig verlieren.« Melvin reibt sich die Hände.

»Ich denke, *ihr* werdet verlieren«, sagt Lennart ein klein bisschen zu ernst, die anderen gucken irritiert, und ich lache einfach schnell, so, als ob Lennart einen Witz gemacht hätte.

Das Spiel beginnt. Liv legt einen ersten Kettenhemdring in die Mitte und würfelt eine Fünf und eine Zwei. Das setzt man zu einer 52 zusammen.

Lennart überlegt einen Moment, obwohl es bei einem zweiten Spielzug noch nicht wirklich viel zu überlegen gibt, dann legt er einen Ring in die Mitte und greift direkt nach den Würfeln. Die Ärmel des Leinenhemds haben fast dieselbe Farbe wie seine Haut. Er schafft es, Liv um zwei Augen zu überbieten.

»Da bin ich dabei«, ruft Melvin. Er schüttelt die Würfel einmal kräftig in den Händen, seine Zunge guckt ein bisschen aus dem Mund. Er wirft eine 62.

Mist. Ich kratze mich am Hinterkopf.

Am Anfang des Spiels ist es enorm wichtig, Kettenhemdringe zu sammeln, damit man die restlichen Runden davon runterspielen kann. Nur eine 63, 64, 65 oder ein Pasch können mir helfen. Ich könnte Melvin auch die Ringe überlassen und einen neuen Pot aufmachen.

Aber ich habe ein gutes Gefühl bei dem Wurf, und darauf sollte man immer hören. Los geht's.

Die Würfel rollen über die Steinplatten. Melvin presst gespannt die Lippen aufeinander. Tatsächlich: ein Pasch vier.

»Ha!«, rufe ich, lehne mich zurück und werfe Melvin einen amüsierten Blick zu.

Jetzt ist Nora an der Reihe, sie passt natürlich, deshalb lege ich zwei weitere Kettenhemdringe in den Pot, um sie zu zwingen.

Sie seufzt, trotzdem lässt sie die Würfel mit Schwung fallen.

21.

Ich stöhne auf. Sie hat den Phönix geworfen!

»Ha!«, jubelt sie. »Tja, Noel, dann spendier mal ein paar Ringe!« Sie deutet mit den Händen in die Runde.

Das bedeutet nun, dass ich zwar den Pot zurückbekomme, weil sie mit der niedrigsten Zahl auf jeden Fall verliert. Aber bei einem Phönix muss der mit den meisten Kettenhemdringen an jeden Mitspieler einen Ring abgeben. Und letztendlich mache ich um einen Ring Minus. So hatte ich mir das Ganze nicht vorgestellt. Melvin zeigt mir die obere Zahnreihe.

Und trotzdem mag ich sein triumphierendes Gesicht, ich mag auch den Ärger in Phils Gesicht, die Spannung bei Nora oder die Verzweiflung bei Johanna, als wir nun weiterspielen. Weil diese Emotionen manchmal so fern von der Wirklichkeit sind und doch so klar – so ehrlich.

Liv, Nora und Phil sind schon ausgeschieden. Nicht mehr lange, und der Dürre wird das Stundenglas umdrehen. Die knappe Zeit wirkt sich deutlich auf unser Spiel aus, sie bringt uns dazu, mehr Risiko einzugehen. Mittlerweile besitzt Melvin die meisten Eisenringe. Lennart folgt ihm dicht auf Platz zwei.

Er starrt angestrengt auf die Würfel, ein paar Schweißperlen glitzern auf seiner Stirn. Aber auch ich bin viel nervöser als sonst. *Was ist Sams Geheimnis?*

Wenn ich jetzt erhöhe, kontert Lennart mich weg. Das würde nichts bringen. Ich fahre mir ein paarmal durch die Haare, streiche sie aus dem Gesicht, sie fallen wieder vor, ich streiche sie wieder zurück. Was soll ich tun?

Ich lege einen Kettenhemdring in den Pot.

Die Würfel wirbeln in meinen gefalteten Händen umher, schließlich lasse ich sie fallen. Ich bin drunter. Mist.

Ich lege fünf Ringe in die Mitte. Ich wiederhole den Wurf.

Wieder drunter. Mist.

Hat es mit dem Streit mit Estelle zu tun? Hat sie irgendetwas angestellt? Oder ist es etwas ganz anderes? Auf einmal interessiert es mich brennend, aber erst mal muss ich dieses Spiel gewinnen.

Ich wiederhole noch zweimal, aber das Glück scheint mich verlassen zu haben.

Der letzte Versuch. Einer der Würfel bleibt auf einer Kante des Steinbodens liegen. *Komm schon, 5 oder 6!*

Ich beiße die Zähne aufeinander.

Er fällt.

4.

Ich bin raus.

»Das gibt's nicht!« Ich springe auf und wuschle Melvin einmal verärgert durch die Haare. Wie schafft er das nur jedes Mal?

Eine Weile geht es zwischen ihm und Lennart hin und her, dann sind wir beim großen Finale. Lennart wirft einen unglaublichen Sechserpasch. Das ist so gut wie unschlagbar. All seine Kettenhemdringe liegen im Pot.

Ich schaue zu Melvin, aber sein Gesicht sieht noch entspannt aus. Er hat den Kopf ein wenig geduckt und schaut schelmisch zu Lennart. »Mein Freund, du hast Talent, das muss ich dir lassen.« Lennart kann es wohl kaum erwarten, den vollen Pot an sich zu reißen und Melvin endlich vom Thron zu stoßen. Gespannt starrt er auf die Spielfläche.

»Aber ich spiele das schon eine Weile, lass mich mal machen«, sagt Melvin nun.

Er schmeißt vier seiner Kettenhemdringe in den Pot, damit erhöht er seinen Wurf bei einem Pasch um vier. So kann er mit einem Pasch drei, der dann entsprechend erhöht wird, sozusagen auf Pasch sieben kommen. Die Wahrscheinlichkeit, zu gewinnen, ist trotzdem sehr gering.

Er verwirft.

Lennart atmet aus.

Melvin zahlt fünf Steine, um zu wiederholen. Er verwirft noch mal.

Lennart wechselt die Sitzposition. Vom Schneidersitz in die Hocke, von der Hocke wieder in den Schneidersitz.

Nur noch ein letzter Wurf. Der goldene Wurf. Melvin zwinkert mir einmal zu, als ob er mir damit zu verstehen geben will, dass er sich jetzt schon sicher ist, das Spiel zu gewinnen.

Ich wedle am Kragen von meinem Leinenhemd, es ist viel zu warm hier drin. Ich kann mir vorstellen, wie die Würfel in seinen heißen Händen pochen. Es ist, als hörte ich das Knochenmehl hinter mir auf den hohen Sandberg rieseln.

Lennart schaut immer noch völlig angespannt auf den Boden.

Die Würfel klappern über den Stein. Es ist ein vertrautes Geräusch, alle halten inne, so, als würde die Zeit verlangsamt werden.

Ein Viererpasch. Das reicht.

Melvin springt auf und reckt die Faust nach oben, trommelt mir dann wie ein Verrückter auf dem Rücken rum.

Zuerst bleibt Lennart noch kurz in seiner Starre, dann schluckt er. Er stützt sich mit den flachen Händen auf dem Boden ab, ich sehe, wie sich sein ganzer Körper verkrampft. Als er aufschaut, meine ich, Tränen in seinen Augen zu sehen.

»Das war unfair«, sagt er. »Die Wahrscheinlichkeit, dass du meinen Pasch übertriffst, war zu gering. Ich habe die ganze Zeit besser gespielt als du. Das war einfach nur Glück.«

»Tja, Meisterschütze«, sagt Melvin und stützt sich mit dem Ellenbogen auf Lennarts Schulter ab. »Irgendwann müssen wir alle mal verlieren.«

Melvin scheint es vielleicht noch nicht bemerkt zu haben, aber

Lennart sieht wie ein ausgesprochen schlechter Verlierer aus. Das Blut schießt ihm in den Kopf, seine Wangen sind knallrot, und entweder fängt er gleich an zu weinen, oder er wird Melvin die Kettenhemdringe ins Gesicht schmeißen.

Nora lockert die Situation zum Glück ein bisschen auf. »Wir sollten das Zeug wegräumen«, sagt sie und sammelt die ersten Eisenringe in ihrer Hand. »Die Knochenuhr wird gleich umgedreht.«

Während wir gemeinsam das Spiel aufräumen, scheinen sich allmählich alle wieder zu beruhigen. Meine Augen wandern durch den Raum. Wir sind die Einzigen, die noch hier sind, bis auf Estelle.

Normalerweise sitzt sie nie so lange da und reizt die Zeit bis aufs letzte Knochenmehlkörnchen aus.

Sie hebt einmal kurz den Kopf, unsere Blicke treffen sich. Sie schenkt mir ein aufgesetztes Lächeln, und ich schaffe kaum, es zu erwidern.

»Gehen wir«, sagt einer in der Runde. Ich löse den Blick von ihr und schließe mich dem Rest an.

In den Gängen quatscht Melvin mich ohne Pause voll, seine Stimme hallt laut von den Wänden zurück. »Ich meine, du hast dein Bestes gegeben, Großer. Ich hab auch kurz überlegt, ob ich dich gewinnen lasse. Aber war nicht drin. Na ja … ich würde mich an deiner Stelle ganz schön ärgern, das Geheimnis jetzt nicht zu erfahren.«

Wir laufen eine Weile, aber ich muss immer noch an Estelle und an ihren Streit mit Sam denken.

»Stell dir vor, diese Information ist überlebenswichtig«, redet er weiter. Natürlich weiß er, dass ich neugierig bin, dieser Vogel!

Erst in der Zelle gehe ich auf ihn ein. »Nun sag mir schon das Geheimnis, du wirst es ohnehin nicht für dich behalten können.«

Er schüttelt sein Fell auf und zupft es an den Seiten zurecht, sodass es keine Falten schlägt. Es muss immer glatt gestrichen sein, bevor er sich drauflegt.

»Ha.« Er lacht auf und zeigt einmal mit dem Zeigefinger nach oben. »Das ist ja nun Quatsch. Aber na gut, ich bin ja nicht so, ich erzähle es dir.«

»Na also.« Ich lasse mich auf den Rand meines Bettes plumpsen, versuche, gleichgültig zu tun, aber ich kann es kaum abwarten.

Melvin kostet den Moment sichtlich aus, er schiebt den Docht der Öllampe etwas niedriger, sodass die Zelle in schummrigem Licht liegt. Danach setzt er sich ebenfalls auf sein Bett, stützt die Hände auf den Knien ab. Er räuspert sich, wartet, dann erst spricht er: »Die Sam grunzt beim Lachen.«

»Was?«, frage ich.

»Wenn Sam richtig lacht, dann grunzt die dabei«, wiederholt er. »Du weißt, ich versuche mich ab und zu mal an ein paar Späßen, nur sie geht meist nicht darauf ein. Aber einmal …«, er streicht sich über den Mund, »ein einziges Mal, ich glaube, es war irgendwann im Zirkel, und ich weiß nicht mal mehr, was ich erzählt habe, da hat sie sich nicht mehr eingekriegt.« Er deutet mit der Hand eine Höhe vom Boden an. »Und dieses kleine, süße Mädchen hat so richtig, richtig gelacht und dabei gegrunzt.«

Ich lehne mich zu ihm vor. »Melvin, *das* ist das Geheimnis?«

»Ja«, sagt er.

»Du mieser Trottel, warum erzählst du mir das denn?«

»Ja, ist doch voll wichtig.« Er macht es mir nach und lehnt sich weiter nach vorn. Seine Stimme klingt nun etwas ernsthafter. »Du musst bei der Nachtwache ständig neben ihr sitzen, und ich kann mir vorstellen, wie sie dich anschweigt, so wie Sam eben manchmal schweigt, und ich dachte, falls du dich deswegen ärgerst, kannst du dich daran erinnern, dass sie grunzt beim Lachen und dass sie nämlich eigentlich entspannt drauf ist.«

Ich zögere einen Moment. »Ja«, sage ich dann auch ernster. »Das Gefühl hatte ich auch schon.«

»Was soll das heißen?« Melvin grinst verräterisch.

»Nichts weiter.« Ich fahre mir durchs Haar. »Ich glaube nur, sie ist wirklich in Ordnung.«

7

Favilla. Friedhof.

Unter der Erde vergisst man, welche Kraft der Wind hat und wie sich Regen anfühlen kann. Wie Nadeln, die auf die Haut peitschen. Hier draußen ist ein Sturm aufgezogen, in Favilla ist alles still.

Ich sehe das Amphitheater hinauf, in kleinen Wasserfällen ergießt sich der Regen über die breiten Stufen. Es dauert nicht lange, und wir sind komplett durchnässt, das Leinen klebt an unserer Haut, und die Lederplatten auf den Schultern fühlen sich noch schwerer an als sonst.

Mit schnellen Schritten durchqueren wir die Allee zum Wachtposten. Um wenigstens ein bisschen geschützt zu sein, suchen wir uns einen Platz unter einem Baum. Er liegt nur drei Schritte von den Vogelmännerstatuen entfernt. Von hier aus kann man das Flügeltor etwas schlechter einsehen, aber es sollte noch reichen.

Immerhin hat der Sturm den Nebel vertrieben. Selbst die unerträgliche Stille hat der Wind davongejagt, das Geräusch des Regens hat ihren Platz eingenommen: ein unermüdliches Platschen, das in seiner Heftigkeit wie ein einziges lautes Rauschen in meinen Ohren dröhnt.

Hinter den Anhöhen und Gräberreihen gleißen die Blitze auf. Gezackte Linien, die den Nachthimmel zerteilen.

Wir setzen uns auf zwei Steine und warten, aber der Donner kommt nicht. Vermutlich noch nicht.

Sam zieht die Beine an sich und schlingt ihre Arme darum. Ihr strohblondes Haar sieht ein wenig dunkler aus, wenn es nass ist, und es klebt ihr an den Wangen. Sie stützt ihr Kinn auf den Knien ab.

Ich lehne mich neben sie an den Baumstamm.

»Nora und Ellinor haben gestern noch mal ein aufgebuddeltes Grab entdeckt«, sage ich.

»Was, wenn es doch der Totengräber war?«, fragt Sam und gähnt.

»Womöglich.« Ich wische mir über den Mund. »Aber ich glaube, …«

Sam hebt plötzlich das Kinn. »Scht.« Sie deutet nach vorn. »Er kommt.«

Jetzt erkenne auch ich die schwarze Gestalt und höre Füße in den Matsch einsinken, in die Pfützen platschen und weiter vorwärtsschlurfen. Er scheint wohl gern mit uns zu sprechen.

»Vielleicht war es auch etwas ganz anderes«, sagt der Totengräber, während er den Hügel heraufsteigt, so, als hätte er unser Gespräch die ganze Zeit schon belauscht. Vor uns kommt er zum Stehen. »Eine Bestie.« Er weitet die Augen. Ein Matschklumpen klatscht von der Schaufel auf den Boden. Der Totengräber duckt sich ein wenig vor, schiebt den Kopf einmal nach rechts und links, wie um sicherzugehen, dass wir unbeobachtet sind. Dann tritt er noch mal einen Schritt näher unter den Schutz des Baumes und senkt die Stimme. »Ihr habt noch nie von der Legende des Fleischreißers gehört, hä?«

»Welche Legende?«, frage ich. Ich habe noch nichts von so einer Legende gelesen, auch Jon hat nichts dergleichen erwähnt.

Der Totengräber hebt die Schaufel einmal an und stößt sie dann wieder in den Matsch, als wolle er den Boden markieren.

»Das ist keine schöne Geschichte, mein Bursche.« Er leckt sich einmal mit der Zunge über die große Zahnreihe. Regentropfen sammeln sich an den Enden seines Barts.

»Erzähl«, sage ich.

Er grinst hämisch. »Es war ein Volk«, beginnt er und stützt sich mit dem rechten Ellenbogen auf die Schaufel.

Seine Hand knickt vorn komisch ab. Ich bin überrascht, als seine heisere Stimme auf einmal stark und klar wird.

»Gestaltenwandler. Sie lebten vor vielen Hundert Jahren. Tagsüber waren sie Menschen wie alle anderen, nachts, wenn das Schwarz über das Land zog, verwandelten sie sich in grässliche Bestien mit glänzendem, dunklem Fell und langen Fangzähnen. Ein Schlag ihrer gewaltigen Klauen konnte einen erwachsenen Mann zerreißen. Trotz allem waren sie ein friedliebendes Volk, hatten sich zurückgezogen in die Wälder, um niemandem etwas anzutun, wenn das Tier in ihnen die Herrschaft übernahm. Aber die Menschen fürchteten sich vor ihnen und begannen, sie zu jagen. Einem Mann, der einen abgeschlagenen Bestienkopf von der Jagd zurück in sein Dorf bringen konnte, wurden Ruhm und Ehre zuteil. So wurden sie nach und nach fast vollkommen ausgerottet. Irgendwann waren es nur noch zwei ihrer Art, die übrig waren: ein Vater und seine Tochter. Es schloss sich eine Truppe von Menschen zusammen, die es sich zur Lebensaufgabe machten, auch diese beiden letzten Kreaturen zu vernichten, die Rasse endgültig auszulöschen. Eines Tages erwischten sie das Mädchen. Sie trieben sie in ihrer menschlichen Gestalt vor sich her und durchbohrten sie schließlich mit einem Speer vor den Augen ihres Vaters. Den Vater verwundeten sie schwer, er konnte fliehen, doch er war tödlich verletzt … Und just in dem Moment, als die Nacht hereinbrach und das letzte Zeitkorn fiel, verließ ihn das Leben. Doch so geschah es, dass nur sein Menschenkörper ins Reich der Toten überging und die Bestie weiterlebte. Die Gedanken von Wut und Schmerz getrieben und mit nur einem Ziel: Er wollte den Leichnam seiner Tochter. Er wollte sich verabschieden, wie sein Volk das immer schon getan hatte, sie bestatten nach den alten Traditionen. Das Volk glaubte, die Schwelle zur anderen Welt könne nur überquert werden, wenn der Leichnam in eine Felsspalte im Gebirge gelegt werde. Und während ihn alles andere Menschliche verlassen hatte, so war dieses Bestreben geblieben, es brannte in seinem leidgeplagten Hirn. Die Jägertruppe übergab den Leichnam seiner Tochter dem Totengräber von Lavis, heißt es. Dieser sollte ihn begraben, und zwar hier unter dieser Erde, hier auf diesem Friedhof. Und der Vater begann zu suchen. Er suchte und suchte. Er zerfetzte Trauernde, fraß Leichen, und wenn er nicht gerade nach Futter jagte, totes oder lebendiges Fleisch riss, dann buddelte er. Ganze Kriegertrupps brachte man auf den Friedhof, um der Bestie Herr zu werden, aber auch sie hat er getötet, niemand konnte ihn zur Strecke bringen. In diesen Tagen war der Friedhofsboden getränkt von Blut. Irgendwann war der Fleischreißer nicht mehr da, vom einen Tag auf den anderen. Er war einfach verschwunden, und keiner wusste wohin und ob er jemals wiederkommen würde.«

Der Totengräber sieht einmal in die Ferne. »Wenn ihr mich fragt: Vielleicht haben sie das tote Mädchen auch einfach irgendwo in den See geschmissen, das geht schneller. Aber die Bestie, der Fleischreißer, wer weiß, was ihn damals vom Friedhof getrieben hat.« Und jetzt zuckt seine baumelnde Hand einmal hoch. »Und ob dieser Abschied für immer war.«

Für einen Moment schweigen wir. Das Gesicht des Totengräbers leuchtet im Licht der Blitze auf.

Er beugt sich noch einmal zu uns, dabei schwingen die nassen dunklen Haarsträhnen an seinem Kopf vor und zurück.

»Also haltet die Augen offen«, krächzt er und blickt zu Sam. »Nicht, dass noch jemand versucht, dich in einer Felsspalte zu begraben.«

Mit einem Schlag scheint es noch dunkler geworden zu sein. Der Totengräber zieht die Nase hoch, dann stapft er zurück in den Sturm.

Ich merke erst jetzt, wie sehr die Kälte bereits an mir zehrt. Sie hat sich durch die Kleidung gefressen, haftet eisig an mir. Nicht mal der dicke Stoff des Zirkelumhangs kann sie fernhalten.

Sam reibt sich die Arme und kreuzt sie dann wieder über ihren Knien.

»Möchtest du meine Robe haben?«, frage ich sie.

Sam schüttelt den Kopf. »Geht schon.«

Aber ich sehe, wie sie doch gegen die Kälte kämpft, wie sie fest auf die Zähne beißt, damit sie nicht klappern.

»Bist du dir sicher?«, frage ich noch mal.

»Ich komme klar.« Sie wirft mir einen scharfen Blick zu. Ich habe schon verstanden, dass ich nicht noch ein drittes Mal fragen soll.

Eine Weile hören wir dem Stürmen zu.

»Denkst du, es ist wahr, was der Totengräber erzählt hat?«, fragt sie mich plötzlich. »Dass eine Bestie hier ihr Unwesen treibt?«

Ich lasse mir Zeit mit der Antwort. Versuche, mir vorzustellen, wie ein solches Tier durch die Gräberreihen jagt. Dann erst löse ich den Blick aus der Ferne und sehe sie genau an. »Hätte man mir vor einem Jahresumlauf gesagt, dass magische Phönixe im

Königshaus gefangen gehalten werden und dass es irgendwo unter dem Friedhof ein Internat gibt, das versucht, den Brennenden König zu stürzen, dann hätte ich das wohl auch nicht geglaubt.«

Sam schaut ernst. Ich sehe, wie sie schluckt. Mehr gibt es nicht zu sagen.

Die dunklen Wolken planen bereits den nächsten Angriff aus Blitz und Donner. Lange Äste peitschen durch die Luft. Alles wütet. Selbst unter dem Baum tropft das Wasser aus unseren Haaren, und die Leinenhemden triefen, sind längst so nass, dass man sie auswringen könnte.

Ich kann mich nicht erinnern, jemals ein so heftiges Gewitter erlebt zu haben. Die meiste Zeit war ich unter Tage oder in unserer Hütte, selten bekam ich etwas von den Unwettern mit. Einmal erzählte mir mein Vater von einem Blitz, der in eine Hütte eingeschlagen und sie in Brand gesetzt hatte.

Ich seufze. »Komisch, dass man in Favilla nichts hiervon mitbekommt.«

»Du redest tatsächlich immer so viel«, sagt Sam, aber die Andeutung eines Lächelns versteckt sich in ihrem Gesicht, als sie mich ansieht, und plötzlich ist es wieder wie bei der Verkündung im Zirkelraum, es ist, als hätte ich mich kurz erschreckt.

»Nerv ich dich denn damit?«, frage ich.

»Nein.« Sie schüttelt den Kopf. »Wirklich nicht. Ich höre dir gerne zu.« Sie sieht einmal flüchtig zu Boden und dann wieder in mein Gesicht. »Du betonst die Wörter so anders.«

»Ja, das Minenarbeitervolk.«

»Das hat irgendwas.«

»Gab es so etwas bei den Fischern auch?«, frage ich. »Also eine Art Arbeitersprache?«

»Nein, die Fischer sind kein besonders lebhaftes Volk.«

»Du erzählst nicht gern von deiner Vergangenheit, oder?«

»Nein.«

»Warum?«

»Du lässt auch nicht locker.«

»Nein.«

Aber es ist okay, dass sie nicht erzählt und wir wieder zusehen, wie das Wasser die Erde schwer werden lässt.

»Manchmal vermisse ich meine Eltern«, sage ich, »und manchmal fühle ich mich schlecht, weil ich sie nicht arg genug vermisse. Sie hatten es nie leicht.« Ich umklammere den nassen Stoff meiner Hose, reibe ihn zwischen meinen Fingern. »Meine Schwester ist eine *Unbrauchbare*. Ich weiß nicht, wie es bei euch war, aber ...«, ich schlucke. »Bei uns hat man Kinder wie sie oft einfach im Fluss ertränkt. Weil Unbrauchbare ja keine Essensrationen verdienen konnten. Meine Eltern hätten es nie übers Herz gebracht, ihr eigenes Kind zu ermorden. Es war immer für uns alle klar, dass wir zusammenhalten. Wir haben nicht aufgehört, mit Claire zu üben. Meine Mutter, sie hat den Schichtaufseher dazu gebracht, dass er meiner kleinen Schwester eine Chance gibt. Nur einen Probetag im Bergwerk. Sie hat zwar nur kleine Rationen erarbeitet, und wir mussten ihr von unseren Tellern abgeben, aber sie wurde unverzichtbar in den Stollen. Earl und die anderen haben sie geliebt. Ihre süße Art hat die Grubenfrauen und Grubenmänner hin und wieder dieses harte Leben vergessen lassen.«

Ich sehe die beiden vor mir, Earl, wie er mit dem Staub Bilder auf ihre Arme gemalt hat. Eine Blume oder eine Sonne, manchmal einen Stern.

»Es gab keinen Tag, an dem wir nicht in Sorge gelebt haben. An dem wir keine Angst hatten, dass der Schichtaufseher ausgerechnet dann ins Bergwerk kommen würde, wenn Claire gerade einen Fehler machte, und er sie mir dann aus den Armen reißen und königliche Maßnahmen vollziehen würde.« Ich sehe zu Boden. »In der ersten Zeit in Favilla habe ich jeden Tag an sie gedacht. Irgendwann nur noch jeden zweiten. Jetzt nur noch manchmal. Ich schäme mich dafür.«

»Ich habe meinen Vater nicht einen einzigen Augenblick vermisst, und weißt du was?« Sam sieht mich an, ohne mich dabei wirklich wahrzunehmen, und da liegt plötzlich eine Starre in ihrem Gesicht, die mich noch mehr frieren lässt. »Ich schäme mich kein bisschen dafür«, sagt sie, und ich glaube, das Beben unter ihrer Brust förmlich zu sehen, als wäre sie eben gerannt.

Sie gräbt die Finger in die nasse Erde, der Dreck schiebt sich unter ihre Nägel.

»Ich habe es gehasst«, sagt sie. »Die Flecken auf seinen Händen, wie er den Fischen Holzklötze auf den Kopf geschlagen hat, nachdem man sie aus den Netzen geholt hatte, und wie er dann mit diesen stinkigen Händen meine Mutter angefasst hat. Ich habe es gehasst.« Sie beißt sich fest auf die Zähne. »Er war kein guter Mann.«

Jetzt lässt sie den Kopf sinken. Die nassen Haare fallen ihr vor die Augen, sodass ich ihren Gesichtsausdruck nicht mehr erkennen kann.

»Sam«, sage ich vorsichtig. Meine Hand schiebt sich durch den Matsch, berührt fast ihre Fingerkuppen. »Wir können auch über etwas anderes reden.«

Aber dann sehe ich, wie ihre gekrümmten Finger nachgeben, wie sie langsam den Kopf hebt und unter dem Regen zu mir hochblickt. »Ich habe solche Angst um sie.«

Jetzt rutsche ich das letzte kleine Stück mit meinen Fingern zu ihrer Hand, sodass sich unsere Fingerspitzen berühren.

»Es ist in Ordnung, wir haben alle Angst«, flüstere ich, hinter uns grollt es erneut, und noch etwas mischt sich in den Donner: Schritte? Es ist schwer auszumachen, aber ich bin mir sicher, etwas gehört zu haben.

Jons Stimme ertönt deutlich in meinem Kopf: *Das aufgebrochene Grab, es beunruhigt mich.*

Wir müssen etwas unternehmen. Jetzt sofort.

Ich will nicht wieder zurückkehren und Jon davon berichten müssen, dass wir unsere Wache einfach nur abgesessen haben. Ich will mit Informationen zurückkehren.

Wieder Schritte. Auch Sam scheint sie bemerkt zu haben, denn sie dreht sich zu mir.

»Ich werde nachsehen«, sage ich. »Aber einer muss hierbleiben, um im Notfall das Nebelfeuer zu entzünden. Du musst das Flügeltor im Auge haben. Kannst du hier auf mich warten?«

Sie zögert. »Was ist mit der Legende?«

»Das werden wir nur herausfinden, wenn wir der Sache auf den Grund gehen.« Ich umklammere den Speer.

»Gut.« Sie dehnt das Wort. »Gib mir ein Zeichen, wenn …« Sie stockt für einen Augenblick. »Wenn da irgendetwas ist.«

Ich nicke und gehe los. Ich bin mir sehr sicher, dass die Geräusche wieder aus der Stadt der Helden kamen.

Die scharfe Spitze des Speers zeigt voraus. Jons Stimme in meinem Kopf treibt mich an.

Große Pfützen haben sich auf dem Schotter gebildet, und dort, wo der Boden lehmig war, sinke ich jetzt mit den Stiefeln in glitschigen Matsch. Hin und wieder saugen sich die Schuhe mit einem schmatzenden Geräusch fest.

Die Stadt der Helden ragt vor mir auf. Einige der efeubewachsenen Mausoleen sind so groß wie die Hütten aus meinem alten Minenarbeiterviertel, teilweise reihen sich die kleinen, von Säulen gesäumten Häuser dicht aneinander, sodass sie Straßen und Wege bilden.

Hier liegen die großen Krieger begraben, Männer, die Hunderte andere Männer erschlagen haben, die Könige zum Sieg geführt und Schlachten entschieden haben. Über den Grabbögen der Mausoleen sind Schriften eingemeißelt, in Sprachen, die ich nicht kenne. Manche der Grabmäler besitzen ganze Kuppeln als Dach.

Plötzlich höre ich ein Schaben. Ich fahre herum.

Verdammt. Ich muss wachsamer bleiben!

Das Gefühl, nicht allein zu sein, überwältigt mich jetzt. Irgendjemand oder irgendetwas läuft hier herum und könnte mir auflauern. Mich in eine Falle locken. Ich reibe mir den Nacken.

Mit dem Speer kreise ich in alle Richtungen. Strecke ihn vor mich, während ich mich durch die Gassen bewege. Bereit, jederzeit zuzustoßen. Mein Herzschlag hat sich beinahe dem prasselnden Regen angepasst, der unablässig auf mich herabströmt. Für einen Moment denke ich, ich habe die Orientierung verloren. Doch da sehe ich einen Ausgang. Eilig gehe ich darauf zu. Ich komme bei den normalen Soldatengräbern raus. Es sind gebogene Steine, die alle gleich aussehen, hier ist wieder eine Ordnung zu erkennen.

Ich wische mir einmal übers nasse Gesicht. Dann trete ich ein paar Schritte näher. Ich habe mich nicht getäuscht. Da ist wieder ein aufgebuddeltes Grab.

Panisch schaue ich mich um. Jemand muss hier gewesen sein. Gerade eben erst!

Mein Puls rast, ich kann ihn bis in den Hals spüren. Aber ich darf nicht zulassen, dass die Angst mich lähmt.

Ich sehe auf das Grab herab. Ich will es mir ganz genau ansehen. Jon könnte jedes Detail zu einer Lösung, wenigstens einer Vermutung verhelfen.

Eine kleine Pfütze hat sich bereits im ausgehobenen Viereck gebildet. Ein Stück Knochen guckt heraus, das der Regen sauber gewaschen hat.

Ganz vorsichtig gehe ich in die Hocke, um mir die Erde anzusehen. Was auch immer hier sein Unwesen treibt, für die Toten scheint es sich nicht zu interessieren. Sonst wäre das Skelett nicht mehr dort.

Es schüttelt mich. Ich suche nach irgendeinem Indiz, einem kleinen Detail, nach dem Abdruck einer Schaufel. Vielleicht ein Fellknäuel.

Doch der Regen hat alle Spuren verwischt.

Wo ist eigentlich der Totengräber?

Eine böse Ahnung macht sich in mir breit, und mit diesem unguten Gefühl fegt ein schneidender Wind an mir vorbei.

Es sind noch viele Stundenstriche bis zum Morgengrauen. Ich muss zurück zu Sam. Ich werde die Waffe nicht ein einziges Mal mehr loslassen.

8

Favilla. Unterrichtsraum Eins.

Ich stütze den Kopf auf die Hände. Meine Augenlider sind viel zu schwer, als wären Steinchen darauf befestigt, die an der Haut ziehen. Schnell reiße ich sie wieder auf, bevor Alric etwas bemerkt.

Ich finde Allgemeinkunde wirklich interessant, nur kann ich mich heute einfach nicht konzentrieren. Und das nicht nur wegen der Müdigkeit: Das ungute Gefühl, das seit der ersten Nachtwache in mir schlummert, ist lauter geworden.

Manchmal befreit Jon uns vom Ligenunterricht, wenn wir wegen des Zirkels besonders wenig Schlaf hatten. Aber eben nicht immer, sonst würde es auffallen.

Eine Weile starre ich auf den Leuchter an der Decke. Eine der vier großen Kerzen ist fast ganz heruntergebrannt, ich beobachte, wie der Docht im Bodenwachs erstickt, dann blicke ich wieder auf die Hinterköpfe der Schüler, die vor mir sitzen, auf Alric, der etwas über verschiedene Holzarten erzählt.

Melvins Schreibfeder kratzt neben mir über das Pergament. Sonst hört er nicht so eifrig zu. Vielleicht ist das so ein Jäger-Ding, schließlich sagen ihm diese ganzen Baumnamen etwas. Das Feuerweidenholz wird zum Flechten der Phönixnester verwendet,

Ahornholz ist nicht sehr witterungsfest, und aus dem Holz des Kirschbaums werden zum Teil Werkzeuggriffe hergestellt – unter anderem der Griff meines Pickels, mit dem ich nach Eisenerz geschlagen habe. Aber mehr bleibt heute nicht hängen.

Sam sitzt zwei Reihen vor mir. Sie kann die Augen bestimmt auch kaum aufhalten.

Seit wir die zwei Nächte auf dem Friedhof zusammen verbracht haben, ist es anders, wenn ich sie sehe.

Ich denke daran, wie sich ihre Haare im Morgengrauen gekräuselt haben, und ich kann mich nur mühsam beherrschen, sie nicht die ganze Zeit anzusehen. Das Grün in ihren Augen …

Und dann ärgert es mich. Wenn wir nur nicht auf diesen verdammten Friedhof müssten. Ich wäre lieber an einem anderen Ort mit ihr allein. Irgendwo, wo wir unsere Waffen nicht griffbereit neben uns liegen haben müssen. Und am besten bei echtem Tageslicht. Mich würde wirklich interessieren, wie sie im Sonnenschein aussieht.

Ich reibe mir die Augen. Seltsame Gedanken. Schlafmangel tut mir nicht gut.

Als ich noch mal einen kurzen Moment nachgebe und die Lider schließe, pikt mich Melvin mit dem Federkiel in den Arm. Schon zum dritten Mal.

Nach dem Ende des Unterrichts schleppe ich mich trotzdem zum Pult vor. Ich habe mir vorgenommen, Alric eine Frage zu stellen, egal, wie heftig mein Schädel brummt.

Ich bewundere Alric dafür, wie er sämtliche Daten und Einzelheiten einfach so aus seinem Gedächtnis abrufen kann. Er hat jetzt um die vierzig Jahresumläufe hinter sich und weiß unglaublich viel. Er ist eine wandelnde Bibliothek.

Alric hat den Kopf über ein Stück Pergament auf dem Steinpult gebeugt, dabei rutscht ihm der lange, hellbraune Pferdeschwanz über die Schulter.

Ich räuspere mich, kurz überlege ich, ihn mit dem Finger anzutippen, aber das wäre bei einem Lehrenden dann doch unangebracht.

»Alric?«, sage ich.

Er fährt herum.

»Darf ich dich etwas fragen?«

»Das kommt auf die Frage an.« Er streicht sich sein Hemd über der Brust glatt und stellt sich vor das Pult.

Ich warte noch kurz, bis das Schülergewirr hinter mir etwas leiser wird. »Hast du mal etwas von der Legende des Fleischreißers gehört?«

Mir fällt auf, wie breit seine Nase ist. Von Nahem wirkt er irgendwie anders.

»Ich habe davon gehört.« Seine Stimme ist ganz ruhig, als er zu reden beginnt, obwohl er schnell spricht. »Die Bestie, die Gräber aufbuddelt, um die verlorene Tochter zu finden. Der Letzte seiner Art, getrieben von Schmerz und Wut.«

»Und, glaubst du, das stimmt?«

Alric lehnt sich mit verschränkten Armen an das Pult. »Der *Fleischreißer* frisst Leichen, der *Ring des Phönix* ist ein Artefakt, das dir unglaubliche Macht verleiht, im Süden gibt es einen *König in Gelb*, und der Blick in die Augen einer Harpyie kann dich augenblicklich in den Wahnsinn treiben.« Er redet flüssig, ohne Pausen, als würde er vorlesen. »Es sind Legenden. Es gibt Tausende von diesen Geschichten, vielleicht haben einige einen wahren Kern, aber niemand kann das bezeugen.« Er zeigt mit dem Finger auf seine Augen. »Ich verlasse mich nur auf das, was ich sehe.«

Am Abend schleppe ich mich direkt nach dem Essen in Richtung Schlafzelle. Die Gedanken toben in meinem Kopf.

Jon sagt, er schließe nichts aus. Alric sagt, er verlässt sich nur auf das, was er sieht.

Und was glaube ich?

Ich massiere mir die Schläfen. Die Dunkelheit in den Gängen macht mir für gewöhnlich nicht viel aus, aber heute bin ich über jede Fackel froh, die die Gänge erhellt.

Als ich um die Ecke in den Brunnenraum biege, sehe ich den Schachteingang in einigen Schritten Entfernung. Eine Gestalt in Leinen beugt sich über die Öffnung.

»Alles in Ordnung?«, rufe ich.

Der Kopf hebt sich aus dem Brunnen. Es ist Nora.

Ein weißes Dreieck zeichnet sich über ihren Mund, und ihre Haare sind an den Rändern nass. Sie ist verschwitzt vom Training im Gemeinschaftsraum. Ich weiß, dass sie schon seit einigen Wochen hart an sich arbeitet, weil Nikolai überlegt, sie in Liga Eins Hiebwaffen aufzunehmen.

»Was tust du da?« Ich komme vor ihr zum Stehen und werfe ebenfalls einen Blick in das schwarze Loch hinunter. Meist hängt das Seil ganz still. Aber nun schaukelt es hin und her.

»Ich war auf dem Weg zurück in den Gemeinschaftsraum, da habe ich dieses Rauschen gehört.« Sie deutet in den Brunnen. »Ich glaube, dort unten ist eine große Menge Wasser in Bewegung.«

Ich lausche nochmals. Obwohl das Wasser bereits gestiegen sein muss, klingt es noch immer, als wäre es ganz weit weg.

»Ich hab dieses Rauschen neulich schon mal gehört, aber in der Bibliothek.« Ich kratze mich am Kopf. »Hat das schon jemand Jon berichtet?«

Sie nickt. »Er weiß davon und meint, es ist normal, dass die Wasseradern bei großen Regenfällen anschwellen, aber die Wände halten das aus.«

»Gut.« Ich fahre mir einmal durchs Haar, dann beuge ich mich wieder über die Öffnung, starre lange in das schwarze Loch, von dem kühle Luft aufsteigt. Als würde der Brunnen atmen.

Nora rückt ein Stück näher. »Vermisst du Lucas?«, fragt sie mich plötzlich.

Verwundert richte ich mich auf. »Hm. Ja. Aber hauptsächlich frage ich mich, warum er fliehen wollte.« Ich sehe erwartungsvoll in ihr Gesicht. »Ihr habt immer so viel zusammen geübt, hast du vielleicht eine Ahnung?«

»Nein, er hat nie etwas angedeutet.« Sie macht eine kurze Pause und sieht nach unten. »Mir fehlt er auch.«

»Weil du so gern gegen ihn verloren hast?«, scherze ich, um die Situationen ein wenig aufzulockern, aber unser Lachen hallt im Brunnen unheimlich wider, und wir verstummen.

Sie reibt sich die Arme. »Weißt du, was ich seltsam finde?«

»Mh?«

Sie sieht einmal über ihre Schulter, um sicherzugehen, dass wir allein im Raum sind. »Die Wachen wurden erst gesichtet, nachdem Lucas geflohen ist.« Sie schluckt. »Denkst du, dass er … dass er Favilla vielleicht verraten hat?«

»Auf keinen Fall«, sage ich abrupt, Hitze steigt mir in den Kopf. »Dann wüssten sie doch schon längst, dass wir *hier* unter der Erde sind. Und überhaupt …« Meine Stimme ist fest. »Lucas würde so etwas nie tun.«

»Du hast ja recht.« Sie seufzt. »Ich versuche nur, mir die Dinge, die geschehen, irgendwie zu erklären.«

»Schon gut.« Ich lege eine Hand auf ihren Arm, der auf der

Kante des Brunnens lehnt. »Mir geht es genauso«, sage ich, obwohl das wahrscheinlich gelogen ist. Mir geht es viel schlimmer.

Der Drang, Antworten zu erhalten, wächst von Tag zu Tag. Und je mehr ich erfahre, desto stärker wird er.

9

Favilla. Schlafzelle.

Ich höre, wie meine Mutter den Lappen auswringt, wie das Wasser in den Eimer zurücktröpfelt. Das Keuchen meines Vaters, wenn er den schweren Eimer anhebt und zur Hüttentür rausgeht, um das dreckige Wasser wegzuschütten. Wie es dort in das Gras einsickert.

Ich hasse das Geräusch dieses Wringens, wie der Stoff zusammengezwirbelt wird. Die roten Hände meiner Mutter.

Ich wälze mich auf dem Fellbett hin und her, irgendwo zwischen Traum und Wach.

Rauschen, überall ohrenbetäubendes Rauschen.

»WASSER!« Ich höre jemanden brüllen. »Wassereinbruch!«

Lautes Hämmern gegen die Tür. »Raus, raus aus den Zellen!«

Mit einem Mal sitze ich senkrecht im Bett. Melvin kommt auch gerade zu sich. Er dreht sofort den Docht der Öllampe höher. Ein kurzer Blick auf den Boden genügt: Wasser steht knöchelhoch in der Zelle.

»Scheiße!«, flucht Melvin. »Scheiße!«

Wir hören die Schreie von draußen. Es bebt, es rauscht. Es muss eine gewaltige Menge an Wasser sein, die durch den Stein gebrochen ist.

»Wir müssen sofort hier raus!« Ich stapfe in das Wasser. Es legt sich um meine Füße wie eisige Ketten. Schnell ziehe ich mir das Leinenhemd aus und kremple die Hose hoch.

Melvin sieht mich kurz verwirrt an. Dann versteht er und macht es mir hektisch nach.

Wir stehen seitlich vor der Tür, haben beide eine Hand am Griff, tauschen einen schnellen panischen Blick, das Wasser läuft bereits an den Scharnieren herein. Es steigt viel zu schnell und reicht mir jetzt schon bis zu den Waden. Wir wissen, dass uns eine kräftige Wasserflut entgegenströmen wird, sobald wir die Tür öffnen.

»Kannst du schwimmen?«, frage ich.

»Ja.« Melvin nickt hastig. Seine Augen sind riesig.

»Gut. Auf drei!«

Wir zählen zusammen. »Eins. Zwei. Drei.«

Mit einem Ruck ziehen wir am Griff.

Wasser schießt rein. Ich verliere das Gleichgewicht und taumle ein paar Schritte nach hinten.

Etwas stößt gegen meine Knie: Nicht nur Wasser strömt in die Zelle.

Eine Kerze, ein paar Felle, Trinkschläuche und ein Buch. Ich ziehe es aus dem Wasser, das Pergament trieft. Die ganze Tinte ist verwischt, all das Wissen dahin.

Der Wassereinbruch scheint selbst die Bibliothek zerstört zu haben. Wir müssen die Bücher irgendwie retten!

Melvin schlägt mir das Buch aus der Hand, es platscht zurück ins Wasser. »Was machst du denn da? Komm jetzt!«

Er watet in den Gang. Ich werfe einen letzten Blick auf das angespülte Buch, dann folge ich ihm.

Im Gang steigt das Wasser unablässig. Es kommt von vorn, die Strömung arbeitet gegen uns!

Die Schreie der anderen Schüler dringen von allen Seiten zu mir, sie stecken sich gegenseitig an, bringen mich fast dazu, mit ihnen zu schreien. Kai ist so außer sich, dass er einen anderen Schüler umschubst, als er versucht, gegen die Flut anzukommen.

Das Wasser geht mir schon bis zur Hüfte! Wenn wir uns nicht beeilen, verschlingt uns dieser dunkle Käfig. Noch brennen die Fackeln über der Wasseroberfläche, aber wie lange noch?

Hilferufe dröhnen in meinem Kopf.

»Schneller!«

»Wo ist Mael?!«

»Marco, komm schon!«

Irgendjemand stürzt vor mir, ein anderer hilft ihm hoch. Es wird immer schwerer, gegen die Strömung anzukommen.

Ich kann nicht sehen, was unter der Oberfläche herumwirbelt, das Wasser ist braun.

Knochen spülen davon. Totenköpfe reiten über die kleinen Wellen, starren aus dem Wasser auf, schlagen gegen meinen Bauch. Namen werden durch die Gänge gebrüllt, aber die Flut übertönt die Rufe.

Ich sehe hektisch nach links. Melvin ist noch neben mir, er stützt sich seitlich an der Wand ab. Aus einer Zelle weiter vorn kommen zwei Schüler, sie halten sich an den Händen.

Blut rauscht in meinen Ohren, das Herz schlägt mir bis zum Hals.

Ich wate vorwärts, Melvin an meiner Seite. Noch kann ich den Boden unter den Füßen spüren. Ich weiß, wie es sich anfühlt, wenn er plötzlich nicht mehr da ist, wie einen die Schwere im Körper verlässt. Ich bin oft in den Bergseen geschwommen. Aber was ist mit den sechzig anderen Schülern?

Wie eine verzerrte Maske ist die Panik auf ihre Gesichter gezeichnet. Aufgerissene Augen, offener Mund.

»Noel!«

Ich fahre herum. Auch Phil trägt die Maske. Er steht noch halb in seiner Zelle, hilflos streckt er einen Arm nach mir aus. Das Wasser steht ihm bereits bis zum Bauch.

»Ich kann nicht schwimmen«, keucht er. »Ich kann ... ich ...«

»Ganz ruhig.« Ich wate auf ihn zu, umfasse seine Handgelenke und ziehe ihn zu mir. Nachdem ich einen Arm um seine Schulter gelegt habe, zerre ich ihn mit mir. Seine Hände krallen sich in meine Hüfte, sein ganzer Körper bebt und zittert, sein Atem rast.

Es ist nicht mehr weit bis zum Ende des Ganges. Wir werden das schaffen! Ich ziehe einen Fuß vor den anderen. Die Strömung ist wie ein tosender Sturm unter Wasser. Immer wieder rammt mich Treibgut, ein Fass wirft zwei Schüler vor mir um.

Melvin watet auf Kai zu, hilft ihm hoch und stützt ihn am Arm.

Der Gemeinschaftsraum! Ich kann den Treppenaufgang zur Ebene Eins erkennen, gleich sind wir da. Gleich haben wir es geschafft. Nur noch ein paar Schritte.

Meine Muskeln brennen.

Vor dem Ausgang drängen sich noch andere Körper neben mich. Ich suche die Reihen ab. Meine Augen huschen hin und her.

Wo ist Sam?

Ich suche weiter die Gesichter ab. Moa und Callan halten Nachtwache, der Rest muss in den Zellen gewesen sein.

Das Wasser steigt und steigt. Ein stetig anschwellendes Rauschen.

Das Klopfen in meiner Brust wird immer dumpfer, heftiger. Ich sehe nach rechts, dann wieder nach links.

Wo ist sie?

Am Treppenaufgang entdecke ich Estelle und Nora. Sie halten den Schülern Holzschwerter, um sie daran hochziehen zu können.

Ich komme näher, stütze Phil mit beiden Händen am Rücken ab. Er klammert sich keuchend an das Holz. Gemeinsam ziehen sie ihn hoch auf die Stufen, wo er erst mal wieder zu sich kommen muss.

»36.« Es ist der Dürre, der halb im Wasser steht und eine Fackel weit nach oben hält. Sein nasses, weißes Gesicht starrt mich an.

»37«, sagt er.

»Los, los.« Mirlinda steht am Treppenaufgang, sie packt meine Hand. »Sind noch viele Schüler in den Zellen?«, fragt sie.

»Ich weiß es nicht«, sage ich.

Ich erkenne Roland neben ihr, er hilft den Schülern ebenfalls auf die Treppen. Mit starkem Griff holt er einen nach dem anderen auf die höhere Ebene. Ich erblicke einige Gestalten an der Abzweigung zum Mädchenflügel. Liv. Sie rudert wild mit den Armen. Sie kämpft sich zu uns vor, Wasser spritzt. Johanna.

Und endlich Sam. Ihr Blick streift kurz meinen, und etwas löst sich in mir. Sie sieht abgekämpft aus, aber sie schreit nicht wie die anderen, sie ist nur blass, wie unter Schock.

»Zieht ihn raus!«, schreit Mirlinda plötzlich laut über das Chaos.

Ich wirble im Wasser herum. *Nein, bitte nicht!*

Ein schlaffer Körper treibt mit dem Gesicht auf der braunen Brühe. Die Haare liegen in einem Halbkreis um den Kopf, er hat die Arme von sich gestreckt.

Ich wate, so schnell ich kann, auf den Jungen zu, Melvin und ich ziehen ihn aus dem Wasser. Mael. Er heißt Mael.

»Gemeinsam!«, ruft Melvin.

Wir nehmen seine Arme je über eine Schulter, aber sein Kopf kippt nach unten, und ich traue mich gar nicht, in sein Gesicht zu sehen. Seine Arme fühlen sich schon ganz kalt an, viel zu schlapp.

»Zu mir.« Roland streckt am Treppenaufgang die Arme nach ihm aus, und wir übergeben den kraftlosen Körper.

Roland hievt ihn wie eine Puppe aus dem Wasser. Maels Kopf hängt noch immer schlaff nach unten. Er gibt keinen Laut von sich. *Bitte lass es nicht zu spät sein, bitte nicht.*

»Alle hoch in den Brunnenraum«, brüllt Roland über die schreienden Schüler und das tosende Wasser.

Aber ich bleibe noch mit Estelle und Nora auf den Treppen stehen, wo das Wasser immer weiter zu uns heraufkriecht. Dort helfe ich den letzten Schülern aus dem Wasser. Ich schiebe sie an ihren Rücken vorwärts, zerre sie an den Händen voran. »Los!«, schreie ich. »Los!«

Ich höre ihr Keuchen, ihre Rufe.

Nicht das steigende Wasser, nicht die Angst vorm Ertrinken: Es sind die grausamen Panik-Masken, die mir Angst machen und die ich den Schülern vom Gesicht reißen möchte. Nicht meine Angst – *ihre* Angst graut mir.

Es sind bestimmt zwanzig, die wir noch rausholen können. Kraftlose, erschöpfte Körper. Ich nehme gar nicht wahr, wen ich da eigentlich auf die Treppen befördere. Dann kommt niemand mehr. Das Wasser ist unten schon auf Brusthöhe, jetzt wird es auch für mich schwer, der Strömung standzuhalten. Ich spüre, wie meine Beine unter Wasser zittern, wate zu den Treppen.

Roland überblickt ein letztes Mal den Gang, sieht über die Totenschädel und die Knochen, schaut, ob er in dieser dunklen, dreckigen Masse vielleicht noch irgendwo einen Haarschopf erkennen kann. Da ist nichts mehr, nur das dunkle Wasser.

»Okay, alle hoch!«, brüllt er. »Wir müssen den Aufgang dämmen!«

Im Brunnenraum in Ebene Eins schleppen Schüler und Begrabene Leinensäcke heran. Sie hieven immer zu zweit einen Sack hoch und werfen ihn zum Eingang an den Treppen, damit wir das Wasser aufhalten können, wenn es Ebene Eins erreicht.

Ein nächstes Schülerpaar schleppt einen Leinensack. Er platzt auf, Johanna flucht laut. Dunkle Erde fällt auf den Boden. Jon muss trotz allem vorbereitet gewesen sein. Irgendjemand muss die Säcke befüllt haben.

Vermutlich wollen sie das Wasser zurück in den Brunnen leiten.

Ich sehe, wie Roland den Dürren befragt.

»57«, sagt der immer wieder. »57.«

Sein Gesichtsausdruck verändert sich dabei nicht, aber ich erkenne eine Regung in Rolands Gesicht. Er reibt sich das Kinn. Sein Blick schweift über die Schüler.

Die nassen, farblosen Gewänder kleben an ihren Körpern. Einige fassen sich an den Schultern, halten sich im Arm. Manche sitzen aber auch nur zusammengesunken auf dem Boden oder kauern an einer Wand, andere packen nervös mit an. Die meisten zittern vor Kälte. Phil hat sich das Leinenhemd ausgezogen, um es auszuwringen. Ich beiße die Zähne zusammen bei dem Geräusch. Ich hasse das.

Sam lehnt am Brunnenschacht, Tropfen fallen von ihren nassen Haaren und platschen auf den Boden, haben bereits eine kleine Pfütze auf den Steinplatten gebildet.

Sie nestelt an ihrer Hosentasche herum, stopft irgendetwas rein, das dort eine Beule hinterlässt. Das Hemd klebt an ihr wie eine zweite Haut. Ihre Hüften zeichnen sich darunter ab. Sie wischt sich einmal übers Gesicht, wieder treffen sich unsere Blicke. Ich versuche mich an einem Lächeln. Sie lässt die Arme langsam sinken. Irgendetwas liegt in ihrem Blick, das ich nicht deuten kann.

Roland sucht weiterhin die Reihen ab, sein Gesichtsausdruck entspannt sich nicht. Ich zähle mit. Und dann verstehe ich.

Die Erkenntnis schlägt wie ein Felsbrocken in meinen Bauch.

Lennart!

Lennart fehlt. Ich drehe den Kopf nach rechts, dann wieder nach links. Jetzt murmle ich die Worte erschrocken vor mich hin. »Lennart fehlt.«

Er hat eine Einzelzelle, und er kann bestimmt nicht schwimmen.

Oh nein. Ich sehe den kleinen, dünnen Schüler vor mir, wie er machtlos gegen die Wassermassen paddelt. *Nein, nein, nein.*

Da gibt es nichts mehr zu überlegen.

Roland dreht sich um, sieht mich genau an. Er schüttelt lautlos den Kopf, die Lippen zu einer strengen Linie verzogen.

Aber ich ignoriere ihn einfach. Lennart ist noch irgendwo da unten, und ich werde sicher nicht hier sitzen und warten, bis er ertrunken ist.

Ich mache auf der Stelle kehrt, steige über die ersten gestapelten Leinensäcke.

»Noel!«, brüllt Roland. »Du kannst ihn nicht retten, Noel!«

Er macht ein paar Schritte auf mich zu, ich merke noch, wie sein Arm nach mir greift, aber da stürme ich schon die Treppen hinunter.

10

Favilla. Gemeinschaftsraum.

Ich tauche aus der stinkenden Brühe auf und höre erneut Rolands lautes, tiefes Brüllen hinter mir: »Komm sofort zurück, das …«

Ich bewege mich kraulend vorwärts, so wie Earl mir das im Bergsee beigebracht hat. Mit der Strömung komme ich schnell voran. Die Fackeln sind mittlerweile alle erloschen, es ist stockdunkel. Das Wasser ist so eisig, dass es mir den Atem nimmt. Lose Gegenstände schwimmen mit mir, wahrscheinlich Knochen. Der Sog ist stark, aber ich kämpfe mich durch die tiefschwarze Masse, ein bisschen kann ich steuern. Ich kenne diese Gänge, das ist mein Favilla, ich schaffe das!

Halt durch, Lennart, halt einfach durch.

Irgendwie muss ich zu den Einzelzellen kommen. Ich strecke meine Hände nach oben. Eine Armeslänge bis zur Decke.

Das ist viel zu knapp.

Egal. Ich muss weiter, immer weiter vorwärtsschwimmen. Tiefer in den Käfig. Gegenstände streifen mich unter Wasser, berühren mich an den Waden. Ich höre etwas vor meinem Gesicht gegeneinanderschlagen.

»Lennart!«, brülle ich, und Wasser schwappt mir in den Mund. Ich würge, huste. »Lennart!«

Ich müsste längst die letzte Zelle im Gang erreicht haben, aber ich weiß, wie sehr man sich in der Dunkelheit verschätzen kann. Er muss doch hier sein! Bin ich etwa falsch abgebogen?

Auf einmal kann ich ein dumpfes Klopfen ausmachen, dann Rufe. »Hilfe! Hilfe!«

»Ich bin es, Noel«, schreie ich zurück. Ich klammere mich an den Fels. Meine Hände rutschen ab, finden wieder Halt, und ich kann meine Füße unter Wasser in eine Wandnische zwängen. Ich stemme mich gegen die Strömung. »Ich hole dich da raus!«

»Die Scharniere sind verkantet, ich bekomme sie nicht auf.« Seine Stimme überschlägt sich.

»Halt dich irgendwo fest«, rufe ich.

Das Wasser steigt unermüdlich, wir werden beide ertrinken, wenn mir nicht sofort etwas einfällt. Das Rauschen macht jedes Denken unmöglich. Die Strömung reißt an mir. Lennart darf nicht sterben. Das werde ich nicht zulassen!

Ich fasse nach einem Totenkopf, der gegen meinen Körper spült. Ich schlage ihn wie wild gegen das Eisen an der Tür, aber er zerbricht. Mist. Mist. Mist.

Immer mehr Wasser. Überall. Wasser, Wasser.

Noel, denk nach, denk!

Ich weiß, dass schwere Gegenstände versunken am Boden liegen.

Ich tauche. Noch mehr Schwarz. Mit den Händen taste ich am Boden entlang. Nur rauer, flacher Boden. Nichts. Bis ich etwas mit den Händen ertaste. Ein Stein? Ich greife zu und breche damit durch die Wasseroberfläche. Es scheint tatsächlich ein Stein zu sein, etwa zwei Faust groß.

»Du musst weg von der Tür, da wird gleich richtig viel Wasser in die Zelle fluten«, brülle ich.

Stille auf der anderen Seite der Wand.

»Lennart! Hast du mich verstanden?«

»Ja«, wimmert er.

»Wenn ich es sage, holst du noch einmal tief Luft«, weise ich ihn an. Ich schlage den Stein gegen das Eisen. »Eins.« Noch mal. »Zwei.«

Das obere Stück springt bereits auf. Es wird gleich nachgeben. Jetzt. Das Eisen bricht auf.

»Los! Weg von der Tür!«

Ich spüre, wie die Steintür durch den Wasserdruck nachgibt. Mit unglaublicher Kraft werde ich in Lennarts Zelle gespült, werde dort hin und her gewirbelt wie ein loses Blatt im Wind. Plötzlich bin ich unter Wasser. Ich versuche, aufzutauchen, schnappe nur ganz kurz nach Luft, dann zieht mich schon wieder etwas nach unten. Lennarts Fuß kickt in meine Hüfte, stößt in meinen Bauch. Er zappelt, reißt mich runter, ich schlucke Wasser. Kurz kann ich noch mal Luft holen, aber da peitscht mir das Wasser wieder ins Gesicht. Lennart klammert weiter. *Luft, ich brauche Luft!*

Mit dem Bein stoße ich gegen seine Rippen, schubse ihn von mir.

Ich weiß nicht mehr, wo oben und unten ist, wie voll die Zelle bereits ist. Kurz bin ich frei, und mein Kopf stößt endlich durch die Wasseroberfläche. Ich huste, würge, atme.

Über mir wird irgendwas Großes angespült. Ich reiße die Arme hoch, bevor es mit Wucht gegen mich schleudert, eine scharfe Kante schlitzt mir die Haut auf.

Lennart paddelt wild neben mir, er röchelt irgendwas, aber seine Worte werden gnadenlos vom Wasser geschluckt. Ich greife nach ihm, ziehe ihn am Arm hoch, kann trotz des lauten Wasserrauschens hören, wie er keuchend Luft holt.

Mit der anderen Hand taste ich nach dem angespülten Gegenstand. Bekomme ihn zu fassen. Es ist Holz. Vermutlich ein Teil eines Regals.

»Halt dich dort fest.« Ich schiebe das Holz zu ihm. Er umschlingt es und hustet unkontrolliert, zwischendurch schnappt er hektisch nach Luft.

Ich strecke einen Arm nach oben. Ein halber Schritt noch bis zur Decke. Die Zelle muss bald vollgelaufen sein. So lange müssen wir noch durchhalten, sonst haben wir keine Chance gegen die Strömung.

Ich suche in der Dunkelheit nach Lennarts Schultern, halte ihn fest, damit er weiß, dass ich da bin.

»Bist du okay?«, rufe ich.

»Noel, was jetzt?«, sagt Lennart, er kann kaum sprechen. »Noel?«

»Wir schaffen es hier raus.« Und ich sage es mindestens so sehr für mich wie für ihn. »Du musst ruhig atmen!«

»Ich … ich«, stammelt er, wird aber von einem heftigen Hustenanfall unterbrochen. Unter Wasser fasse ich nach seiner Hand und drücke sie.

Dann halte ich mich ebenfalls am Rand des Holzstücks fest, wir schwappen hin und her, das hereinfließende Waser hat uns längst ans Zellenende getrieben. Die Steinwand kratzt schmerzhaft über meinen Rücken. »Wir müssen warten, bis die Zelle vollgelaufen ist!«

Von Lennart dringen nur noch Schluchzer zu mir durch. Und jetzt kann auch ich kaum mehr an mich halten, aber vor Lennart muss ich stark sein. Ich muss einfach glauben, dass wir es schaffen.

»Du musst gleich mithelfen, hörst du!«, schreie ich.

Ein Schniefen.

»Du lässt meine Schultern nicht los, aber du musst deine Beine bewegen, du musst mitschwimmen. Immer abwechselnd hoch- und runterschlagen.«

Wieder nur ein Schniefen.

»Lennart, hast du das gehört!?«

»Ja«, wimmert er.

Ich habe die Augen in der Dunkelheit weit aufgerissen, ins aussichtslose Schwarz. Ich darf nicht ans Aufgeben denken, auch wenn ich selbst am liebsten schreien würde, so laut ich kann.

Meine Beine strampeln im eisigen Wasser, mein ganzer Körper bebt von innen. Ich will Lennart und mich nur noch hier rausbringen.

Ich taste mit einer Hand nach oben, gleich stoßen wir gegen die Decke.

Wir müssen unsere Köpfe schräg legen. Ich halte das nicht aus!

»Wir werden sterben, Noel, wir werden sterben …«

»Hör auf!«, schreie ich jetzt, laut und verzweifelt, weil ich mit jedem seiner Worte spüre, wie auch meine Kraft aus den Beinen schwindet. *Durchhalten, Noel.*

»Nein«, wimmert er, als das Holzstück von seinen Händen gleitet, weil der Abstand zur Decke nun zu knapp ist.

»Ich hab dich!« Ich umschlinge seinen Körper, um ihn oben zu halten, dabei zieht es mich jedoch selbst immer wieder nach unten. Nur noch eine Handbreit trennt unsere Nase jetzt von der Decke. Ich stoße mit der Stirn mehrmals gegen den Stein.

Lennarts Atmung überschlägt sich, er versteift. Mein Gesicht fühlt sich taub an. Leere breitet sich in meinem Kopf aus.

Das Rauschen wird leiser. Gleich müssen wir lostauchen.

»Okay, Lennart. Jetzt.«

Seine zitternden Hände krallen sich in meine Haut. Ich hole tief Luft und stoße mich mit den Beinen an der Wand ab, so fest ich nur kann. Lennart greift an meine Schultern. Ich klammere mich an der Tür fest, so kann ich die Kraft nutzen, um uns vorzuziehen.

Ein kräftiger Ruck, wir tauchen durch die Öffnung.

Wir sind im Gang. Unter Wasser greift die Strömung nach mir. Sie ist nicht mehr ganz so stark, jetzt, wo die Gänge gefüllt sind. Aber es reicht, um mich nach hinten zu wirbeln. Ich packe den Türrahmen. Schleife an der Wand entlang, schürfe mir den Arm auf. Aber ich schaffe es, mich festzuhalten.

Lennarts Hände umgreifen in Panik meinen Hals, ich schiebe sie zurück auf meine Schultern, seine Füße stoßen immer wieder gegen meine.

Wir müssen die Treppen erreichen! Ich gebe alles, aber wir kommen viel zu langsam gegen die Strömung an. Ich rudere, so gut ich kann, mit meinen Armen und Beinen, ich kann nur überhaupt nicht schätzen, wo wir sind. Lennart zappelt auf meinem Rücken. Ob er das durchhält? Die Luft wird knapp. Meine Kehle zieht sich zusammen. In meiner Brust wird es ganz eng. Viel zu eng, ich platze.

Die Rauchschächte!

Ich taste mit einer Hand an der Decke entlang, angle nach den Fackelhalterungen an den Wänden, mit der anderen versuche ich, Lennart weiter hinter mir herzuziehen. Ich finde eine Öffnung, einen Rauchschacht. Schnell tauchen wir nach oben und schnappen in dem kleinen schwarzen Viereck nach Luft. Gerade so passen unsere beiden Köpfe hinein, unser Atem hallt im Schacht. Das Wasser reißt an uns, es wird immer schwerer, sich dagegenzustemmen. Wir müssen weiter!

»Los!«, keuche ich. Ein letztes Mal holen wir Luft, dann geht es wieder unter Wasser.

Druck presst auf meinen Ohren.

Ich versuche, mich immer wieder an den Wänden abzustoßen, damit wir so schnell vorankommen wie möglich, aber es fühlt sich an, als würden wir uns auf der Stelle bewegen. Ich versuche, nach der nächsten Fackelhalterung zu greifen, doch ich ertaste nur nackten Stein.

Einfach immer weiter. Abzweigungen. *Hier rechts.* Dann links. *Weiter, weiter, weiter.* Die Kraft schwindet aus meinem Körper.

Die Enge, die vorher nur in meiner Brust war, ist jetzt überall. Als würden sich tausend Hände um mich legen und gleichzeitig zudrücken, ganz fest drücken, bis ich erstickt bin, und ich kann sie nicht von mir reißen, ich kann einfach nichts tun, sie zerquetschen mich. Gleich ist der Punkt erreicht. Gleich sind alle Reserven aus meiner Lunge gepumpt.

Schwindel überfällt mich. Ein paar Züge komme ich noch voran, dann will ich hochtauchen, aber über mir ist nur Decke.

Ich ertaste einen Luftschacht, schiebe den Kopf hindurch, aber selbst der ist vollgelaufen.

Alles drückt mich zusammen. Wir sind gefangen. Es gibt keinen Ausweg. Wir müssten doch längst im Gemeinschaftsraum sein. Warum sind wir nicht da?

Wasser strömt eisig in meine Lungen, ich habe verloren. Jetzt ist alles aus.

Ich umklammere Lennarts Hand immer fester.

Es ist dunkel, es ist einfach nur überall dunkel. Ich habe die Orientierung verloren. Schwimmen wir überhaupt noch in die richtige Richtung? Die Stille unter Wasser verwandelt sich in ein lautes Dröhnen.

Mein ganzer Brustkorb ist ein einziger reißender Schmerz.

Und in all dieser Schwärze taucht plötzlich Lucas' Gesicht vor meinen Augen auf. Ich kann sehen, wie er die Hände ausstreckt, wie er versucht, mir etwas zu sagen, und dabei steigen ganz viele Blasen aus seinem Mund auf.

Ich will auf ihn zuschwimmen, aber es zieht mich nach unten. Ich bekomme keine Luft mehr. Ich bekomme keine Luft mehr. Ich bekomme keine Luft mehr. Der Druck auf meinem Körper ist jetzt überall. In meinem Bauch, im Hals, im Kopf. Und Lucas schreit auf einmal. *Ich weiß, Lucas. Ich weiß.*

Lennarts Finger lösen sich von meinen.

Dann nichts mehr.

Ein Husten, es dringt von weit her in meine Ohren. Mein Körper zittert. Ich reiße die Augen auf.

Mirlinda klopft mir gegen die Wange. Sie sieht auf mich herab. Meine Augen fallen wieder zu.

Wieder Husten. Mein Körper krampft. Ich blinzle. Tropfen fallen aus Mirlindas blonden Locken auf mein Gesicht.

Wildes Stimmengewirr um mich herum. Mein Hals brennt. Ich muss Wasser ausgespuckt haben.

Schlagartig richte ich mich auf und sehe nach rechts, dann nach links. Lennart! Wo ist Lennart?

Ich sehe wieder in Mirlindas Gesicht, habe Angst, was sie sagen wird, aber sie lächelt matt.

»Er ist wohlauf«, sagt sie.

»Wie … wie bin ich aus dem Wasser gekommen?«

»Ihr wart schon fast beim Gemeinschaftsraum. Als das Wasser immer höher stieg, sind die Begrabene Ella und ich noch mal zurück. Wir sind fast direkt auf euch gestoßen und haben euch rausgeholt. Ich hab dich bis zu den Treppen gezogen, und Ella hat Lennart erwischt.«

Ich lehne mich wieder zurück und lasse den Kopf sinken. Und eigentlich will ich jetzt für immer so liegen bleiben. Alles tut weh.

»Danke, Mirlinda«, krächze ich.

Ich falle in einen Dämmerzustand. Spüre nur noch einmal kurz die Tropfen, die von ihren Haaren auf meine Wangen fallen.

»Legt ihn dort rüber auf eines der Felle.«

Arme zerren an mir.

Und dann wird es still. Ich sehe wieder meinen Vater, wie er schwere Eimer aus der Hütte trägt, wie meine Mutter den Lappen wringt, und irgendwo hinter einer Tür höre ich Claire lachen.

11

Favilla. Brunnenraum.

Ich friere, obwohl man mir Felle übergeworfen hat. Die Klamotten haften an mir, ein fauliger Geruch geht von ihnen aus. Noch hat keiner bemerkt, dass ich wach bin, sodass ich meinen Blick in Ruhe durch den Raum schweifen lassen kann.

Lennart liegt ein paar Schritte von mir entfernt. Sie haben ihn ebenfalls in Felle eingewickelt, er scheint noch zu schlafen.

Ich betrachte das Treiben um mich herum wie durch einen Schleier. Wenn ich an das Wasser und die Gänge denke, fühle ich sofort wieder diesen Druck in meinem Kopf.

Mein ganzer Körper besteht nur aus Schmerz: ein Pochen in meinem Oberschenkel, Schürfwunden an Stirn, Rücken und Armen, das Brennen im Hals, und meine Schulter fühlt sich verrenkt an. Als würden sich dort noch immer Lennarts Hände hineinkrallen.

In einer Pfütze vor mir schimmern die Lichter der Fackeln. Die Begrabenen haben die Leinensäcke zu einer Art Kanal aufgeschichtet. Alles, was an Wasser aus Ebene Zwei die Treppen heraufkommt, wird direkt zum Brunnen weitergeleitet, wo es wieder abfließt. Sie haben es tatsächlich geschafft, diese Menge an Wasser aufzuhalten.

Überall riecht es nun nach Erde. Wer weiß, ob in diesen Klumpen nicht noch Leichenreste drin sind.

Jon muss auf diesen Notfall vorbereitet gewesen sein. Natürlich war er das.

Ich frage mich, was den Wassereinbruch verursacht hat. Es gab schon öfter solch starke Regenfälle, hat Nora gesagt, doch es ist nie etwas passiert.

In den Bergwerken habe ich schon davon gehört, dass bei den Goldschlägern aus Versehen Wasseradern angestochen wurden und viele der Kumpel in den Stollen ertrunken sind. Aber hier gräbt sich ja schließlich niemand vorwärts.

Mir fallen die Bücher ein. All die Schriftrollen, das ganze Wissen. Alles weggespült. Was muss das für Favilla bedeuten? Und was ist mit den Lehrenden? Wo ist Jon? Haben es alle Schüler geschafft? Was …

Eine Hand streicht mir durchs Haar. Ich sehe verwirrt auf.

Estelle hat einen Trinkschlauch und ein Schälchen mit Pilzen und Wurzeln in der Hand. Sie sieht ganz anders aus, wenn ihre Haare feucht sind. Die Lockenmähne ist verschwunden.

»Wie fühlst du dich?« Sie setzt sich im Schneidersitz vor mich und stellt mir die Sachen hin.

Ich versuche, mich langsam ein bisschen aufzurichten, dabei spüre ich einen ziehenden Schmerz an der Hüfte. »War schon mal besser«, sage ich.

»Hier, nicht dass du verhungerst.« Sie schiebt mit der Fingerspitze das Schälchen etwas näher in meine Richtung und lächelt.

Ich denke an die eklige braune Totenwasserbrühe, die da vielleicht noch in meinem Magen herumschwimmt. Ein paar Wurzeln können sicher nicht schaden. Ich nehme eine davon in die Hand.

»Was ist mit Mael?«, frage ich.

Sie verzieht das Gesicht, dann schüttelt sie kaum merklich den Kopf. »Du hättest besser zuerst etwas anderes gefragt.«

Ich lege die Wurzel wieder zurück in die Schale. Vielleicht vertrage ich doch noch nichts. Wir schweigen. Ich schlucke den Kloß in meinem Hals hinunter.

»Wie haben die Lehrenden reagiert? Haben alle überlebt?«

Estelle senkt ein wenig die Stimme. »Ebene Drei ist luftdicht. Sie sind durch den Sarkophag des Phönixwächters in Ebene Eins gelangt. Das Wasser hat nur Ebene Zwei geflutet, woher es kam, wissen wir noch nicht.« Sie sieht einmal schnell zum Brunnen. »Aber die Begrabenen hatten das Ganze recht schnell unter Kontrolle. Roland hat verkündet, dass wir nun außer Gefahr sind und vorübergehend ein Schlaflager in der Großen Halle aufschlagen, bis das Wasser wieder abgeflossen ist und wir mit den Aufräumarbeiten beginnen können.«

»Wie wollen sie das Wasser aus Ebene Zwei kriegen?«

Estelle nickt in Richtung des Brunnens. »Sie sind dort hinabgestiegen und haben eine Ebene tiefer auf Höhe des Gemeinschaftsraums ein Loch in die Brunnenwand geschlagen. Von da fließt das Wasser jetzt ab, aber das dauert natürlich bei den Massen und dem kleinen Loch. Ich glaube, ein paar der Lehrenden sind nicht allzu gut auf dich zu sprechen im Moment.«

Ich runzle die Stirn. »Wieso nicht?«

»Als du ins Wasser gesprungen bist, um Lennart zu retten, herrschte hier ein Riesenaufruhr. Roland und Mirlinda haben sich beinahe in die Haare bekommen, bis sie schließlich mit Ella hinterhergetaucht ist, um euch zu retten.«

»Ich muss unbedingt noch mit Mirlinda sprechen«, sage ich mehr zu mir selbst.

»Es war unglaublich, was du getan hast«, sagt sie.

»Großer!« Melvin lässt den Leinensack, den er in den Händen trägt, fallen und kommt mit schnellen Schritten auf mich zu. »Der Held ist aufgewacht!« Er nimmt mich überschwänglich in den Arm.

Über seine Schulter sehe ich noch mal in Estelles Gesicht. »Danke«, murmle ich.

Sie lächelt mir aufmunternd zu. »Keine Ursache.«

Melvin zerquetscht mich jetzt beinahe. »Du kannst doch nicht einfach so eine Rettungsaktion starten, ohne mir vorher Bescheid zu sagen!«

Er löst sich wieder von mir. Für einen Augenblick muss ich an Lucas denken, und meine Glieder sind wie eingefroren. Lucas hätte dasselbe getan. Er wäre mit mir da durchgeschwommen. Ganz sicher.

Melvin rüttelt mich an den Schultern. »Komm erst mal zu dir«, sagt er. »Wir anderen warten alle in der Großen Halle.«

Ich nicke abwesend.

Die Letzten verschwinden aus dem Raum, ich lächle ein paar Schülern müde zu, fange mir einen strengen Blick von Roland ein. Nur noch ein paar Begrabene sind weiter damit beschäftigt, die Sandsäcke abzusichern.

Estelle winkt mir einmal flüchtig zu, als sie durch den Steinbogen verschwindet.

Lucas.

Ich spüre, wie sich ein dicker, drückender Knoten in meiner Halsgegend bildet. Wenn alles zu viel war, dann mussten Lucas und ich nicht groß was sagen, wir wussten, was wir durchmachten, und wir konnten uns gegenseitig beruhigen, irgendetwas Belangloses erzählen, und dann ging es mir schon besser.

Obwohl wir das jetzt alles überstanden haben, bricht keine Erleichterung über mich herein.

Dieser Wassereinbruch fühlt sich an wie eine Drohung. Wie ein Vorbote, der nur den Anfang von etwas viel Größerem, noch Schlimmerem ankündigt.

Und all die Bücher – alles Wissen wurde einfach weggespült. Über uns auf dem Friedhof treibt womöglich eine Kreatur ihr Unwesen, die zerfleischt, was ihr in den Weg kommt. Immer mehr Wachen des Königs schwärmen aus, sind vielleicht kurz davor, uns zu entdecken.

Wir sind hier nicht mehr sicher. Favilla ist nicht mehr sicher.

Der Dürre hat mir frische Kleidung gegeben. Ich trage jetzt die Sachen eines Schwarzgewändlers. Es sind die einzigen trockenen Klamotten, die in Favilla noch zur Verfügung standen. Das Leinen spannt etwas an den Schultern, und die Hose ist einen Tick zu kurz, aber der Stoff ist angenehm weich. Ganz anders als das Leinen der Braungewändler, das immer so fürchterlich auf der Haut gekratzt hat. Es ist ein seltsames Gefühl, eine andere Farbe zu tragen.

Nora begleitet mich auf dem Weg in die Große Halle. Sie trägt ein graues Gewand. Jon hat sie bestimmt geschickt, damit sie nach mir sieht. Sie hat die besten Kenntnisse in Heilkunde.

Überall spüre ich Jons Anwesenheit, wie jede Aktion hier nur auf seine Anweisungen hin geschieht. Er hat es geschafft, dieses Chaos zu meistern – und das, ohne Ebene Drei und den Zirkel auffliegen zu lassen.

Ich muss mit ihm reden, schießt es mir durch den Kopf.

»Geht es dir wieder gut?«, fragt Nora.

»Ja. Muss an den Pilzen und Wurzeln gelegen haben.«

Sie lacht. »In deinem Fall ganz bestimmt.«

»Was ist mit Lennart? Ich habe ihn nicht mehr gesehen.«

»Jon behält ihn diese Nacht zur Beobachtung in der Krankenstation«, sagt sie. »Aber keine Sorge, ihm geht es so weit gut.«

»Okay.«

Die Füße in den nassen Lederschuhen quietschen laut im Gang. Auch der Boden ist immer noch nass, an unebenen Stellen haben sich tiefe Pfützen gebildet. Bei jedem Schritt presst sich Wasser aus meinen Schuhen.

Nora greift in ihre Hosentasche und hält mir dann ihre Handinnenfläche hin. Darin liegen einige Kräuter, sie haben blaue, sternartige Blüten.

»Du solltest ein paar davon nehmen, bevor du schlafen gehst.«

Ich fasse nach der Pflanze und rieche daran. Ein unverkennbar bitterer Geruch geht von ihnen aus. Ich dachte immer, das Wasser hier hätte manchmal diesen bestimmten Beigeschmack, dabei waren es immer nur die Kräuter.

»Genau diese Schlafkräuter hat mir Lucas immer in den Trinkschlauch gemischt, habe ich recht?«

»Jon meint es nur gut.« Nora macht ein besorgtes Gesicht. »Ich finde auch, dass du schnell wieder zu Kräften kommen musst. Wir brauchen dich bei den Nachtwachen. Du kannst dir keinen Schlafmangel erlauben.«

Ich starre unschlüssig auf die blauen Blüten, stecke sie dann widerwillig in meine Hose. »Ich werd's mir überlegen.«

»Na gut.« Sie streicht mir über den Arm. »Der eine oder andere wird dich sicher um die Kräuter beneiden.« Sie macht einen ausweichenden Schritt über eine Pfütze. »Sechzig Schüler in einem Raum – ich glaube kaum, dass ich heute Nacht viel Schlaf bekommen werde.«

Ich breche eine Blüte vom Stängel ab und gebe sie ihr zurück. »Ich kann meistens gut schlafen. Vielleicht bekommst du dann wenigstens auch ein Auge zu.«

Sie lächelt. »Danke.«

»Nicht der Rede wert.«

In der Großen Halle herrscht reges Gemurmel. Einige schlagen noch ihre Felle zurecht, andere sind schon darin eingewickelt. Nur noch zwei Feuer brennen schwach in den Eisenbehältern, etwa so wie auch im Gedankenunterricht. Ein weiches Licht, das einen auf Dauer müde macht.

Nora biegt nach rechts ab, in den Teil der Halle, wo sich die Mädchen ausgebreitet haben.

Es ist zu dunkel, ich kann Sam unmöglich zwischen all den kleinen Lagern entdecken. Ich habe sie nicht mehr gesehen, seit ich ins Wasser getaucht bin.

Ich würde gern mit ihr reden. Es kommt mir komisch vor, dass wir seit dem Unglück noch kein Wort miteinander gewechselt haben. Wie es ihr wohl ergangen ist? Als Fischerin kann sie schwimmen, sie wird wahrscheinlich nicht so panisch gewesen sein wie andere, aber trotzdem.

Ich gehe nach links. Irgendwo vor mir sehe ich eine Gestalt die Hand heben. Bestimmt Melvin, der mir einen Platz freigehalten hat. Ich steuere in seine Richtung.

Der Dürre steht etwa in der Mitte der Halle vor einem Pfeiler. Er hat eine Fackel in der Hand und den Blick starr nach vorn gerichtet. Vermutlich übernimmt er den Wachdienst, ich habe mal jemanden sagen gehört, er würde nie schlafen.

Von den anderen Lehrenden ist keine Spur zu sehen. Vermutlich haben sie sich zur Besprechung in den Zirkelraum zurückgezogen. Ich hätte noch gern ein paar Worte mit Mirlinda gewechselt. Mich bedankt. Irgendetwas gesagt. Vielleicht später.

Ich laufe vorsichtig zwischen den kleinen Felllagern hindurch und passe auf, dabei niemandem auf die Füße oder Hände zu treten. Neben Melvin lasse ich mich nieder. Der Gute hat mir wirklich schon eines der Felle reserviert. Ich bin froh, dass er da ist.

Es sind andere Felle als die, die wir für gewöhnlich in den Zellen haben. Sie sind rauer und verstaubt, wahrscheinlich verschimmeln sie seit Ewigkeiten in irgendeinem Lagerraum. Sie riechen auch ein bisschen muffig.

Melvin robbt auf seinem Fell etwas näher zu mir. »Weißt du, Noel«, flüstert er, und ich sehe ihm bereits an, dass gleich irgendein Melvin-Spruch kommt. Denn so sieht sein Gesicht immer aus, bevor er grinsen muss. »Eine gute Sache hat die Katastrophe mit sich gebracht.«

»Welche?«

»Durch die nassen Hemden kenne ich jetzt die Brüste der restlichen zwanzig Mädchen, die ich noch nicht nackt gesehen habe.«

Ich muss mich beherrschen, jetzt nicht loszuprusten, ich muss sogar in den Ärmel meines Hemdes beißen, damit ich es nicht tue.

Ich glaube, ich darf Melvin nicht mal mehr ins Gesicht schauen, dann wird es noch viel schwerer werden, das Lachen zu unterdrücken.

Ich schiele einmal vorsichtig zum Dürren, er steht unverändert gerade da.

Ein paarmal zuckt mein Körper noch, wir beruhigen uns langsam.

»Gute Nacht«, flüstere ich dann.

»Nacht«, sagt Melvin. »War echt stark, was du heut gemacht hast«, schiebt er dann noch hinterher.

»Danke«, sage ich.

Ich liege auf dem Rücken und starre an die hohe, dunkle Decke.

Die Schlafkräuter sind immer noch in meiner Hosentasche. Fast kann ich ihren Duft riechen. Ich wälze mich ein paarmal hin und her, ziehe mir das Fell bis ans Kinn.

Ich kann sie einfach nicht nehmen.

Mein Gesicht drückt in die Erde, ich reiße es hoch, huste. Ich spucke einen Klumpen aus. Hektisch drehe ich den Kopf und blicke direkt in ein dunkles ausgehobenes Loch. Rings um mich sind noch mehr Erdhaufen.

Das Böse streift mich. Ich spüre es. Schützend hebe ich die Hände über den Kopf.

Ein Schatten fällt über mich. Ich kann *es* atmen hören. Ich kann *es* riechen. Kleine, faulige Windstöße pustet *es* mir ins Gesicht. Und *es* knurrt – ein tiefes Vibrieren, das von grenzenloser, wilder Kraft zeugt.

Jetzt nehme ich vorsichtig den Arm vom Gesicht. Gelbe Augen starren mich an. Sie leuchten in der Nacht, die Pupillen zu Schlitzen verzogen. Ich sehe den Wahn darin. *Als würden Maden darin herumkriechen. Es* fletscht die Zähne. Die Fänge größer als Dolche. Blut trieft von den Lefzen, fällt warm auf meine Brust. Der Fleischreißer!

Die Bestie legt ihr Haupt in den Nacken, und ein schauerliches Heulen dröhnt in meinen Ohren, es hallt über den ganzen Friedhof. Ein Ruf, der die Toten weckt.

Es wird alles wieder gut, sage ich zu Lennart. *Du brauchst keine Angst zu haben.*

Aber ich weiß, wie sehr es wehtun wird, wenn sich diese spitzen Zähne in mein Fleisch bohren und ein Stück aus mir herausfressen.

Die Bestie brüllt erneut, und mit ihren Pranken reißt sie eins der Gräber neben mir auf. Pranken, die die Form haben von Werkzeugen aus den Minen, wie gefährliche Spitzhacken. Dann schleudert sie einen Grabstein, der mich nur knapp verfehlt. Ich taste meinen Körper ab, aber da sind keine Waffen, nichts. Ich bin nur nass. Klitschnass.

Ich sehe die raue Zunge des Tieres, die nun gierig näherkommt, die schuppigen Warzen darauf. Es …

Neben mir bewegt sich etwas! Angst lähmt mich, der Schrei erstickt in meiner Kehle.

Nur langsam verblassen die Bilder, und ich nehme meine Umgebung wahr.

Ich bin in der Großen Halle. Alles war nur ein Traum. Es dauert ein paar Momente, bis sich meine Atmung wieder beruhigt hat und die Traumstimmung verfliegt.

Da höre ich erneut eine Bewegung neben mir. Jemand rutscht mit seinem Fell über den glatten Marmorboden.

»Melvin?«, flüstere ich.

Er dreht seinen Kopf erschrocken zu mir.

»Was machst du da?«, frage ich.

»Ich krabble los.« Er hat die Hände flach auf den Boden gepresst und robbt jetzt ein weiteres Stück vor.

»Wohin denn?«

»Na, zu Liv«, flüstert er.

Ich erkenne seinen Gesichtsausdruck im Dunkeln zwar nicht genau, aber ich kann mir nur zu gut die Vorfreude darin vorstellen.

»Du kannst es nicht lassen.«

Ein leises Melvin-Kichern dringt zu mir. »Nein.«

Ich werfe einen Blick zum Dürren, er hält die Fackel steif vor sich. Er hat sich in der ganzen Zeit nicht ein Stückchen von der Stelle gerührt. Noch hat er den Blick auf den Mädchenbereich gerichtet, und Melvin nutzt seine Chance und bahnt sich einen Weg zwischen den schlafenden Schülern hindurch.

Zum Glück ist dieser Boden so glatt, dass das Rutschen des Fells kaum wahrnehmbar ist. Wo zuvor Gemurmel war, sind jetzt tiefes Atmen und vereinzeltes Schnarchen zu hören. Die Flammen in den Eisenkörben sind fast ganz runtergebrannt, knistern kaum hörbar, wie aus weiter Ferne.

Jetzt dreht der Dürre den Kopf wieder in meine Richtung, und Melvin hört schlagartig auf, sich zu bewegen. Regungslos bleibt er liegen und stellt sich schlafend.

Der Dürre schaut auffällig lange in unsere Richtung, aber als er den Kopf wieder nach links dreht, sehe ich Melvins schemenhafte Gestalt auf seinem Fell weiter über den Boden robben, bis der Dürre wieder hinüberschaut und Melvin einfriert.

Für diese Vorstellung hätte er sich glatt einen Kumpelklopf bei den Minenarbeitern verdient, drei trommelnde Fausthiebe auf die Brust.

Eine Weile beobachte ich sein Spiel noch, dann sinke ich in einen seltsamen Halbschlaf. Immer wieder taucht die Kreatur des Fleischreißers vor meinen Augen auf, und ich habe Angst, wieder ganz zurück in meinen Albtraum zu fallen. Also versuche ich, mir irgendwelche schönen Dinge vorzustellen – wie Earl und Claire zusammen Quatsch machen.

Es funktioniert, und meine Lider werden schwer. Die Geräusche der anderen Schlafenden verblassen.

Gerade glaube ich, Ruhe zu finden, als sich neben mir wieder etwas bewegt. Ich kann zwei nackte, kleine Füße erkennen. Jemand geht in die Hocke, und dabei kitzeln mich lange Haare an der Wange.

»Sam?«

»Psssst.« Sie legt einen Finger an die Lippen. Dann breitet sie ihr Schlaffell auf Melvins altem Platz aus, nur ein ganzes Stück dichter an meinem. Kurz dringt mir ihr Duft in die Nase, verfliegt aber schnell wieder.

Sie legt sich hin und lehnt den Kopf zu meiner Seite auf ihre verschränkten Arme.

»Was machst du hier?«

»Melvin«, murmelt sie.

»Schnarcht er schon wieder?«

»Mhmm.« Sie lässt mich nicht einen Moment aus den Augen.

»Wie bist du an dem Dürren vorbeigekommen?«, frage ich leise.

»Ähm.« Sie zieht das Fell bis zur Nasenspitze hoch. »Ich bin einfach aufgestanden und rübergelaufen.«

»Dein Ernst?«

»Ja.«

Ich lache leise. »Dann habe ich jetzt etwas, womit ich Melvin morgen aufziehen kann.«

»Noel.«

»Mhh?«

Es bleibt kurz still. »Das war wirklich mutig von dir heute.« Sie flüstert noch leiser als vorher, sodass ich sie gerade noch verstehen kann.

Eine Weile liegen wir nur so da. Ich erkenne die Umrisse ihres Gesichts. Sehe ihre Hand, die zwischen uns auf dem Marmorboden liegt, und meine, die nicht allzu weit von ihrer entfernt ist.

Irgendwo raschelt ein Fell, ein Schüler wälzt sich im Schlaf, ganz in der Nähe. Mein Herz schlägt plötzlich schneller. Zu schnell, wo ich doch nur daliege und auf den Schlaf warte.

Ein Finger tastet vorsichtig nach meinem. Sam berührt zaghaft meine Hand.

Ich zucke zurück.

Ich atme aus, das kommt mir viel zu laut vor, und jetzt überholen meine Herzschläge einander.

Lucas. Ich weiß, dass er Sam toll fand. Ich weiß, dass er an ihr interessiert war.

Aber ein Schüler ist gestorben. Favilla ist nicht mehr sicher. Ich wäre heute fast ertrunken.

Und dann nehme ich doch ihre Hand.

12

Favilla. Amphitheater.

Als ich unten am Platz des Amphitheaters stehe, ergreift mich ein Gefühl von Ehrfurcht. Es ist einer dieser Momente, die einem durch und durch gehen.

Ich lege den Kopf in den Nacken, sehe die Stufen hoch und betrachte das mächtige Bauwerk. Ich musste kurz anhalten, einfach nur, um es auf mich wirken zu lassen.

Ich stelle mir vor, wie Menschen auf diesen Stufen saßen, als es noch keine Ruine war.

Wie sie vielleicht in die Hände klatschten und einem der Krieger aus der *Stadt der Helden* zujubelten.

Ich denke an das letzte Gespräch mit Jon. *Ich bin keiner, dem die Massen folgen.*

»Es ist gewaltig, nicht wahr?«, sagt Sam.

»Mh?« Ich gucke sie an, immer noch ein bisschen abwesend.

»Dieses Bauwerk.«

Jetzt komme ich wieder zu mir und nicke. Ich weiß nicht, wie lange ich schon so dagestanden habe. »Es ist ein Amphitheater«, sage ich.

»Woher weißt du das?«

»Jon hat es mir erzählt«, antworte ich. »Dieses Bauwerk war

ein wichtiger Teil für den Totenkult der Menschen aus der alten Kultur. Wenn ein bedeutender Mensch gestorben ist, haben sie ein Theaterstück über sein Leben geschrieben, und Schauspieler haben es auf diesem Platz aufgeführt. So nahmen sie Abschied.«

Sams Blick wandert einmal über die Weite der Arena. Sie streckt ihre Arme vor. »Kannst du meine Gänsehaut sehen?«

Ich streiche mit meinem Finger einmal sanft über ihre Haut. Ich spüre ganz feine Haare unter meinen Fingerkuppen. Kurz verweile ich so, dann lässt sie ihren Arm wieder sinken. »Noel?«

»Ja.« Ich sehe in ihr Gesicht. Sie sieht mir genau in die Augen, und wenn sie meinen Namen so ausspricht, versetzt mir das einen plötzlichen Stich in der Brust.

»Warum macht Jon diese Einzelsitzungen mit dir?«

Ich kann nicht denken, wenn sie mich so ansieht. Ich greife mir einmal in die Haare.

»Ich weiß es nicht«, sage ich.

»Wirklich nicht?« Sie klingt etwas grob.

Ich zucke mit den Schultern. »Vermutlich, weil ich so neugierig bin.«

Sie guckt kritisch, erwidert aber nichts mehr, und wir steigen schließlich die Stufen zum Friedhof hinauf. Unsere Schritte hallen zwischen den Mauern wider.

Wir laufen an den Erdhaufen vorbei. Ich sollte sie nicht zählen, aber ich kann nicht anders: Allein auf dem Weg zum Wachtposten sind es bereits sechs ausgehobene Gräber. Ich werde das Gefühl nicht los, dass aus dieser Erde gleich eine Hand schießen könnte. Dass sich jeden Moment irgendwo etwas bewegen wird und dass ich das Knurren des Fleischreißers höre, wie in meinem Traum.

»Wir starren jetzt schon wieder eine ganze Nacht auf diese Gräber, und jedes Mal stelle ich mir die gleiche Frage.« Sam schaufelt ein Häufchen Erde in ihre Handinnenfläche, um sie dann wieder durch ihre Finger auf den Boden rieseln zu lassen. »Was passiert mit den Menschen, wenn sie tot sind?« Sie sieht mich fragend an, schmerzlich an.

»Wie meinst du das?«

»Wir zünden die Totenlichter an, die Toten werden hier begraben und kommen nicht wieder zu uns zurück. Aber wo gehen sie hin?«

»Wo sollen sie denn hingehen?« Ich runzle die Stirn.

»Denkst du nicht, es muss noch weitergehen? Das Leben kann doch nicht einfach so aufhören.«

»Keine Ahnung, die Vorstellung ist schön, dass es weitergeht, aber wir können es ja nicht wissen«, antworte ich.

»Hast du denn keine Angst?«

Ich starre auf die Grabfelder, denke an die unzähligen Knochen in den Katakomben. »Vielleicht ist nach dem Tod dasselbe wie vor dem Leben.« Ich sehe wieder in ihr Gesicht. »Nichts.«

Sie schüttelt kaum merklich den Kopf. »Das glaube ich nicht.« Nachdenklich richtet sie den Blick in die Ferne. »Dann würden wir ja völlig ohne Grund hier sitzen. Wieso sollten wir dann überhaupt für irgendetwas kämpfen?«

»Ich weiß nicht, aber vielleicht wäre gerade das der Grund. Je mehr Nichts um das Leben existiert, desto bedeutsamer ist doch das Leben an sich.«

Es bleibt eine Weile still zwischen uns.

Und ja, ich kenne diese Momente, wo man plötzlich aufs Ganze fragt.

Ich hatte schon einmal einen solchen Moment, noch zu meiner

Zeit in den Minen. Ich war viel zu lange in den unteren Stollen gewesen. Irgendwann bekam ich einen heftigen Hustenanfall. Staub erstickte meine Lungen.

Wir sind nach draußen gegangen. Earl und ich.

Ich habe hochgesehen in den Nachthimmel. Es war dunkel und so still. Nächte, die eigentlich viel zu still sein mussten. Und ich hab hinaufgesehen. Ich konnte meinen Herzschlag spüren, das Kribbeln und die Erschöpfung in meinen Beinen.

Ich sah erst Earl an, dann wieder nach oben, und plötzlich habe ich mich gefragt: *Wozu*?

Wozu diese Wolken, und warum schlägt mein Herz? Zum ersten Mal kam ich auf die Idee, mich zu fragen, weshalb ich jeden Tag auf diese Steine haue. Und die Antwort konnte doch nicht nur der Brennende König sein.

Damals fiel mir aber keine andere Erklärung ein, nur ein- oder zweimal kam es noch hoch, bis ich den Gedanken wieder verworfen hatte.

Jetzt weiß ich, dass ich vor den Antworten keine Angst haben muss. Dass sie zwar nicht immer so friedlich sein konnten wie eine stille Nacht. Aber sie sind das, was mich vorantreibt, etwas, das ich damals noch nicht gespürt habe.

Ich sehe zu Sam, ins Grün ihrer Augen. Vielleicht gibt es auch Momente, in denen vollkommen egal ist, was davor und danach geschieht.

»Sam«, flüstere ich.

Sie schaut zu mir auf. Der Wind lässt ihre Haarspitzen erzittern.

»Ich würde dich gerne küssen.« Ich sehe auf ihren Mund. »Jetzt.«

Sie rückt ein kleines Stück näher. Unsere Knie berühren sich, und ich habe das Gefühl, dass mein Bein an dieser Stelle plötzlich ganz heiß wird, dass alles in mir auf einmal ganz heiß wird.

Sam presst die Lippen aufeinander, und als sie sie wieder löst, betrachte ich den sanften Schwung ihrer Oberlippe.

Ich komme ganz nah an ihr Gesicht, genieße diese wundervolle Unruhe in mir, die mit jedem Moment stärker wird.

Sam, das Mädchen, das meine Hand gehalten hat.

Ich schließe die Augen.

Plötzlich kreischt das Flügeltor, erschrocken fahren wir auseinander und springen auf. Der Speer findet ganz von allein in meine Hände.

»Der Totengräber kehrt zu dieser Zeit noch nicht zurück«, sage ich, und mit dieser Erkenntnis kommt die Angst. Wenn es nicht der Totengräber ist, wer ist es dann?

»Kannst du etwas sehen?«, fragt sie.

Ich recke den Kopf nach oben. »Zwei Gestalten«, murmle ich. Dann erkenne ich den Umriss einer weiteren. »Drei«, korrigiere ich mich und schlucke.

Ich meine von hier aus zu erkennen, dass sie Rüstungen tragen. »Verdammt! Das müssen Königswachen sein.« Ich trete nervös von einem Fuß auf den anderen. Das Flügeltor fällt laut ins Schloss zurück.

»Wir müssen das Nebelfeuer anzünden«, sage ich.

Sam schüttelt wild den Kopf. »Wir können nicht einfach Alarm schlagen, wenn wir nicht mal sicher sind, was dort vor sich geht.«

»Jon hat gesagt, sobald wir Wachen sehen, sollen wir das Feuer anzünden.« Ich will schon zur Fackel gehen, die hinter den Vogelmännerstatuen versteckt ist, da packt mich Sam grob am Arm.

Ihre kleinen, weißen Finger graben sich in meine Haut. »Machst du denn alles, was Jon dir sagt?«, zischt sie. »Wenn wir Fehlalarm schlagen, machen wir erst recht auf das Internat aufmerksam.«

Ich entziehe mich ihrem Griff. »Und was schlägst du stattdessen vor?«

Sie kneift die Augen zusammen und beobachtet die Wachen einen Moment lang. »Siehst du, wie sie laufen?«

Ich folge ihrem Blick. Die Wachen bewegen sich nur langsam, sie haben nicht einmal die Waffen erhoben.

»Ich glaube, die dürfen hier gar nicht sein«, sagt sie, etwas flackert dabei in ihren Augen. »Die sind gleich wieder weg, ich bin mir ganz sicher.«

Und was, wenn nicht? Wir können jetzt nicht anfangen zu diskutieren, das geht nicht. Aber irgendwas muss getan werden.

»Gut«, sage ich schließlich. »Du bleibst bei der Statue und entzündest das Feuer, sobald akute Gefahr droht, ich schleiche mich an sie ran und finde heraus, was sie hier wollen.« Meine Stimme ist hart.

Sie zögert einen Moment. »Na gut, beeil dich! Und pass auf.«

Ich drücke einmal ihre Hand, dann laufe ich los. Wenn ich geduckt bleibe, habe ich eine reelle Chance, unentdeckt zu bleiben. Ausgerechnet heute, wo ich den Nebel gut als Tarnung gebrauchen könnte, ist die Luft klar.

Kaum bin ich ein paar Schritte gelaufen, meldet sich mein schlechtes Gewissen. Obwohl ich mich voll und ganz auf den Weg konzentrieren müsste, sind meine Gedanken bei Sam. War ich zu schroff zu ihr? War es in Ordnung, einfach loszugehen? Was ihr wohl dort oben allein gerade durch den Kopf geht?

Ich schiebe die Gedanken weg.

Schritt für Schritt taste ich mich vorwärts. Ich streife Grabsteine, ducke mich hinter Sträucher. Der Boden ist zwar matschig, aber hier kann ich mich trotzdem leiser vorwärtsbewegen als auf dem Schotterweg. Es ist viel zu still, sodass ich keine schnellen Bewegungen machen darf. Vor jedem Auftreten sehe ich zu Boden, schon ein kleiner Ast unter meinen Schuhen könnte mich verraten.

Dann höre ich ihre Stimmen ganz deutlich, ich bin fast bei ihnen. Ich spähe vorsichtig zur Seite. Sie stehen hinter einem Baum, nicht mehr als sieben Schritte von mir entfernt. Schnell ziehe ich den Kopf wieder zurück. Der Stein, hinter dem ich stehe, ist glücklicherweise breit genug, um meinen Körper zu verdecken.

»Entspann dich!«, motzt eine der Wachen. »Ich bin nur am Pissen.«

»Man wird uns hängen, wenn die rausfinden, dass wir hier sind.«

Ich höre die andere Wache immer noch pinkeln, sein Wasser gegen den Baumstamm plätschern. »Wir waren noch nie hier, ist doch klar, dass wir neugierig sind.«

Jemand geht unruhig auf und ab. »Und wo zum Henker ist Devin schon wieder hin?« Ich höre ihn ausspucken, gefährlich nah.

»Jetzt stell dich nicht so an! Mir ist dieser Friedhof fast lieber als der Wald. Wird doch 'nen Grund geben, warum die Jäger nicht dahin gehen, wohin wir mittlerweile vorgestoßen sind. Wird doch 'nen Grund geben, dass der Trupp von Marek seit Tagen verschwunden ist … Wenn ihr mich fragt, die ganze Mission ist doch Schwachsinn. Da schließt der Kommandant, dieser Idiot, irgendwelche Tunnel, um den Kerl rauszulocken. Und jetzt weiß der Fluss nicht mehr, wohin mit seinem Wasser. Und das alles nur, um einen einzigen Mann zu finden. Wenn ihr mich fragt, der ist längst nicht mehr hier, schon vor Tagen nach Akila durch. Und wir bringen für diese Scheiße hier den Wald gegen uns auf.«

Und jetzt weiß der Fluss nicht mehr, wohin mit dem Wasser?

Sie müssen etwas mit dem Wassereinbruch zu tun haben! Deshalb sind die Wände eingestürzt! Sie müssen irgendwo etwas gedämmt haben. Und welcher Kerl? Von welchem Kerl sprechen sie?

Mein Herz springt jetzt beinahe aus der Brust. *Jon, ich bin ganz nah dran! Das sind die Informationen, die wir brauchen.* Mehr, ich will mehr hören!

Rascheln von Kleidung. Ich schätze, er knöpft seine Hose wieder zu. Das Knirschen unter ihren Schuhen wird immer lauter. Plötzlich hört es auf.

»Was suchst du da?«, sagt der eine.

»Da ist jemand.«

Verdammt! Die Stimme der Wache ist viel zu deutlich zu verstehen, noch deutlicher als vorhin. Oh nein, oh nein, oh nein.

Ich beiße mir so fest auf die Lippe, dass ich Blut schmecke.

Ich hab's verhauen, Jon. Es tut mir so leid, ich habe alles versaut.

»Da sind nur Statuen«, sagt die Wache, die gepisst hat. »Komm jetzt.«

Ich halte die Luft an. Über mein Bein krabbelt eine Assel. Klein, grau und fett wandert sie nun meinen Schenkel hinauf.

Hinter mir bleibt es still. Ich höre den, der mir ganz nahe ist, noch mal ausspucken. »Nee, nee«, sagt er, »das sind nicht bloß Statuen. Ich seh nach.«

»Hä«, höre ich da jemanden krächzen. »Macht, dass ihr hier wegkommt!«

Es ist der Totengräber, seine Stimme ist unverwechselbar. Noch nie war ich so froh, sie zu hören.

Er schlurft über den Schotter. »Ihr habt hier nichts zu suchen!«, schimpft er.

Aber die Schritte der Wachen entfernen sich nicht.

»Devin!«, ruft jemand den dritten zu sich.

Dann zieht einer das Schwert aus der Scheide, das Geräusch ist unverkennbar. »Denkst du, wir lassen uns von einem alten Sack wie dir etwas befehlen?!«

»Steck die Waffe weg, Mann!«, ruft die andere Wache. Bald kann ich gar nicht mehr auseinanderhalten, wer mit wem spricht.

»Halt die Fresse!« Das muss Devin sein.

Das markante Lachen des Totengräbers. »Stich ruhig zu. Ich spür das eh nicht.«

»Das können wir ja mal ausprobieren, alter Mann«, antwortet Devin, der Schotter knirscht, aber der Totengräber lacht nur.

Wie kann er bloß so ruhig bleiben? Geht weg!

Jetzt spricht der Totengräber wieder, aber er klingt nicht mehr amüsiert, sondern dunkel. Seine Stimme ist gefährlich ruhig. So habe ich ihn noch nie reden hören, Gänsehaut kriecht meinen Rücken hoch.

»Jetzt hör mal zu, mein leichtsinniger Freund. Das hier ist *mein* Friedhof. Ich hab hier schon Leichen für den Brennenden König eingebuddelt, da warst du noch nicht mal aus deiner Mutter herausgekrochen. Ein kleiner Fehler noch, und dein guter Herrscher zerreißt dich in so kleine Stückchen, dass ich dich nicht mal mehr einbuddeln muss«, er macht eine kurze Pause, und ich bin mir sicher, dass er jetzt ganz dicht vor Devin steht. »Oder ich erledige das gleich selber.«

Kein Ton mehr. Fast rechne ich damit, jeden Moment eine Klinge zu hören, die sich in Fleisch bohrt.

Dann das Geräusch von Rüstungsplatten.

»Komm, Devin, das reicht«, sagt eine der Wachen. »Lass gut sein, alter Mann, wir wollen keinen Ärger.«

Es dauert jetzt nicht mehr lange, bis ihre Schritte verklungen sind. Etwas später höre ich, wie das Flügeltor sich öffnet und dann zufällt. Ich lehne mich erschöpft an den Grabstein. Beinahe hätte ich alles verhauen. Mein Atem geht immer noch stoßweise. Aber ich habe Informationen, wichtige Informationen, und dieses Gefühl des Triumphes ist im Moment stärker. Es fühlt sich ein bisschen so an, wie wenn ich ein neues Buch aufschlage, nur noch viel besser.

Von rechts schiebt sich plötzlich der Kopf des Totengräbers in mein Blickfeld, ich fahre zusammen.

»Glück gehabt, Minenjunge«, sagt er.

Mit einer Hand stützt er sich auf dem Grabstein ab. Sie ist verkrustet von Dreck. »Kannst jetzt wieder abhauen.« Er lacht sein hustendes Lachen.

Ich schnipse die Assel von meinem Bein, dann stehe ich auf, klopfe die Erde von mir ab. »Was wollten die hier?«

»Auf die Toten pissen.« Er lacht wieder, hört jedoch jäh auf und sieht ernst zum Flügeltor.

Etwas an ihm kommt mir verändert vor. Es ist nicht nur sein Lachen, das in meinen Ohren unheilvoller klingt als sonst, ich merke auch, dass sein Umhang zerfledderter aussieht, dass seine Hände dreckiger sind, sein Gestank schlimmer ist.

Ich höre seine kratzige Stimme in meinem Kopf nachhallen.

Das hier ist mein Friedhof.

13

Favilla. Ebene Zwei.

Die Aufräumarbeiten gehen nur schleppend voran. Jon hat vorerst jeglichen Unterricht abgesagt. Selbst die Zirkeltreffen wurden bis auf kleinere Besprechungen verschoben.

Es ist seltsam, die Schüler so viel außerhalb der Unterrichtseinheiten zu sehen. Auch die Lehrenden, die gezwungenermaßen mit anpacken, geben ein ungewohntes Bild ab. Es rückt Favilla in ein ganz anderes Licht. Es zeigt, dass dieses undurchdringliche System, das ich im ersten Jahresumlauf hier kennengelernt habe, Schwachstellen hat.

Die Lehrenden sind bemüht, die Fassade aufrechtzuerhalten, allen voran Jon, doch ich meine, sie hin und wieder bröckeln zu sehen. Roland ist zunehmend genervt, er kommandiert die Schüler und ganz besonders Lennart herum, was das Zeug hält.

Immer wieder hebe ich triefende Bücher vom Steinboden auf. Streiche über das schwer gewordene Leder und schlage sie auf. Selbst ihren ureigenen Geruch nach Pergament und Geschichte haben sie verloren. Ich will die Hoffnung nicht aufgeben, ein Buch ohne verwischte Tinte zu finden. Irgendein Stück Pergament, das mir beweist, dass das Wissen nicht vollkommen verloren ist.

Waffen, Trinkschläuche, Truhen und Ähnliches haben den

Wassereinbruch überlebt. Aber nichts gibt mir diese Sicherheit zurück, die ich seit meiner Aufnahme in den Zirkel gespürt habe: das Gefühl, dass nichts von draußen in diese Wände eindringen kann. Manchmal fürchte ich, nur die hohlen Schädel sind noch von Favilla übrig geblieben.

Es schaudert mich, wenn ich an die Königsboten denke, an ihren Streit mit dem Totengräber und daran, wie sie mich fast erwischt hätten. Jon schien nicht sonderlich überrascht, als ich ihm berichtete, dass die Wachen den Wassereinbruch verursacht haben.

Wahrscheinlich haben die Königswachen ihn nicht mal mit Absicht ausgelöst. Das glauben wir beide. Eigentlich. Aber natürlich kommen die Zweifel: Könnte der Kommandant den Wachen auch etwas vorgelogen haben? Könnte die Suche nach dem namenlosen Kerl nur ein Vorwand sein?

In Wirklichkeit weiß der Brennende König vielleicht längst vom Internat … oder ahnt zumindest etwas. Oder ist dieser Mann, den sie verfolgen, am Ende Lucas? Wäre es möglich, dass sie *ihn* suchen?

Jon schien nicht für ein längeres Gespräch aufgelegt zu sein. Ich war in die Krankenstation hineingeplatzt, aber er war in Gedanken versunken, und deshalb bin ich bald wieder gegangen. Auf seinen Schultern lastet für den Moment wirklich genug. Obwohl ich gern ausführlich mit ihm geredet hätte, über den Wassereinbruch und alles, was passiert ist.

»Na, du Träumer!« Melvin trommelt mir auf die Brust.

Seit ich ihm gezeigt habe, wie ein Kumpelklopf bei den Minenarbeitern funktioniert, kassiere ich davon täglich fünf Stück.

Er nimmt mir das Buch aus der Hand. »Was hängst du so daran?«

Ich zucke mit den Schultern.

»Jon hat das bestimmt alles im Kopf«, sagt er.

»Ja, bestimmt.« Er hat schon recht. Aber es ist nicht dasselbe. Ein Gedächtnis kann täuschen.

Melvin läuft weiter und deutet mit dem Finger nach oben. »Die brauchen dich bei den Leinensäcken.«

»Ich komme gleich nach«, sage ich.

Ich schaue mich um. Ein paar Schüler haben neben einem Feuer Seile gespannt und hängen Felle und Kleider zum Trocknen auf. Phil winkt mir flüchtig zu, während er mit einer Schale Wasser aus einer tiefen Pfütze am Boden schöpft.

Seit Tagen laufe ich barfuß mit hochgekrempelter Hose durch die Gänge. Aber an diese Nässe gewöhnt man sich einfach nicht. Genauso wenig wie an die tauben Füße.

Laut Rolands Prognose dauert es noch zwei Tage, bis wir die Zellen beziehen und erste Unterrichtseinheiten wieder aufgenommen werden können. Wenn ich mich so umsehe, kommt mir das aber nicht so vor.

Die Nachtwachen nehmen ihren gewohnten Lauf. Heute sind Nora und Ellinor draußen, morgen bin ich wieder mit Sam an der Reihe.

Ich habe Sam in den letzten Tagen nicht oft gesehen. Sie ist in eine andere Aufräumsektion eingeteilt. Nur beim Essen begegnen wir uns. Und dann werfen wir uns Blicke zu. Und ich kann an nichts anderes denken als an ihre Hand in meiner und an ihre Lippen, denen ich so nah war. Während der Aufräumarbeiten stelle ich mir manchmal vor, wie wir uns in einem der dunklen Gänge zufällig über den Weg laufen, und dort drücke ich sie dann sanft gegen die Wand und küsse sie …

»Noel!«, ruft jemand. »Noel!«

Ich seufze. Ich höre bereits an den schnell aufeinanderfolgenden, patschenden Schritten hinter mir, dass es Lennart ist. »Guck mal, was ich gefunden habe!«

Ich drehe mich um. Er grinst breit, und seine großen Ohren bewegen sich ein kleines bisschen mit. Er hält mir seine Hände dicht vors Gesicht. Darin liegt ein Würfel aus Holz. Ich nehme ihn zwischen die Finger. »Verrückt, oder?«, sagt er.

»Ein Wunder, dass es den nicht weggespült hat!« Ich sehe vom Würfel wieder zu ihm, sein Grinsen ist tatsächlich noch breiter geworden. Ihm zuliebe zeige ich ein bisschen Interesse. »Darf ich ihn behalten?«

»Klar.« Lennart nickt eifrig. »Klar, ich schenke ihn dir.«

»Danke.« Ich stecke den Würfel in die Hosentasche, Lennart bleibt erwartungsvoll vor mir stehen.

»Die brauchen mich beim Säcketragen«, sage ich und gehe los.

Er läuft neben mir her. »Gut, ich helfe dir.«

»Lennart, das ist wirklich nett, aber ich denke, du bist hier unten eingeteilt. Halt dich da lieber dran.«

Ich lasse die Information aus, dass es für mich eher mehr Arbeit bedeutet, wenn er mir beim Tragen hilft. Es wäre nur eine Frage der Zeit, bis Lennarts Sack voll Erde runterfällt und aufplatzt.

»Denkst du?« Er sieht noch mal nach hinten und beobachtet Klara und Johanna, die die Fackelhalterungen überprüfen. Lennart rollt mit den Fingern den Saum seines Hemdes auf und streicht ihn dann wieder glatt.

»Ich denke schon. Ich muss vorher sowieso noch mal bei den Pferden vorbei«, sage ich. »Du kannst ja nachkommen«, schiebe ich dann schnell hinterher, fühle mich aber sofort schlecht. Lennart bekommt Ausschläge im Gesicht und muss die ganze Zeit niesen, wenn er bei den Pferden ist.

Er rümpft die Nase. »Na gut, bis später dann.«

Ich gehe weiter, während er im Gang zurückbleibt. So feingliedrig und schmächtig, der Anblick lässt mein schlechtes Gewissen nicht unbedingt verschwinden.

Ich kann verstehen, dass er sich bedanken will, sich revanchieren will. Aber das muss er nicht, das habe ich ihm schon mehrmals gesagt.

Die Stallungen liegen rechts von der Großen Halle, nicht weit vom Hauptausgang, damit die Pferde einen möglichst kurzen Weg nach draußen haben, wenn sie für die Außenmissionen gebraucht werden.

Im Brunnenraum sind die Begrabenen schon ganz gut vorangekommen. Sie haben die Leinensäcke beseitigt und die Friedhofserde entfernt.

Wo ich auch hinlaufe, habe ich das Gefühl, dass mich mehr Schüler wahrnehmen als vorher. Manche winken flüchtig, einige begrüßen mich sogar mit einem Minenarbeitergruß, der sich hier langsam durchzusetzen scheint. Am Anfang fand ich das seltsam. Mittlerweile gefällt es mir irgendwie.

Stallgeruch schlägt mir entgegen. Meistens kümmern sich die Begrabenen um die Pferde. Aber zurzeit läuft ja alles ein wenig anders. Immerhin ist dieser Raum etwas heller als die anderen. Da die Pferde die meiste Zeit unter der Erde sind, stehen hier zahlreiche Lampen, natürlich in sicherer Entfernung der Holzspäne.

Gleichmäßige, kräftige Striegelstriche sind aus einer der Boxen zu hören. Ich laufe die zwölf kleinen, durch Holzwände getrennten Kabinen ab. Jedem der Pferde streichle ich einmal über die warme Stirn.

Hinter dem dritten Tier, einem Schimmel, taucht plötzlich

Estelles rote Lockenmähne auf. »Bist du auch geflüchtet?«, fragt sie und hört mit dem Bürsten auf.

»So in etwa.« Ich steige in die Kabine. »Kann ich dir helfen?«

»Du kannst am Hals weitermachen.« Sie greift hinter sich und streckt mir dann eine zweite Bürste entgegen. »Das mögen sie am liebsten.«

»So gut?« Ich striegele ein paarmal vorsichtig über den Hals des Tieres.

»Mhm.« Sie nickt. »Am besten, du legst dabei die andere Hand auch an das Fell, damit es sich bei der Bewegung nicht erschreckt.«

»Gut.« Ich folge ihren Anweisungen.

Immer wieder streichle ich dem Schimmel über den Hals. Für ein Pferd scheint er etwas dünn zu sein.

»Denkst du, sie leiden hier unten?«, frage ich Estelle.

»Hinter den Ställen gibt es ein Rondell, wo die Begrabenen sie regelmäßig bewegen. Aber ich nehme an, das Tageslicht fehlt ihnen genauso wie uns.« In kreisförmigen Bewegungen streicht sie über den weißen Bauch. Das Geräusch hat etwas Beruhigendes.

»Du hättest mal die Pferde am Hof der Schwarzgewändler sehen sollen. Das waren richtige Prachttiere. Ihr Fell hat seidig geglänzt, die Beine waren muskulös und die Mähne so gepflegt.« Sie legt den Striegel jetzt zurück. »Richtig edle Tiere.«

Ich zeige auf den Korb mit Wurzeln, der am Boden steht. »Darf man sie damit füttern?«

»Sicher.« Sie reicht ihn mir.

Das Pferd frisst aus meiner Hand, die Zunge kitzelt mich dabei auf der Haut. Sie ist warm und rau. Dann beginnt es zu kauen, die Zähne schlagen mahlend aufeinander, es prustet geräuschvoll Luft aus den Nüstern. Die weißgrauen Haare fallen ihm zottelig vor die Augen. Ich streiche sie zur Seite.

»Wie ist es dort oben auf dem Friedhof?«, fragt Estelle.

»Schätze, du hast nichts verpasst.« Ich seufze.

»Die Gräber werden weiter aufgebuddelt, haben sie mir erzählt.« Sie steht jetzt direkt vor mir. »Was denkst du, wer tut so was?«

Ich greife nachdenklich nach einer weiteren Wurzel, lausche den Kaugeräuschen des Pferdes. »Darüber zerbreche ich mir seit Tagen den Kopf.« Ich starre auf unsere nackten Füße, die sich in die piksenden Holzspäne drücken, trotzdem ist es angenehmer als der nasse Steinboden. »Ich versuche, einen Zusammenhang in allem zu finden.«

»Worin?«

»Der Wassereinbruch, die Wachen, die Gräber, Lucas' Verschwinden: Alles passiert zur selben Zeit. Ist das nicht auffällig?«

»Aber …« Sie lässt ihre Hand vom Fell des Pferdes rutschen. »Du denkst doch nicht, dass das, was womöglich da oben auf dem Friedhof umgeht, dass es auch hier runter kann?« Sie schluckt.

Ich öffne den Mund und schließe ihn wieder. Was weiß ich denn schon, außer dass die Gräber aufgebuddelt werden?

Es könnte alles sein. Es könnte sein, dass der Totengräber nach etwas sucht. Vielleicht ja nach etwas ganz Harmlosem?

Nur, möglicherweise ist es auch gar nicht der Totengräber, vielleicht hat es mit den Königswachen zu tun. Seit sie durch die Wälder schleichen, gibt es diese aufgebuddelten Gräber, und sie haben auch den Wassereinbruch verursacht.

Haben wir bisher nur Glück gehabt, und die Königswachen planen schon länger, uns anzugreifen?

Und was – und diesen Gedanken wage ich kaum zu denken – was, wenn es weder der Totengräber noch die Königswachen sind?

Wenn die Legende vom Fleischreißer tatsächlich wahr ist? Warum sollte eine solche Bestie auf dem Friedhof halt machen?

Ich würde gern etwas sagen, das Estelle ein wenig beruhigt, aber dann müsste ich sie wohl anlügen.

»Jon hat mir mal gesagt, er schließt nichts aus«, antworte ich schließlich.

Sie senkt den Kopf.

»Darf ich dich etwas fragen?«, beginne ich vorsichtig.

»Mh?« Sie sieht wieder auf, etwas tapferer als zuvor.

»Ich habe letztens im Gemeinschaftsraum schon beobachtet, dass du und Sam euch gestritten habt, und auch sonst sieht man euch nicht mehr zusammen.« Ich zögere einen Augenblick. »Willst du mir sagen, was los ist?«

Sobald die Frage meine Lippen verlassen hat, bereue ich es schon, denn schlagartig verändern sich Estelles Gesichtszüge. Beinahe wütend sieht sie mich an.

»Weißt du was?« Sie drückt ihren Korb mit den Wurzeln fest an sich, bereit zum Aufbruch. »Frag das Sam am besten doch selbst mal!«

Jon hat mich in die Bibliothek gerufen. Als ich durch die Tür trete, hebt er gerade eines der Bücher aus einer Pfütze auf. Von den Pergamenten trieft das Wasser auf den Boden zurück. Er hat mir den Rücken zugewandt.

»Ich möchte, dass du dir etwas vorstellst, Noel«, sagt er.

Ich starre auf die Trümmer, die morschen Regale aus Holz, abgebrochen und umgestürzt. »Okay.«

Langsam dreht er sich zu mir, das Buch immer noch in der Hand. »Stell dir vor, du bist auf dem Friedhof, du siehst vier Königswachen, die einen Mann hin- und herschubsen, einen dünnen, schwächlichen Mann. Er fällt zu Boden, krabbelt auf allen vieren. Eine der Wachen tritt ihn von hinten, und er fällt mit dem Gesicht auf den Schotter. Sie zerren ihn wieder hoch. Du siehst einen Galgen, und du weißt, dass dieser Mann gleich sterben wird. Was tust du?« Seine Augen verengen sich zu schmalen Schlitzen, unterziehen mich ihrer Prüfung.

»Ich würde ihn retten.«

Plötzlich lässt Jon das Buch fallen, es landet mit einem lauten Platschen in der Pfütze. Er kommt einen Schritt auf mich zu. »Falsch«, zischt er.

Verdutzt sehe ich ihn an. Was um alles in der Welt ist mit ihm los? Was will er von mir?

»Du verstehst es nicht!« Zum ersten Mal, seit ich ihn kenne, klingt er tatsächlich wütend. »Es war töricht, in diesen Gang zurückzutauchen. Was hast du dir dabei gedacht?«

Nachdem ich ihm von den Wachen auf dem Friedhof erzählt habe, war ich mir sicher, er würde mich auf die Sache mit dem Wassereinbruch noch ansprechen, ich hatte jedoch nicht damit gerechnet, dass er wütend sein würde.

»Lennart war noch da drin. Ich … ich konnte ihn doch nicht einfach so zurücklassen«, sage ich.

Jon schüttelt den Kopf. »Was denkst du, warum Der Herold immer zehn Wachen um sich hat? Warum, glaubst du, streift der Brennende König nicht selbst durch die Wälder?«

Einen Moment stehen wir uns schweigend gegenüber.

»Weil sie wichtig sind«, sagt er dann. »Weil sie eine Macht besitzen, weil sie Befehle erteilen müssen, weil ohne sie eine entscheidende Rolle fehlt.« Er holt einmal Luft. »Weil sie Menschen von Bedeutung sind. Genau wie du.« Jon legt mir die Hände auf die Schultern. Sie sind nass und kalt. »*Du* bist wichtig, Noel. Du besitzt wertvolles Wissen, du kannst kämpfen, du bist ein Zirkler, du hast mein Vertrauen.« Jetzt rutschen seine Hände ein Stück ab und drücken mir in die Oberarme. »Deshalb musst du entscheiden können, zwischen Heldentum und Torheit.«

Ich seufze. Und es macht mich plötzlich traurig, seine Worte machen mich unheimlich traurig.

»Es war heldenhaft, sogar sehr, was du für Lennart getan hast, und ich danke dir dafür. Aber wenn Mirlinda und Ella euch nicht gerettet hätten, wärt ihr beide gestorben.«

»Jon, ich …«, setze ich an, aber er fällt mir ins Wort.

»Nein. Du kannst einfach nur von Glück reden, dass du noch am Leben bist, und du solltest deine Taten beim nächsten Mal besser durchdenken. Zwei Menschenleben sind mehr als eins. Und wie viele weitere hast du gefährdet?« Er lässt von mir ab, sein Blick bohrt sich in meinen. »Wer weiß, wer noch auf die Idee hätte kommen können, dir zu folgen. Du hättest niemals da runtergehen dürfen.«

Ich sehe zu Boden. Noch weiß ich nicht, was ich davon halten soll.

»Denke darüber nach«, sagt Jon schließlich. »Vielleicht brauchst du nur ein bisschen Zeit.«

Widerwillig hebe ich den Kopf und nicke dann vorsichtig. Im Moment ist es vermutlich besser, nichts mehr zu sagen. Ich wüsste sowieso nicht, was ich darauf erwidern sollte. Dieses Denken von Jon behagt mir ganz und gar nicht. Niemals hätte ich Lennart dort zurücklassen können. Das hätte ich mir nie verziehen!

Eine Weile ist es unangenehm still zwischen uns. Jon geht auf und ab, ungeachtet der Pfützen, in die er hin und wieder tritt. Er trägt als einer der wenigen noch Schuhe. Dann hebt er eine Hand und legt sie an die eingerissene Steinwand, fährt die Rillen und Kanten damit ab. Inspiziert das gewaltige Loch, durch das das Wasser geflutet ist.

Ich räuspere mich vorsichtig. Jon dreht sich nicht wieder zu mir um, aber ich stelle ihm die Frage trotzdem, ich muss sie endlich loswerden.

»Was ist mit dem Wissen? Wie soll es nur weitergehen, wenn alles dahin ist?«

»Der Brennende König hätte niemals alles Wissen auf einmal vernichtet«, sagt er zur Wand gerichtet. »Es gibt eine geheime Bibliothek irgendwo tief in den Gebirgsketten des Nordens. Er hat alles Wissen dorthin verfrachten lassen. Es müssen viele Tausend Bücher sein. Wir suchen seit Ewigkeiten nach ihr, aber sie ist unauffindbar.« Er macht eine kurze Pause. »Aber wenn wir den Brennenden König einmal stürzen, dann werden wir auch die Bibliothek finden, und das Wissen wird nicht mehr verloren sein.« Die letzten Worte scheinen von dem Loch vor ihm verschluckt zu werden.

In diesem Moment habe ich das Gefühl, er will sich selbst genauso überzeugen wie mich. Seine Bibliothek ist abgesoffen, die Wände waren undicht, Königswachen sind in der Nähe, der Friedhof wird bedroht. Favilla steckt in Schwierigkeiten, in großen Schwierigkeiten. Es ist Zeit, dass Jon das einsieht.

14

Favilla. Ebene Zwei.

Die Aufräumarbeiten gehen bis spät in die Nacht, von strenger Nachtruhe keine Rede mehr. Für die letzten beiden Stundenstriche werde ich in den Gängen bei den Waschräumen dazu eingeteilt, die Knochen und Schädel wieder zurück in die Beinhäuser zu stapeln.

Auf dem Weg werfe ich unwillkürlich einen Blick auf die Knochenuhr im Gemeinschaftsraum, aber nur noch gezackte Scherben ragen aus der Holzfassung.

Ich ducke mich unter Fellen und Hemden hindurch, die zum Trocknen aufgehängt wurden, dann habe ich den richtigen Gang erreicht. Überall wuseln Schüler herum, tragen Knochen in die Grabgänge, überprüfen die Senkgräber nach Schwemmgut aus den Lagerräumen oder saugen letzte Pfützen mit Lappen auf.

Lennart winkt mir schon von Weitem. Verhalten winke ich zurück.

Ich sehe mich um, aber die anderen sind offenbar woanders eingeteilt. Kein Melvin, kein Phil, keine Sam, keine Estelle. Kein Zirkler. Nur Lennart.

Langsam habe ich das Gefühl, dass er mich verfolgt.

Ich steige über ein paar Totenköpfe. Wie Biberdämme stapeln

sie sich übereinander, vom Wasser dorthin geschwemmt. Scheinbar zufällig haben sich diese Haufen über die ganze Ebene Zwei verteilt. Als hätten sie sich extra versammelt, um mich aus leeren Augenhöhlen zu beobachten.

Lennart zeigt auf die Nischen in den Wänden. »Ich habe sie schon bis zur Hälfte aufgefüllt«, erzählt er mir stolz. »Ganze fünfunddreißig Tote ergeben sie zusammen.« Er redet von den Totenschädeln, als handle es sich dabei um Feuerholz.

»Ah«, sage ich und sammle ebenfalls ein paar Knochen vom Boden auf, um sie danebenzuschichten. Dann gehe ich die nächsten Schädel holen. Als ich zurückkomme, sehe ich, wie Lennart die Knochen zurechtrückt, die ich eben aufgestapelt habe. Ich habe sein System durcheinandergebracht. Er bemerkt, dass ich ihn beobachte, lässt die Hände ertappt fallen.

»Weißt du, wie ich mir die Wege hier eingeprägt habe?«, sagt er.

»Nein, wie?«

»Ich bin sie in den freien Stunden abgelaufen. Einmal hin und dann wieder zurück. Für die Abzweigungen habe ich die Fackelhalterungen und meine Schritte gezählt. Ich habe sie als Einheit gedacht und mir im Kopf eine Karte gemalt.« Seine Augen funkeln geradezu. »Ich habe mich seither nicht einmal verlaufen.«

Übereifrig dreht er sich wieder um und legt einen nächsten Totenschädel ins Beinhaus, er muss die Arme strecken, während ich noch ohne weitere Probleme hinkomme.

»Soll ich dir helfen?«, frage ich.

»Geht schon.« Er klingt, als hätte er beim Sprechen die Luft angehalten, doch als er den Totenschädel absetzt, purzelt die ganze Reihe mit lautem Getöse auf den Boden. Ich versuche, ein paar der Schädel abzufangen, aber die meisten bleiben vor meinen Füßen liegen.

Ich seufze. Das kann noch was werden.

»Oh nein.« Lennart zeigt mir die Zähne. »Entschuldige.« Hastig beginnt er, sie wieder einzusammeln, packt sich gleich drei Stück auf einen Arm. Auf zittrigen Zehenspitzen will er sie zurücklegen – das wird erneut schiefgehen.

»Lennart«, unterbreche ich ihn »Lass mal, ich mache das.«

Und plötzlich halte ich inne. Ich höre mich genauso an wie früher. Genauso habe ich mit Claire auch geredet, genauso war mein Tonfall, wenn ich ihr was wegnehmen oder ihr bei einer Sache helfen musste.

Auf einmal kann ich mich gar nicht mehr leiden, wenn ich mich so sprechen höre. Das gehört nicht hier nach Favilla. Lennart guckt mich aus seinen Insektenaugen so prüfend an, dass ich am liebsten auf der Stelle wegrennen will.

»Noel, alles okay?«, fragt er mich, und ich könnte an die Decke gehen, wenn er meinen Namen die ganze Zeit so ausspricht. Kann er mich nicht einfach in Ruhe lassen? Beinahe zerdrücke ich den Schädel, den ich Lennart gerade aus den Händen gerissen habe, zwischen meinen Fingern. Was ist nur los mit mir?

»Vielleicht sollten wir dir einen Hocker holen oder irgendetwas, wo du dich draufstellen kannst«, sage ich mühsam beherrscht.

Lennart nickt eifrig, wie so oft, sein Kopf sieht dabei irgendwie wacklig auf dem dünnen Hals aus.

»Ich suche dir etwas«, sage ich.

»Ich gehe mit.«

Schlagartig steigt mir die Hitze in den Kopf. »Nein!«, platzt es zu laut aus mir heraus. »Nein, Lennart, ich schaffe das alleine.«

Ich werde noch wahnsinnig! Ich muss wirklich hier weg. Auf der Mitte des Gangs bemerke ich, dass ich den Totenschädel immer noch krampfhaft umklammere. Höhnisch starrt er zu mir auf.

Ich verstehe ja, dass Lennart Zeit mit mir verbringen will. Ich verstehe ja, dass er dankbar ist. Aber ich kann das einfach nicht mehr.

Bei der nächsten Abzweigung habe ich mich wieder ein wenig beruhigt. Sofort macht sich das schlechte Gewissen bemerkbar, aber auch das kann ich nicht gebrauchen.

Es war alles gut in Favilla, so, wie es war.

Ich will mich nicht mehr sorgen müssen, nicht um Lennart, um niemanden. Jon setzt auf mich, Favilla ist in größter Gefahr, wenn ich zulasse, dass ich mein ganzes Handeln auf andere ausrichte, dann verliere ich dieses neue, beflügelnde Gefühl, das ich hier kennenlernen durfte. Wahrscheinlich verliere ich dann mich selbst.

Ich lege den Totenschädel in eines der Gräber.

Ist es falsch, dass ich so denke? Bin ich ein schlechter Mensch, wenn ich diese Gedanken habe?

Ich laufe ziellos umher. In einer Sackgasse bleibe ich stehen, starre die Wand vor mir an. Ich presse meine Hände dagegen und lehne meine Stirn an den kühlen Stein.

Ich will mich wieder frei fühlen.

Wenn ich ganz ehrlich bin, ist es das, was ich wirklich will.

Ich habe alles für Lennart getan, was ich konnte.

Lass es gut sein, Noel.

Ich kann nicht alles auf einmal schaffen. Ich will mich doch nur frei fühlen.

In der nächsten Nacht auf dem Friedhof halte ich Sam unterwegs zum Wachtposten am Zipfel ihres Leinenhemds fest. Ich möchte kurz vor dem großen Grabstein mit dem Buchstabenblock und dem Flammenkreis stehen bleiben.

»Wusstest du, dass dort der Gründer von Favilla begraben ist?«, frage ich, den Blick immer noch auf den glatten Stein geheftet.

Sie schüttelt den Kopf. »Aber aus seinem Manifest weiß ich von der *Nacht des Chronisten.*«

Jon hatte mir schon nach einer meiner ersten Zirkelsitzungen das Manifest seines Urahnen zum Lesen gegeben. Nathanael Hood war der Gründer von Favilla. Er hat die Wahrheit darüber festgehalten, was vor Hunderten von Jahren in jener unheilvollen Nacht, die heute die *Nacht des Chronisten* genannt wird, geschah, als der rechtmäßige König von seinem Freund und Historiker – dem Chronisten – gestürzt wurde.

Es ist ein unersetzbar wertvolles Schriftstück, das ich Jon sofort nach dem Lesen wieder zurückgeben musste. Doch erst nach unserer letzten Nachtwache bin ich auf die Idee gekommen, ihn nach diesem Grabstein zu fragen. Nun ist es beinahe ein ehrfürchtiges Gefühl, davorzustehen und zu wissen, dass es sich dabei um die letzte Ruhestätte des Gründers handelt.

»Jon sagte mir, der Gründer habe diese Inschrift selbst verfasst. Er fing sich das Höhlenfieber in den vermauerten Minen ein, vielleicht wurde er auch vergiftet, wer weiß das schon. Jedenfalls war es sein letzter Wunsch, dass genau diese Buchstaben auf seinem Grab stehen.« Ich schlucke. »Sein letzter Wille war es, genau hier und genau so begraben zu werden.«

Sam schmunzelt. Ich drehe den Kopf zu ihr. »Was ist denn?«, frage ich.

»Nichts«, sagt sie. »Ich sehe dir nur gerne beim Grübeln zu.«

Ich streiche ihr eine Haarsträhne hinters Ohr. »Tust du das?«

Sie grinst. In meinem Bauch wirbelt es.

»Manchmal beißt du dir dabei auf die Wange«, sagt sie.

»Wirklich?« Ich lache auf.

Jetzt wäre genau der richtige Moment, sie zu küssen, und wenn ich auf ihre Lippen schaue, dann drehe ich fast durch, weil ich es nicht tun kann.

Ich hätte Estelle nicht fragen dürfen. Es wäre besser gewesen, wenn ich einfach den Mund gehalten hätte. Aber das Misstrauen nistet bereits überall in meinen Gedanken.

Sam hakt ihre Finger in eine Schnalle meines Lederwamses.

»Komm schon, wir sollten zum Wachtposten.«

Ich nicke und werfe einen letzten Blick über die Schulter auf den Grabstein, Jons Stimme in meinen Ohren: *Es ist verrückt, dieser Mensch, mein Urahne, hat Favilla gegründet, und was ist von ihm übrig geblieben? Ein Amulett und die wirre, in seinen Fieberträumen verfasste Inschrift auf dem Grabstein.*

Wir laufen über den Schotterweg, unsere Schritte im Einklang.

Der Nebel umhüllt uns wie eine Decke. Er ist heute fast so dicht wie in der ersten Nacht, als ich allein hier oben war.

Nur eine gute Sache gibt es daran: Ich kann die neuen aufgebuddelten Gräber nicht zählen.

Von oben auf dem Hügel ist das Flügeltor lediglich als verschwommener, schwarzer Schemen im Weiß zu erkennen. Aber man würde es sofort hören, wenn jemand den Friedhof betritt.

Jeder schweigsame Augenblick fühlt sich in dieser Nacht seltsam aufgeladen an. Aufgeladen mit Ungesagtem und Ungetanem.

Lucas war mein bester Freund. Bis mir Jon die Wahrheit gesagt hat, habe ich in ganz Favilla nur ihm getraut. Und was hat er gemacht? Er ist einfach abgehauen.

Ich setze mich hin und krampfe die Hände in den Boden, spanne den ganzen Körper an.

Erst jetzt merke ich, wie sehr mich das noch immer mitnimmt, und ich will nicht, dass mir so etwas noch mal passiert.

Ich weiß, dass ich sie küssen sollte. Aber ich weiß auch, dass sie mir irgendetwas verheimlicht.

»Woher warst du dir beim letzten Mal so sicher, dass die Wachen hier nichts suchen?«, durchbreche ich das Schweigen.

Sie sieht beinahe gleichgültig zu mir auf, dann zuckt sie mit den Schultern. »Das hat man ihnen doch angesehen.«

Ich merke, wie mein Puls rast, und ich verstehe nicht, weshalb ich mich überhaupt so aufrege. Ob es wegen ihrer Egal-Haltung ist oder vielmehr, weil ich sie eigentlich sehr gern küssen würde und es aber einfach nicht kann?

Frag sie doch selbst, hat Estelle zu mir gesagt.

Könnte ja auch sein, dass es nur so ein Freundinnen-Ding zwischen den beiden ist, das mich gar nichts angeht.

Wieder herrscht Stille zwischen uns.

Ich blicke sie von der Seite an, mir fällt auf, wie lang ihre Wimpern sind.

Ich müsste jetzt nur noch ein kleines Stück näher rücken. Ich müsste nur die Hand in ihren Nacken legen. Es ist ganz einfach.

Sie lehnt ihren Kopf auf meine Schulter. Ich grabe meine Nase in ihr Haar, und zum ersten Mal kann ich ihren Duft auskosten, kann sie einfach nur halten, sie ganz bei mir haben.

Frag sie doch selbst, hat Estelle gesagt.

Und überhaupt – ich will mich nicht schon wieder sorgen müssen. Das habe ich hinter mir gelassen, ich …

»Sam«, sage ich.

»Mhh?«

Ich schlucke. »Warum hast du Streit mit Estelle?«

Sie nimmt den Kopf von meiner Schulter, richtet den Blick vor uns in den Nebel, ihre Lippen sind leicht geöffnet. »Musst du denn immer alles wissen?«, murmelt sie.

Ich stütze mich mit den Händen in der Erde ab, sehe sie unentwegt an. »Ich habe das Gefühl, dass du mir etwas Wichtiges verschweigst.«

»Selbst wenn es so wäre, geht es dich nichts an«, zischt sie und rutscht ein Stück von mir weg.

Ich ziehe sie am Arm zurück. »Was hast du getan, dass sie kein Wort mehr mit dir spricht?«

Sie schaut auf meine Hand, die ihr Gelenk umschließt. Meine Haut ist dunkler als ihre, die Hand kräftig, ihr Handgelenk dünn und weiß. Dann hebt sie den Kopf, ihre Augen glänzen. »Ich kann es dir nicht sagen. Bitte dräng mich nicht«, haucht sie.

»Sag es mir doch!«, ich gebe nicht nach.

Ich bin mir jetzt ganz sicher: Es hat etwas mit ihrem seltsamen Verhalten zu tun, als die Wachen auf dem Friedhof waren. Und damit, dass sie nie von ihrer Vergangenheit erzählen möchte. Etwas geht in ihr vor, und ich kann ihr nicht vertrauen, bevor ich nicht weiß, was es ist.

»Man muss nicht immer über alles *reden*«, faucht sie.

Ich lasse von ihr ab. Ich merke, dass sie eine Schutzwand um sich herum aufgebaut hat, eine, die ich so nicht durchdringen kann.

Ich schnaube. Sie schnaubt.

Wir reden kein Wort mehr. Es ist eisig. Ich beobachte die Schlieren im Nebel. Wie kleine kriechende Schlangen, die sich in meinem Kopf zu merkwürdigen Bildern formen.

Sam verheimlicht mir etwas.

15

Favilla. Lager.

An diesem Morgen bin ich in den Lagerräumen eingeteilt. Die Regale, die einst zur Halterung der Waffen dienten, liegen zerbrochen am Boden. Überall riecht es nach nassem Leder und morschem Holz.

Johanna und Callan rollen ein paar umgefallene Fässer über den Stein. Andere Schüler stecken die unversehrten Waffen wieder zurück in die Eisenhaken an der Wand. Hauptsächlich Hiebwaffen: Morgensterne, Streitflegel, Äxte, Streithämmer, …

»Noel!« Mirlindas Gesicht hellt sich auf, als sie mich entdeckt. Sie winkt mich zu sich. »Du kannst mir mit der Truhe helfen.«

»Sicher«, sage ich und komme auf der anderen Seite der Kiste zum Stehen. Ich umfasse den Eisengriff, Anpackaufgaben sind langsam zu meiner Routine geworden.

Es ist komisch, Mirlinda gegenüberzustehen, vielleicht fühlt Lennart sich ähnlich in meiner Gegenwart. Unsäglich dankbar und irgendwie auch schuldig.

Wir heben an, die Truhe ist wirklich schwer, aber Mirlinda hat erstaunlich viel Kraft. Wir setzen nicht ab, bis wir sie in die Nebenkammer getragen haben.

Mirlinda stützt die Hände in die Hüften. Atmet durch. »Danke«, bringt sie unter Keuchen hervor.

»Keine Ursache.«

Ich sollte diesen Moment nutzen, bevor sie wieder zu den anderen zurückkehrt. »Mirlinda …«, beginne ich.

Doch da schüttelt sie den Kopf. »Ich weiß, was du mir jetzt sagen willst, Noel.« Sie lässt sich auf die Truhe sinken. Ein seltsames Lächeln spielt dabei um ihre Lippen. »Ich will deine Dankbarkeit nicht. Nicht an einem Ort wie diesem«, ihre Worte sind ungewohnt scharf. »Schon morgen könnte ich nach deinem Leben trachten, weil du dich doch gegen uns stellst. Keiner weiß, was passiert. Dankbarkeit hat in Favilla nichts zu suchen.«

Meine Kehle ist staubtrocken. Dann stützt sie sich an den Oberschenkeln ab und steht wieder auf, lächelt mich so freundlich an wie zuvor.

»Holen wir die nächste Kiste?«

Ich nicke langsam und folge ihr wortlos zurück in den großen Lagerraum.

Vielleicht sind Mirlinda und ich uns gar nicht so unähnlich. Auch ich will Lennarts Dankbarkeit nicht. Vielleicht ist der Grund ein anderer, aber ich kann sie verstehen. Auf einer seltsamen Ebene kann ich sie verstehen.

Ich bin noch etwas benommen vom Schlaf, als ich mit den anderen die Treppen zu Ebene Eins hinaufstürme. Der Dürre hat uns nachts aus den Betten geholt, den ganzen Zirkel. Wir sollen uns in der Krankenstation treffen. Unterwegs sprechen wir kein Wort, die dunklen Wände drehen sich. Die hektische Stimmung fühlt sich unheilvoll an.

Der Dürre führt uns nicht in den Hauptraum, sondern direkt

vom Seiteneingang ins Nebenzimmer, wo Jon schon auf uns wartet. Er trägt die weißen Handschuhe. Das kann nichts Gutes verheißen.

Hinter ihm kauert Ellinor auf einem Stuhl, sie hat das Gesicht in den Händen vergraben. Ihre Hände sind blutig, ihre Arme sind blutig, und – jetzt sieht sie kurz auf – auch ihr ganzes Gesicht ist rot beschmiert. Die Farbe blendet fast in den Augen.

Ellinor sollte eigentlich auf dem Friedhof sein, sollte Nachtwache mit Nora halten. Es liegt in der Luft, ich kann es in Jons Ausdruck sehen, in den angespannten Körpern spüren, die sich neben mir drängen: Etwas Schreckliches ist passiert.

»Es tut mir leid«, sagt Jon, und der Schock bohrt sich noch tiefer in meine Brust.

Mir wird übel. Melvin neben mir ist wie erstarrt. Irgendjemand schluchzt unterdrückt.

»Nora wurde angegriffen. Ellinor hat ihre Leiche hergetragen.«

Es fühlt sich an, als würde das Blut, das sonst durch meine Adern pulsiert, sich in Stein verwandeln und mich von innen zerquetschen.

Liv schreit hinter mir auf, so als würde der Schmerz ihre Kehle zerfetzen. Ich drehe mich zu ihr um, sie presst die Hände vor den Mund, wirft den Kopf an Melvins Schulter und schluchzt hinein.

Ich bringe noch immer keinen Laut hervor. Ich sehe nach rechts. Sam steht einen Schritt von mir entfernt. Sie hat die Arme fest um den Körper geschlungen, ihr Blick ist starr nach vorn gerichtet, leer. Ich ziehe sie an der Hüfte zu mir, sie löst ihre verschränkten Arme dabei nicht.

Ein Zirkelmitglied wurde getötet. Nora ist tot.

Erst vor wenigen Tagen war ich mit Sam da draußen. Dort, wo nun etwas Nora umgebracht hat.

Jon hat die Augen seltsam aufgerissen, im Kerzenlicht der Krankenstation sieht sein Gesicht gelblich aus, wächsern. »Es waren keine Königswachen, die Wunden könnten von einem wilden Tier stammen, wir wissen es nicht, aber eines steht fest …«

Hinter mir versucht Liv, die Schluchzer zu unterdrücken.

»Wir werden nicht mehr auf den Friedhof gehen. Es ist zu gefährlich. Wir werden die Wachen an den Eingängen verdoppeln, aber keiner wird diese Mauern verlassen. Wir müssen in Favilla ausharren. Bewaffnet euch und geht sofort zu den Eingängen. Was es auch war, wir wissen nicht, ob es in diesem Moment noch da oben ist.« Seine Stimme frisst sich wie Säure zu uns durch. »Geht.«

Er wendet sich einmal zum Dürren. »Theodor, die Waffen.«

Der Dürre nickt. Das Gesicht blass wie immer. Es schüttelt mich.

»Noel, du bleibst hier«, sagt Jon. Ich bleibe abrupt stehen, fange mir ein paar verwirrte Blicke der anderen ein. Erst als sie aus der Krankenstation verschwunden sind, gehe ich zu Jon.

Er senkt die Stimme. »Rede mit ihr, versuche, sie zu beruhigen.«

Ich sehe über seine Schulter zu Ellinor, die immer noch völlig apathisch auf dem Stuhl sitzt. »Wieso ich? Ich kenne sie kaum«, flüstere ich aufgebracht zurück.

»Sie braucht jemanden in ihrem Alter, mit dem sie sprechen kann. Ich weiß, wie gut du reden kannst, Noel. Hilf ihr, bitte.«

»Ich kann das nicht«, sage ich.

»Natürlich kannst du das«, sagt Jon, immer noch ruhig, und dann drückt er mir etwas in die Hand. Ich muss nicht nachsehen, um zu erkennen, was es ist. Ich rieche den bitteren Duft, der davon aufsteigt: Schlafkräuter.

»Die gibst du ihr danach.«

Ich sehe Jon hinterher, wie er im Hauptzimmer verschwindet.

Dann bleibe ich mit Ellinor zurück. Sie wirkt, als hätte jegliches Leben sie verlassen.

Langsam gehe ich auf sie zu. Ich ziehe behutsam mit den Fingerspitzen ihre Hände vom Gesicht. Blaue Augen sehen mich an, rot geschwollen, mit Tränen gefüllt, die Haut darum beschmiert mit Noras Blut, genauso wie meine Finger jetzt auch.

»Wir sind für dich da, okay«, sage ich, aber meine Worte hören sich komisch an, hängen leer im Raum.

Sie nickt nicht einmal. In ihrem Gesicht verändert sich rein gar nichts, nur eine stille Träne läuft ihre Wange hinunter und zeichnet eine helle Linie in das Rot auf ihrer Haut.

Weil ich nicht länger dieses traurige Mädchen ansehen kann, lege ich die Hand an ihren Kopf und drücke sie an mich. Ich halte sie ganz fest. Denn egal, was ich jetzt sagen würde, nichts kann Nora wieder zurückholen.

Erst Mael, jetzt sie. Wie viel kann Favilla noch aushalten?

Ellinor krallt ihre Finger in meine Hüfte, und neue Schluchzer brechen aus ihr heraus.

Das Leinenhemd an meiner Schulter wird nass von Tränen und Blut. Das darf nicht wirklich passiert sein! Meine Augen brennen fürchterlich, ich halte sie einfach immer weiter.

Irgendwann sehe ich ins Hauptzimmer von Jon, aber ich kann nichts erkennen.

Ein bisschen ist es wie damals, als ich fürchtete, der tote Lucas-Körper könnte dort liegen und ich würde ihn durch den Türschlitz sehen.

Nur diesmal liegt wirklich eine Leiche in der Krankenstation.

Der Gedanke trifft mich plötzlich ganz tief: Was, wenn es Sam wäre, die dort liegt, wenn statt Nora sie auf dem Friedhof angegriffen worden wäre?

In meiner Brust verschließt sich etwas. Die letzten Worte, die ich zu ihr gesagt habe, waren vorwurfsvoll und wütend. Ich habe sie zurückgewiesen. Ihre letzte Erinnerung an mich wäre mein kaltes Misstrauen.

Ich presse Ellinor noch fester an mich. Mit einer Hand lasse ich die Schlafkräuter in einen Trinkschlauch rieseln, den Jon bereitgestellt hat. Ich höre ein leises Zischen und sehe zu, wie sie sich auflösen.

Sam. Es ist egal, was ich über sie weiß und was nicht. Es spielt keine Rolle, ob sie Streit mit Estelle hat oder nicht – an einem Ort wie diesem sollte ich die Zeit, die wir haben, nicht mit wirrem Misstrauen vergiften. Estelle kann sagen, was sie will. Und Sam muss Geheimnisse haben dürfen. Sie hat es nicht verdient, dass ich so zu ihr bin.

Ellinors Weinen wird nur langsam weniger, manchmal, wenn ich denke, sie habe sich wieder beruhigt, fängt sie wieder von vorne an.

Ich weiß, dass ich jetzt stark sein muss, und wenn ich sie so halte, merke ich, dass ich es kann. Ich will wissen, wo sie Nora gefunden hat, warum sie getrennt waren, ob sie gesehen hat, was es war, das sie angegriffen hat.

Ich halte Ellinor an den Schultern und bringe vorsichtig etwas Abstand zwischen uns, streiche ihr eine schwarze Haarsträhne aus dem Gesicht, dann halte ich ihr den Trinkschlauch entgegen.

»Nimm was davon, es wird dir helfen.« Ich lege die Öffnung an ihren Mund, ich muss sie während des Trinkens stützen.

Ihre Glieder geben nach wie totes Fleisch. Wenn ich es doch nur besser machen könnte!

Ich warte so lange, bis sie eingeschlafen ist, dann trage ich sie auf das Krankenbett. Ich bette ihren Kopf sanft auf das Fell und decke sie vorsichtig mit einem Laken zu. Wenigstens ist sie für eine Weile vom Schmerz befreit.

Ohne anzuklopfen, trete ich ein.

Jon sagt nichts, als ich plötzlich im Raum stehe, er ist über ein Stück Pergament gebeugt, auf dem er gerade Noras toten Körper mit einem Kohlestift abzeichnet.

Vielleicht denkt er, ich kann diesen Anblick nicht ertragen und verlasse den Raum gleich freiwillig, aber ich will meine Augen nicht vor dem verschließen, was passiert ist. Ich möchte sogar, dass Jon bemerkt, dass ich nicht wegsehe.

Es ist nicht echt. Noras Körper sieht völlig unwirklich aus. Ihr Kopf liegt auf der Seite, die braunen, langen Haare ergießen sich über die hölzerne Liege. In ihrem Bauch klafft eine riesige Wunde. Sie reicht vom Brustbein bis zu ihren Hüften. Noch nie habe ich einen so gewaltigen Schnitt gesehen, als habe ein wildes Tier seine Klauen in sie geschlagen, sie aufgeschlitzt wie ein Stück Stoff.

Zuerst erkenne ich überall nur Blut, aber dann beuge ich mich weiter vor. Die Organe und alles, was man uns in Anatomie erzählt hat, sind wirklich dort in uns drin. Die Haut und das Fleisch sind in einer fingerbreiten Schicht nach innen geklappt. Glitschige Gedärme gucken wie runzlige graue Rohre aus dem Rot hervor.

Und von dieser Menge Blut geht ein ganz schwerer Geruch aus, ein bisschen so, wie es manchmal im Bergwerk riecht, nur viel intensiver.

Noras Augen sind noch offen, ihr Mund ist offen. Als wäre der Schrecken, dem sie vor ihrem Tod ausgesetzt war, in ihr eingebrannt. Als hätte man ihrem vertrauten Gesicht etwas Fremdes aufgesetzt. Ich möchte es plötzlich wiedergutmachen, aber ich weiß gleichzeitig gar nicht, was *es* eigentlich ist.

Mir wird kalt. Nicht nur auf meinen Armen, sogar auf meiner Kopfhaut stellen sich plötzlich die einzelnen Haare auf.

»Die Leichenstarre setzt gleich ein«, sagt Jon und zeichnet dabei weiter. »Bei Raumtemperatur beginnt sie etwa nach ein bis zwei Stundenstrichen. Sie fängt bei den Augenlidern und dem Kiefer an, dann bei den kleinen Gelenken.« Er deutet auf Noras blasses Gesicht. »Die Muskeln erstarren.«

»Jon«, sage ich entschlossen. Zum ersten Mal, seit ich den Raum betreten habe, sieht er mich richtig an. »Was willst du jetzt tun?«

»Das, was ich soeben unternommen habe«, sagt er über Noras toten Körper hinweg.

»Die Wachen an den Eingängen verdoppeln?«, frage ich etwas schroff.

»Ja.«

Ich schüttle den Kopf. »Dabei kannst du es nicht belassen. Irgendetwas läuft dort oben herum, ein Tier, eine Bestie, der Fleischreißer, ich weiß nicht, wer oder was es ist, aber du kannst doch nicht einfach hierbleiben und ihren toten Körper inspizieren, wenn vielleicht ganz Favilla in höchster Gefahr schwebt.«

Jon legt seinen Stift aus der Hand und richtet sich auf. »Was würdest du stattdessen tun?«, fragt er immer noch völlig beherrscht. »Jetzt rausgehen und uns entlarven?« Er deutet auf das riesige blutende Loch in Noras Bauch. »Gegen so etwas kämpfen?«

Er guckt mich an. Meine Handflächen sind schweißnass, aber ich wage es nicht, sie trocken zu wischen. Nicht vor ihm.

»Ich habe nie an deinen Befehlen gezweifelt, Jon. Das hier ist vielleicht der sichere Weg, aber was, wenn wir einen großen Fehler begehen?«

Jon rückt den Stift auf seinem Pergament zurecht. »Die Schüler sind zwar für den Kampf ausgebildet, aber lass es ein Tier sein, das dort oben herumwandert. Damit haben wir keine Erfahrung, es könnte möglicherweise nur darauf warten, dass wir uns ihm entgegenstellen. Oder hast du schon mal daran gedacht, dass es eine Falle der Königswachen sein könnte?«

»Eben! Wir müssen doch herausfinden, was vor sich geht!«, dränge ich.

Jon schweigt. Sein Blick ist starr auf die Wand gerichtet. Ich will etwas sagen, lasse es dann aber. Bin ich zu weit gegangen? Habe ich mir ihm gegenüber zu viel rausgenommen?

Die Zeit dehnt sich.

Schließlich nickt Jon einmal energisch. »Es stimmt. Du hast recht. Du wirst dich um die Angelegenheit kümmern«, er nimmt die Zeichnungen wieder in die Hand. »Aber wir werden es in der morgigen Nacht tun. Und du wirst Sam auf den Friedhof mitnehmen.«

Bei ihrem Namen wird mir plötzlich ganz anders. Das war nicht der Plan! »Nein, ich kann sie nicht mitnehmen.« Mein Augenlid zuckt.

Jon stützt sich jetzt mit beiden Händen etwas grob auf der Liege von Nora ab. »Doch, das wirst du, Noel. Theodor wird euch durch einen Geheimgang nach draußen schicken. Der Haupteingang ist zu auffällig. Was auch immer da draußen ist, es muss sich sicher fühlen, ihr müsst euch unbemerkt anschleichen können.« Er macht kurz eine Pause. »Ihr müsst es überraschen.«

»Ich will sie nicht mitnehmen«, sage ich noch einmal, meine Stimme bebt. Dabei ist mir längst klar, dass ich gar keine andere Wahl habe.

16

Lavis. Friedhof.

Ich kann die grauen Flecken im Mond erkennen. Die Nacht ist klar, keine einzige Wolke über uns. Aber das macht uns nur noch angreifbarer.

Der Geheimgang hat uns zu den *Fremden Gräbern* geführt, hinter die lang gezogene Anhöhe des Friedhofs, die den östlichsten Teil der Grabfelder vom Rest trennt. Sam und ich müssen die Fackeln hier zurücklassen, uns bleibt nur noch das Mondlicht, nichts darf riskiert werden.

Nach der Sache mit Nora ist es wieder anders zwischen mir und Sam. Als hätten wir uns stumm vertragen. Uns ist klar, dass wir das nur durchstehen, wenn wir zusammenhalten.

Hohes Gestrüpp und Unkraut kriechen zwischen den Gräbern hervor. Die Grabsteine ragen in einer seltsamen Ordnung aus dem Boden, als bildeten sie ein ganz bestimmtes Muster. Vielleicht ein Symbol? Aber von unserem Standpunkt aus lässt sich das nicht eindeutig erkennen.

Die Grabsteine sind unbeschriftet, sodass kein Mensch je erfahren wird, wer oder was hier begraben liegt. Sie sind bewachsen mit Flechten und Moos, es kommt mir vor, als wäre dieser Ort seit Jahrhunderten unberührt.

Wir drücken das hohe Gras unter unseren Schuhen platt. Die langen Halme berühren mich an den Waden, es fühlt sich an, als würden die Finger eines Toten nach mir greifen.

Ein morscher Holzzaun rahmt die *Fremden Gräber* ein. *Wie ein Friedhof im Friedhof.*

Nur an einer Stelle ist er zerstört, als wäre dort etwas Großes durch das Holz gebrochen. Die Dornen eines Strauchs stechen durch meine Leinenhose. Obwohl es kalt ist, bilden sich Schweißperlen auf meiner Oberlippe. Ich wische mir mit dem Handrücken über den Mund.

Sam geht ein paar Schritte vor mir. Hinter der Anhöhe erscheint der Friedhof noch lebloser, als sei selbst der letzte Rest Farbe verschwunden, als wäre das Gras sogar bei Tageslicht grau. Geduckt bewegen wir uns hinter dem Hügel entlang.

Neben uns erstreckt sich der *Tote Bereich* – nur öder, rissiger Boden weit und breit.

Sams Zopf bewegt sich im Wind. Wie ein nervöses Tier, das über ihren Rücken huscht.

Es war meine Idee, hier rauszugehen, ganz allein meine. Jon hätte sie nicht mitschicken dürfen. Ich habe Angst um sie.

Ständig wollen sich Bilder einschleichen: wie sich die Erde vor ihr öffnet, der Boden sich löst und sie hinabzieht, hinter ihr das Grummeln der Bestie …

Sam bleibt plötzlich stehen und dreht sich zu mir um. Sie zögert, betrachtet zunächst misstrauisch die Dunkelheit hinter mir, dann sinken ihre Hände auf meinen Brustkorb. Ich kann sie durch die Lederrüstung kaum spüren, aber mein Herz darunter pocht wie verrückt.

»Wir sollten die Anhöhe raufklettern«, flüstert sie atemlos. Ich nicke und kann dem Drang nicht widerstehen, die Spinnweben von ihren Schultern zu streifen, die wohl in den Geheimgängen hängen geblieben sein müssen. Sie sieht meiner Bewegung nach, und als meine Hand kurz auf ihrer Schulter verweilt, schmiegt sie ihre Wange daran.

»Wir werden das schaffen, Sam.«

Sie hebt den Kopf. »Natürlich«, flüstert sie.

Die ersten Schritte steigen wir hoch, dann krabbeln wir auf allen vieren. Ich greife mit der Hand in die kleineren hervorstehenden Erdhaufen, reiße Wurzeln mit aus, stoße die Schuhe in Unebenheiten am Boden, um nicht abzurutschen. Es sind noch etwa vier Schritte bis zum höchsten Punkt.

Das Bild von Noras Leiche schießt durch meinen Kopf. Es hat sich dort eingebrannt. Unveränderlich, wie das Symbol an meiner Hüttentür. Es gibt nichts, das Jon ausschließt. Was, wenn sie also doch wahr sind? Diese ganzen Legenden.

Wir sind oben angelangt, ich kralle die Finger in das stachlige Gras.

Sam tippt mir aufgeregt auf die Schulter.

»Was siehst du?«, frage ich.

»Da.« Sie deutet mit dem Finger geradeaus.

Ein schwarzer Schatten in der Ferne. Seltsame Konturen, die sich in der Dunkelheit abzeichnen.

»Wir müssen hinterher«, flüstert Sam.

Ich sehe einmal zum Flügeltor. Es ist geschlossen, wirkt, als wäre nie jemand hindurchgegangen. Der Totengräber muss noch in den Dörfern sein.

Trotzdem. Ich habe kein gutes Gefühl. Ich schwitze immer mehr. Was bleibt mir jetzt noch übrig?

»Gehen wir«, sage ich schließlich, und meine Stimme klingt, als gehöre sie nicht zu mir.

Die Gräber stehen auf einmal dichter, die Luft ist kälter, die Statuen sind größer. Ihre Blicke bohren sich in meinen Nacken, und fast glaube ich, sie könnten sich untereinander verständigen. Wer weiß denn, warum sie genau an dieser Stelle stehen?

In der Stille ist jedes Geräusch unnatürlich laut, das Rascheln der Blätter, selbst unser Atem. Genau an der Grenze des Wahrnehmbaren. Wir sind nicht mehr weit von den seltsamen Bewegungen im Dunkeln entfernt, der Schatten ist nun wieder bei den Flügelgräbern auszumachen. Sind es die Umrisse eines Menschen?

Wir verbergen uns hinter einem Baumstamm. Verharren dort.

Ein Röcheln dringt durch die Dunkelheit zu uns. Dann ein Schaben. Ich schiele noch einmal am Baum vorbei. Der Schatten bewegt sich vor dem Grab des Gründers.

Gräbt dort die Schaufel eines Menschen, oder sind es die Klauen eines Tieres?

Ich drücke meine Hände fest gegen den Baumstamm, kratze mit den Nägeln in die Rinde. Mein ganzer Körper steht unter Spannung.

»Wir müssen näher ran.« Ich zucke zusammen, aber es ist nur Sam. Sam, die mir zuflüstert.

Komm runter, Noel!

Ich nicke. »Wir schleichen uns hinter die nächsten beiden Gräber, und wenn ich dir ein Zeichen gebe, stürmen wir los.«

»Gut«, sagt sie und drückt einmal meine Hand.

Vorsichtig schleichen wir an einer Reihe Sträucher vorbei.

Sie stehen nicht dicht genug, schneller, man wird uns sehen können!

Wir schaffen es hinter den nächsten Stein. Ich spähe zur Seite, aber der Schatten ist verschwunden.

Wir warten. Für einen Augenblick nehme ich nur meinen rasenden Puls wahr.

Die Geräusche setzen wieder ein. Wieder beim Grab des Gründers.

Ich kneife die Augen zusammen. Kleine Erdhaufen fliegen in die Luft und fallen wieder zu Boden. Etwas oder jemand buddelt!

Wahrscheinlich schon eine ganze Weile, denn das Grab des Gründers sieht vollkommen verwüstet aus, der Felsblock liegt bereits zu großen Teilen frei.

Wieder dieses Schaben. Jedes Geräusch zieht knirschend in meinen Zähnen.

Sam und ich sitzen uns in der Hocke gegenüber. Ich zähle mit den Fingern bis drei. *Eins.* Wir könnten einen großen Fehler begehen. Das da drin könnte eine Bestie sein, die uns mühelos zerfleischt, wir wissen es nicht. *Zwei.* Aber es gibt kein Zurück mehr. Keine andere Wahl.

Ich atme aus.

Drei!

Wir springen gleichzeitig auf. Sam hält das Schwert bereit, ich die Axt. Wir rennen auf das klaffende Loch zu, sind da, strecken die Waffen nach unten, dem Dunkel entgegen.

Kurz blitzt vor meinem Gesicht das Bild des Fleischreißers aus meinem Traum auf. Die riesigen Fangzähne und das Blut in den Lefzen.

Aber es ist eine dunkle Gestalt, die nun in ihrer Bewegung innehält. Wir sind genau über ihr.

»Zeig dich!«, schreit Sam.

Langsam legt die Gestalt den Kopf in den Nacken.

Mein Atem stockt.

Die Kapuze rutscht vom haarigen Kopf.

»Halt! Nicht!«, ruft die krächzende Stimme. »Tötet mich nicht!«

»Du?«, schreie ich. Aus der Erde starren mich die grauen Augen des Totengräbers an.

»Ich habe es nicht gewollt!«, ruft er.

Langsam weiche ich zurück. Sam hält die Schwertspitze weiter auf seinen Hals gerichtet. Er reckt den Kopf nach oben und Schmerz liegt in seinem Blick. »Ich wollte nicht, dass jemand zu Schaden kommt, das müsst ihr mir glauben. Ihr müsst mich gehen lassen!«

Ich ducke mich etwas zu ihm hinunter. *Er* hat die Gräber aufgebuddelt? Der Mann, der die ganze Zeit in unmittelbarer Nähe von uns war, mit uns gesprochen hat? Uns Angst eingejagt hat?

»Warum sollten wir dich gehen lassen«, sage ich aufgebracht.

Der Totengräber schüttelt hektisch den Kopf, Erdkrümel fallen aus seinen borstigen Haaren. »Ich habe niemandem schaden wollen, ich …«

Sam reckt die Schwertspitze noch ein Stück vor. Er wirft ihr einen feindseligen Blick zu, aber sie verzieht keine Miene.

»Ich wollte nur den *Ring des Phönix*«, sagt er.

»Den *Ring des Phönix*?«, frage ich. Wir alle kennen die Legende, das magische Artefakt. Und die Stimmen in meinem Kopf reden nun durcheinander: Alric, der sagt, er glaube nur, was er wirklich sehe, und Jon, der mir sagt, es gebe nichts, das er ausschließen würde.

»Ich würde es dir ja erzählen, Bursche, aber mit dieser Klinge unter meinem Kinn lässt es sich schlecht denken.« Er fletscht die gewaltigen Zähne, und das ist wieder der Totengräber, den ich kenne.

Nun weicht auch Sam ein kleines Stückchen zurück, ich kann sehen, wie das Schwert in ihren Händen zittert.

»Erzähl«, sagt sie kurz angebunden.

Der Totengräber spuckt einmal zur Seite aus, dann beginnt er zu reden. »Ich war im Schuppen, vor ein paar Wochen, und plötzlich stieß ich auf diesen zerknitterten Zettel.«

Seine fleckigen Hände suchen die Innentaschen seines Umhangs ab. Dann holt er ein zerfleddertes Stück Pergament daraus hervor und streckt es zu mir hoch.

Ich falte es auf. Es fühlt sich weich an, so als habe er es schon lange bei sich getragen, es immer wieder gelesen. Sam schaut misstrauisch zu mir.

»Lies vor«, sagt sie.

Der Ring des Phönix bringt dir die Krone.
Er liegt auf dem GRABFELD.
Das GRABFELD liegt auf ihm.
Nutze den Schlüssel.

Ich kann die Worte nur schwer entziffern, ich lese sie gleich noch einmal durch. Und noch einmal.

»Ich musste diesen Ring finden, versteht ihr.« Der Totengräber stützt eine Hand an die Grabwand. »Ich musste mein Kind wiederfinden. Meine Kleine. Die echten verhüllten Männer, sie haben sie damals mitgenommen. Ich hatte keine Ahnung, wie ich sie wiederfinden sollte. Ich wusste es nicht. Also habe ich angefangen, gegen den Brennenden König zu kämpfen. Als Totengräber und Verbündeter von Favilla. Ich dachte, wir könnten ihn besiegen, aber wo bin ich jetzt? Ich bin alt, ich bin kurz davor zu sterben, und ich weiß nicht, wo mein Mädchen ist. Dann habe ich diesen Zettel gefunden.« Er deutet mit dem langen Finger auf das Pergament in meinen Händen. »Der *Ring des Phönix* … wer im

Besitz eines solchen Artefakts ist, was glaubt ihr, welche Macht, welche Kraft dieser Mensch haben muss. Versteht ihr? Ich habe gedacht, dass ich sie vielleicht wiederfinden kann, wenn ich nur diesen Ring besitze. Ich habe gegraben, ich habe gebuddelt, ich habe nach den Gräbern gesucht mit dem Schlüsselzeichen, ihr wisst, das Wappen der Adelsfamilien. Sie waren überall verteilt. Ich habe sie alle durchsucht und nun selbst das Grab des Gründers aufgebuddelt. Aber es gibt keinen Ring, dieser Zettel ist eine verdammte Lüge.« Und auf einmal verhärtet sich seine Stimme und nimmt einen verbitterten Ton an. »Es gibt den *Ring des Phönix* nicht, er ist nicht hier.« Er starrt zu Boden. »Ich habe Favilla in Gefahr gebracht, wegen nichts. Wenn ihr mich töten wollt, dann tut es.« Er lacht hämisch. »Immerhin müsst ihr mir dann kein Grab mehr buddeln.«

Sam sieht abschätzend in mein Gesicht. Aber noch kann ich nicht antworten, noch arbeitet alles in meinem Kopf.

»Komm aus dem Grab«, sagt Sam scharf. »Wir werden dich zu Jon bringen.«

Und fast teilnahmslos beobachte ich, wie der Totengräber sich aus der Grube wuchtet, Sam ein Seil hervorholt und ihm die Hände hinter dem Rücken zusammenbindet. Und dann fällt mir das klaffende, blutige Loch in Noras Bauch wieder ein.

»Warum Nora?«, frage ich. »Warum musste Nora sterben?«

»Ich habe Nora nicht umgebracht«, schießt es aus ihm heraus. »Das andere Mädchen, das bei ihr war, hat mich gesehen, ich war nicht bei Nora, als sie gestorben ist, wirklich nicht. Das schwöre ich euch.«

»Aber wer war es dann?« Ich werde immer lauter.

»Ich schwöre euch bei allem, ich habe das Mädchen nicht umgebracht.«

Wenn der Totengräber es nicht war …

Ich werfe einen panischen Blick über die Schulter, sehe über den düsteren Friedhof, über die Kuppen der Grabsteine. Den Zettel in meiner Hand zerdrücke ich beinahe.

»Moment.« Ich starre auf das Pergament in meinen Händen. »Du hast diesen Zettel einfach so gefunden?«, frage ich. »Das kann doch kein Zufall sein.«

»Die blonde Frau, sie hat mir etwas versprochen.« Der Totengräber schluckt. »Sie hat Nora umgebracht.«

»Welche blonde Frau?«

Im Kopf gehe ich alle Personen in Favilla durch, versuche, an eine blonde Frau zu denken, aber in der Aufregung fallen mir so viele Begrabene und Schüler in Favilla ein, die dunkle Haare haben, bloß keine einzige Blonde. Das kann doch nicht sein!

Und dann, auf einmal, trifft mich die Erkenntnis, wie ein Blitz schlägt sie in mich ein. Ich traue mich kaum, ihren Namen auszusprechen.

17

Lavis. Friedhof.

»Ich wusste, ich hätte das allein angehen sollen.« Ihre Stimme ist plötzlich hinter meinem Rücken.

Ich fahre herum. Mirlinda kommt langsam auf uns zu. In der rechten Hand hält sie locker eine Streitaxt. Sie wirkt gelassen.

Einige Schritte vor uns hält sie an. Sie kommt mir vor wie eine Fremde.

»Was machst du hier?« Endlich kommen die Worte aus mir heraus.

Sie lächelt mich genauso an wie in unserem letzten Gespräch, als sie mir sagte, dass sie meine Dankbarkeit nicht will.

»Du würdest jetzt vielleicht gern eine dieser rührseligen Geschichten hören, was mir Tragisches widerfahren ist, aber damit kann ich leider nicht dienen.« Sie reckt das Kinn vor.

Ich versuche, mir all unsere gemeinsamen Unterrichtsstunden ins Gedächtnis zu rufen: Hätte mir etwas auffallen müssen?

»Als ich in den Zirkel aufgenommen wurde, war ich mir ganz sicher, dass wir den König bald stürzen und die Macht übernehmen würden.« Sie hält kurz inne. »Jetzt kommen die Königswachen immer näher, und was haben wir bisher erreicht? Wir verkriechen uns in den Katakomben und hoffen auf bessere

Zeiten!« Plötzlich blitzt Wut in ihren Augen auf. »Ich wollte das Amulett von Jon klauen, damit ich endlich von hier verschwinden kann, aber es war bloß eine Fälschung. Als ich es zerschmetterte, fiel der Zettel heraus.« Sie deutet einmal mit dem Kopf zum Totengräber, der immer noch mit gebundenen Händen zwischen uns steht. »Ich wusste, dass auch Mason hier wegwill, und so habe ich ihm den Zettel gegeben.«

Natürlich hat sie das, denke ich mir. Das war das perfekte Alibi! Während Jon mit ihr die Zirkelsitzungen abgehalten hat, hat der Totengräber für sie die Gräber aufgebuddelt.

Sie geht ein paar Schritte vor und zurück, dabei tippt sie ungeduldig mit den Fingern ihrer linken Hand auf ihren Schenkel. »Es ist Zeit für mich, zu gehen, Mason, du hättest das Tor wirklich nicht abschließen brauchen. Jetzt gib mir bitte den Schlüssel.« Eine unerbittliche Härte legt sich auf ihr Gesicht.

Ihr Griff um die Streitaxt wird fester.

Das schwere Axtblatt zeigt nun auf uns. Es schimmert im Mondlicht.

Sam reagiert sofort und hebt Schild und Schwert vor sich. Und auch mir ist nun klar, was kommen wird.

Wenn sie fliehen will, muss sie vorher an uns vorbei.

Mit einem durchdringenden Kampfschrei stürmt Mirlinda auf mich zu.

Ihre Axt prallt mit einer solchen Kraft gegen meine, dass ich einen Schritt nach hinten taumle. Doch ich kann mich sofort wieder fangen.

Mirlinda setzt zum Schlag auf meine Körpermitte an, aber plötzlich wirbelt sie um ihre eigene Achse und zielt stattdessen mit der Axt auf meine Seite.

Ich mache einen schnellen Ausweichschritt.

Die Waffe von Mirlinda schrammt an meinem Lederwams vorbei. Ich weiche zurück.

Mirlinda will nachsetzen, da stößt Sam vor. Mit schnellen Schlägen drängt sie Mirlinda zurück, treibt sie mit Schild und Schwert gnadenlos voran. Die beiden verschwinden zwischen den engen Gräberreihen.

Ich laufe einen kleinen Bogen, um Mirlinda von der anderen Seite abzufangen. Die Luft brennt in meinen Lungen. Ich bin fast bei ihr. *Jetzt!*

Meine Axt saust von der Seite auf sie zu, aber in diesem Moment rollt sich Mirlinda nach hinten ab, sodass mein Schlag mit voller Wucht auf Sams Schild kracht. Der unerwartete Hieb wirft sie zu Boden. Wir sehen uns erschrocken an. *Verdammt, sie spielt uns gegeneinander aus!*

Mirlinda rennt zum Totengräber. *Der Schlüssel!*

Wir sprinten hinterher, rasen knapp an den Steinen vorbei. Ich gleite auf dem lehmigen Boden aus, kann mich aber fangen. Sam ist vor mir. Noch eine Reihe. Da! Der Totengräber kommt in Sicht. Wankend läuft er den Kiesweg entlang, die Arme immer noch hinter dem Rücken zusammengebunden. Panisch schaut er über seine Schulter. Gleich hat Mirlinda ihn!

»Sam, beeil dich!«, schreie ich im Laufen.

Und genau in dem Augenblick, in dem Sam knapp hinter Mirlinda ist, dreht diese sich um. Ihr Hieb kommt aus der Bewegung. Die Waffen klirren aufeinander, so laut, dass man es noch in den tiefsten Ebenen von Favilla hören muss. Sams Schwert segelt durch die Luft. Die Wucht des Treffers hat es ihr aus der Hand gerissen. Erschrocken weicht sie zurück und hebt den Schild. *Ich muss Sam helfen!*

Zu spät: Mirlinda hat sie schon bis zu einem der offenen Gräber zurückgedrängt, sie täuscht einen Schlag auf ihren Kopf an. Sam reißt den Schild nach oben, um zu parieren, da verpasst Mirlinda ihr einen Tritt in den nun vollkommen ungeschützten Bauch.

Ein ersticktes Geräusch aus ihrer Kehle. Sie fällt mit dem Rücken voran in das Loch. Ein dumpfer Schlag. Stille.

»Sam!«, rufe ich. »Sam!«

Stille. Es zerreißt mich innerlich.

Und sofort ist Mirlinda vor mir.

Die Axt saust nur knapp an meinem Kopf vorbei. Ich mache einen Schritt nach hinten. Spüre Wind vom Schwung ihrer Waffe. Der nächste Hieb. Erst kurz vor meiner Brust kann ich die Klinge ablenken.

Aufpassen, Noel!

Jeder Hieb, den ich pariere, vibriert in mir wider. Ich komme kaum zum Gegenangriff, sie ist viel zu schnell.

Kurz lösen wir uns voneinander.

»Du warst noch nie der beste Kämpfer«, sagt sie. Und auf einmal kocht es in mir, wird es ganz heiß in meinem Bauch.

Sie hat Sam in das offene Grab gestoßen!

Ich lege all meine Wut in den nächsten Angriff. Meine Axt prallt so heftig auf ihre, dass es sie zurückwirft.

Jetzt hab ich sie!

Ich setze nach, aber plötzlich schießt Mirlinda vor, tritt mir hart gegen das Schienbein und rammt mir fast zeitgleich den Holzgriff ihrer Waffe gegen die Stirn.

Ich falle auf den Rücken, grelle Punkte flimmern vor meinen Augen. Da saust Mirlindas Axt schon von oben auf mich zu, ich kann mich gerade noch herumwerfen. Sie donnert direkt neben meinem Kopf in die Erde. Mirlinda holt wieder aus, und das ist meine einzige Chance: Ich kralle eine Handvoll Erde und werfe sie ihr direkt ins Gesicht.

Sie kneift die Augen zusammen.

Ich greife hastig nach meiner Waffe. Sie versucht, sich den Dreck aus den Augen zu reiben. Ich muss jetzt ausholen, ich muss ihr die Axt in den Körper rammen.

Komm schon, Noel, komm schon, tu es.

Aber ich habe zu lange gezögert. Sie fixiert mich längst wieder aus tränenden Augen.

Statt anzugreifen, streckt sie den Arm mit der Waffe von ihrem Körper. Ihre Finger lösen sich vom Griff, und die Axt fällt zu Boden.

»Na los, Noel. Bringen wir es ohne Waffen zu Ende«, keucht sie. »Faust gegen Faust.«

Ich reibe mir mit dem Handrücken Schweiß von der Stirn. Die Axt in meiner Hand zittert.

Wir stehen uns gegenüber. Von Sam dringt immer noch kein Laut nach oben. Der Totengräber ist nirgends zu sehen. Mirlinda ist fast zwei Köpfe kleiner als ich, ich besitze das Doppelte an Kraft. *Nur einen Treffer.* Wenn ich nur einen richtigen Treffer lande, habe ich den Kampf gewonnen.

Ich lasse die Waffe sinken und starre Mirlinda entschlossen an.

Sie spuckt letzte Erdkrümel aus. Der Mond leuchtet hinter ihr, zeichnet einen dunklen Rand um die Umrisse ihres Körpers.

»Gut.« Sie dehnt das Wort unangenehm lang. Und ihr Schmunzeln gefällt mir ganz und gar nicht.

Ich balle die Hände zu Fäusten, tänzle von einem Fuß auf den anderen. Mein Herz hämmert wild gegen den Brustkorb.

Sie holt zum Schlag aus, ich lenke ihn zur Seite ab, mache einen schnellen Schritt vorwärts. Packe sie an der Halsberge. Sie stemmt sich dagegen, kann aber nicht viel ausrichten. In solchen Momenten weiß ich, dass es die Kraft ist, die siegen wird.

Ich schleudere sie mit einer solchen Wucht nach hinten, dass sie gegen einen Grabstein schlägt.

Mit ein paar schellen Schritten bin ich über ihr, genau in dem Moment, in dem sie sich mit den Händen vom Stein wieder wegdrückt. Dabei nutzt sie den Schwung und kickt ihre Beine nach vorn.

Ihre Füße treffen direkt in meine Magengrube, ich würge, knicke ein. Sie lässt nicht ab, rammt den Ellenbogen in meinen Rücken. Überall durchzucken Schmerzen meinen Körper.

»Jetzt geht's wohl langsam aufs Ende zu«, zischt sie.

»Kämpf einfach!«, brülle ich.

Ich stelle mich wieder vom Schmerz gekrümmt in Kampfhaltung. Sie tänzelt erneut auf den Fußballen vor und zurück, bereit zum nächsten Angriff. Die Schmerzen in Bauch und Rücken toben. Wo nimmt sie die Kraft in ihren Fäusten her?

Schwer atmend umkreisen wir uns. Ich fixiere ihren Blick. Die nächste Bewegung sieht man immer in den Augen.

»Hast Angst um deine Kleine?«, provoziert sie mich. Und es klappt. *Ich weiß nicht, was mit Sam ist.*

Ich gehe auf Mirlinda los, ramme mit voller Kraft einfach in ihren Körper, wobei ich die Arme um sie schlinge und mich mit ihr zu Boden werfe. Ich lande auf ihr, mit lautem Keuchen entweicht ihr sämtliche Luft. Mühsam stemme ich mich hoch. Mit den Knien fixiere ich ihren Oberkörper.

Jetzt kann sie mir nicht mehr entkommen!

Mirlinda hat die Hände in den schwarzen Handschuhen entspannt, wie wenn man aufgibt, doch sie schaut weder verängstigt noch verzweifelt.

Plötzlich beginnt ihr Körper unter mir zu zucken. *Was zum Henker?* Sie lacht. Sie lacht tatsächlich.

»Du wolltest doch neulich wissen, wofür die schwarzen Handschuhe sind«, sagt sie und ballt die Hände unter meinem Griff zu Fäusten.

Ich erinnere mich an die Truhe mit den Handschuhen. Sie wollte mir nicht sagen, wofür die schwarzen sind.

»Ich zeige es dir«, sagt sie, und plötzlich schießen zwei kräftige Eisenklauen genau oberhalb der Handknöchel durch das schwarze Leder.

Wie die Klauen einer Bestie.

Ich zucke zurück, und sofort rollt sie sich zur Seite und springt auf. *Sie hat mich ausgetrickst!*

Schnell bin auch ich wieder auf den Beinen und bringe erst mal Abstand zwischen uns.

»Du warst es!«, schreie ich. »Du hast Nora getötet und es wie den Angriff eines wilden Tiers aussehen lassen! Du hast alles von Anfang an geplant!«

»Nora hat ihren Job gut gemacht. Was sollte ich tun, als sie mich entdeckt hatte? Ich konnte sie ja schlecht wieder zurück nach Favilla laufen lassen«, sagt sie, und ich will ihr dieses selbstgefällige Lächeln jetzt nur noch vom Gesicht reißen.

Kalter Schweiß sammelt sich auf meinem Rücken. Das Leinenhemd unter der Rüstung klebt an mir.

Ich kann den Blick nicht von den Eisendornen nehmen.

Ich balle so fest die Fäuste, dass sich meine Nägel in die Haut drücken.

Mirlinda scheint mich zu beobachten. Doch auf einmal rennt sie los, die Dornen zeigen direkt auf mich. Zeit, zu flüchten, bleibt nicht, ich ducke mich unter ihrem ersten Hieb weg.

Ihr Schrei gellt über den Friedhof. Ich reiße die Ellenbogen zur Deckung hoch. Ihre Fäuste kommen auf mich zu, und ich weiche zurück. Doch die Eisendornen reißen über meine Unterarme, schlitzen das Leder und die darunterliegende Haut auf. Ein fürchterliches Brennen.

Ich muss mir etwas einfallen lassen!

Alles überschlägt sich: mein Herzschlag, mein Atem, die Angst.

Ich weiche noch einen Schritt zurück. Und da spüre ich plötzlich einen schweren Grabstein in meinem Rücken. *Oh nein.* Mirlinda blickt mich an, ihre Lippen verziehen sich zu einem triumphierenden Lächeln.

Ich habe keine Chance.

Sie hebt ihre Klauen zum Schlag. Ich will die Augen nicht schließen!

Auf einmal stürmt eine schwarze Gestalt von hinten auf Mirlinda zu. Sie dreht sich ruckartig um, die stachligen Fäuste von sich gestreckt. Beide holen aus. Keiner denkt ans Parieren, sie wollen einander vernichten. Eisenkrallen und Axtblatt zischen durch die Nacht. Das Geräusch reißenden Fleischs geht mir bis ins Mark.

Mirlindas Gesicht erstarrt, ihr dünner Hals biegt sich seltsam seitlich weg. Der Totengräber steht regungslos vor ihr, die blutige Axt noch erhoben. Lautlos sackt sie auf die Knie, dann fällt sie mit dem Gesicht voran zu Boden.

Der Totengräber lässt die Axt fallen, fasst sich mit den Händen an die Kehle. Ein Gurgeln, Würgen. Blut, das zwischen seinen Fingern hindurchspritzt. Ich gehe auf ihn zu, steige über Mirlindas schlaffen Körper, stütze ihn an den Schultern, will nicht glauben, was ich da sehe.

Aber sein Blick ist bereits leer, er schaut mich an, ohne mich wahrzunehmen, und dann sprudelt das warme Blut auch aus seinem Mund. Sein Körper wird schwer unter mir. Ich lasse ihn vorsichtig zu Boden gleiten. Der zerfledderte Umhang hängt wie zerzaustes Gefieder von ihm. Sein Kopf kippt unter meinen Armen nach hinten, der offene Mund klafft als ein vollgetränktes rotes Loch in Richtung des Mondes.

Die Gräber ragen wie die Palisade einer Stadt hinter ihm auf. Still und gleichmütig. Weiches Licht fällt auf sein haariges Gesicht, auf die alten Augen. Sie sind blau. Zum ersten Mal erkenne ich ihre Farbe. Sie sind blau, und der Totengräber ist tot. *Das hier ist sein Friedhof.*

Vorsichtig lege ich seinen Körper ganz zu Boden, bette seinen Kopf auf einen Erdhaufen. *Das hier war verdammt noch mal sein Friedhof!*

Ich springe auf, renne zum aufgebuddelten Grab. Meine Beine sind so zittrig, dass ich fürchte, ich könnte jeden Moment abrutschen. *Sam.* Ich halte die Luft an, beuge mich über das Grab. Mein Herz setzt einen Schlag aus.

Sam rappelt sich gerade auf. Sie blinzelt, sie hebt den Schild, bereit, sich zu verteidigen.

Alles in mir löst sich, ich spüre, wie das Blut wieder durch meine Adern fließt. Ich schlucke einmal schwer.

»Ist es vorbei?«, fragt sie, das Gesicht dreckverschmiert, die Augen weit aufgerissen.

Ich kann nicht anders, als zu lachen, es bricht einfach aus mir heraus. Und Sam schaut mich nur völlig verdutzt an, als ich mir erleichtert über die Augen wische. »Ja. Es ist vorbei.«

18

Lavis. Amphitheater.

Sam und ich steigen die Steintreppen in der Arena hinab.

»Wir müssen als Erstes zu Jon«, sage ich und reiße Stofffetzen von meinem Leinenhemd, um sie mir um meine verletzten Unterarme zu wickeln. »Wir müssen ihm sofort erzählen, was passiert ist! Und wir müssen die Leichen wegbringen, bevor irgendwelche Wachen sie zu Gesicht bekommen.«

Ich bleibe kurz stehen, fahre mit den Händen einmal über ihren Kopf und sehe sie von unten bis oben an. »Und du bist wirklich in Ordnung?«

Mein Blick wandert unruhig über ihr Gesicht, während sie mir einfach in die Augen schaut, sich nicht ein Stück bewegt.

»Du …«, beginne ich, aber sie presst mir plötzlich die Hand auf den Mund.

»Halt deine Klappe, Noel«, sagt sie und sie lächelt. Dann rückt sie noch ein bisschen näher an mich heran, ihr Haar kitzelt an meinem Hals, und ich kann gar nichts mehr. Ich kann sie nur noch ansehen, und eigentlich weiß ich so wenig von ihr.

Ich kenne ihr Gesicht, ich kenne es in- und auswendig, könnte es in meinem Kopf nachzeichnen. Die runde Form, die drei Leberflecke auf ihrer Wange, die hohe Stirn. Die großen Augen, die etwas auseinanderstehen, und das Geflecht darin: ganz dicht um die Pupille Tupfer aus Orange, und dann verschwimmen sie mit dem klaren Grün. Auf einmal will ich so vieles von ihr wissen.

Langsam gleitet ihre Hand wieder von meinem Mund, ein Finger bleibt noch kurz an meiner Unterlippe hängen. Es geht mir durch und durch.

»Du wolltest da doch noch etwas tun«, flüstert sie, und ich weiß ganz genau, wovon sie spricht.

Ich lege meine Hände auf ihre Hüften und drücke sie noch dichter an mich. Ihr Körper an meinem. Ihr Atem, der gegen mein Kinn haucht.

Mein Herz hämmert in meinem Brustkorb, pumpt in meinen Armen, pulsiert in meinem Hals, pocht in meinem Kopf. Überall. Ich zähle einmal in Gedanken bis drei.

Eins.

Aber bei zwei liegen meine Lippen schon auf ihren.

Sie sind so weich wie nichts, was ich gefühlt habe. Sie schlagen Wellen in mir.

Kurz sind wir nichts und alles, und ich wünschte, wir würden ewig so stehen bleiben und ich könnte nur dieses Weich ihrer Lippen fühlen.

Erst jetzt wird mir klar, wie lange dieser Kuss am Rande meiner Phantasien getanzt hat.

Ich will mich nie wieder von ihr lösen.

Ich will nicht, dass das Leben aufhört, denke ich.

Ich grabe meine Hände in ihren Nacken, und als ich die Augen für einen Moment öffne, ist mir, als drehten sich die ringartigen Stufen des Amphitheaters um uns, als wären wir das Zentrum des Kreises.

Ein Kreis.

Alles Blut weicht plötzlich aus meinem Körper. Ich lasse die Arme schlaff von Sams Nacken gleiten.

»Noel?«

Aber ich höre sie gar nicht richtig, weil sich meine Gedanken überschlagen, weil auf einmal alles so klar ist, weil …

Das ist es!

Der Ring des Phönix. Der Zettel. Der Buchstabenblock. Der Grabstein des Gründers. Der Kreis.

»Es ist ein Rätsel«, murmle ich vor mich hin.

»Was?« Sam sieht verwirrt zu mir auf, sie weicht einen Schritt zurück. »Du machst mir Angst, was ist denn los?«

Jetzt sehe ich ihr ins Gesicht. »Es ist ein Rätsel!«, sage ich diesmal laut und deutlich. »Der *Ring des Phönix*, ich weiß jetzt, dass er existiert!«

Ich haste los. »Komm!«, rufe ich. »Komm schon, ich zeige es dir!«

Ich kann nicht anders, ich muss rennen, ich muss diese Stufen nach oben jagen. Ich laufe, so schnell es geht, und ich halte erst wieder an, als ich vor dem Grab des Gründers stehe.

E K N I E O D G I R B N E G L N
G I I A L Z D T A I R N E E D N
H W S N E C I D N I T C S R E N
H H N E I U I N O O F P X O G U
H N S L E H N G T E E E D E E K
D U N R I R I R E N D S N E R U

Ich betrachte den Flammenkreis und fahre mit dem Blick über die Buchstaben. Dann ziehe ich den Zettel aus meiner Hose.

Es dauert ein paar Augenblicke, bis Sam neben mir keuchend zum Stehen kommt.

»Bist du jetzt völlig verrückt geworden?« Sie stützt sich mit den Händen auf den Knien ab.

Ich zeige ihr den Zettel und tippe wild darauf herum. »Es ist ein Rätsel, verstehst du!«, sage ich fieberhaft. »Das ist der *Ring des Phönix.*«

Ich zeige mit dem Finger auf die Flammen, die den Buchstabenblock einkreisen. »Wir standen dort unten und … der Kreis, Sam, der Ring … Dieser Zettel hier …«, ich wedle ihn wie verrückt durch die Luft. »Er ist die Anleitung, um es zu lösen.«

Noch einmal lese ich die Worte laut vor:

Der Ring des Phönix bringt dir die Krone.
Er liegt auf dem GRABFELD.
Das GRABFELD liegt auf ihm.
Nutze den Schlüssel.

Sam starrt mich entgeistert an, dann reißt sie mir den Zettel aus der Hand. Sie sieht von ihm zum Grab und wieder vom Grab auf den Zettel.

»Das gibt es nicht.« Sie schüttelt den Kopf. »Wie verwendet man den Schlüssel?«

Ich starre auf die Buchstaben, aber ich komme nicht darauf. Und doch weiß ich es: Ich habe alles vor mir, um das Rätsel zu lösen. Ich bin mir ganz sicher!

»Wir müssen das jemandem zeigen, der etwas davon versteht, jemandem, der ein solches Rätsel lösen kann.« Und schon während ich es ausspreche, ist mir klar, von wem ich rede: *Jon.*

Sam gibt mir das Stück Pergament zurück. »Bring es zu ihm.«

19

Favilla. Ebene Zwei.

Ich habe Jon noch nie so aufgewühlt erlebt. Ungeduldig rieb er die Hände immer wieder an seiner Hose ab. Er schickte noch ein paar unserer Wachen auf den Friedhof, um die Leichen nach Favilla zu tragen, dann verschwand er augenblicklich mit dem Zettel im Nebenraum.

Ich werde es dich wissen lassen, sobald ich das Rätsel entschlüsselt habe, drang seine Stimme durch die Tür.

Und selbst die Verletzungen an meinen Unterarmen mussten warten. Nervös pule ich an dem provisorischen Verband herum.

Ich sitze auf heißen Kohlen. Wie lange wird es dauern, bis Jon eine Lösung gefunden hat? Ein paar Stundenstriche? Mehrere Tage? Monate?

Gedankenverloren durchstreife ich die Gänge, doch am liebsten würde ich umdrehen und Jon beim Entschlüsseln behilflich sein, mitverfolgen, welche Gedanken ihn treiben.

Ein bisschen Blut sickert durch die Stofffetzen, aber die Schnitte brennen nur halb so sehr wie all die Gefühle in mir.

Ich kann nicht damit aufhören, wie wild auf und ab zu gehen. Ich zwinge mich, einmal stehen zu bleiben und die Augen zu schließen. Ich warte darauf, dass mich langsam die Erschöpfung überfällt. Doch obwohl meine Glieder schwer sind und mein Kopf sich viel zu voll anfühlt, bin ich wacher als je zuvor.

Kein Wunder. Ich streiche mir mit dem Zeigefinger über meine Lippen und fühle immer noch den Druck ihres Mundes. Mir gefällt die Vorstellung, dass sie so etwas wie Spuren auf mir hinterlässt.

Seit ich in Favilla bin, gab es zum ersten Mal nur mich. Und jetzt gibt es da plötzlich Sam. Und ich weiß nicht, ob mir das Angst machen soll oder nicht.

Sam, das Mädchen, das ich geküsst habe.

Das Letzte, an das ich jetzt denken kann, ist Schlaf. Die Zeit ist viel zu kostbar, um sie mit Schlaf zu vergeuden.

Ich laufe einfach weiter, immer das Dunkel der Gänge entlang Richtung Schlafzellen. Die Flammen der Fackeln zischeln beim Vorbeigehen.

Schon als ich die Zelle betrete, rieche ich es. Ich rieche *sie*. Ich rieche diesen Duft, den ich so verzweifelt versuche zu definieren. Aber alles, was mir einfällt, ist, dass er nach Sam riecht.

Sie versteckt irgendetwas unter ihrem Fell, als ich hereinkomme.

Wir lächeln uns verhalten an. Ich setze mich an den Rand ihres Betts und lege die unruhigen Hände auf meine Beine. Ich spüre, wie die Hitze, die von ihnen ausgeht, durch den Stoff dringt.

Sam stützt sich hoch, um sich aufrecht an die Wand zu lehnen. Ihre Beine hat sie unter dem Fell ausgestreckt.

Die Haare fallen ihr offen über den Rücken, und ich betrachte ihren freien Nacken, die helle Haut.

Sie leckt sich einmal über die Lippen. »Du hast Jon alles berichtet?«

Ich nicke.

»Hat er das Rätsel schon gelöst?«

Ich schüttle den Kopf.

»Du kannst auch nicht schlafen?«

Ich nicke wieder. Sie grinst.

Und eigentlich würde ich sie am liebsten auf ihr Fell zurückdrücken und ihren Hals mit Küssen bedecken.

Ich sehe zu Boden. Dort liegen Teile ihrer Rüstung und ihre Leinenhose. Ich hebe den Kopf wieder und sehe zu ihr. Das Hemd hat sie noch an.

Würde man genau hinschauen, dann könnte man jetzt ganz sicher sehen, wie mein schneller Puls sich unter der Haut bewegt.

Langsam schiebe ich meine Hand auf ihre Felldecke. Ich ziehe sie am Zipfel vorsichtig zur Seite, und dabei drohe ich innerlich beinahe zu zerspringen. Mit den Fingerspitzen fahre ich ihren Schenkel entlang. Sie sieht mir dabei zu und zittert unter meiner Berührung. Ihre Haut ist so weich.

Und dann tue ich das, was mir die ganze Zeit schon im Kopf schwirrt, ich drücke sie sanft auf das Fell zurück. Ihre Haare ergießen sich in Wellen über das Bett. Ich beuge mich über sie, denke jetzt nur noch an das Weich ihrer Lippen und betrachte ihren Brustkorb, wie er sich unter dem Hemd auf und ab bewegt.

Plötzlich erstarre ich.

Ein weißer samtener Stofffetzen lugt unter dem Fell hervor.

»Was ist das?«, frage ich, aber da habe ich es schon zwischen den Fingern. Einen so feinen Stoff habe ich noch nie zuvor angefasst. Es ist ein Schleier, der an den Rändern mit hauchzarten goldenen Plättchen bestickt ist.

Auf einmal umklammert Sam mein Handgelenk. Sie umklammert es viel zu fest.

»Lass es bitte los.« Ihre Stimme bebt.

Mein Herz rast und rast.

Frag sie doch selbst.

Und eigentlich weiß ich doch auch gar nichts von Sam.

Das Stoffteil baumelt vor mir, die Goldverzierungen funkeln im Licht. Eine Braungewändlerin ist nicht im Besitz eines solchen Tuchs.

Ich schüttle den Kopf. Ein Rauschen setzt hinter meiner Stirn ein. Ich kann nur immer weiter darauf starren, bis sie es mir aus den Fingern reißt.

»Wer bist du, Sam?« Eingehend betrachte ich ihr Gesicht. Ihr weicht das Blut aus den Wangen.

Deshalb hat sie nie von ihrer Vergangenheit erzählt, deshalb hat sie Streit mit Estelle, deshalb wollte sie das Nebelfeuer nicht zünden, sie hatte Angst, die Männer könnten sie erkennen.

Weiß ist die Farbe der Wache.

Und Weiß ist die Farbe der Königsfrauen.

»Du …«, beginne ich.

Nur schwer kann sie meinem Blick standhalten, versteift sich unter mir.

»Ich bin die Tochter des Brennenden Königs«, presst sie die Worte hervor.

Sofort stoße ich mich vom Bett ab. Springe auf den Boden zurück, als hätte mich etwas gebissen. Ich wende mich ab, gehe ein paar Schritte Richtung Tür, dann bleibe ich abrupt stehen und lege die Hand an meine Kehle.

Langsam drehe ich den Kopf zu ihr.

Für den Bruchteil eines Moments flackern tausend widersprüchliche Gefühle in ihrem Gesicht auf.

»Ich bin die Tochter des Brennenden Königs«, wiederholt sie die Worte, die nur schwer über ihre Lippen kommen.

Der Schock sitzt tief. Er bohrt ein Loch in meine Brust. Ich will das nicht verstehen. Zum ersten Mal will ich es nicht verstehen.

Sie ist Sam.

Sam, das Mädchen, das Lucas im Kampf besiegt hat. Sam, das Mädchen, das meine Hand gehalten hat. Sam, das Mädchen, das ich geküsst habe. Sam, das Mädchen, in das ich mich verliebt habe.

Ich weiß nicht, ob ich aus dem Zimmer hinausstürmen oder dem Drücken in meiner Kehle nachgeben soll. Aber ich weiß, dass genau das eingetreten ist, was ich befürchtet habe. Genau wie Lucas hat auch sie mir die ganze Zeit etwas vorgemacht.

Was tut sie hier? Hat sie jemand hergeschickt? Hat sie mich nur ausgehorcht?

Wenn sie darin nicht ehrlich war, worin dann noch nicht?

Ich versuche, das Brennen in meinen Augen wegzublinzeln.

»Sag etwas«, murmelt sie.

Ich sehe kurz zu ihr. Sie sitzt im Schneidersitz, die nackten Beine gekreuzt, den Oberkörper zu mir gerichtet. Ihre geröteten Augen mustern mich, die blonden Haare fallen ihr verfilzt zu den Seiten.

Nichts war echt.

Plötzlich hämmert jemand wild gegen die Tür, aber wir reagieren nicht, nicht jetzt, wo alles zusammenbricht.

»Seid ihr da drin?« Es ist Melvins Stimme.

Wir rühren uns immer noch kein Stück, aber da reißt er die Tür einfach auf. Sie schabt laut über den Boden. Er sieht aufgekratzt aus, als ob er gerade gerannt wäre.

Mit offenem Mund starrt er auf Sams Kleiderhaufen am Boden, dann in mein versteinertes Gesicht.

»Jon hat das Rätsel gelöst«, sagt er atemlos.

KINGS & FOOLS

4

VERGESSENES WISSEN

NORDGEBIRGE
STURMPASS
DIE GRAUEN HÖ

Die geheime Bibliothek
Feuerpass
Verborgener Durchgang
Tal der Thorir
Vermauerte Minen

Für meinen Bruder Lukas,
mit dem ich so viele Welten erschuf.

SAM

1

Lavis. Königshaus.

Die fordernde Hitze seines Körpers prallt gegen mich. Ich keuche auf. Meine Hände werden schlagartig kalt und schwitzig. Alles in mir schreit danach, zurückzuweichen.

Nur ganz kurz schließe ich die Augen, öffne sie dann schnell wieder. *Nicht den Kopf wegdrehen! Einfach aushalten.*

Mir kann nichts passieren, sage ich mir. Noch kann er nichts tun.

Er grinst. Die Zähne wirken spitz wie die eines Raubtiers. Eisenplättchen sind darauf angebracht, gleich winzigen Rüstungen. Sein Blick ist stechend. Er nimmt ihn nicht einen Moment von mir.

Es ist der Mann, der mein Gemahl werden soll.

»Ihr werdet Vigilis lieben, Madame«, sagt er mit tiefer Stimme. Er rollt das R. »Es ist ein kräftiges Land. Unsere Burgen sind prachtvoll und sicher zugleich. Die Tage sind rau und wild. Die Nächte weich und sanft. Ich werde sehr gut für Euch und für unsere Kinder sorgen.«

Ich sehe zu ihm hoch. Seine Haut ist grob, irgendwie körnig. Er überragt mich um mehr als einen Kopf. Vor ihm fühle ich mich klein und wehrlos. Ich zwinge mir ein zittriges Lächeln aufs Gesicht. *Lieber sterbe ich, als ein Kind von dir zu bekommen!*

Mein Kleid schneidet mir an der Hüfte ins Fleisch. Über den weißen Stoff winden sich eingestickte rote Rankenmuster. Es zeigt viel Haut. Ich hasse dieses Kleid.

Der Herzog von Larkél, der zweitgrößten Stadt des Königreichs Vigilis, kommt noch einen Schritt näher, sodass seine Hüfte nur noch wenige Fingerbreit von meinem Bauch entfernt ist.

Er legt eine Hand an meine Taille. Ich erstarre. Gierig drücken sich die Finger in den Stoff, in meine Haut. Meine Kehle schnürt sich zu. Was tut er da? Er weiß, dass das gegen jedes Protokoll ist. Ihm muss doch klar sein, dass er … ja, was kann ihm überhaupt schon passieren?

Warum ist denn nicht wenigstens einer der Diener hier! Meine Kehle schnürt sich noch fester zusammen. Ich bekomme keine Luft, ich ersticke.

»Ihr seid ein schönes Mädchen, Madame«, sagt er. »Wisst Ihr das eigentlich?«

Tastende Finger bewegen sich an der Hinterseite meiner Hüfte entlang auf meinen Po zu. Er soll sie wegnehmen! Und nun drückt er seinen Körper gegen meinen. Ich kann die mächtige Erektion durch den Stoff spüren. Mir ist kotzübel.

Zitternd bewege ich meine Hand vorwärts, richte den Blick wieder nach oben in sein lüsternes Gesicht. Ich versuche krampfhaft, zu lächeln, und lege meine Hand auf seine Brust. Langsam lasse ich sie daran hinabfahren. Meine Finger kratzen über die feinen Eisenfäden, die mit dem grauschwarzen Stoff seines Gewandes verwoben sind.

Der Herzog zieht scharf die Luft ein, und auf seinem Gesicht zeigt sich nun ebenfalls ein Lächeln. Sein Körper entspannt sich, und damit lässt auch der Druck seiner Finger an meiner Taille etwas nach. Am Bauchnabel halte ich an. Weiter schaffe ich es nicht.

»Und Ihr seid ein schöner Mann.« Ich schiebe die Zungenspitze aus dem Mund. Am liebsten würde ich mit dem Kopf vorwärts schießen und ihm ins Gesicht spucken, aber stattdessen deute ich ein kurzes Lecken über meine Oberlippe an. »Euer erstes Kind wird ein Junge sein. Das spüre ich.«

Ruckartig mache ich ein paar Schritte nach hinten. Er blickt mich überrascht an. Mein Herz donnert.

»Ich hasse es, dass wir noch warten müssen.« Ich würge es mehr hervor, als dass ich spreche. Aber für den Mistkerl reicht es. Ich sehe noch, wie der lüsterne Ausdruck zurückkehrt, dann habe ich schon einen Knicks gemacht und mich umgedreht.

»Ich freue mich auch«, höre ich hinter mir. Und mir kommt es vor, als bohre sein Blick sich in meinen Rücken, nicht nur das, als grabe er sich unter mein Kleid.

Ich halte nicht an. Ich gehe schnell vorwärts. Die Absätze meiner Schuhe aus Schleierholz, die eigens aus der Weißen Handwerkskammer von Noctuán importiert wurden, schlagen bei jedem Schritt laut auf den grauen Marmorboden. Ich biege nach links ab, und unter ein paar tiefen Rundbögen hindurch gelange ich in den großen Korridor.

Ich rausche vorbei an einer Dienerin in ihrem olivgrünen Gewand, die einige zerknitterte Laken auf dem Arm trägt. Immer wieder wische ich mir hektisch die rechte Hand an meinem Kleid ab. Der eigentlich weiche Stoff fühlt sich an wie eine Eisenbürste.

Ich ignoriere auch die Wachen in ihren düsteren Plattenrüstungen. Sie stehen in regelmäßigen Abständen an beiden Seiten des Korridors vor den Wänden aus dunklem Stein, über die sich Flammenmuster ziehen wie Efeu über eine alte Mauer.

Normalerweise jagen sie mir keine Angst ein. Ein Wort von mir kann ihren Tod bedeuten. Aber heute machen sie mich unruhig. Als könnten sie eben doch ahnen, was ich vorhabe. So als würden sie es mir ansehen.

Ich erreiche die Gemächer der Königstöchter, wo ich und meine Halbschwestern untergebracht sind. Auch hier eile ich ohne ein Wort an dem Wachmann vorbei. Hat er sich kurz bewegt?

Nein, warum sollte er. Ich muss aufhören, mir Sachen einzubilden.

Nach noch mal einigen Dutzend Schritten, die mir so endlos vorkommen wie ein Tag am Hof, bin ich in meinen Privaträumen.

Dort stürme ich sofort durch das Schlafgemach zum Abort. Ich knie mich hin und beuge mich über die Öffnung. Aber obwohl die Übelkeit in meinem Magen kaum auszuhalten ist, muss ich nicht mal würgen.

Ich stemme mich hoch, stelle mich hastig vor den Wasserbottich. Er ist aus feinem, grauem Marmor gefertigt.

Ich wasche mir zuerst die rechte Hand. Ich reibe sie kräftig mit der Seife ab, die nach Vanille duftet. Der Geruch erfüllt schnell den ganzen Raum, und irgendwie wird mir dabei noch übler. Danach schütte ich mir das kühle Wasser ins Gesicht. Einmal. Zweimal. Dreimal. Mein Gesicht pocht.

Ich löse die Flechtfrisur, schüttele meinen Kopf und wuschele durch meine Haare, sodass sie mir ungebändigt vors Gesicht fallen. Wie eine Befreiung.

Trotzdem kann ich noch immer seine tastenden Finger hinten auf meiner Hüfte und den verlangenden Druck seines Gemächts gegen meinen Bauch spüren.

Ich schaue in den Spiegel. Ein goldener Rahmen umschließt ihn. Warum muss mein Vater sogar hier seinen Reichtum, seine Macht zur Schau stellen? Nur die Kammerzofen und ich betreten diese Gemächer.

Ohne das Puder sehe ich meiner Mutter sehr ähnlich. Beim Gedanken an sie zieht es schmerzhaft in meiner Brust. Sie denkt, sie habe noch die Gelegenheit, sich von mir zu verabschieden, bevor ich mit dem Herzog von Larkél nach Vigilis gehe.

Aber ich gehe heute.

Und Vigilis ist der letzte Ort, den ich als Ziel habe.

Ich streife die Schleierholzschuhe ab und tapse barfuß zurück ins Schlafgemach. Unter dem Himmelbett, das mit frischen weißen Laken bespannt ist, hole ich den Lederbeutel hervor.

Darin befindet sich das braune Arbeitergewand, das ich gleich brauchen werde. Außerdem ein schmaler Dolch, eine gefälschte Armplakette, Zeichnerkreide und ein winziger Flakon mit rot flackernder Symbolfarbe. Alles ist da. Ich bin vorbereitet.

Ich entkleide mich ganz. Mein Herz schlägt schnell. Es

kommt mir vor, als streife ich nicht die Kleider ab, sondern Haut, wie eine Schlange. Selbst die seidene Unterwäsche tausche ich gegen ein Höschen aus grobem Leinenstoff. Mein Blick fährt dabei durchs Zimmer. Die Wand aus schwarzem Marmor ist mit Stickteppichen behängt, auf denen die einzelnen Arbeitergruppen als kleine Figürchen dargestellt sind. Sie sehen glücklich aus. Am oberen Rand erstreckt sich der Spruch auf einer Banderole:

Der Brennende König sorgt für all jene, die beitragen.

Früher im Bett, als ich kleiner war, habe ich mir oft vorgestellt, die Figuren würden aus dem Bild herausschlüpfen und im Zimmer umherlaufen, mit wildem, unruhigem Murmeln. Und irgendwann schlief ich ein, und sie waren auch in den Träumen. Dort haben sie mich um Essen angebettelt. Sie haben mich gebissen, weil sie so hungrig waren. Aber ich hatte nie Essen für sie. Ich habe keinen Zugang zu den Vorratskammern, habe ich ihnen immer wieder gesagt, doch sie hörten mir nicht zu. Sie bettelten und bissen immer weiter.

Ich wende meinen Blick von den Wandteppichen ab. Ich lasse den Raum Raum sein. Er ist nicht mehr lange wichtig.

Fertig umgezogen sinke ich aufs Bett. Mein Körper fühlt sich leicht und schwer gleichzeitig an. Das hier sind die letzten Momente, ich kann es kaum glauben. Ich kann kaum denken.

Auf dem kleinen, hölzernen Nachttisch gleich neben mir liegt ein Buch, das mir die Geschichte der Stadt Larkél näherbringen soll. Ich habe vier Seiten gelesen.

Und neben diesem Buch befindet sich der weiße Seidenschleier meiner Mutter. Ich habe ihn sorgfältig zu einem Quadrat zusammengefaltet. Er muss hierbleiben. Sie würde auch jedes Risiko vermeiden. Nichts würde sie mitnehmen, was sie irgendwie in Gefahr bringen könnte.

Ich balle die Hände fest zusammen. Ich hasse meinen Vater dafür, ich hasse dieses Monster. Nur seinetwegen passieren all diese schrecklichen Dinge.

Irgendwann bezahlst du dafür.

Meine Augen brennen, und ich versuche, das Zittern meiner Lippen zu unterdrücken. Ich muss gehen. Ich kann nicht anders. *Verzeih mir, Mama.* In Gedanken umarme ich sie, stelle mir einfach vor, dass sie es spürt und es doch als Abschied zählt.

Mit der Fingerspitze streiche ich über den weichen Stoff des Schleiers, fahre über die schimmernden Goldplättchen am Rand. Ich nehme ihn in beide Hände und halte ihn mir unter die Nase. Ich rieche ihren vertrauten Geruch. Sie würde ihn nicht mitnehmen. Aber ich bin nicht sie. Und ich habe vor nichts mehr Angst als davor, sie zu vergessen.

Ich schlucke nervös, greife nach dem Schleier und binde ihn mir direkt am Körper um die Hüfte, sodass er den Saum meiner Unterhose nachbildet. Niemand wird ihn entdecken. Es ist sicher, sage ich mir.

Dann wuchte ich mich nach hinten auf die Matratze. Ich werfe einen Blick auf das kleine, bläulich getönte Stundenglas am Kopfende des Himmelbetts. Ein halber Stundenstrich noch, dann geht es los.

Eine Weile sitze ich bloß da, klein und zusammengesunken auf dem weichen Federbett. Ich lausche meinem Atem. Ich höre meinem Herzen zu, wie es mit jedem fallenden Zeitkorn schneller wird.

Das hier ist die Nacht der Abholung. Wenn ich dem Plan folge, kann nichts schiefgehen. Wenn ich dem Plan folge, dann entkomme ich diesem Leben für immer.

2

Lavis. Dörfer der Minenarbeiter. Gold Drei.

Das Symbol an der Hüttentür sticht mir ins Auge wie die Leuchtfeuer der Königsburg, wenn sie die ersten Flammen schlagen. Die kleine, zusammengesunkene Gestalt, die davor auf der Türschwelle sitzt, tut mir leid. Sie wird gerade Abschied genommen haben.

Ich will mich endlich aus dem Schatten lösen und sie vom Warten befreien, weil ich schon immer die Momente, bevor etwas passiert, viel schlimmer fand als die Ereignisse selbst. Aber noch wissen wir nicht, ob die Luft rein ist. Wir müssen abwarten. Leise sein.

Liv dreht den Kopf nach rechts, dann wieder zu mir.

»Ich glaube, ich habe etwas gehört«, flüstert sie.

Ich lausche.

Aber ich kann kein Geräusch ausmachen außer dem rhythmischen Klappern einer Dachlatte im Wind zwei Hütten weiter, nicht mal ein Schluchzen von dem Mädchen auf der Türschwelle ist zu hören.

»Bist du dir sicher?«, frage ich leise.

»Ich weiß nicht.«

»Vielleicht war es Nikolai.«

Nikolai wird die Nichtzirklerin Johanna vor die Türschwelle setzen, nachdem Liv und ich das neue Mädchen geholt haben. Er betritt das Dorf eigentlich erst, wenn wir schon wieder draußen sind und ihm das Zeichen gegeben haben, dass alles bis dahin geklappt hat. Doch vielleicht waren wir zu langsam. Er könnte ungeduldig geworden sein.

Liv und ich lauschen wieder in die Düsternis.

Nichts Verdächtiges.

Oben am Himmel ziehen die Wolken so schnell vorbei, als würden sie vor etwas fliehen. Sie bilden ein unstetes Muster, das den Sichelmond und die Sterne durchscheinen lässt.

Wir warten noch eine ganze Weile im Schatten einer der Minenarbeiterhütten, pressen uns gegen das herbe Holz, das schon völlig verwittert ist.

Unwillkürlich muss ich an Noel denken. Er ist bei einem Austausch in den östlichen Holzfällerdörfern. Obwohl Jon diese geheimen Einzelsitzungen mit ihm abhält, vertraut er Noel anscheinend nicht genug, um ihn in seine Heimat zu lassen. Natürlich nicht.

Wahrscheinlich würde Noel mir da widersprechen. Er würde rechtfertigen, was Jon tut. Und dabei wäre in seinen Augen dieses Feuer, das ich unheimlich und gleichzeitig aufregend finde.

Na ja, dafür müssten wir aber erst mal miteinander sprechen.

Ich streiche mir flüchtig eine Haarsträhne aus dem Gesicht. Soll mir egal sein. Soll er reden und nicht reden, mit wem er will.

Der Weg, den wir beobachten, bleibt leer. Die abgedunkelten Hütten sehen aus wie große, schlafende Kreaturen, still atmen sie in die Nacht.

Es wird höchste Zeit. Wenn wir noch länger warten, gehen wir das Risiko ein, dass die echten verhüllten Männer eintreffen.

»Los«, zischt Liv, und genau, als sie aus dem Schatten ins bleiche Mondlicht tritt, sehe ich sie. Es durchfährt mich wie ein mächtiger Trommelschlag. Ich stürze vorwärts, packe Liv am Oberarm und reiße sie zurück in die Deckung der Hüttenwand.

»Was …«, beginnt sie, verstummt dann aber, denn auch sie sieht es nun: Über den Weg, der rechts und links von den schiefen Holzhütten gesäumt wird, schreiten zwei Gestalten in schwarzen Umhängen auf das Mädchen vor dem Symbol zu.

Die verhüllten Männer.

Das kann nicht sein! Mein Herz wummert, alles in mir versteift sich. Sie sind viel zu früh.

Erst bei einer einzigen Austauschmission, bei der ich mitgemacht habe, mussten wir wieder abhauen, weil die verhüllten Männer schon dort waren. Es war bei den Eisenwerkern. Wir hatten verdächtige Geräusche auf der anderen Seite der Mauer gehört und uns deswegen zu lange nicht getraut, die Wurfleiter zu benutzen, um hinüberzusteigen.

Aber so lange wie damals haben wir diesmal nicht gezögert. Kein Stück. Sie dürften noch nicht hier sein.

Atemlos beobachte ich die Männer, die zügig den Weg entlangkommen. Ihre Kutten flattern im Wind wie schwarze Banner. Vor dem Mädchen bleiben sie stehen, und ich sehe, wie es kurz zusammenzuckt.

Wahrscheinlich bin ich die Einzige, die sich in der Nacht der Abholung nicht vor den Männern gefürchtet hat, sondern bloß davor, aufzufliegen.

Ich werfe einen schnellen Blick zu Liv, sie hat den Kopf ein bisschen zur Seite gedreht, als wolle sie nicht hinsehen. Sie weiß genau wie ich, dass Jon uns vorwerfen wird, versagt zu haben. Er wird es nicht vergessen.

Der rechte Verhüllte tritt vor und streckt die Hand ein kleines Stück nach dem Mädchen aus, fast genauso, wie wir es sonst machen. Das Mädchen starrt zu ihm nach oben, drückt sich zittrig von der Schwelle hoch.

Und plötzlich greift kaltes Entsetzen nach mir, denn was ich sehe, kann einfach nicht richtig sein.

Die hintere Gestalt hat einen Dolch unter ihrem Gewand hervorgezogen. Die Klinge besitzt die Form des Mondes am Himmel, kurz flackert sie auf wie eine Flamme aus Eis, dann rammt der Mann den Dolch in den Rücken des anderen Verhüllten.

Seine linke Hand legt sich um den Mund seines Vordermanns und erstickt den Schrei. Schlaff fällt der Körper zu Boden. Was?!

Liv und ich sehen einander an, ihre Augen sind schreckgeweitet.

Und bevor wir reagieren können, ist der verhüllte Mann noch mal vorwärtsgetreten, zu dem Mädchen, das fassungslos zurückweicht, verzweifelt hinter sich nach dem Türgriff greift, rüttelt. Schon stößt er wieder zu, er zögert nicht einen Moment. Die Klinge gräbt sich in die Brust des Mädchens, so mühelos wie in eine Strohpuppe.

Ich kann selbst von hier aus den seltsam überraschten Ausdruck auf ihrem Gesicht sehen, die Lippen zu einem kleinen Kreis geformt. Mehr als ein ersticktes »Oh« bringt sie nicht hervor.

Als der verhüllte Mann den Dolch aus ihrem Körper zieht, macht sie noch einen unsicheren Schritt, bevor sie auf der Schwelle zusammenbricht. Der Verhüllte dreht sich ruckartig um und läuft weg in die Richtung, aus der sie eben erst gekommen sind.

Nur einen Augenblick noch bin ich erstarrt, will ich nicht glauben, was ich gerade gesehen habe, dann renne ich los. Liv ist gleich neben mir. Obwohl wir schon lange gemeinsam im Zirkel sind, kennen wir uns kaum. Doch in diesem Moment müssen wir nicht ein Wort wechseln, um uns abzustimmen.

Liv rennt auf das Mädchen zu, das regungslos am Boden liegt. Ich drehe nach links ab, dem Mörder hinterher.

Als schwarzer Umriss läuft er vor mir auf dem düsteren Schotterweg. Er ist groß, er macht lange Schritte. Ich bin schneller. Hole auf. Die verhangenen Fenster jagen nur so an mir vorbei, ich höre meinen Atem schneller werden, sich mit dem Knirschen des Schotters vermischen.

Da ist schon der Rand des Dorfes, die Hütten stehen nun weniger dicht zusammen. Hinter den letzten Gebäuden erkenne ich zwei Pferde.

Erst jetzt dreht der Mörder den Kopf nach hinten und sieht in meine Richtung. *Ganz richtig, ich hab dich gleich!*

Hastig bindet er die beiden Rappen von dem dürren Baumstamm los. Er schwingt sich auf den kleineren und gibt dem anderen einen Tritt. Das Pferd wiehert auf, rennt aber nicht los. Der verhüllte Mann versucht es nicht noch mal, er gibt seinem Pferd die Sporen, was irgendwie ungeschickt bei ihm aussieht.

Sein Rappe prescht los, aber nur wenige Augenblicke später bin ich bei dem anderen.

Ich greife nach den Zügeln, dem Sattel, und halb springe, halb ziehe ich mich hoch. Ich kann gut reiten, ich habe es in zahllosen Stunden am Königshof gelernt.

Das Tier ist nervös, es trippelt nach links, nach rechts. Mit einer entschiedenen Bewegung führe ich die Zügel herum. Ich gebe ihm eine Richtung. Dem Mörder nach. Ich grabe meine Hacken in die Flanken des Pferdes, und es jagt los.

Der verhüllte Mann hält aufs Gebirge zu, gleich hinter dem Dorfrand beginnen die ersten Ausläufer. Dort wird es noch steiniger, und große Felsen versperren die Sicht. Die Hufe meines Pferdes schlagen laut und kräftig auf den harten Untergrund. Der Wind zerrt meine Haare nach hinten, er lässt meine Augen tränen. Aber ich behalte den Verhüllten genau im Blick. Er ist wirklich kein geübter Reiter, ich werde ihn gleich haben.

Da plötzlich schlägt er nach links ein und verschwindet hinter einem riesigen, rundlichen Felsblock.

Hinterher. Schnell. Ich brauche nur wenige Momente, schon presche ich um die Ecke, doch ich bin zu spät. Sein Rappe steht mitten auf dem Weg, er hat den Kopf gesenkt, und die Flanken beben. Der Verhüllte ist nirgends zu sehen.

Ich ziehe kräftig die Zügel an, springe aus dem Sattel. Besänftigend lege ich meinem Pferd die Hand auf die Nüstern.

Es schnaubt einmal nervös, dann ist es ruhig. Schweigt mit der Nacht.

Ich mache vorsichtig einige Schritte auf dem steinigen Pfad. Meine Hand liegt am Griff des Kurzschwerts, das ich unter meinem Umhang am Gürtelsaum trage.

Die Umgebung ist unübersichtlich. Felsen, einige klein wie zusammengekauerte Kinder, andere groß wie Minenarbeiterhütten, wechseln sich ohne System ab, bilden einen Irrgarten. Zwischen diesen Steinen ist der Wind verschwunden, alles scheint hier wie erstarrt. Immerhin dringt ein bisschen Licht vom Mond und von den Sternen durch die Wolken, sonst würde ich mich durch völlige Dunkelheit tasten.

Aber nicht nur ich kann besser sehen, denke ich plötzlich mit einem Schaudern, *man kann auch* mich *besser erkennen.*

Ich schleiche vorwärts, leicht geduckt. Mein Blick fährt von rechts nach links und wieder zurück, will jede Ecke, jeden Schatten auf einmal durchdringen. Doch es gibt hier so viele davon, dass wir selbst mit dem kompletten Zirkel die Lage nicht überblicken könnten. Die Härchen an meinen Armen stellen sich auf. Und dann kommt der allerletzte Gedanke, den ich nun brauchen kann.

Ich wünschte, Noel wäre hier.

Nicht, weil ich mich fürchte. Nicht, weil ich es mir nicht zutraue. Ich wünschte einfach, er wäre gerade hier, so wie er es auf dem Friedhof war.

Vor mir zwei Felsblöcke, die einen schmalen Durchgang bilden. Nicht zögern, durch! Kennt der Mörder diese Gegend? Hat er womöglich einen Weg genommen, den ich nicht finden werde? *Oder wartet er gleich hinter dem nächsten Felsen auf mich?*

Ich kneife die Augen zusammen. Da ist etwas auf dem Boden.

Vorsichtig schleiche ich mich näher, jede Faser meines Körpers gespannt. Etwas stimmt nicht, ich bin mir ganz sicher. Doch dann stehe ich direkt davor, und es ist einfach nur ein ungewöhnlich geformter Stein. Ich sehe schon Gespenster. Es ist …

Ein Schatten stürzt von der Seite auf mich zu. Eine Klinge reckt sich in die Luft.

Ich reagiere, ohne nachzudenken. Drehe blitzschnell den Oberkörper zur Seite und ziehe mein Kurzschwert. Der Dolch des Mörders saust an meiner Schulter vorbei, so dicht, dass ich den Luftstoß im Gesicht spüre.

In einer fließenden Bewegung hebele ich mit meinem Fuß seinen Unterschenkel nach oben. Sein Körper hebelt hinterher, und er schlägt mit dem Rücken auf den Boden. Sofort bin ich über ihm. Ich drehe ihm das rechte Handgelenk um, sodass er den Dolch fallen lassen muss. Seltsam, wie mühelos das geht.

Er hebt den anderen Arm, will mich wegdrücken, aber ohne wirkliche Kraft. Ich ramme ihm mein Knie in den Magen. Er keucht auf, ein eigenartiges Keuchen, kehlig und abgehackt wie von einem Tier. Ich reiße dem Mörder die Kapuze vom Kopf.

Und plötzlich habe ich das Gefühl, zu ersticken, es packt mich wie ein gnadenloser Würgegriff. Ich lasse das Schwert auf den Boden fallen. Es klirrt. Mir schwindelt.

Der Mörder hat einen kahlen Kopf. Die Augen wirken in der Finsternis wie weiße, tote Flecken. Das ledrige Gesicht ist schmerzverzerrt. Er würgt trocken, reißt den Mund auf, um nach Luft zu schnappen. Ich starre auf ein dunkles Loch. Ein hohler Raum ohne Inhalt. Der Mörder hat keine Zunge.

Ich kenne ihn. Ich bin ihm ein-, zweimal über den Weg gelaufen in dem Leben, das ich doch für immer hinter mir lassen wollte, als ich mich in das Dorf der Fischer schlich. Dieses Leben, das mich eingeholt hat, als Estelle, als Noel die Wahrheit herausfand – es ist schon wieder hier.

Unter mir windet sich ein Wissenschaftler des Brennenden Königs. Wieder und wieder stößt er das tiefe, kehlige Keuchen hervor.

Ich kenne ihn.

Möglicherweise kennt er mich auch.

3

Favilla. Schlafzelle Sam.

Ich habe wieder von der pockennarbigen Wache geträumt.

Der leere Blick, mit dem er mir ins Gesicht schaute. Sein geöffneter Mund. Das schmatzende Geräusch, als mein Dolch in seinen Hals drang.

Mörderin, geistert es mir durch den Kopf, während ich mich in der Dunkelheit von meinem Lager aufrichte. Mein Gaumen und meine Zunge sind ganz trocken, und ich habe einen komischen Geschmack im Mund. Ich taste nach dem ledernen Trinkschlauch und quetsche die letzten Wassertropfen heraus.

Die pockennarbige Wache war langsam und träge, müde. Er hätte mich nicht mal bemerkt, ich hätte ihn nicht umbringen müssen. *Aber ich wollte es.* Ich wollte Rache nehmen für Liam, den Koch. Der Dolch sollte sich in seine Kehle bohren.

Wäre es auch Mord gewesen, wenn ich den Wissenschaftler gestern Nacht getötet hätte? Oder bloß »Selbstschutz«?

Das kommt wahrscheinlich darauf an, wer darüber urteilt. Der Herold hat die Gesetze des Landes einfach immer so ausgelegt, wie es meinem Vater dienlich war. Aber für mich sollte es andere Regeln geben. *Mörderin.*

Und auch hier in Favilla gibt es andere Regeln, eigene Gesetze. Ich will mir nicht ausmalen, was passiert, wenn Jon herausfindet, wer ich wirklich bin. Der Stein unter meinen Schenkeln ist kühl. Früher hat Alexis auf diesem Lager geschlafen.

Liv und ich haben die beiden Leichen von der Türschwelle weggeschafft und auf unsere Pferde gewuchtet, die wir vorher ins Dorf geholt hatten. Der verhüllte Mann war schwer, wir haben ihn kaum hochbekommen. Ich konnte dabei gar nicht anders, als einen kurzen Blick auf sein Gesicht zu werfen. Es kam mir nicht bekannt vor – war aber auch unwahrscheinlich, die Sklavenhändler halten sich in den westlichen Bereichen der Königsburg auf, Prinzen und Prinzessinnen bleiben eher im östlichen Bereich.

Nikolai wartete jenseits der Dorfgrenze mit dem Wissenschaftler und Johanna, die ja eigentlich hatte ausgetauscht werden sollen. Doch Nikolai hielt es für sicherer, sie nicht mehr vor die Schwelle zu setzen.

Sobald wir den Wald erreicht hatten, versteckten wir die beiden Toten in einem dichten Gebüsch. Nikolais Anweisung. Trotzdem kam es mir falsch vor, sie einfach so dort hinzuschleifen. Das Geraschel der trockenen Blätter, als wir sie tiefer in das Gestrüpp drückten. Das kurze Kratzen der Armplakette über einen Stein. Irgendwie war es plötzlich, als hätten *wir* sie umgebracht.

Wir prägten uns die Stelle ein, um sie Garred – dem neuen Totengräber – später möglichst genau beschreiben zu können. Er soll sie in der nächsten Nacht holen, sagte Nikolai.

Dann machten wir uns eilig auf den Heimweg. Nikolai führte den gefesselten Wissenschaftler, der keine Anstalten mehr machte, sich zu wehren, auf dessen Pferd mit sich. Liv und ich ritten hinterher. In etwa zehn Schritten Entfernung folgte schließlich Johanna.

Ich erhaschte nur einen flüchtigen Blick auf ihr blasses Gesicht unter der Kapuze. Es war ganz woanders. So, als gäbe es nichts um sie herum.

Ich weiß nicht, wo Johanna jetzt ist, aber ich bin mir sicher, sie wird heute nicht zum Unterricht erscheinen. Das wird Jon nicht riskieren.

Langsam drehe ich mich aus meinem Bett. Estelles Lager auf der anderen Seite der Zelle ist leer, wahrscheinlich ist sie schon beim Frühstück. Ich verlasse nun auch die Zelle und mache mich auf den Weg in den Essenssaal. Der Rauch der Fackeln brennt in meinen Augen, ich muss oft blinzeln. Wenn man draußen war, muss man sich jedes Mal wieder neu an diese engen Wände, den Rauch, die stickige Luft, all das hier gewöhnen.

Manchmal stelle ich mir vor, ich laufe durch das Innere eines gewaltigen Monstrums. Es lebt, atmet. Von Zeit zu Zeit spuckt es uns dann aus, nur um uns kurz darauf wieder zu verschlingen. Und doch ist dieser Ort für mich sicherer als jeder andere in Lavis. Glaube ich.

Im Essenssaal setze ich mich neben Liv, sie blickt kurz zu mir auf. Ihre Augen sehen klein und müde aus. Ich schätze, Emma wird uns am Nachmittag in Liga Eins unauffällig entlassen, sodass wir Schlaf nachholen können.

Plötzlich flackert das Bild des Mannes ohne Zunge vor meinen Augen auf, wie er keuchend nach Luft geschnappt hat. Es muss ihm irgendwie gelungen sein, sich unter die verhüllten

Männer zu schmuggeln. Aber wohin genau wollte er fliehen? In die Berge? Die beiden großen Pässe sind mit Wachtürmen befestigt. Er wäre doch gar nicht weit gekommen. Oder?

Jon hat uns verboten, mit jemandem über den Wissenschaftler zu sprechen. Weder mit Zirklern noch mit Lehrenden. In seinem Blick lag Besorgnis, vielleicht auch so etwas wie Misstrauen. Dabei bin ich die Letzte, die es irgendjemandem erzählen würde.

Ich glaube nicht, dass er mich erkannt hat. Es war dunkel, wir haben gekämpft, er kann mein Gesicht gar nicht zugeordnet haben. Doch wie sieht das aus, falls er mir hier in Favilla noch einmal gegenübersteht?

Unsinn. Ich beiße in den Höhlenkäfer. Ich kaue energisch. Es ist bald zwei Jahresumläufe her, dass ich geflohen bin. Und wie ich meinen Vater einschätze, wird er versucht haben, es zu vertuschen. Wahrscheinlich denkt der Wissenschaftler, ich sitze im Königreich Vigilis beim Herzog von Larkél und alles ist in bester Ordnung. Er wird nicht einen einzigen Gedanken an mich verschwendet haben unten in den Forschungskellern, er wird mit zittrigen Fingern über seinen Tinkturen oder Karten gesessen haben, nur darauf bedacht, keine Fehler zu machen, um nicht noch mehr als die Zunge zu verlieren. Ich war nur eine von vielen Prinzessinnen, er war nur einer von vielen Wissenschaftlern. Das Risiko, dass mir Gefahr droht, ist zu winzig, um sich darüber den Kopf zu zerbrechen. Ich schlucke mühsam. Der Höhlenkäfer schmeckt verdorben.

Zwei Tische weiter höre ich Noels tiefes Lachen. Es wirbelt sofort alles in mir auf, und ich kann nicht anders, als hinüberzuschauen.

Noel sitzt neben Melvin, der ein Höhlenkäferbein in der Hand hält und damit herumfuchtelt. Wieder erklingt Noels Lachen, diesmal sieht er dabei in meine Richtung. Unsere Blicke treffen sich, er schließt den Mund. Seine Miene wird ernst. Eine Weile bleiben wir beide so. Und als ich merke, dass der Wirbel in mir kein bisschen nachlässt, im Gegenteil, dass sogar der Höhlenkäfer in meiner Hand zu zittern beginnt, bin ich es schließlich, die zuerst wegsieht.

Die Neuen betreten die Große Halle, und es geht ein Raunen durch die beiden Schülerreihen, die einander vor den mächtigen Stützsäulen gegenüberstehen. Vereinzelt ist sogar Getuschel zu hören.

Das energische »Ruhe!« von Emma, die sich vorn auf dem Podest hingestellt hat, lässt alle verstummen. Aber die Stimmung bleibt spürbar aufgekratzt, noch viel mehr als sonst, wenn die Neuen kommen. Und sogar ich schaue verwundert zu dem Grüppchen, das dort wartet. Wir hatten in der letzten Nacht drei Austauschtrupps, und nur zwei davon waren erfolgreich. Aber das Grüppchen zählt trotzdem drei Leute.

Rechts steht ein hochgewachsener Junge mit buschigen Augenbrauen und dunklem Bartflaum. Er lässt seinen Blick schnell, beinahe panisch, über die Gesichter von uns Schülern fahren. Er hat einen Fuß nach vorn gesetzt, so, als wolle er jeden Moment fliehen.

Neben ihm steht ein kleines, stämmiges Mädchen mit hellbraunen Haaren, die ihr halb übers Gesicht fallen. Sie starrt angestrengt auf die Feuerabbildung am Boden.

Und ganz links reckt ein zweites Mädchen das Kinn in die

Höhe, fast wie die Phönixfiguren am Eingang, und blickt direkt Emma an. Es ist kein Wunder, dass die anderen Schüler aufgekratzt sind. Die meisten von ihnen wissen nicht mal, was genau sich außerhalb der Grenzen von Lavis befindet. Und selbst die meisten Zirkelmitglieder haben wahrscheinlich noch nie jemandem aus dem Königreich Akila gegenübergestanden.

Die Haut des Mädchens ist von einem kräftigen, dunklen Braun. Ihre schwarzen Haare laufen in einem seltsamen Muster nach hinten zu einem Zopf zusammen, ich kann es von hier aus nicht genau erkennen.

Ich schaue sie verwundert an, obwohl ich ja schon am Königshaus die Diplomaten und sogar einige Edelmänner aus Akila kennengelernt habe. Sie hatten die gleiche Hautfarbe. Sie reckten das Kinn ähnlich nach vorn wie das Mädchen am Fuß der Großen Halle. Aber seit ich hier bin, hat es noch nie Schüler oder Schülerinnen in Favilla gegeben, die nicht aus Lavis stammten.

Emma scheint kein bisschen verwundert. »Ihr beiden«, sie zeigt auf die zwei Neulinge, die aus Lavis kommen, »ihr beweist uns, was ihr könnt. Nehmt euch zwei Schwerter.«

Es sind die immer gleichen Rituale hier in Favilla. Ich kann viele davon nicht nachvollziehen. Warum wir bei unserem ersten Kampf keine Schutzkleidung tragen. Warum die Nichtzirkler und selbst wir als Zirkelschüler in dieser ständigen Unsicherheit leben, ob wir nicht längst gegen bestimmte Regeln verstoßen haben. Warum man in den Zirkel aufgenommen wird, indem man den Befehl verweigert, Benjamin zu töten, und dann später allen Befehlen von Jonathan einfach so Folge leisten soll.

Als mich die falschen verhüllten Männer damals abholten und hierherbrachten, war ich völlig verwirrt. Ich war schließlich fest davon ausgegangen, als Sklavin nach Akila zu kommen. So hatte ich es selbst eingetragen in die Abholungsliste, als ich nachts am Königshof in die Verwaltungsräume eingebrochen war.

Doch zum Glück wurde ich schnell in den Zirkel aufgenommen, und bald wurde mir eines klar: Trotz all dieser Dinge, die ich nicht verstehe, ist Favilla die einzige Kraft, die gegen meinen Vater arbeitet.

Wenn Favilla keinen Erfolg hat, dann werden er und seine Nachfolger, meine Halbbrüder, sich weiter Frauen gegen deren Willen nehmen. Sie werden weiter Menschen unterdrücken, verhungern lassen, foltern. Ich habe die Schreie gehört, so endlos verzweifelt, dass sie einen wochenlang verfolgten. Ich habe das Angstgesicht meiner Mutter gesehen und die Narben des Ungehorsams, die sie mit Puder zu verdecken suchte.

Ich misstraue Favilla, ja. Ich misstraue sogar Jonathan. Aber ich traue ihrer Feindschaft gegen den Brennenden König. Und so muss ich eben auch diese Rituale irgendwie akzeptieren.

Die beiden Neuen kämpfen ungeschickt. Sie sind vorsichtig, ängstlich. Immerhin besteht so weniger Gefahr, dass sie sich gleich beim ersten Kampf ernsthafte Verletzungen zufügen. Schließlich gelingt es dem Jungen, das Mädchen zu entwaffnen. Er hat nicht unbedingt besser gekämpft, aber seine langen Arme haben die größere Reichweite, und das wird bei zwei Anfängern schnell zum entscheidenden Vorteil.

Ich habe den Kampf, genau wie die meisten, nur halbherzig

verfolgt. Wir warten auf das Mädchen aus Akila. Wie ist sie hierhergekommen? Was hat das zu bedeuten?

»Gut. Danke«, sagt Emma und macht eine Geste in Richtung des Stundenglases am Ausgang der Halle. »Die Zeit ist schon recht weit vorangeschritten. Wir gehen direkt zu den Grundübungen über.«

Die Schüler finden sich zu Pärchen zusammen, Melvin wartet schon auf mich. Die Neue verschwindet irgendwo in der Masse, und jetzt bin ich sogar tatsächlich ein bisschen enttäuscht. Ich hätte sie gern kämpfen sehen. Na gut, werde ich mich halt gedulden müssen.

Zielstrebig gehe ich zu Melvin rüber. Ich weiß nicht, ob er sich mit Absicht in eine ganz andere Ecke der Halle gestellt hat als Noel, aber ich bin so oder so froh darüber.

»Na, Schwertkünstlerin«, sagt Melvin und wechselt seine Waffe von der Rechten in die Linke und wieder zurück. »Habe ich die Ehre, die ersten Angriffe zu führen?«

Ich sehe ihn nur kurz an, nicke. Melvin beginnt mit offensiven Grundschlägen. Ich pariere. Es sind Bewegungen, die ich blind führen könnte. Wie die Tanzschritte, die ich am Hof üben musste. Nur kann ich das hier besser.

Melvins Technik hat etwas Spielerisches, als nähme er das Ganze gar nicht ernst. Aber der Eindruck täuscht gewaltig. Jeder Schlag ist geplant, man muss ständig aufmerksam sein, und eigentlich macht mir der Kampf mit ihm viel Spaß. Er hat mehr Energie als die meisten.

Doch heute bin ich träge.

»Was ist mit dir los?« Melvin erhöht das Tempo, lässt dann mich zum Angriff übergehen. »Du schlägst ja zu wie ein Mädchen.« Er grinst, ich mache einfach weiter. Ich mag Melvin. Aber zum Lachen ist mir beim besten Willen nicht.

Wir kämpfen eine ganze Weile stumm, die Blicke starr auf unsere wirbelnden Schwerter gerichtet, bevor Melvin wieder spricht. »Noel geht es nicht gut.« Er ist diesmal völlig ernst, beide halten wir kurz inne, so, als hätte uns etwas aufgeschreckt.

Dann schlage ich weiter. Ich schlage kräftiger.

»Ich weiß nicht, was vor ein paar Wochen zwischen euch in der Zelle passiert ist.« Melvin greift jetzt ebenfalls an, seine Hiebe variieren, und er baut kleine Finten ein. Das sind schon längst keine Grundübungen mehr.

»Ich muss es auch gar nicht wissen.« Er lässt mich ins Leere laufen und versetzt mir einen Stoß mit dem Ellenbogen, der von meinem Gambeson abgefangen wird. »Aber ich hoffe, ihr klärt das.«

Wir lösen uns voneinander. Ich keuche, wische mir einen Schweißtropfen von der Stirn. Bin auf seltsame Art erleichtert. Noel hat anscheinend nichts erzählt. Jedenfalls Melvin nicht.

»Klärt ihr das?«, fragt er und schaut mir dabei direkt in die Augen. »Habt ihr drüber gesprochen?«

Ich greife von oben an. Kurze, schnelle Hiebe, die auf seinen Schädel zielen, prasseln auf Melvin hinunter.

»Nein, er geht mir aus dem Weg«, presse ich hervor, ziehe mein Schwert plötzlich ruckartig zurück, führe es dann von unten an meiner Hüfte entlang und stoße mit der Spitze voran unter Melvins Deckung hindurch. Die stumpfe Spitze stoppt genau vor seiner Brust ab. »Tot«, sage ich.

Melvin beachtet die Klinge nicht. Er hat das Schwert ganz sinken lassen. »Ihr habt seitdem nicht miteinander geredet?

Okay, ich weiß ja, dass du nicht so die Wortakrobatin bist. Und noch mal: Es ist eigentlich nicht meine Sache. Aber das kann doch nicht euer Ernst sein. Außerdem nervt Noel mich, so, wie er drauf ist.«

Ich öffne den Mund, aber in dem Moment taucht Emma plötzlich zwischen den farblosen Gewändern vor uns auf.

»Das ist hier keine Plauderstunde!«, fährt sie uns mit gesenkter Stimme an, das Gesicht gespannt wie im Kampf. »Sollen die denken, hier kann jeder machen, was er will? Zeigt Disziplin.« Sie schnaubt. »Oder ist irgendetwas los?«

»Nein, ist gut«, sagt Melvin eilig und hebt sein Schwert. »Wir machen ordentlich jetzt.«

Als Emma uns den Rücken zuwendet, verdreht er einmal kurz die Augen, aber wir kämpfen nun konzentriert und schweigend.

Mir gelingt es die ganze Einheit nicht mehr, seine Deckung zu durchbrechen.

Nach der Stunde dann beginnt mein Herz, schneller zu schlagen. Weil Melvin recht hat. Dieses Schweigen zwischen mir und Noel bringt nichts. Außerdem halte ich das sowieso nicht mehr aus.

Eilig trage ich Schwert und Schutzkleidung zu den Holzgestellen, halte dabei nach Noel Ausschau.

Er ist schon am Ende der Großen Halle. Rechts von ihm läuft Ellinor. Sein breites Kreuz wirkt neben ihr noch massiger. Die lockeren, kraftvollen Bewegungen haben diese angenehme Ruhe, die ich sonst von niemandem kenne. Und trotzdem geht er gleichzeitig auch zügig.

Schnell hinterher.

Am Brunnen hole ich ihn schließlich ein.

»Noel.«

Er hält inne. Ich starre auf seinen Rücken. Nach einigen Augenblicken dann dreht er sich um. Er sagt kein Wort, er schaut mich bloß an. Und am liebsten würde ich jetzt wieder wegrennen, weil ich es einfach nicht aushalte. Von Nahem strahlen seine braunen Augen viel mehr. Sie strahlen selbst jetzt noch, dabei geht es ihm nicht gut. Melvin hat es mir doch erzählt.

Warum sagt er nichts?

Ich presse meine Hände hinten gegen die Oberschenkel, weil ich schon wieder merke, wie sie zu zittern beginnen. Ich senke den Blick.

Hat Lucas sich so gefühlt, als er damals im Gemeinschaftsraum das erste Mal vor mir stand?

»Ich geh schon mal vor«, sagt Ellinor und verschwindet schnell in Richtung Essenssaal. Noel und ich stehen uns gegenüber. Die Schüler ziehen an uns vorbei. Aber ich habe das Gefühl, sie sind gar nicht da. Sein Mund zuckt einmal, sonst bewegt er sich nicht. Ich weiß, wie diese Lippen schmecken.

»Ich wollte gern mit dir reden. Über, na ja, du weißt schon …«

»Und du denkst, hier ist jetzt der richtige Zeitpunkt, sich darüber zu unterhalten?« Er spricht die Wörter wie eins. Er spricht sie so Noel.

»Nein … ich. Ich wollte nur …«

Mann! Warum bin ich in seiner Nähe nicht mehr ich selbst? Mein Herzschlag übertönt einfach alles, und ich bin nur noch überfordert. Wie kriegt er das hin?

»Ich hab wirklich Hunger, Sam.« Noel fährt sich mit der Hand über den Mund. »Lass uns das wann anders klären.«

Ich schlucke die aufkochende Wut in mir hinunter. Nicke. Arschloch. Die Genugtuung kriegt er nicht.

Er wendet sich zum Gehen, hält dann aber wieder abrupt an. Schnell schaut er sich nach allen Seiten um. Für einen Moment ist tatsächlich niemand in der Nähe.

»Wir sehen uns heute Nacht«, sagt er dann leise. »Im Zirkelraum. Du und Liv. Erzähl niemandem davon. Schlaf während des Ligenunterrichts, Jon hat dich freigestellt.«

Ich hasse es, wenn er wie Jon redet. Ich hasse es, dass ihm Jons blöde Nachrichten wichtiger sind, als über *uns* zu reden. Aber noch mehr hasse ich das Gefühl, das mich jetzt plötzlich packt. Es ist wie ein innerliches Kratzen von Metall an meinen Knochen.

Ich und Liv. Das kann nur eins bedeuten. Nur noch halb nehme ich wahr, wie Noel sich erneut abwendet und geht. Heute Nacht werde ich dem Mann ohne Zunge gegenüberstehen. Und wenn er mich erkennt, ist alles vorbei.

»Du kämpfst gut«, sagt plötzlich jemand neben mir. Ich fahre herum. »Deine Schläge sind ein wenig zu vorhersehbar, aber das weißt du sicher selbst.«

Ich blicke in das Gesicht des Akila-Mädchens. Ihre kräftig braune Haut schimmert im Licht der Fackeln. Kleine Schweißperlchen sitzen auf ihrem Nasenrücken.

»Wie bitte?«, frage ich. Was ist denn jetzt los?

Von Nahem erkenne ich, wie ihre Frisur funktioniert. In dünnen Zöpfen mit lauter winzig kleinen Flechten hat sie die Haare zusammengebunden. Sie laufen ihren Schädel entlang nach hinten, um dort in den langen Zopf zu münden.

Das Mädchen ist schlank und groß, sogar ein bisschen größer als Estelle. Trotzdem ist sie ganz anders gebaut – muskulös, sehnig. Ihre Haltung nicht steif, aber dennoch gespannt wie eine Bogensehne.

»Ich bin Kyara.« Ihre Stimme ist überraschend tief, sie deutet eine Verbeugung an. »Ich freue mich jetzt schon auf einen Kampf mit dir. Ich werde gewinnen. Aber es wird nicht leicht sein.«

Wütend starre ich sie an. Das kann doch wohl nicht ihr Ernst sein! Sie schaut zurück, und jetzt bin ich schon wieder irritiert. In ihren Augen sehe ich keine Herausforderung, keinen Spott oder sowas. Es ist ein ganz normaler, vielleicht etwas interessierter Blick, mehr nicht.

»Was ist los?«, fragt sie.

Also entweder ist sie dumm oder einfach nur komisch. Aber ich habe da jetzt wirklich keine Lust drauf. »Egal. Nichts.«

»Gut. Kommst du mit zum Essen?«

Ich zögere. Ich will Noel nicht wieder lachen hören.

»Ich habe gar keinen Hunger«, sage ich. »Geh ruhig.«

»In Ordnung«, Kyara nickt. »Bis bald.«

Sie verschwindet im Essenssaal. Endlich alleine. Ich mache auf der Stelle kehrt und steige die Treppen hinab. Auf dem Weg zu meiner Zelle kommt mir niemand entgegen, die Gänge sind wie ausgestorben.

Als ich die dunkle Zelle betrete, riecht es nach Estelle. Ich kicke gegen meinen Lederbeutel, und er schliddert geräuschvoll über den Steinboden.

Erschöpft setze ich mich auf mein Bett. Ich wühle mich in mein Fell, bleibe dann ganz still liegen, so als würde ich mich verstecken.

Es ist keine drei Wochen her, da waren Noel und ich zusammen in dieser Zelle. Ich kann mich noch genau daran erinnern, wie er im Zimmer stand und plötzlich nur noch er existiert hat. Mein Gesicht war glühend heiß. Wir sahen uns an, und uns beiden war klar, dass wir nichts falsch machen konnten.

Ich habe seine Hand über meinen Oberschenkel fahren gespürt, wie Blitze durch meinen ganzen Körper. Er hat mich nach hinten gedrückt, und da war wieder dieses Gefühl, das ich so liebte an ihm, nur jetzt noch viel mehr als vorher. Dieses Gefühl, als könne ich mich fallen lassen …

Ich reibe mir über die Schläfen. Hat ja geklappt mit dem Fallen. Bin richtig auf die Schnauze geflogen.

Ich sollte ihn abhaken. Bevor wir die Nachtwachen auf dem Friedhof gehalten haben, hat er mich doch auch nicht so nervös gemacht. So verdammt nervös. Auch als ich damals mit ihm zusammen eingeteilt wurde, habe ich mir noch nicht so richtig was dabei gedacht. In meinem Kopf ist immer noch Lucas herumgeschwirrt.

Lucas mit seiner forschen Art, seinem Ehrgeiz und seinem Selbstbewusstsein. Der einfach nicht aufgehört hat, mich herauszufordern, ich mochte das. Auch wenn ich mich nie mehr getraut habe, als ihm die kalte Schulter zu zeigen.

Noel war ganz anders. Und er war Lucas' bester Kumpel.

Hätte mir jemand vorher gesagt, dass ich mich ausgerechnet in Noel verliebe, dann hätte ich ihn wahrscheinlich ausgelacht.

Aber schon in der ersten Nacht auf dem Friedhof ist etwas mit mir passiert. Noel hat einfach angefangen zu reden mit seiner tiefen Stimme, und es schien ihm völlig egal zu sein, dass ich wie immer meinen Mund hielt.

In den nächsten Tagen, und besonders vor der nächsten Nachtwache, war ich ganz kribbelig. Ich habe mir immer wieder Ausreden überlegt, warum das so ist – weil die Königswachen sich näherten oder weil auf dem Friedhof ein Grab aufgebuddelt worden war. Aber als wir dann wieder nebeneinander in der Nacht saßen, wusste ich, dass allein *er* der Grund gewesen war.

Und wenn er so geredet und mich so interessiert, forschend aus seinen dunklen Augen angesehen hat, dann wollte ich eigentlich nur noch, dass seine großen Arme mich umschlingen und seine Hände durch mein Haar fahren, genauso, wie er es manchmal bei sich macht.

Denn etwas war in seinen Worten, das mich mitgerissen hat. Ich wollte ihm einfach nur noch zuhören, nichts anderes mehr.

Jetzt, wo ich hier in der kalten Zelle liege, kann ich mir fast gar nicht mehr vorstellen, dass das alles passiert ist. Dass er doch meine Hand genommen hat in der Großen Halle mit seiner rauen, warmen Arbeiterhand. Dass ich plötzlich auch einfach angefangen habe, zu reden, so als wäre es das Normalste auf der Welt. Dass wir uns geküsst haben im Amphitheater und die Funken in meiner Brust dabei. Das alles kann gar nicht passiert sein. Weil es jetzt einfach nur noch schlimm ist.

Vielleicht sollte ich ihn wirklich abhaken. Ich muss aufhören, mir diese Erinnerungen ständig in den Kopf zu rufen. Ich sollte sagen: *Scheiß auf dich, Noel.*

Aber ich kann ihm ja nicht mal aus dem Weg gehen. Beim Essen, im Zirkel, überall höre ich sein Lachen. Ich habe doch gar keine Chance, ihn abzuhaken. Denn überall, wo er ist, erinnert mich alles daran, wie schön es war.

Sogar schon heute Nacht im Zirkelraum werde ich ihn wiedersehen.

Ich schlucke. *Und nicht nur ihn.* Meine Brust schnürt sich enger.

Liv und ich sollen kommen, hat Noel gesagt. Das kann nur bedeuten, dass wir zum Wissenschaftler geführt werden. Er kennt mich bloß mit Puder und Schminke. Er kennt mich mit hochgesteckten Haaren und in edlen Kleidern. Das Letzte, woran er hier unten denken wird, sind die Töchter des Königs.

Aber du hast ihn auch wiedererkannt.

Ich schließe die Augen.

Ich hoffe, ich kann irgendwie Schlaf finden.

4

Favilla. Zirkelraum.

DIE KOENIGIN GEBAR ZWILLINGE IN DER NACHT
DES CHRONISTEN. UND EIN PHOENIX FLOH UNGESEHEN
UND ER TRUG EINS DER KINDER.

Die Inschrift leuchtet in Rot von der Wand des Zirkelraums.

Jon hat sie auf ein gewaltiges Leinentuch malen lassen. Die Sätze sollen sich in unseren Kopf brennen, wir sollen uns das neue Ziel immer wieder vor Augen führen. Die Hoffnung, die damit verbunden ist.

Ich kann mich noch an den Ausdruck in Jons Gesicht erinnern, als er uns zusammengerufen hat, um die Lösung des Rätsels zu verkünden. Aus seiner Miene sprach etwas so Gelöstes, so Freudiges. Das bei ihm zu sehen, hat mich geradezu verstört. Und dann die anderen, wie sie langsam verstanden, was das heißen könnte für Favilla. Wie sich ihre Rücken strafften, ihre Worte immer schneller und lauter wurden, ihre Blicke zu leuchten anfingen.

Nur Noel und ich standen einfach bloß da, ließen uns freudig auf die Schulter hauen, ich versuchte halbherzig, zu lächeln.

Ich reibe mir die Arme. An diesem Abend war das zwischen uns beiden kaputtgegangen, während für Favilla ein neuer Abschnitt begann.

In den letzten zwei Wochen waren die Lehrenden richtig aufgewühlt, so habe ich sie noch nie erlebt. Auch einige Zirkler wie Callan und Ellinor kommen mir völlig verändert vor. Ich höre sie Worte sagen wie »Retter« und »wahre Blutlinie«.

Manchmal würde ich sie gern schütteln und anschreien und ihnen sagen, dass Blut nicht alles ist. Dass Blut eigentlich gar nichts zu bedeuten hat. Aber sie würden es so oder so nicht begreifen.

Natürlich, ich verstehe ihre Aufregung schon. Über 300 Jahre lang dachte Favilla, dass das ganze Königsgeschlecht tot sei, weil der Chronist sogar die Königin mit ihrem Neugeborenen umgebracht hatte. Keiner konnte von dem Zwilling wissen, den ein Phönix unbemerkt in Sicherheit gebracht hatte.

Die Blutlinie könnte also noch existieren, da draußen könnte jemand sein, der ein Anrecht auf den Thron hat. Jemand, mit dem Favilla vielleicht endlich den Aufstand wagt.

Aber es gibt doch noch eine viel, viel heftigere Information: Das entschlüsselte Rätsel lässt auch darauf schließen, dass es einen freien Phönix geben müsste! Und *das* ist Favillas größte Chance. Denn selbst wenn ein Thronfolger Teile des Volks um sich scharen könnte, hätten wir kaum Erfolgsaussichten gegen die gut ausgebildeten Truppen meines Vaters. Einen magischen Feuervogel auf seiner Seite zu haben, könnte die Verhältnisse allerdings entscheidend verändern.

Ich sehe hoch zum Deckengemälde. Der Schweif, das Feuer, die Zuversicht, die in seinen Augen liegt. *Das* ist wahre Macht.

Jon hat noch in derselben Nacht, in der er das Rätsel gelöst hat, Callan und Nikolai losgeschickt, um die Wissensverwalter zu kontaktieren. Was er wohl an die Verwalter weitergegeben hat? Ich kann mir nicht vorstellen, dass sie in alles eingeweiht worden sind. Nicht einmal annähernd.

»Das Mädchen«, sagt Liv neben mir plötzlich mit dünner Stimme und nimmt den Blick dabei nicht von der Inschrift an der Wand, »es hat noch gelebt, als ich ankam. Es hat meine Hand gegriffen und wieder und wieder nach Luft gerungen. Ich hab immer noch ihr hilfloses Gesicht vor Augen.«

Livs lange, schwarze Strubbelhaare schirmen ihr Gesicht von der Seite weitestgehend ab, aber ich kann trotzdem sehen, wie fest sie die Lippen aufeinanderpresst.

»Es war gut, dass du bei ihr warst«, sage ich vorsichtig. »Sie ist nicht alleine gestorben.« Ich berühre flüchtig ihre Hand.

Liv starrt weiter auf die Inschrift. Nickt.

»Jon wird ihn zur Rechenschaft ziehen«, sage ich.

Wieder nickt Liv, und für einen Moment ist nur das Knistern der neun Fackeln zu hören. Die Musik Favillas.

Dann wird eine Tür aufgeschoben. Es ist diejenige, die tiefer in die Ebene Drei führt. Ich habe sie noch nie durchquert.

Der Dürre starrt mit seinen bleichen Augen in den Raum, sein Blick landet genau zwischen Liv und mir. »Mitkommen«, sagt er.

Liv strafft die Schultern und atmet einmal langsam aus, sie hat sich wieder gefangen. Wir folgen dem Dürren.

Am Anfang hat er mir Angst gemacht. Mittlerweile mag ich ihn am liebsten in ganz Favilla. Er erwartet nichts, er fragt nichts, er erledigt seine Aufgaben, und das war's.

Die Gänge in diesem mir unbekannten Abschnitt sind schmal und frei von Knochen. Vielleicht kommt es mir auch nur so vor, aber die Steinkanten sind hier schärfer. Ich will mich ducken, obwohl ich sehen kann, dass der Platz selbst für den Dürren reicht.

Er schiebt sich mit seiner Fackel voran, ohne ein einziges Mal zu zögern, so als würde er täglich durch diesen Bereich von Ebene Drei marschieren.

Ich dagegen muss mich wirklich zusammenreißen, dass ich mich auf den Weg konzentriere und nicht irgendwo gegen stoße. Denn in meinem Kopf sind tausend andere Gedanken, die sich nach vorn drängen wie eine aufgebrachte Meute.

Als Prinzessin am Königshof wird man oft vorgezeigt. Man bekommt viel zu viel Aufmerksamkeit, wenn man unterwegs ist. Menschen sehen einen und merken sich dein Gesicht. Gänsehaut krabbelt plötzlich über mich hinweg, setzt sich in meinem Nacken, auf meinen Armen fest. Am Königshof kennt man die Gesichter der Prinzessinnen …

Wir stoppen. Vor uns eine Steintür. Der Dürre schiebt sie auf, und jetzt halte ich es kaum noch aus. Ich kann das nicht!

Ich muss.

Ich gehe vor, mein Herz rast. Liv folgt mir, und der Dürre bleibt zurück im Gang.

Da sitzt er. Der Mann ohne Zunge trägt noch das gleiche Gewand, in dem er gestern das Mädchen umgebracht hat. Es fällt ihm weit und schlabbrig über den Körper, ein Haufen aus Schwarz. Und daraus ragt ein dünner, langer Hals mit einem haarlosen Schädel hervor.

Er dreht den Kopf, als wir eintreten. Ich kann seinen Blick unmöglich deuten.

»Wir sind vollzählig.« Jonathan steht an einem Tisch am Ende des kleinen Raums. Er hat uns den Rücken zugedreht und ordnet irgendwelche metallenen Werkzeuge. Sonst gibt es hier nur den aus Eisen geformten Stuhl des Wissenschaftlers und Stein. Irgendwie ist dieser Raum der Krankenstation gruselig ähnlich.

Und dann gibt es da natürlich noch Noel.

Er steht direkt neben Jon, die Arme hinter dem Rücken verschränkt. Doch er ist uns zugewandt, und sein Blick ruht auf mir, als wäre ich es, die zum Verhör geladen wurde. Diesmal gucke ich nicht weg, das ist das Letzte, was ich machen werde.

Jon dreht sich ganz langsam zu dem Wissenschaftler um, erst da schaut Noel zu ihm hinüber. In der Hand hält Jon eines der metallenen Geräte. Es ist nicht größer als ein Totenschädel, drei Eisenplättchen, die von drei Stäben an den beiden Seiten und in der Mitte durchstoßen und so zu einem Werkzeug werden. Der mittlere Stab hat ein Gewinde und einen dazugehörigen Drehkopf.

»Ich denke, du weißt, was das hier ist«, sagt Jon mit ruhiger Stimme.

Der Wissenschaftler verzieht keine Miene, sein Kopf sieht seltsam unförmig aus, rechts ist der kahle Schädel irgendwie größer als links.

Jon tritt einen Schritt auf ihn zu und hält ihm das Metall vors Gesicht. »Eine Daumenschraube. Es geht ganz einfach. Man befestigt die beiden Klammern am Finger des Gegenübers. Wenn man anfängt, zu drehen, ist es erst nur ein unangenehmes Drücken, aber viel schneller, als man denkt, beginnen die Leute zu schreien. Der Schmerz nimmt dabei allerdings nicht wieder ab wie zum Beispiel nach dem Benutzen einer Zange. Im Gegenteil: Mit jeder Drehung nimmt er zu. Erst wird einfach nur die Haut zusammengequetscht und verfärbt sich ganz seltsam. Kurz darauf presst sich das Blut heraus. Und irgendwann ist Knirschen zu hören, wenn die Knochen brechen. Aber die meisten haben dann ohnehin schon genau die Information gegeben, die man haben möchte.«

Noch immer zeigt sich keine Regung auf dem Gesicht des Wissenschaftlers, aber ich sehe, wie seine Hände sich fester um die Stuhllehnen schließen.

»Sam.« Ich versteife mich, als Jon meinen Namen ausspricht. »Ich möchte gern, dass du mir berichtest, was du in der letzten Nacht beobachtet hast.«

Ich schlucke. Natürlich musste so etwas kommen.

»Die beiden verhüllten Männer sind zu dem Mädchen vor der Hüttentür gegangen«, beginne ich.

Jon blickt starr ins Gesicht des Wissenschaftlers. »Ja, weiter.«

»Einer von ihnen ist vorgetreten. Der andere, er«, ich nicke vage in Richtung Wissenschaftler, »hat ihm ein Messer in den Rücken gerammt. Danach tötete er auch das Mädchen.«

»Liv«, sagt Jon. »Was, denkst du, hätte der Brennende König mit dem Mörder getan, wenn er ihn in seine Fänge bekommen hätte?«

Liv antwortet, ohne zu zögern. »Er hätte ihn einen langsamen und qualvollen Tod sterben lassen.«

Jon nickt. »Das denke ich auch.« Er blickt dem Wissenschaftler fest in die Augen. »Du kannst also von Glück sagen, dass *wir* es sind, die dich gefangen haben, und nicht die Männer des Königs.« Er wechselt die Daumenschraube von der linken Hand in die rechte und wieder zurück. Dann wirft er sie mit einer lockeren Bewegung auf den Holztisch, das Geräusch klingt laut und falsch. »Ich halte nichts von unnötiger Gewalt. Ja, ich verabscheue sie sogar. Aber du wirst uns mitteilen müssen, wohin du fliehen wolltest. Du wirst mir sogar den genauen Weg dorthin verraten.«

Habe ich irgendwas nicht mitbekommen? Den genauen Weg *wohin*, warum ist das wichtig? Ich blicke zu Noel, aber der scheint nicht annähernd irritiert. Natürlich nicht.

»Du bist ein Forscher, ein Mann des Geistes«, fährt Jon fort. »Ich denke, du bist dir im Klaren darüber, wie viel Schmerz der menschliche Körper zu empfinden in der Lage ist. Ich gebe dir einen Tag Zeit, um darüber nachzudenken, ob du mir den Ort freiwillig sagen willst«, er macht eine Pause und schmunzelt. »Ich bin mir ganz sicher, dass du die richtige Entscheidung treffen wirst.«

Damit wendet er sich ab, geht zur Steintür und schlägt zweimal kräftig mit der Faust dagegen. Wenige Momente später kommt der Dürre herein.

»Theodor. Bring unseren Gast bitte in seine Zelle zurück. Er hat eine Entscheidung zu treffen.«

Der Dürre schlurft vorwärts. Bedeutet dem Wissenschaftler wortlos, aufzustehen. Der Wissenschaftler gehorcht, die Klamotten hängen auch im Stehen an ihm herunter. Die Haut in seinem Gesicht ist ganz glatt, die am Hals dafür runzlig und schlaff.

Dann führt ihn der Dürre endlich ab. Ich atme durch, als er

aus dem Raum tritt. Die Luft ist gleich nur noch halb so stickig. Erleichtert blicke ich dem kahlen Kopf hinterher. Doch da dreht er sich plötzlich noch einmal zu uns um. Mir bleibt die Luft weg. Über sein Gesicht huscht ein Lächeln. Ein wissendes Lächeln. Nur ganz kurz, aber ich bin mir doch sicher. Oder?

Die Tür schlägt zu. Ich starre wie tot auf die Steinwand. Das war ein Lächeln. Glaube ich. Was soll es denn sonst gewesen sein?

»Morgen wird er kooperieren.« Jon rückt die Daumenschraube auf dem Tisch wieder an ihren Platz und wendet sich erst danach zu uns um. »Ich gehe davon aus, dass wir vor einem großen Durchbruch stehen. Aber ich möchte nicht, dass ihr mit jemandem über den Wissenschaftler sprecht, weder mit Lehrenden noch mit Zirklern«, fährt er fort und legt die Hände ineinander. »Ist das klar?«

Er fragt es nur Liv und mich. Er fragt es kein bisschen auch Noel. Ich nicke schnell. *Der Mann ohne Zunge hat gelächelt, bevor er in der Dunkelheit verschwand.* Ich will jetzt nur noch hier raus, ich weiß nicht, wie lange ich noch so ruhig bleiben kann.

»Gut, dann ruht euch jetzt weiter aus«, sagt Jon, als könne er meine Gedanken lesen. »Ihr habt gestern Abend bei dem Austausch großartig reagiert. Noel. Du kannst auch gehen für heute. Ich glaube, Sam und Liv finden den Weg noch nicht alleine zurück.«

»In Ordnung.« Noel nickt, dann geht er mit langen Schritten aus der Verhörzelle. Er dreht sich nur einmal kurz nach hinten, um sich zu vergewissern, dass wir ihm folgen, das war's.

Wir schweigen den gesamten Weg. Und mit jedem Schritt

werde ich nervöser, aber gleichzeitig auch wütender. Als wir durch den Sarkophag des dritten Phönixwächters steigen und in Ebene Zwei ankommen, reicht es mir.

»Liv«, sage ich mit fester Stimme, obwohl ich innerlich allein durch Noels Nähe schon völlig aufgewühlt bin. »Kannst du vielleicht schon mal vorgehen? Noel und ich haben hier noch etwas zu besprechen.«

»Klar.« Liv wischt sich eilig Staub von der Hose. »Klar, bis später.«

Noel atmet genervt aus, fährt sich durchs lange, schwarze Haar.

Ich warte, bis Liv die Grabkammer verlassen hat, drehe mich sicherheitshalber noch zweimal um, dann erst schaue ich nach oben in Noels Gesicht. Starre ihn einfach nur wütend an. Er erwidert meinen Blick ganz ruhig, mit warmen, braunen und vielleicht ein bisschen traurigen Augen.

»Also?«, sagt er betont locker, und das macht mich nur noch rasender.

»Warum lässt du es mich nicht erklären?«, zische ich. »Warum gehst du mir aus dem Weg?«

»Ich stehe doch jetzt hier.«

»Willst du es denn überhaupt wissen?«

»Ich stehe hier und höre dir zu, reicht das nicht?«

Nein, das tut es nicht. Weil ich am liebsten jetzt nach vorn kippen und mich von dir halten lassen will, einfach nur meine Arme um dich schlingen und du mir sagst, dass wir uns vertragen. Ich habe Angst, Noel, ich glaube, mir geht es an den Kragen. Der Wissenschaftler hat mich angelächelt. Er kennt mich. Wie lange waren du, Jon und er schon vor uns in dieser Zelle? Und …

wie viele von diesen Einzelsitzungen hattest du seit der Nacht auf dem Friedhof?

Meine Lider zucken.

»Hast du Jon von mir erzählt?«, presse ich hervor, ehe ich darüber nachdenke.

»Ist das dein Ernst?« Noel hebt die Stimme, er trennt die Wörter klarer als sonst. »Darum geht es dir?«

Ich schüttele hastig den Kopf. »Nein … ich … der Wissenschaftler …«

Noel schnaubt und reckt den Unterkiefer vor. »Dass du das von mir denkst.«

»Noel …«, und plötzlich, während er dasteht und mich anschaut wie eine Verbrecherin – so enttäuscht, als hätte ich sonst was gemacht – will ich weder sein Verständnis noch seine Hilfe mehr. Mein Mund schnappt zu. Ich funkele ihn an. »Was ist eigentlich dein Problem?«

Noel lacht wütend auf. »Was mein Problem ist? Du willst wissen, was mein Problem ist?« Seine Stimme wird zwar nicht lauter, aber mit jedem Wort aufgebrachter. »Mein Problem ist, dass du eine Lügnerin bist. Du hättest es mir sagen können. Du hast genug Chancen gehabt.« Seine Prankenhände ballen sich zu Fäusten. »Stattdessen erzählst du mir noch Geschichten aus dem Fischerdorf und machst mir schöne Augen, damit deine Tarnung nicht auffliegt.«

Ich blicke ihn entgeistert an. Das kann er doch nicht ernsthaft denken! »Hab ich nicht«, sage ich einfach nur lahm.

»Oh, dann hab ich da wohl was falsch verstanden.« Noel fährt sich ein zweites Mal durch die Haare. »Aber weißt du was? Es ist mir auch egal. Ich kann nicht wissen, was stimmt von dem, was du sagst. Ich kann es nicht herausfinden. Also muss es mir eben egal sein.« Er macht einen Schritt nach hinten. »Und dass du wirklich gedacht hast, ich laufe sofort zu Jon und erzähle ihm alles. Das ist einfach nur noch bitter.«

Damit wendet er sich ab und setzt sich in Bewegung. Er verschwindet aus der Kammer, ohne auch nur einmal zu zögern, und alles, was hierbleibt, ist die Kälte des Steins.

»Wie soll ich es denn nicht denken?«, rufe ich ihm hinterher, und es ist mir völlig egal, ob mich jemand hört. »Du bist doch schon genau wie er. Du redest genau die gleiche Scheiße!«

Dann ist er weg. Und ich auch irgendwie. Ich spüre plötzlich keine Wut mehr, keine Hitze oder Kälte, nichts. Ich husche durch die Gänge in meine Zelle, als wäre ich nicht dabei, als würde mein Körper losgelöst von mir funktionieren.

Estelle schläft. Ich gehe vor ihr in die Hocke, betrachte ihre feine, schneeweiße Haut, die langen, unruhig zuckenden Wimpern. Sie hat nicht mehr ihre seltsamen Träume. Anscheinend sieht sie den Wanderer nicht mehr. Oder sie kann es sehr gut vor mir verbergen. Ich habe ihr das nie erzählt, aber wenn sie ihre Träume hatte, dann war da ein sonderbares Glühen in ihren Haaren. Und ab und zu sind winzige Funken zu sehen gewesen.

Seit der Nacht im Wald sind sie nicht mehr da.

Kontrolliert sie es?

Ich streiche Estelle das Haar zurück. Es ist viel weicher als meins und schmiegt sich richtig um die Finger.

Und wie ich sie da liegen sehe, der Atem ganz ruhig, aber der Rücken trotzdem so starr, als würde sie vor dem König stehen, und daran denke, dass sie vielleicht gerade von Leo träumt, komme ich zurück – und alle Gefühle auf einmal wie ein Rudel tollwütiger Hunde.

Der Wissenschaftler hat mich angelächelt. Ich weiß es. Was soll es sonst gewesen sein. Er hat mich wissend angelächelt. *Er wird mich verraten. Er wird Jon mein Geheimnis offenbaren.*

Ich rolle mich auf meinem Bett zusammen und mache mich so klein es geht.

Ich weine.

Weil ich mich fürchte.

Und weil ich allein bin.

5

Favilla. Essenssaal.

Wie zufällig bleibt Benjamin stehen, als er mich in den Raum kommen sieht. Er wartet, bis ich an ihm vorbei zum Versorgungstisch gehe.

»Ganz unten liegen zwei, die mir ein bisschen angebrannt sind«, sagt er und deutet mit dem Kopf zu der Schüssel, in der sich die Höhlenkäfer stapeln. Seine großen Nasenflügel blähen sich einmal kurz auf.

»Mhm«, mache ich nur und nicke ihm flüchtig zu. Aber wir verstehen uns. Er weiß, dass ich sie so am liebsten mag, nicht zu doll, aber ein bisschen angekokelt schmeckt einfach.

Im Königshaus hätte ein Küchendiener seinen Kopf verloren für verkohltes Essen. Wie ich dieses edle Getue gehasst habe! Die riesigen, weißen Porzellanteller auf dem glatt polierten Holz, wo man jeden Fleck sehen konnte. Das Essen fein angeordnet auf dem Teller, als würde es nicht sowieso gleich im Bauch zu einer einzigen Matsche werden.

Liam wusste das. Wahrscheinlich hatte er mal gehört, wie ich beim Servieren einen halblauten Kommentar über diese penible Ordnung abgegeben habe. Vielleicht hat er es auch einfach nur so geahnt.

Liam, der Koch.

Manchmal frage ich mich, ob es einfacher für mich wäre, wenn ich ihn geliebt und ihm das gesagt hätte. Vielleicht würde mich dann nicht die Vorstellung quälen, dass er verzweifelt gewesen sein muss, als er starb.

Ich mochte Liam, ich mochte ihn wirklich. Er sah auch echt gut aus, er hatte große, blaue Augen und kleine Fältchen darum, wenn er lächelte. Bestimmt die Hälfte der Dienstmädchen stand auf ihn. Das war nicht zu übersehen.

Aber für mich wurde Liam eben einfach nie mehr als ein hübscher, netter Junge.

Als er das erste Mal meinen Teller in Unordnung gebracht hatte, fand ich das noch lustig. Er setzte ihn mir vor, und einen Moment starrte ich bloß irritiert auf das Essen. Das Fleisch war auf den Punkt gebraten und wurde elegant von einem Tupfer Soße flankiert. Aber die einzelnen Bohnen waren zu einem Kreuzmuster übereinandergelegt, wie die Wandverzierung im Botengang. Ich schaute hoch zu Liam, und er lächelte mir kaum merklich zu – unwillkürlich musste ich auch lächeln.

Es folgten mehr dieser Botschaften. Immer wieder bekam ich nun neue Essensanordnungen vorgelegt, nicht zu auffällig, aber jedes Mal so, dass ich es merkte. Und ich genoss diese kleine Ablenkung von all dem Schlimmen, das mich umgab.

Doch als ich den ersten Brief von ihm bekam, war ich völlig überfordert. Liam schrieb mir, wie sehr er mich verehre und dass ich das schönste Mädchen am Hof sei. Das war erst mal absoluter Quatsch, denn neben meinen langbeinigen Schwestern sah ich aus wie ein Häufchen Phönixasche. Aber vor allem war es eins – schrecklich gefährlich für Liam.

Von da an habe ich alle weiteren Essensbotschaften ignoriert. Ich habe die Briefe ignoriert. Ich dachte, vielleicht hört er von allein wieder auf. Aber das tat er nicht, und jeder dieser Briefe war ein Spiel mit dem Feuer.

Als er es dann irgendwann schaffte, mich alleine im Gang abzufangen, fuhr ich ihn an wie eine Bestie. »Lass mich in Ruhe«, zischte ich und wich so abrupt vor ihm zurück, dass ich beinahe den silbernen Pokal auf der glänzenden Wandkommode heruntergerissen hätte. »Halt dich von mir fern. Hör auf, mir zu schreiben. Oder ich melde dich den Wachen.«

Aber ich glaube, er wusste, dass ich das nie tun würde.

»Ich kann nicht anders, Königstochter. Die anderen Mädchen interessieren mich nun einmal nicht«, hat er einfach nur gesagt. Und er hat weiter Briefe geschrieben.

An einem Morgen im Winter lag Liam tot auf dem Schnee im kleinen Außenhof. Es war auf dem Weg zum Familienmahl. Schon von Weitem habe ich die olivgrüne Uniform der Küchendiener im Weiß erkannt. Ich sah den unbeweglichen Körper dort liegen, und alle Etikette war mir plötzlich völlig egal. Ich rannte los, den Nebenaufgang hinab, *nichtliamnichtliamnichtliam*, aber natürlich war er es. In meinem Kleid aus Seide kniete ich mich in den kalten Schnee zu ihm, sein Gesicht war schon ganz gefroren und leer.

»Königliche Hoheit.« Es war die pockennarbige Wache aus der zweiten Garde, die plötzlich hinter mir stand. Er hatte den

Blick demütig zu Boden gerichtet, ich konnte seine Augen nicht sehen. Doch ich wusste sofort, dass er es gewesen war.

»Eine Tragödie, Königliche Hoheit. Er muss gestürzt sein. Wahrscheinlich hat er sich beim Ausschauhalten nach schönen Mädchen zu weit aus dem Fenster gebeugt.« Und jetzt blickte er mich doch an, ganz kurz nur, aber das reichte. »Ich habe den Befehl, ihn zum Lichterpunkt zu bringen.«

Ich sah bloß zu ihm hoch, und am liebsten hätte ich ihn angesprungen und sein abartiges Gesicht zerkratzt. Doch mir war auch klar, dass er auf Anweisung meines Vaters gehandelt hatte und ich ihm rein gar nichts anhaben konnte.

Beim Essen habe ich es kaum geschafft, meine Fassung zu bewahren. Es war eine der seltenen gemeinsamen Mahlzeiten, an denen große Teile der Königsfamilie teilnehmen müssen, zwei Reihen an der riesigen Tafel aus dunklem Holz im großen Saal. Bestimmt zehn meiner Halbschwestern waren hier, fünfzehn meiner Halbbrüder und genauso viele Haremsfrauen. Meine Mutter war an diesem Tag nicht dabei.

Wir alle aßen schweigend, wie es sich geziemte, nur das vorsichtige Klingen von Besteck auf den Porzellantellern war zu hören. Ich saß auf halber Höhe der Tafel, rechts und links neben mir zwei meiner Halbschwestern. Sue – links – hatte eine ihrer letzten Mahlzeiten hier, sie würde in einigen Tagen nach Akila gehen, um einen der Edelmänner zu heiraten. Wer genau rechts neben mir speiste, weiß ich gar nicht mehr. Eigentlich nahm ich sie alle kaum wahr.

Mein Vater saß in seinem blutroten Umhang am Kopf des Tisches.

Er aß natürlich nicht, das tat er nie vor uns, er saß nur regungslos dort; auf der metallenen Maske spiegelten sich die Flammen.

Man wusste nie, wohin er wirklich schaute, aber diesmal war ich mir ganz sicher, dass er nur mich beobachtete. Jeder Bissen schien sich durch meine Kehle zu schneiden wie ein Dolch. Ich konnte das Zittern meiner Hände kaum unterdrücken. Doch ich brachte das Essen weitestgehend unauffällig hinter mich, ich weiß nicht mehr, wie. Ich durfte nicht noch mehr Unheil anrichten.

Sobald mein Vater aus dem Raum war, eilte ich so schnell es ging zurück in meine Gemächer, auch wenn das ebenfalls gegen die Etikette verstieß. Immer wieder habe ich mir vorgestellt, wie die pockennarbige Wache Liam gepackt haben muss, wie sie ihn gegen den Fenstersims gedrückt und er verstanden hat, dass er sterben muss. Und vielleicht wäre er weniger verzweifelt gewesen, als er starb, wenn er gedacht hätte, ich liebte ihn auch.

»Sam!« Kyara winkt mir von ihrem Platz aus zu. Ich seufze leise. Das ist das Letzte, worauf ich jetzt Lust habe. Aber was soll ich machen?

Sie sitzt mit Lennart und Phil am Tisch.

»Schön, dich zu sehen«, sagt Kyara, als ich mich zögernd nähere. »Setz dich doch. Ich muss dich etwas fragen.«

Ich knalle meinen Teller auf den Tisch, lasse mich neben Lennart auf die Bank plumpsen. Starre gelangweilt zu Kyara hoch. »Also?«, frage ich.

»Lennart, du Schummelkönig.« Melvin ist plötzlich da und trommelt Lennart einen Kumpelklopf auf die Brust, der es in sich hat. Lennart bleibt kurz die Luft weg. Er keucht auf, dann grinst er. Der Kumpelklopf ist ja auch lieb gemeint. Aber Melvin oder Noel könnten Lennart sogar gnadenlos mit einer Hiebwaffe verdreschen – solange sie ihn danach mit zum Würfelspielen nehmen würden, wäre es okay für ihn. Er liebt die beiden viel zu sehr.

Melvin quetscht sich neben Lennart, und jetzt steht Noel auch am Tisch, zögerlich. Ich beachte ihn nicht, fange stattdessen an, meinem Höhlenkäfer mit lautem Knirschen die Beine auszureißen. Schließlich setzt Noel sich neben Phil, der ein Stück zur Seite rückt, um ihm Platz zu machen.

Einen kurzen Moment ist es ganz still, und das ist mit Melvin am Tisch wirklich eine Leistung. Aber auf ihn kann man sich verlassen: »Also, Lennart«, sagt er. »Ich hab verschiedene Theorien. Erstens: Du hast dir meine Taktik abgeguckt und sie mit deinem abartigen Würfelglück kombiniert. Zweitens: Du schummelst. Drittens: Du bist ein Magier.« Er deutet mit dem Zeigefinger auf Lennarts Gesicht. »Ich glaube ja zweitens.«

»Niemals«, Lennart grinst. Am Anfang war er bei so was noch beleidigt, er brauchte ein bisschen, um zu verstehen, dass Melvin fast immer Spaß macht.

Jetzt trinkt er hastig einen Schluck Wasser und wischt sich über seine Gnubbelnase. »Habt ihr mich eigentlich gestern beim Schwertkampf gesehen? Ich kann das mit der Finte jetzt schon total gut.«

Er sagt das komplett ernst, und wieder herrscht für einen winzigen Moment Schweigen. Dann nickt Phil schnell. »Ja, das klappt wirklich gut«, sagt er.

»Hm? Habt ihr nicht richtig hingeschaut?«, schaltet sich

Kyara von der Seite ein. »Lennart, du bist doch völlig unbegabt im Schwertkampf. Du führst keinen einzigen Schlag richtig aus.«

Lennart starrt sie misstrauisch an. Vielleicht wartet er auf das Zeichen, dass auch sie nur einen Spaß gemacht hat. Aber Kyara scheint das gar nicht zu merken, sie guckt ihn ganz ruhig an und fügt noch hinzu: »Also, in einem echten Kampf wärst du heillos verloren.«

»Wär' ich nicht!« Lennarts Stimme hat einen ganz piepsigen Ton angenommen. »Ich kämpfe nämlich mit *Taktik*.«

»Die hilft oft nicht«, sagt Kyara.

»Ist mir doch egal.« Lennart springt vom Tisch auf und starrt Kyara wütend an, seine Augen sind wässrig. »Ist mir doch egal, was du sagst.«

Er lässt seinen Teller stehen und huscht auf seinen dünnen Beinen aus dem Essenssaal.

Phil sieht Kyara vorwurfsvoll an. »Musste das sein?«

»Was?«, fragt Kyara.

»Na, dass du ihm so einen blöden Spruch reindrückst.«

»Hä?« Kyara sieht ernsthaft verwirrt aus. Kapiert sie das wirklich nicht? Was stimmt eigentlich nicht mit diesem Mädchen?

»Ich war doch nur ehrlich«, sagt sie jetzt.

»Man kann auch einfach mal ein bisschen nett sein«, erwidert Phil.

»Wie meinst du das?«

»Hätte es dich umgebracht, wenn du einfach genickt hättest, als er meinte, er wird immer besser?«

»Ich hätte also lügen sollen?«

Phil schnaubt und verdreht die Augen. »Nein, das auch nicht, nur nett sein. Na ja, vergiss es einfach.«

Das Einzige, was ich sympathisch an Kyara finde, ist, dass sie ähnlich schlecht darin ist, sich Freunde zu machen, wie ich.

»In Ordnung«, sagt sie und dreht sich wieder mir zu. Ihre Haut glänzt, als sei sie eingeölt. Sie hat die schmalen Augenbrauen aufmerksam hochgezogen. »Ich habe erfahren, dass wir heute direkt wieder Schwertkampf haben. Ich würde dich dort gern herausfordern.«

Ich überlege kurz, ob ich mich ärgern soll, dann seufze ich nur erschöpft. »Nein, danke.«

»Es wäre mir wirklich eine Ehre«, sagt Kyara und schaut mich dabei unverwandt an.

»Immer noch nicht.«

»Gibt es nichts, was ich tun oder sagen kann, um dich zu überzeugen? Ich glaube, es wäre ein großartiger Kampf.«

»Jetzt lass sie halt in Ruhe«, mischt Noel sich plötzlich von der Seite ein, und das ist nun wirklich das Letzte, was ich gerade haben kann. Zu mir scheiße sein und dann den Beschützer spielen wollen.

»Schon gut«, presse ich zwischen zusammengebissenen Zähnen hervor und werfe einen giftigen Blick in Richtung Noel. »Du kannst mich gern herausfordern. Das haben schon ganz andere versucht.«

Schwert und Arm verwachsen miteinander. Ich stehe in der Mitte der Großen Halle, unruhige Flammen spiegeln sich auf dem glatten Marmorboden, Feuer auf Feuer. Ich nehme alles ganz genau wahr, als hätte sich meine Sinneskraft plötzlich verdoppelt. Das unruhige Bewegen von Füßen, die nicht lange stillstehen können, in den Zuschauerreihen. Das Knistern der Feuerkörbe, und ab und zu ein lauteres Krachen vom brennenden Holz. Der Gemäuergeruch, der sich mit dem Rauch der Flammen vermischt. Die steinernen Phönixe, die Emma flankieren, und ihr starrer Blick.

Alles ist da und irgendwie auch nicht. Denn ich versuche, mich nur auf diesen einen Gedanken zu konzentrieren: Das Schwert verwächst mit meinem Arm, die Hand wird zu einem weiteren Gelenk, das eins wird mit dem Griff der Klinge. Es macht meinen Arm ganz einfach länger. Es macht ihn tödlicher.

Erst jetzt blicke ich Kyara an. Sie hat das kürzeste Schwert genommen, das im Waffenständer steckte. Es ist keine zwei Ellen lang, geht nicht mehr als Bastardschwert durch.

Ich zeichne in Gedanken eine dicke, schwarze Linie um ihren Körperumriss. Mein Gegner.

Ich liebe diesen Moment vor dem Kampf.

Ich hasse es, wenn alle dabei zusehen.

Kyara verbeugt sich vor mir. Was soll das immer? Wir sind hier nicht im Königshaus.

Dann beginnt sie zu tänzeln.

Ich sehe sofort, dass sie eine ganz andere Technik hat. Ihr Schwert bewegt sich unablässig in ihrer rechten Hand, sie dreht es in kurzen, fließenden Bewegungen um sich selbst. Ein unberechenbarer Wirbel. Die linke Hand hält sie knapp vor ihrem Gesicht.

Sie hat die Knie leicht gebeugt und den Kopf gesenkt, so als würde sie mich gar nicht anschauen.

Na gut, Kyara, dann wollen wir mal sehen, ob das so ein großartiger Kampf wird.

Ich hebe das Schwert und greife an. Ein schneller, kräftiger Hieb über meine rechte Achse.

Doch anstatt wie erwartet zu parieren, stößt auch Kyara vor, sie schlägt ihre Waffe mit einem Brüllen gegen meine, sodass diese zur Seite abfälscht, und ehe ich weiß, was passiert, hat sie mit ihrer freien Hand auf mein rechtes Handgelenk geschlagen und damit meine Waffe Richtung Boden gelenkt. Übergangslos saust ihre Rechte mit dem Kurzschwert nun von oben heran, genau auf mein Gesicht zu. Scheiße!

Ich habe nur eine Möglichkeit. Ich lasse mich nach hinten fallen, fühle noch den Luftzug ihrer Waffe, bevor ich auf den Boden knalle. Ich rolle mich ab, trotzdem spüre ich den Aufprall schmerzhaft im Rücken und im Steißbein.

Kyara setzt nicht nach, sie wartet, bis ich wieder aufgestanden bin.

Hätte sie abgestoppt? In Favilla gehört es zu den absoluten Grundlagen, dass man erst mal lernt, wie man einen Schlag für die Übungskämpfe im richtigen Moment noch abstoppt. Sie kann kämpfen, aber Favillas Grundlagen hat sie noch nicht gelernt. *Hätte sie vor meinem Gesicht abgestoppt?!*

Ich atme tief durch. Schmecke Blut in meinem Mund. Ich habe geahnt, dass das hier nicht einfach wird. Aber dass sie so gut kämpft, hätte ich nicht gedacht. Ich male ein zweites Mal die schwarze Linie um ihre Umrisse. Das hilft, wenn es brenzlig ist.

Fremde Technik hin oder her – ich werde das hier nicht zu einem Abwehrkampf werden lassen. Ganz bestimmt nicht.

Ich greife wieder an. Diesmal jedoch weniger offen. Wechsele nun zu kurzen Hieben von meiner Körpermitte aus, sodass ich gleichzeitig meine Deckung besser aufrechterhalten kann.

Kyara pariert, indem sie die kräftigen Hiebe zwar blockt, aber dabei auch immer leicht zur Seite ablenkt. Manchmal stößt sie einen kurzen Schrei aus und schlägt mit ihrer freien Hand gegen meinen Unterarm, um so die Hiebe in eine andere Richtung zu lenken. Alles in schnellen, flüssigen Bewegungen, fast als würden ihre Arme ruhelos durch Wasser gleiten.

Ich höre nicht auf, sie mit Schlägen einzudecken, will sie nicht zum Angriff kommen lassen. Mein Atem geht keuchend, das Klingen der Schwerter dröhnt in meinen Ohren.

Wie kann sie nur so unglaublich schnell sein?

Jetzt macht sie einen Schritt nach vorn, ohne dabei ihre wirbelnden Bewegungen zu unterbrechen. Mir bleibt keine Wahl, ich muss einen Schritt zurückweichen. Sie rückt nach, mit Schrecken merke ich, dass längst nicht mehr sie diejenige ist, die pariert. *Ich* wehre ab. *Sie* greift an. Und sie wird immer schneller.

Völlig egal! Völlig egal, wie schnell sie ist. *Weitermachen!* Ich verlasse mich bloß auf meine Reaktionen. Es gibt nur noch uns beide und diese Schwerter, die im endlosen Strudel aufeinanderprallen.

Du kriegst mich nicht.

Aber langsam gewinnt sie die Oberhand. Meine Schläge kommen bald nicht mehr nach, mein Arm wird immer schwerer. Ich muss etwas tun! Jetzt!

Ruckartig reiße ich mein Schwert nach hinten rechts über

meinen Kopf und mache im selben Moment einen weiten Ausweichschritt nach hinten.

Da ich jetzt ohne Deckung bin, saust Kyaras Schlag direkt auf meinen Körper zu, ich biege mich nach hinten durch, sodass ich fast strauchele. Aber es reicht: Die Waffe zischt haarscharf an meiner Brust vorbei.

Jetzt bin ich an der Reihe! Ich ziehe das erhobene Schwert mit beiden Händen über meinen Kopf herab und schlage so über die linke Seite nach ihrer Schulter. Ich lege alle Kraft, die ich noch habe, in diesen einen Hieb.

Kyara reißt ihr Schwert hoch. Gerade so bekommt sie es vor meine Klinge. Doch der Block ist so unkontrolliert und mein Schlag so wuchtig, dass ihr Arm sich seltsam nach hinten dreht. Ich höre etwas reißen. Kyara brüllt auf.

Sie taumelt nach hinten, hält sich den Arm.

Sie taumelt genau dorthin, wo Noel steht.

Und so gut ich sonst alles andere im Kampf ausblenden kann, Noels Augen sehe ich ganz genau. Und wie sie mich gleichzeitig warm und kalt anschauen.

Was geht dahinter vor? Was denkt er? Verurteilt er mich wieder? Ist das jetzt ein neuer Beweis für ihn, dass ich unberechenbar bin, mir nicht zu trauen ist?

Ich hasse es, dass er mich so ansieht. Ich hasse das so sehr.

Ich warte nur noch darauf, dass Emmas Stimme erklingt und mich endlich von diesem Blick erlöst, der mich plötzlich so grausam gefangen hält. Aber jemand anderes unterbricht es.

Kyara stürzt vorwärts.

Sie führt ihren Arm, als wäre nichts gewesen. Lässt das Schwert von oben herabschnellen. Und ich bin viel zu langsam.

Es ist plötzlich, als hielten Ketten meine Hände am Boden. Ich hebe das Schwert zum Block, Kyara ändert die Richtung seitlich, schlägt unter meiner Klinge hindurch. Schmerz!

Das Schwert ist mit voller Wucht auf meinen Oberschenkel gedonnert. Ich knicke ein, und da ist auch schon die Spitze ihrer Klinge an meiner Kehle.

Ich habe verloren.

»Danke, das reicht.« Emma klatscht einmal in die Hände.

Kyara macht einen Schritt nach hinten, sie lässt die Waffe aus der Hand fallen. Schmerz zuckt über ihr Gesicht. Sie hält sich wieder den Arm. »Jetzt tut's richtig weh«, sagt sie etwas atemlos und lächelt.

Ich sehe an ihr vorbei. Die Blicke der Schüler sind bewundernd auf sie gerichtet. Nur Noel guckt immer noch mich an.

6

Favilla. Gemeinschaftsraum.

Ich taste abwesend mit der Hand über meinen Oberschenkel, ziehe scharf die Luft ein, als ich die getroffene Stelle erreiche. Kyara hat mich wirklich ganz schön erwischt.

Sie sitzt hinten bei den Würfelspielern und verfolgt interessiert den Spielverlauf. Sie selbst scheint nur noch ein paar Ringe zu haben. Ich bin mir ziemlich sicher, dass Lennart die meisten hat. Melvin gewinnt zwar auch noch häufig, aber mindestens jedes zweite Spiel geht mittlerweile an Lennart.

Jetzt würfelt Kyara, und Noel reckt die Faust nach oben. Kyara steht auf – sie ist wohl raus – und kommt in meine Richtung. Ich sollte schnell in die Schlafzelle verschwinden, für heute habe ich echt genug. Aber da ist sie schon bei mir.

»*Könige und Narren*«, sagt sie amüsiert, »ein lustiges Spiel. Aber nichts für jemanden aus Akila.«

»Mmmh.« Ich starre demonstrativ in den Gemeinschaftsraum, wo zwei Nichtzirkler angefangen haben, mit den Holzschwertern zu trainieren. Manchmal erwarte ich immer noch, Lucas dort zu sehen, wenn ich das Klingen der Übungswaffen höre.

»Du hast wirklich gut gekämpft heute«, sagt Kyara nun.

»Ach, das kannst du dir sparen.«

»Was sparen?«

Ich seufze. »Egal. Ich habe heute Abend nur wirklich keine Lust, mich zu unterhalten.«

»Hast du selten, oder?«

Ich funkele sie an. »Und wenn schon?«

»Du bist traurig.«

»Okay, ich geh dann mal«, sage ich und will aufstehen, aber Kyara hält mich zurück. »Warte. Entschuldige. Ich höre auf, zu fragen. Es fasziniert mich nur so.«

»Was fasziniert dich?«

»Dass du so gern ausweichst. In Akila sagt man immer, was man denkt und fühlt.«

»Ach so«, sage ich lahm, weil ich mich plötzlich wieder erinnern kann. Na klar!

Akila, das Land der Königsadler. Schaue Akilanern immer in die Augen. Sprich so direkt und klar wie möglich. Gib ihnen das Gefühl, du habest nichts zu verbergen. Wenn du etwas gesagt hast, rudere nicht zurück. Zeige besonderen Respekt vor deinem Gegenüber.

Ich höre die Fistelstimme meines alten Lehrmeisters Gireon ganz deutlich. Wie oft musste ich das alles wiederholen. Und wie oft habe ich es schon einfach aus Prinzip wieder vergessen. Gireon war oft der Verzweiflung nahe.

Er ist dann vor mir in seinem kleinen Lehrzimmer auf und ab gelaufen, sein olivgrüner Talar ist über den Boden geschleift, und er hat ein Buch hier gerade gerückt, eine Schreibfeder dort glatt gestrichen. »Mit Verlaub, Königliche Hoheit, aber das haben wir erst am gestrigen Tag besprochen. Und Euer Aufsatz, die Sprache … Ihr wisst um meinen größten Respekt und meine Bewunderung für Euch, Eure Hoheit, aber sie klingt zuweilen … nun ja, als würde dort einer der unteren Diener reden.«

Ich habe ihm dann meistens versprochen, mir zukünftig mehr Mühe zu geben. Aber in Wahrheit konnte mir dieser ganze Kram einfach nur gestohlen bleiben.

Kein Wunder, dass ich die Sache mit Akila nicht mehr parat hatte.

Das heißt aber auch, Kyara ist nicht dumm oder komisch – sie handelt nur nach den Sitten ihres Landes. Vielleicht habe ich sie vorschnell abgeschrieben.

»Was machst du hier?«, frage ich also. »Wie bist du hergekommen?«

»Der Zirkel hat mich abgeholt«, sagt Kyara und dann, als ich mich hektisch umschaue: »Keine Angst, keiner in Hörweite. Ich weiß, dass ich in der Hinsicht hier nicht allen Schülern gegenüber so ehrlich sein darf.« Sie macht eine Pause. »Die Männer des Brennenden Königs streiften durch Akila.«

Wenn andere von meinem Vater sprechen, kommt es mir oft vor, als sei das gar nicht er. Als würden sie von einer Figur aus einer Geschichte sprechen, einer, die zwar unheimlich ist, aber eben nur ausgedacht.

»Wir lebten auf einem kleinen, abgeschiedenen Gehöft in der Nähe von Vis Daroz«, sagt Kyara, »meine Mutter, mein Vater und ich. Wir bestellten einige Felder, mit meiner Mutter sammelte ich seltene Beeren, die zwischen den Bachmustern wuchsen. Zweimal in der Woche gingen wir auf den

Markt von Vis Daroz, boten dort unsere Erträge feil, kauften Lebensmittel, Kleidung oder Werkzeuge. Ich ging gern mit. Ich mochte das Feilschen der Händler und den Lärm auf den Straßen.«

Ich weiß nicht, ob sie ihre Geschichte vor mir noch niemandem erzählen konnte und jetzt einfach froh ist, sie loswerden zu können. Aber plötzlich ist es angenehm, jemanden einfach reden zu hören. Selbst sie.

»Es war vor einigen Wochen, abends. Wir saßen gerade beim Essen. Mein Vater hatte ein Reh erlegt, das war etwas Besonderes. Obwohl er ein großer Krieger der alten Schule war, lag ihm die Jagd nicht sonderlich.

Sie hämmerten plötzlich gegen die Tür. Bestimmt ein Dutzend von ihnen. Männer in schweren Mänteln. Schwerter hingen an ihren Gürteln und Armbrüste auf ihren Rücken. Sie fragten nicht, sie drängten sich zu uns an den Tisch, fläzten sich auf den Boden und nahmen sich von dem Essen.

Wir wussten, dass wir nicht aufbegehren durften – auch wenn mein Vater ein großer Kämpfer war, fünf Armbrüste standen gespannt an den Tisch gelehnt. Also holten wir noch Brot und Pökelfleisch aus der Vorratskammer und hofften, sie würden nach dem Essen weiterziehen.

Zu diesem Zeitpunkt dachten mein Vater und ich ja noch, es wären einfache Räuber.«

Kyara schweigt kurz, als müsse sie sich sammeln. Aber in ihrem Gesicht ist keine Regung zu erkennen. Ich merke, dass ich ihr atemlos zugehört habe. Sie ist eine gute Erzählerin. Gespannt warte ich darauf, dass sie fortfährt.

»Erst fraßen sie nur vor sich hin und pöbelten sich ab und

zu gegenseitig an. Dann ergriff der Anführer das Wort, ein kleiner, hagerer Mann mit Krähengesicht.

›Schön habt ihr's hier‹, sagte er. ›Ein richtig gemütliches Plätzchen.‹

Meine Mutter starrte auf die Tischplatte und schwieg. Das Krähengesicht wandte sich nun direkt an meinen Vater. ›Ich schätze Euch als einen Mann ein, der sich reichlich Vorräte anlegt. Als Einsiedler sollte man das.‹

Mein Vater nickte. ›Das ist richtig‹, sagte er.

Da stand meine Mutter ruckartig vom Tisch auf, ihr Stuhl schabte über den Boden. Krähengesicht verstummte, alle Blicke richteten sich auf sie.

›Ich hole noch Wein.‹ Ihre Stimme war ganz dünn, so kannte ich sie gar nicht. ›Kyara, du hilfst mir.‹

Ich folgte ihr aus dem Esszimmer in den Keller. Ich wollte schon nach der großen Karaffe Wein greifen, aber meine Mutter packte mich am Arm. Tränen glänzten in ihren Augen.

›Du musst gehen, Kyara‹, sagte sie.

Ich sah sie nur an und verstand nicht. Es hatten schon einmal bewaffnete Fremde Essen von uns verlangt, und wir hatten es ihnen gegeben, um einem Kampf aus dem Weg zu gehen. Ein zweites Mal hatte mein Vater drei Streuner umgebracht, als sie ihn herausforderten. Aber er wusste doch, dass es diesmal zu viele waren, er würde niemals einen Kampf riskieren. Mein Vater war einer der besonnensten Menschen, die ich kannte.

›Es sind Männer aus meiner Heimat‹, sagte meine Mutter, und ihre Stimme bebte. ›Es sind Männer des Brennenden Königs. Ich weiß nicht, was sie hier machen und warum sie sich als einfache Landstreicher tarnen. Aber sie werden nicht einfach wieder gehen. Sie werden uns umbringen.‹

›Mama …‹, begann ich, doch sie unterbrach mich, indem sie mir einen Brief in die Hand drückte. ›Ich werde dir jetzt den Weg zu einer Hütte im Grenzgebiet beschreiben. Dort musst du hin. Gib dem Bewohner der Hütte diesen Brief. Und erzähl ihm davon, was hier passiert ist. Erzähl ihm, dass die Männer des Brennenden Königs hier nach etwas suchen.‹

Sie schloss mich in ihre Arme und drückte mich fest, und ich musste ihr versprechen, direkt zu fliehen, ihnen nicht zu Hilfe zu kommen.

In Akila hält man seine Versprechen.

Als ich das Haus in der untergehenden Abendsonne hinter mir ließ, hörte ich schon die Kampfschreie der Männer in Leder.«

Sie schweigt. Ich habe einen dicken Kloß im Hals. Das Jubeln der Würfelspieler in der anderen Ecke des Gemeinschaftsraums kommt mir plötzlich unendlich falsch vor.

»Deine Eltern …«

»… sind mit ziemlicher Sicherheit tot.«

Wieder schweige ich. Denn was soll man dazu schon sagen? Kurz überlege ich, Kyara in den Arm zu nehmen. Aber das wäre wahrscheinlich auch unpassend.

»Es ist in Ordnung«, sagt sie. »Du brauchst dich nicht schlecht zu fühlen für mich. Es ist meine Trauer und mein Weg durch sie hindurch. Ich danke dir, dass du mir zugehört hast. Es war gut, darüber zu sprechen.«

Ich sehe sie an. Wie kann sie nur so offen darüber reden? Wir kennen uns doch gar nicht.

Ihre braunen Augen sind klar, ihr Blick ist fest und gleichzeitig erfüllt von tiefem Schmerz. Eine so ehrliche und deutliche Empfindung, die ich da plötzlich sehe, dass es mich richtig erschreckt.

Ich streiche ihr einmal vorsichtig über die unverletzte Schulter. Sie reagiert nicht. Starrt nun nach vorn in das flammende Licht des Gemeinschaftsraums.

Und so ehrlich wie ihre Trauer ist auch der Hass in ihren Worten: »Eines Tages werde ich ihm wieder gegenüberstehen. Und dann werde ich Krähengesicht töten.«

7

Favilla. Verhörzelle.

Nein.

Der Mann ohne Zunge legt die Schreibfeder zurück auf das Pult und lehnt sich nach hinten. Sein rissiger Mund sieht im düsteren Licht der Verhörzelle aus wie eine schlecht zusammengenähte Narbe.

Ich wische mir unauffällig die schwitzigen Hände an der Leinenhose ab. Immerhin, er will erst mal nichts sagen. Aber das muss nichts bedeuten.

Jon seufzt. »Ich muss zugeben, ich hatte so etwas befürchtet.«

Er sieht sich einmal im Raum um, bis sein Blick schließlich bei dem Lehrenden Edwin hängen bleibt, der an der Wand gleich neben Noel steht, die Arme hinter dem Rücken verschränkt. Neben dem Pult und den Fußfesseln, mit denen der Wissenschaftler an den Stuhl gebunden ist, ist Edwins Anwesenheit das Einzige, was sich in diesem Raum seit gestern verändert hat.

An Edwins hohem Haaransatz, der schon weit auf dem Kopf

nach hinten gewandert ist, kräuseln sich ein paar einzelne Haare. Er hat die Stirn leicht in Falten gelegt, den Mund etwas geöffnet, sodass die Lippen nicht völlig unter seinem buschigen Schnurrbart verschwinden. Ich kann den Ausdruck in seinem Gesicht nicht deuten. Angespannt? Interessiert?

»Ich möchte dir Edwin vorstellen«, sagt Jon nun zu dem Wissenschaftler gewandt. »Edwin hat keine schöne Vergangenheit hinter sich. Das haben die meisten von uns nicht. Aber Edwin hat es besonders hart getroffen.« Jon beginnt, im Raum auf und ab zu gehen.

»Edwin gehörte früher zu den Eisenwerkern. Ich schätze, du weißt das gar nicht – es würde mich jedenfalls wundern –, aber vor drei Jahrzehnten gab es einen Aufstand im Viertel der Eisenwerker. Spontan. Schlecht organisiert. Und zu viele der Männer und Frauen hatten Angst und haben sich in ihren Hütten verkrochen und abgewartet. Nicht so Edwins Eltern. Sein Vater und seine Mutter kämpften bei den Unruhen an vorderster Front. Ich glaube, du warst damals elf Jahresumläufe alt, richtig Edwin?« Er dreht sich kurz zu ihm um – Edwin nickt kaum merklich –, dann wieder zu dem Wissenschaftler.

»Wie gesagt, der Aufstand konnte sehr schnell unter Kontrolle gebracht werden. Aber der Brennende König musste ein Exempel statuieren. Das ganze Viertel wurde auf dem Hauptplatz versammelt.« Jon holt einmal tief Luft, ich hasse solche Geschichten, ich kenne zu viele davon.

»Sie haben Edwins Vater öffentlich zu Tode gefoltert. Aufgeschlitzt. Auf die Streckbank gespannt. Ich weiß nicht, was noch alles. Edwin, seine Mutter und seine beiden Schwestern mussten mit nach vorn kommen. Er stand dort auf dem Podest, direkt vor seinem Vater, und er musste alles mit ansehen.« Jon macht einige Schritte auf den Wissenschaftler zu und bleibt dicht vor ihm stehen.

»Wir wissen ja, wie unergründlich das menschliche Wesen ist … Anstatt Folterwerkzeuge wie den Tod zu fürchten, ist da etwas anderes mit Edwin passiert. Irgendetwas in ihm ist *durchgebrochen* und nie wieder zusammengefügt worden. So hat er eine seltsame Faszination für die Kunst der Tortur entwickelt. Als er damals nach Favilla kam, haben die anderen Jugendlichen ihn gemieden. Aber ich habe sein Potenzial erkannt. Ich konnte ihm so viel neues Wissen geben, das ihm bei den Eisenwerkern verwehrt geblieben wäre, ganz besonders auch über verschiedene Techniken der Marter.«

Ich schaue wieder zu Edwin, sein Gesichtsausdruck hat sich nicht verändert. Er sieht fast so aus, als lausche er der Geschichte über einen Fremden.

»Wenn ich richtig informiert bin, dann hat jeder von euch Wissenschaftlern ein Expertengebiet«, spricht Jon weiter. »Edwin ist sozusagen unser Wissenschaftler für Folter. Aber du weißt ja, ich bin kein Freund unnötiger Gewalt. Deswegen hat Edwin viel zu selten die Möglichkeit, seine Kenntnisse anzuwenden. Und er brennt wirklich geradezu darauf, endlich ein paar neue Sachen auszuprobieren.«

Jon greift in seine Hosentasche und holt einen kleinen Flakon mit grünlich schimmernder Flüssigkeit hervor. Er hält ihn Edwin hin, der das Fläschchen stumm entgegennimmt.

»Das sollte eine Ohnmacht verhindern«, sagt Jon und reibt seine Handinnenflächen an seiner Hose ab. »Wir lassen euch beide dann mal allein. Noel. Liv. Sam.«

Es ist plötzlich unheimlich still in diesem Raum. Die Wände scheinen selbst unsere Schritte auf dem Steinboden zu schlucken. Jon hält uns die Tür auf. Nacheinander treten wir in den dunklen Gang. Es tut gut, rauszukommen, mehr als gut, aber ruhiger werde ich nicht. In meiner Brust ist es ganz eng. Edwin wird dem Wissenschaftler seine Geheimnisse entlocken. *Mein* Geheimnis. Ich muss mir einen Plan zurechtlegen. Mir bleibt nicht viel Zeit!

Und dann klingt plötzlich doch ein Geräusch laut in das Schweigen hinein. Das Kratzen einer Feder über Pergament.

Jon dreht sich zum Eingang der Verhörzelle um, und ich kann ein Lächeln über seine Wangen zucken sehen. Mein Herz donnert, mein Gesicht wird heiß. Ich will nicht zurück in den Verhörraum. Ich will nicht wissen, was die Feder dort in das dünne Tierleder ritzt. Meinen Untergang?

Liv blickt sich verwirrt nach mir um, als sie Jon folgt und ich noch immer vor der Schwelle stehe, es einfach nicht schaffe, reinzugehen. Die eklige, stickige Luft dort drin. Ich werde da nicht atmen können. Ich werde mich so oder so verraten, egal, was er schreibt.

Abhauen geht jetzt aber auch nicht.

Ich trete vor, stelle mich neben Liv und entziffere die Buchstaben auf dem Pergament über Kopf. Das ist kein großes Problem, lesen habe ich schließlich schon mit fünf Jahresumläufen gelernt.

Die Handschrift ist zittrig, aber gleichzeitig fein.

Nehmt den Folterer weg. Ich habe Euch ein Angebot zu machen.

Jon schaut zu Edwin, der eine kräftige Zange in der Hand hält, dann schüttelt er den Kopf. »Edwin muss leider hierbleiben. Aber wenn wir beide uns jetzt schnell einigen, wird dir nichts passieren. Du hast mein Wort.«

Der Wissenschaftler nimmt die Feder wieder in die Hand, und in mir gefriert alles.

Was ist das Angebot?

Aber eigentlich ist ja klar, was seine mächtigste Information ist. Ich werfe einen hastigen Blick zum Ausgang. Noel hat die Tür geschlossen und steht daneben wie ein unbestechlicher Wachmann. Er kommt mir plötzlich fast wie ein Feind vor. Ich atme gepresst durch die Nase. *Ruhig bleiben, Sam, irgendwie ruhig bleiben!*

Das Kratzen der Feder schabt auf meinen Zähnen.

Ich habe eine entscheidende Information für Euch. Alles, was ich dafür von Euch verlange, ist mein Leben. Und ich werde nicht gefoltert.

Jon lächelt freudlos. »Ich denke doch, dir ist klar, dass das auf die Relevanz der Information ankommt. Falls du uns jetzt die Tatsache mitteilen willst, dass eine geheime Bibliothek existiert, in der unendliches Wissen versammelt ist, dann bringt uns das zum Beispiel wenig voran, wie du sicher verstehen wirst.«

Wenn der Wissenschaftler überrascht ist, lässt er es sich auf jeden Fall nicht anmerken. Er presst die Lippen aufeinander und taucht die Feder in das Tintenfass. Die Flüssigkeit wirkt schwarz statt blau.

Das ist nur eine von vielen Sachen, die ich weiß.

Und jetzt sieht er kurz hoch. *Zu mir?* Oder bloß zufällig in den Raum?

Aber Ihr werdet verstehen, kleiner Mann, dass ich mit diesen Sachen haushalten muss.

»Ich hoffe, *dir* ist bewusst, dass du dich nicht in der besten Position zum Verhandeln befindest.« Jon wirft erneut einen Blick nach hinten zu Edwin, bevor er wieder den Wissenschaftler fixiert. »Aber gut, ich will mitspielen. Gib mir folgende Information, und dein Überleben ist fürs Erste gesichert.« Jon hält kurz inne, spricht die nächsten Worte sehr langsam und deutlich. »Wie komme ich zu der geheimen Bibliothek?«

Der Mann ohne Zunge blickt unverändert geradeaus, an Jon vorbei.

Wir warten, die Zeit dehnt sich, Edwin verlagert sein Gewicht mit einem Rascheln von einem Fuß auf den anderen. Der Wissenschaftler schluckt. Schließlich beginnt er zu schreiben.

Ich weiß es nicht.

Urplötzlich ist Jon bei ihm und donnert mit der Faust auf das Pult, sodass das Tintenfass beinahe umkippt.

»Das reicht!« Sein Kopf ist dicht vor dem des Wissenschaftlers. »Als ob ich nicht wüsste, dass du genau dorthin fliehen wolltest. Wenn du nur hättest abhauen wollen, wäre Noctuán deine Wahl gewesen. Oder Akila. Aber du hättest dafür niemals freiwillig die Pässe des Nordgebirges gewählt. Du solltest dir wirklich gut überlegen, wie du mit mir umgehst.«

Das rechte Augenlid des Wissenschaftlers zuckt. Ihm muss klar sein, dass er Jon nun nicht länger hinhalten kann. Er greift wieder nach dem Federkiel.

Es gibt einen verdeckten Durchgang. Ich werde Euch den Weg aufmalen. In den nächsten Tagen könnten noch einige der anderen Wissenschaftler für kurzzeitige Nachforschungen dorthin gebracht werden. Aber danach sollte der Weg für Euch frei sein.

Jon antwortet nicht.

Das ist die Wahrheit. Ich schwöre es.

»Gut.« Jon dreht sich um und macht einige langsame Schritte auf die Steinwand zu. »Edwin. Du bringst unseren Gast zurück in seine Zelle.«

Edwin nickt stumm, beugt sich hinunter und löst mit gezielten Bewegungen die Fußfesseln des Wissenschaftlers vom Stuhl.

Der schaut erst ihn an, dann fährt sein Blick einmal über unsere Gesichter. Er stockt nicht einen Moment bei mir. Da ist kein Lächeln, keine hochgezogene Augenbraue, nichts.

Er hätte es zu seinen Gunsten verwenden können. Er hätte etwas andeuten können. Aber das hat er nicht, nicht mal im Ansatz. Ich muss mich getäuscht haben, er weiß nichts von mir. Er ist einfach ein knochiger Mann, der Angst hat, nichts weiter. Nur ganz allmählich lässt dieses drückende Engegefühl in meiner Brust nach. Mit jedem Atemzug wird es besser.

Der Wissenschaftler steht auf, und Edwin schiebt ihn grob an der Schulter vorwärts.

»Edwin«, sagt Jon.

Die beiden bleiben stehen.

»Die Zange.«

Edwin zögert, dann löst er ein kleines, silbernes Werkzeug von seinem Gürtel und legt es Jon in die Hand.

»Danke. Wir sehen uns«, sagt Jon.

Als Edwin daraufhin den Wissenschaftler an uns vorbeischiebt, streift dessen schmaler Körper mich leicht an der Schulter. Kurz kriecht eine Gänsehaut von dort über mich hinweg. Dann ist er endlich verschwunden.

Nachdem Noel die Tür wieder zugeschoben hat, warten wir darauf, dass Jon spricht.

Der Internatsleiter steht vor dem Tisch mit den Folterwerkzeugen, bewegt sich kein Stück.

»Ihr wisst, welche Tragweite diese Informationen haben«, sagt er schließlich und dreht sich zu uns um. In seinen Augen funkelt es, und sein Hals ist angeschwollen. »Wir stehen kurz davor, den größten Erfolg in der Geschichte Favillas zu verzeichnen. Es ist schon mehr als zwei Wochen her, dass wir das Rätsel gelöst haben, und doch ist unsere Suche nach Hinweisen auf den Thronfolger bislang ergebnislos geblieben. Aber in dieser Bibliothek können wir sie finden. Da bin ich mir ganz sicher. Nach wie vor dürft ihr diese Informationen mit niemandem teilen. Ihr wisst, dass die Lehrerschaft und auch der Zirkel mein Vertrauen besitzen. Aber die jüngsten Erfahrungen haben mir gezeigt: Es ist nicht unbedingt falsch, gewisse Informationen in kleinerem Kreis zu halten.« Er wartet einen Moment, bevor er weiterspricht. »Kann ich mich auf eure Verschwiegenheit verlassen?«

Er sieht uns einzeln an. Nacheinander nicken wir ihm zu. Er hätte sagen können, was er wollte, ich hätte wahrscheinlich bei allem fest und entschlossen genickt. Fast will ich lachen vor Erleichterung.

Der Wissenschaftler hat kein Wort über mich geschrieben, und Jon zieht mich weiterhin ins Vertrauen. Mein Geheimnis scheint noch immer sicher zu sein.

Jon entlässt uns, und ich gehe zusammen mit Liv den Weg zurück.

Dass Noel bestimmt extra noch einen Moment geblieben ist, damit er nicht mit uns gehen muss, versetzt mir zwar einen Stich, aber für diesen einen Moment ist es egal. Jetzt gerade ist alles einfach nur ein bisschen leichter.

In der Schlafzelle lasse ich mich auf mein Bett plumpsen und atme durch. Die Luft hier in der Zelle kommt mir so frisch vor wie selten in Favilla.

Ich drücke die Hüfte hoch, um meine Hose auszuziehen. Halte inne.

Moment.

Was war das für ein Geräusch?

Ein Knistern, ein Rascheln, wie von einem kleinen Stück Pergament.

Mein Herz donnert los.

Ich richte mich auf. Ganz langsam greife ich in meine Hosentasche und ziehe einen Fetzen heraus.

Die Schrift ist fein. Aber kein bisschen zittrig.

Und wir beide, Prinzessin, reden morgen Nacht vor meinem Kerker weiter. Komm allein.

8

Favilla. Gänge.

Die pockennarbige Wache war langsam und träge.

Ich hätte sie nicht umbringen müssen. Aber es war der Mann, der Liam getötet hatte.

Ich weiß nicht mehr, was in diesen Momenten durch meinen Kopf ging. Nur an dieses Brennen erinnere ich mich. Dieses brennende Verlangen, es zu tun. Er hatte Liam, den Koch, aus dem Turm gestoßen.

Mörderin.

Durch mein Fenster bin ich im Dunkeln hinab in einen der kleinen Innenhöfe geklettert. Es war eiskalt draußen, und in den Fugen zwischen den Pflastersteinen hielten sich noch letzte Reste aus festgetretenem Schnee. Ich trug meinen Lederbeutel links am Körper, den Dolch hielt ich in der rechten Hand. Bereits nach wenigen Metern spürte ich das braune Arbeitergewand, das ich aus einem der Lager geklaut hatte, unangenehm im Nacken scheuern. Eigentlich nicht schlimm, aber in dieser Nacht machte es mich fast wahnsinnig. Mir reichten schon mein wild donnerndes Herz und die weichen Knie.

Die pockennarbige Wache stand einige Schritte seitlich vom

breiten Ausgang des Hofes, den Körper in Richtung des großen Platzes gerichtet, der sich davor erstreckte. Weil der Hof in sich abgeschlossen war, rechnete er nicht damit, dass jemand dort hinauskommen könnte. Er schien müde zu sein, sein Kopf war leicht nach vorne gesenkt.

Ich bin mir mittlerweile sicher, dass ich auch so an ihm vorbeigekommen wäre. Ich hätte mich nach links wenden und im Schatten verschwinden können. Er hätte es nicht gemerkt. Stattdessen ging ich nach rechts und schlich mich an ihn heran. Ich hielt mich dicht an der Steinmauer, und die Hand mit dem Dolch zitterte so sehr, dass ich Angst hatte, ich würde ihn jeden Moment ganz einfach fallen lassen. Dann war ich bei ihm.

Ich hätte gedacht, dass es viel schwieriger ist. Dass die Haut vielleicht so etwas wie Widerstand leistet. Aber die Klinge fuhr beinahe sanft in seine Kehle. Er sah noch zu mir hoch. Er sah noch mein Gesicht, bevor er röchelnd auf die Knie sackte und schließlich seitlich auf den Boden kippte.

Ich weiß nicht mehr, was in diesen Momenten durch meinen Kopf ging. Aber ich fürchte, ich habe den Augenblick genossen.

Mörderin.

In Ebene Drei ist es ganz still. Ich hoffe, ich habe die richtigen Abzweigungen genommen. Ich war noch nie in den Verliesen, aber von der Verhörzelle aus kann es nicht mehr weit sein. Die habe ich wiedergefunden. Jetzt brauche ich ein bisschen Glück.

Meine Schritte sind ganz ruhig. Aber die Blendlaterne in meiner Hand zittert. Ich kann nichts dagegen machen.

Die Schatten flimmern unruhig über die Wände. Hier sind

sogar noch einmal mehr der spitzen Felsen. Sie tauchen aus der Finsternis auf wie dunkle Gestalten, und ich muss aufpassen, dass sie mir nicht gegen das Schienbein oder die Schulter rempeln auf ihrem Weg durch die Finsternis.

»Hallo?«

Ich fahre zusammen, fasse nach dem Messer an meinem Gürtel. Bleibe dann unwillkürlich geduckt. Es kam von rechts aus dem Gang. Und ich kenne die Stimme.

»Hallo? Ist da wer?«

Es ist Johanna. Sie klingt blass, seltsam abwesend, aber es ist doch unverkennbar sie. Sie muss das Licht gesehen haben. Hastig schließe ich die Klappe der Blendlaterne. Ich dachte, Jon hätte sie bloß vom Unterricht befreit oder sie bereits woanders eingeplant. Aber was zum Henker macht sie *hier*?

Ich zögere. Dann schleiche ich im Dunkeln vorwärts in den Gang, aus dem ihre Stimme kam. Ich taste nach der Wand. Keine Wand. Kein Stein, sondern etwas anderes. Ich taste weiter. Jetzt rieche ich auch das Eisen. Es sind lange Gitterstäbe, die sich dicht aneinanderreihen. Ich fühle den Rost auf ihnen wie tote, abfleddernde Haut.

Mein Herz legt an Fahrt zu.

Ich habe die Verliese erreicht.

Vorsichtig taste ich mich weiter an den Gitterstäben entlang. Kein Schritt darf zu hören sein. Vorwärts.

»Bitte …«

Johannas Stimme ist jetzt ganz nah. Ich löse mich von der Gitterwand. Schleiche noch ein paar Schritte ins Schwarz. Drehe mich dann dahin, wo ich sie vermute, versuche, so leise wie möglich zu atmen.

»Ich weiß nicht, wo ich bin …«

Johanna muss direkt vor mir hinter dem Kerkergitter stehen.

Ich schlucke. Aber das ändert nichts an dem fetten Kloß, den ich im Hals habe.

Was soll ich machen? Ich kann sie nicht befreien. Ich kann mich noch nicht mal zu erkennen geben. Aber sie hört sich so verzweifelt an, so … *verloren*. Warum ist sie hier? Soll sie etwa bis zum nächsten Austausch hier unten bleiben? Oder hat sie sich gegen Favilla gestellt?

Ich kneife die Augen einmal ganz fest zusammen.

Tut mir leid, Johanna.

Dann schleiche ich weiter ins Dunkel. Ich fange erst nach einigen Dutzend Schritten wieder an, mich an den Gitterstäben zu orientieren. Lasse nun den Kontakt nicht mehr abbrechen, damit ich nicht die Orientierung verliere. Meine Hand wird allmählich taub vom kalten Eisen.

Plötzlich hören die Stäbe auf, ich taste ins Leere.

Ich fasse nach, einmal, zweimal. Etwas weiter rechts sind sie wieder zu spüren. Es muss hier eine Abzweigung geben. Die Verliese sind anscheinend viel größer, als ich gedacht habe.

Ich überlege nur kurz. Wenn ich den Kontakt zum Gitter verliere, kann ich es vergessen, irgendwie wieder zurückzufinden. Das ist klar. Also nehme ich die Abzweigung nach rechts, so bleibe ich wenigstens am Gitter.

Ich dachte, mein Herz wird irgendwann vielleicht wieder langsamer. Wird es nicht. Mit jedem Schritt, den ich durch die nach rostigem Eisen riechende Dunkelheit mache, scheint es schneller zu werden.

Wer oder was ist noch in diesen Verliesen?

Und finde ich wirklich den Weg zurück?

Was ist, wenn …

In der Finsternis greift eine Hand nach mir. Sie klammert sich fest um meinen Unterarm. Ich stoße einen unterdrückten Schrei aus. Schlage mit Wucht zu und haste nach hinten, keuche.

Aus der Dunkelheit vor mir ist kein Laut zu hören, vielleicht atmet da jemand, aber in meinem Kopf hallt nur mein wilder Herzschlag wider.

Auch von Johanna einen Gang weiter kommt nichts mehr. Mit tauben Fingern schiebe ich die Blende der Laterne hoch und befreie ein schwaches, schummriges Licht, das sich durch die Dunkelheit bis zu den Gitterstäben frisst.

Der Mann ohne Zunge hat seine Hände um die Eisenstangen gelegt. Seine Pupillen sind groß. Hinter ihm streckt sein Schatten sich an der Wand empor, dünn und riesig, wie ein Skelett mit endlos langen Gliedmaßen.

Er greift nach hinten, um mir dann einen Pergamentfetzen entgegenzuhalten. Zögernd trete ich vor, schnappe schnell nach dem Zettel wie ein scheues Tier, das sich Futter abholt.

Ich weiß natürlich, dass er mir hier nichts anhaben kann. Aber der Schreck sitzt mir noch immer in den Gliedern, macht alles ganz waberig.

Ich stelle die Lampe vorsichtig auf dem Boden ab. Ich halte mir das Pergament vors Gesicht, um es zu lesen.

Gut, dass Ihr gekommen seid, Prinzessin. Ich schlage einen Handel vor: Ich werde Euer Geheimnis wahren, und dafür werdet Ihr mir etwas aus der Bibliothek bringen.

Ich beiße die Zähne aufeinander, lasse den Zettel sinken. »Und wenn sie es längst wissen?«, zische ich. »Wenn es mich überhaupt nicht interessiert, was du ihnen erzählst, weil es keine Bedeutung für mich hat? Hast du mal daran gedacht, dass ich nur hier bin, weil ich etwas von *dir* will?«

Er greift wieder nach hinten, Tintenfass und Feder hat er für das Zeichnen der Karte bekommen. Wenige Wörter reichen.

Lassen wir die Spielchen.

Ich schweige. Starre ihn nur wütend an, während seine Narbenlippen sich zu einem höhnischen Grinsen verziehen.

Ich spüre plötzlich das Gewicht des Messers an meinem Gürtel. Er hätte keine Chance. Eine plötzliche Bewegung nach vorn, mit der ich seine Hand packe, ihn ans Gitter heranziehe und ihm den Dolch in die Kehle ramme. Ich weiß, wie leicht und wie schnell es geht. Nicht einmal schreien würde er.

Mörderin.

Ich wünschte, ich könnte es. Er hat das wehrlose Mädchen vor der Türschwelle umgebracht, ohne zu zögern. Ich zerquetsche die beiden Schnipsel in meiner Hand. *Ich wünschte so sehr, ich könnte es.*

»Was soll ich dir mitbringen?«, flüstere ich dann mit trockener Kehle.

Es ist eine einzelne Pergamentrolle. Sie befindet sich ganz oben im Kuppelring, Sektion »Phönixe«. Sie ist betitelt mit »Die Magie der Feuerwende«. Bring sie mir. Lass das Siegel unberührt.

Ich sehe von dem Zettel hoch. Nicke. Natürlich. Er weiß genau, was er sucht. Er wusste auch genau, dass er es bekommen würde, als er Jon den Weg zur Bibliothek versprochen hat. Jetzt schreibt er noch einige schnelle Worte auf ein Pergamentstück.

Fürchte nicht die Wächter. Sie werden es merken

»Was …«, beginne ich leise, doch da lässt mich ein Geräusch herumfahren. Es klang wie aufeinanderschlagendes Metall. Irgendwo weiter den Gang hinunter. Auf einmal kommt von rechts wieder die verlorene Stimme Johannas.

»Hallo …? Wer ist da …?«

Hastig schiebe ich die Blendlaterne zu. Sehe im letzten Lichtschimmer noch einmal das höhnische Gesicht des Wissenschaftlers, der mir zunickt – ich kenne meinen Auftrag.

Ein Licht nähert sich von links. Wo soll ich hin?

Ich weiche nach hinten zurück. Der Gang könnte sehr lang und gut einsehbar sein. Das ist zu riskant. Ich muss mich hier verstecken! Irgendwo, wo die Person nicht hinschaut.

Ich taste nach den Gitterstäben hinter mir, dort muss es auch eine Zellentür geben. Da! Ich hab sie. Genau gegenüber der Wissenschaftlerzelle. Ich versuche vorsichtig, sie zu bewegen. Sie scheint tatsächlich nicht abgeschlossen zu sein. Das Licht kommt näher.

»Bitte …«, ruft Johanna verzweifelt. »Ich fürchte mich …«

Ich schiebe die Kerkertür ganz langsam nach hinten, kneife die Augen schon halb zusammen, weil sie bestimmt gleich laut quietschen wird wie ein Hilfeschrei. Aber nur ein ganz leises, knarrendes Geräusch ist zu hören. Glück gehabt!

Ich quetsche mich durch den schmalen Spalt und weiche sofort bis an die Wand der Zelle zurück. Sie ist eisig kalt. Und der rostige Eisengeruch ist hier drinnen noch viel intensiver, beißt richtig in der Nase. *Johanna ist schon seit Tagen hier unten.*

Nun höre ich auch Schritte. Lang und ruhig. Schritte, die an einem vorbeiwandern, wenn man in der Großen Halle sitzt und die Augen geschlossen hat, um sich auf einen Punkt in seinem Inneren zu konzentrieren. Dort nerven diese Schritte mich nur. Hier lassen sie das Blut in meinen Adern gefrieren. *Roland.*

Vor der Zelle des Wissenschaftlers macht er halt. Er trägt eine Öllampe in der Rechten, die er nun auf den Boden stellt. Dabei rasselt irgendwo ein Schlüsselbund.

Das Licht ist nur leicht gedimmt, es scheint bis zu mir hinüber. Ich schiebe mich so weit in die Ecke der Zelle wie möglich. Aber ich bin locker noch zu erkennen. Wenn Roland auch nur einen Blick in meine Richtung wirft, wird er mich sofort sehen. Und dann? Holt er einfach den Schlüsselbund hervor und schließt zu?

Von allen Vorstellungen, was mit mir passieren könnte, wenn er mich entdeckt, ist das plötzlich die allerschlimmste. *Er darf sich nicht umdrehen.* Ich bewege mich kein Stück. Roland reicht dem Wissenschaftler einen kleinen Beutel und einen Trinkschlauch.

»Hast du über deine Entscheidung nachgedacht?«, fragt Roland nach einer Weile.

Der Wissenschaftler schreibt etwas. Dann reicht er ihm ein Pergament, auf das Roland nur einen kurzen Blick wirft, bevor er es zusammenknüllt und einen Schritt nach vorn macht.

»Ich kann mich nur wiederholen. Es sind bloß einige Sitzungen. Es ist zu deinem Besten. Jede andere Prozedur wird deutlich schmerzhafter. Jonathan hat dir doch Edwin bereits vorgestellt.« Roland rückt noch ein Stück näher ans Gitter, steht jetzt ganz dicht vor dem Wissenschaftler. »So muss es nicht kommen. Jon akzeptiert auch meine Variante. Du könntest dir viel Leid ersparen.«

Roland wartet. Aber der Wissenschaftler macht keine Anstalten, etwas aufzuschreiben. Er bleibt einfach vor ihm am Gitter stehen. Sein Gesicht wird von Rolands Hinterkopf verdeckt. Und ich weiß nicht warum, aber ich bin ganz sicher, dass er den Lehrenden höhnisch anlächelt.

Ruckartig wendet Roland sich ab, steht jetzt seitlich zu mir. Mein Gesicht erstarrt. Ich halte die Luft an. Recke plötzlich irritiert den Kopf vor – es sieht aus, als läge ein violetter Schimmer in Rolands Augen.

Jetzt nimmt er die Öllampe vom Boden. Er hält noch einen Moment inne. *Komm schon, komm schon, komm schon.*

Dann geht er. Sieht nicht zu mir. Ich traue mich wieder, zu atmen.

Das war knapp.

Ich blicke der großen, geraden Gestalt hinterher. Er hat die andere Richtung genommen, dorthin, wo ich hergekommen bin. Nun biegt er nach links zu Johanna ab. Und wieder ist da dieser seltsame violette Schimmer in seinen Augen.

Ich kann nicht anders. Ich muss hinterher.

Ich zwänge mich im Dunkeln aus der Zelle. Habe das Gefühl, der Wissenschaftler starrt mir selbst durch die Schwärze hinterher.

»Wer ist da …?«, dringt jetzt wieder Johannas Stimme durch die Verliese. »Bitte … ich weiß nicht, wo ich bin.«

Ich komme zu der Abzweigung, und da sehe ich Roland. Er steht etwa dort, wo Johanna sein müsste. Öffnet eine Zelle. Ja. Es ist Johanna – er holt sie heraus. Sagt mit ruhiger Stimme irgendetwas, was ich nicht verstehe. Dann führt er sie an der Schulter vorwärts, weg von mir.

Ich schleiche los, aber schon sind sie an der nächsten Biegung und verschwinden nach rechts. *Schnell hinterher!*

Doch als ich die Abzweigung erreiche, sind sie schon wieder ein Stück weiter entfernt. Kurz zögere ich noch, dann halte ich an.

Ich kann ihnen unmöglich durch dieses Labyrinth folgen, ohne entdeckt zu werden oder mich zu verlaufen. Wütend presse ich die Lippen aufeinander, aber ich darf jetzt nicht weiter. Es wäre völlig leichtsinnig. Ich habe mein Glück heute schon genug strapaziert.

Roland hat eine weitere Abzweigung erreicht. Ich sehe, wie er nun mit Johanna um die Ecke verschwindet.

Er blickt sich ein letztes Mal um. Und es kommt mir vor, als würden seine Augen jetzt nicht mehr nur violett schimmern, nein, als würde es aus ihnen leuchten.

9

Favilla. Zirkelraum.

»Es gibt Neuigkeiten.« Jonathan scheint uns alle gleichzeitig im Blick zu haben, obwohl er gerade keinen von uns direkt anschaut. Links neben mir steht Liv, rechts Moa. Die roten Phönixtränen auf dem Rücken unserer schwarzen Kutten kommen mir wie immer seltsam vor. *Es ist die Farbe des Königs.*

Alle Zirkler sind versammelt, und das ist nicht mehr so selbstverständlich wie früher. Durch die Nachtwachen und die Aufräumarbeiten nach dem Wassereinbruch haben die größeren Versammlungen in letzter Zeit kaum noch stattgefunden. Vielleicht wird das jetzt wieder anders. *Aber wenn du nicht gut aufpasst, dann bist du nicht mehr dabei.*

Hoffentlich wählt Jon mich überhaupt für die Mission zur Bibliothek aus und schickt nicht einfach Liv oder jemand anderen los.

Die Magie der Feuerwende. Was ist das für eine Schrift, die ich dem Wissenschaftler mitbringen soll? Sie muss von unglaublichem Wert für ihn sein, wenn er dafür die Flucht aus dem Königshaus riskiert hat. Ich streiche mir eine Haarsträhne aus dem Gesicht. Vielleicht ist es besser, wenn ich gar nicht weiß, was drinsteht.

Am Ende der Reihe, gleich neben Noel, wartet Kyara. Mich überrascht das nicht, sie hat mir ja schließlich schon erzählt, dass sie vom Zirkel weiß. Aber ein paar der anderen wirken ziemlich verwundert.

Jetzt stehen wir also wieder hier, und wieder in anderer Zusammensetzung. So viel hat sich gewandelt, seit ich in den Zirkel aufgenommen wurde, und trotzdem scheint es mir oft, als seien diese Treffen nichts als Spiegelbilder voneinander, in denen man nur Kleinigkeiten verändert hat.

Manchmal, wenn ich hier stehe, stelle ich mir dann vor, der Lauf der Dinge geht zwar voran, aber diese Sitzungen sind alle in der gleichen Ebene aus Zeit, irgendwie herausgehoben. Hinter den neun Türen sind keine Einzelzellen und Gänge, sondern nur weitere Zirkelräume, in denen Jonathan seine Gedanken mit uns teilt, vor uns auf und ab schreitet, und dort durch die Türen geht es wieder zu neuen Zirkelräumen mit Jonathan und uns darin. Wie das endlose Geflecht von Bienenwaben.

»Zuerst möchte ich Kyara im Zirkel willkommen heißen.« Jon macht eine ausladende Geste zu Kyara, die ihn mit vorgerecktem Kinn beobachtet. »Wie ihr sicher schon mitbekommen habt, kommt Kyara aus Akila. Ich möchte, dass ihr all ihre Fragen ausführlich beantwortet. Sie besitzt mein uneingeschränktes Vertrauen. Sie hat mehr Grund, gegen den Brennenden König zu kämpfen, als irgendjemand sonst hier.«

Kyara nickt, wie um Jons Worten Nachdruck zu verleihen. Ich schlucke. Die Männer meines Vaters haben ihre Eltern umgebracht. Manchmal fühle ich mich dafür ganz komisch schuldig. Und dann sage ich mir wieder, was für ein Schwachsinn das ist.

Ich muss plötzlich an meine Mama denken. Ihr sanftes Lächeln, wenn sie neben mir saß und mir die Haare zu Fischgrätenzöpfen geflochten hat. Ich würde es nicht ertragen, wenn ich wüsste, dass sie tot ist. Ich würde es ganz einfach nicht aushalten.

»Dann habe ich noch eine weitere gute Nachricht«, spricht Jon weiter. »Garred hat uns bestätigt, dass die Königswachen den Wald mittlerweile komplett verlassen und ihr Lager abgebaut haben. Favilla hat also auch diese Prüfung überstanden.«

Ich kann mir irgendwie immer noch nicht vorstellen, dass es jetzt Garred ist, der Nacht für Nacht mit Nelson zu den Totenlichtern reitet und die Verstorbenen einsammelt. Natürlich, er wurde ausgewählt, weil er am ehesten als der alte Totengräber durchgeht – er ist in einem ähnlichen Alter, und niemand wird sich so genau an das Gesicht unter der schwarzen Kapuze erinnern, schließlich scheut man diese krumme Gestalt auf der Kutsche. Außerdem besitzt Garred Jons Vertrauen. Aber trotzdem kann ich mir einfach niemand anderen als Totengräber vorstellen als eben den Totengräber.

»Allerdings beunruhigen mich auch die neuesten Aktivitäten der Krone.« Jon löst sich von der Brunnensäule und beginnt nun, vor uns auf und ab zu gehen. »Männer des Brennenden Königs streifen getarnt als Räuberbanden durch Akila, möglich, dass sie auch in Noctuán und Aeris unterwegs sind. Sie suchen nach irgendetwas … oder *irgendjemandem*. Es könnte sich ebenfalls um den Thronfolger handeln. Noch fehlen uns klare Hinweise. Aber Sam und Noel brechen morgen zu den Wissensverwaltern auf. Und ich bin mir sehr sicher, dass sie mit entscheidenden Informationen zurückkehren werden.«

Jon sagt das völlig selbstverständlich, und ich weiß auf einmal überhaupt nicht, wie ich mich fühlen soll. Anscheinend habe ich die Chance, den Auftrag des Wissenschaftlers zu erfüllen. Das ist gut. Aber muss es gerade Noel sein, der mitkommt?

Und das Unnötigste ist, dass ich, als ich jetzt zu ihm rübersehe, plötzlich wieder so komisch aufgeregt bin. Ein bisschen wie vor unserer zweiten Nachtwache, dieses unruhige kribblige Gefühl, das ich damals noch nicht richtig deuten konnte. Doch da war es schön. Jetzt ist es bescheuert. Ich weiß ja, wie Noel zu mir steht. Sowieso, er kann mich mal.

Aber im flackernden Licht der Fackeln sehen seine Züge so nachdenklich aus. Seine Haare fallen ihm ein bisschen vors Gesicht, und am liebsten würde ich sie zurückstreichen, so wie er es bei sich auch manchmal macht.

»Was bedeutet das jetzt für uns? Gut möglich, dass es für uns bald um alles geht. Das heißt, wir müssen *noch* intensiver trainieren als sonst. Ich möchte, dass ihr täglich im Rondell Reitpraxis sammelt. Ich möchte, dass ihr euch mental darauf vorbereitet, dass ihr jeden Tag zu einer entscheidenden Mission aufbrechen könntet. Bald könnte sich alles wenden.«

Ich blicke über die Gesichter. Liv. Moa. Callan. Ellinor. Estelle. Melvin. Noel. Kyara. Und mir kommt es plötzlich vor, als stünde da noch jemand in der Reihe. Ein knochiger Mann mit kahlem, unförmigem Schädel, der mich angrinst.

Bald könnte sich alles wenden.

»Sam, du bleibst bitte noch einen Moment«, sagt Jon am Ende der Sitzung. Ich halte an und warte mit durchgestrecktem Rücken, dass die Zirkler den Raum verlassen. Noel geht an mir vorbei, so wie alle anderen, während jetzt einmal ich diejenige bin, die bei Jon zurückbleibt.

»Morgen Nacht werdet ihr beide losreiten«, beginnt Jon. »Einige Stundenstriche vor Sonnenaufgang, sodass ihr das Gebirge bei Tageslicht durchqueren könnt. Ihr kennt es nicht annähernd gut genug, als dass ihr dort bei Nacht entlangwandern könntet. Ich hoffe, euer Auftrag ist klar: Ihr haltet euch an den von dem Wissenschaftler beschriebenen Weg. Ihr macht die Bibliothek ausfindig. Und dann kehrt ihr schleunigst zurück, ohne weitere Vorstöße zu unternehmen. Es würde mich wundern, wenn der Brennende König seine größte Quelle der Macht nicht gesichert hat. Geht unter keinen Umständen ein Risiko ein – wir werden die Bibliothek dann gemeinsam erschließen.«

Ich nicke. *Das werden wir leider nicht, Jon.*

»Ich bin mir ganz sicher, dass du diesem Auftrag gewachsen bist«, fährt er fort. »Du gehörst zu meinen besten Zirklern. Ich vertraue dir. Weitestgehend. Auf dem Friedhof habe ich euch zunächst noch beschatten lassen. Aber in dieser Mission seid ihr allein.« Er macht eine Pause. »Ich vertraue auch Noel. Aber sollte er sich allen Erwartungen zum Trotz gegen Favilla wenden, dann gehe ich davon aus, dass du auch in einer solchen Situation das Richtige tun wirst. Das, wofür wir hier kämpfen, ist viel größer als wir selbst.«

Seine Augen bleiben auf meine gerichtet, und er wartet wahrscheinlich darauf, dass ich nicke.

»Ich verstehe«, sage ich.

Jon schmunzelt kurz, wird dann wieder ernst. »Du weißt, dass ich Noel dasselbe sagen werde?«

Diesmal nicke ich. Tue so, als würde mich das überhaupt nicht beeindrucken ... Aber was wird Noel tun, wenn er bemerkt, dass ich noch andere Pläne als nur das Finden der Bibliothek habe?

»Danke, Sam. Du kannst nun auch gehen. Ruh dich gut aus.«

Jon wendet sich ab, schreitet nach hinten zu den Regalen. Ich verliere keine Zeit und schiebe die Tür auf, die mich in die Gänge Richtung Sarkophag führt.

»Und noch etwas, Sam.«

»Ja?«

Es hätte mich auch irgendwie gewundert, wenn nicht noch was gekommen wäre. Und trotzdem verfehlt es seine Wirkung nicht, meine Brust schnürt sich enger zusammen.

»Ich möchte, dass ihr diese Gefühlsangelegenheit klärt. So etwas kann sehr störend sein.«

10

Favilla. Stallungen.

Ich mag die Stallungen. Das ruhige Atmen der Pferde, ihren ganz eigenen Geruch und wie einige von ihnen neugierig den Kopf aus den Boxen strecken.

Aber wenn es nach mir gegangen wäre, hätte Noel sie auch abholen können.

»Ich bin gleich fertig«, sagt Estelle flüchtig zur Begrüßung.

Seit der Begrabene Corwyn angefangen hat, zu hinken, wird Estelle immer wieder für die Pferde eingeteilt. Sie hat ein Händchen dafür, aber glücklich scheint sie damit trotzdem nicht zu sein. Ich weiß natürlich, warum: Als Pferdepflegerin kommt man nicht nach draußen. Und wenn man nicht nach draußen kommt, kommt man nicht zu Leo.

Ich schaue auf Estelles rote Locken, ihre helle, fast porzellanartige Haut, die viel besser zu einer Königstochter passt als meine.

Es ist verrückt, dass ich so viel von ihr weiß und wir uns trotzdem so schrecklich fremd sind seit diesem Moment in unserer Schlafzelle, als sie sich an mein Gesicht erinnert hat, ihr klar wurde, dass sie mich bei der Haremszeremonie schon mal gesehen hatte. Seit sie weiß, wer ich bin, und versucht hat, dieses Wissen zu ihrem Vorteil zu nutzen.

Estelle schiebt dem kleinen, braunen Pferd mit der Blesse, deren Form mich an ein schmales Zepter erinnert, die Trense ins Maul und lässt anschließend den Kopfriemen des Zaumzeugs sanft über die Ohren gleiten.

»Du reitest auf Buntig«, sagt sie. Dann zeigt sie zu dem großen, rötlichen Pferd, das in der Box nebenan steht und schon vollständig gesattelt ist. »Noel kriegt Ginger.«

Als sie merkt, dass ich sie nur verdutzt anschaue, zuckt sie mit den Schultern.

»Ich habe ihnen Namen gegeben.« Sie rückt die Riemen an der Kinngrube zurecht. »Sie hören mittlerweile auch ein bisschen drauf.«

Jetzt macht sie noch irgendwas am Sattel, und ich stehe da und vergrabe unschlüssig die Hände in den Hosentaschen. Weiß nicht, wohin mit mir.

Das Schweigen wird nur unterbrochen von gelegentlichem Schnauben oder dem klackernden Bewegen der Pferde gegen die Holzverschläge. Es dehnt sich immer weiter. Früher konnte ich so was problemlos aushalten, warum geht das jetzt nicht mehr?

Und was macht Estelle da so ewig lange am Sattel?

Endlich ist sie fertig, dreht sich zu mir um. Sie blickt einmal kurz in mein Gesicht. »Du weißt schon, dass du jetzt ein bisschen besser auf dich aufpassen musst als sonst«, sagt sie leise.

»Hm?«

»Na ja, dieses Mal hast du keine Bogenschützin dabei, die dir den Rücken frei hält.« Sie räuspert sich nervös und spielt an einer Haarsträhne herum. »Ich finde immer noch, du könntest mir helfen, von hier abzuhauen. Nachdem ich dein Geheimnis niemandem verraten habe.« Nun schaut sie mir direkt in die Augen, ich erwidere ihren Blick. »Aber ich fände es so oder so schlimm, wenn du nicht zurückkommen würdest. Ich wollte nur, dass du das weißt.«

»Okay.« Ich versuche, ganz gelassen zu klingen. *Hättest du mich nicht so unter Druck gesetzt. Hättest du mir nicht gedroht, allen mein Geheimnis zu verraten. Wer weiß, vielleicht hätte ich dir geholfen*, denke ich, spreche aber nichts davon aus. Und trotz allem würde ich sie für ihre Worte eben am liebsten umarmen. Es ändert nichts daran, wie heikel meine Lage ist. Doch es fühlt sich einfach so gut an, das zu hören.

»Ich hab ja noch Jons Liebling dabei«, sage ich. »Mir wird schon nichts passieren.«

Sie verzieht das Gesicht. »Es ist gerade nicht leicht für euch beide, oder?«

»Er ist ein Arschloch.« Ich greife abwesend in Buntigs Mähne, lasse meine Hand durch die struppigen Haare fahren.

»Weißt du was?« Estelle setzt einen verschwörerischen Blick auf, während sie Ginger aus der Box holt und mir die Zügel der beiden Pferde in die Hand drückt. »Wir hassen Noel ab jetzt.«

Und nun müssen wir beide kurz lächeln.

Der Nebel schlingt sich um Füße und Hufe. Die dunklen Gräberreihen, die kahlen Bäume, die grauen Statuen ragen in die Finsternis wie auf einem düsteren Gemälde, das sich nicht um einen Pinselstrich verändert hat, seit ich das letzte Mal hier war.

Es ist komisch, wieder auf dem Friedhof zu sein. Zwar musste ich hier ja auch schon bei der Austauschmission lang, aber da war Noel nicht dabei.

Wir führen unsere Pferde an den Zügeln, wollen erst im Wald aufsteigen. Die großen Satteltaschen an ihren Flanken, gefüllt mit Proviant, Seil, Blendlaterne, Verbandszeug, einem kleinen Kupfertopf und etwas Hirse, bewegen sich hin und her. Die Hufe der Tiere knirschen auf dem Kies.

Am Himmel ist kein Stern zu erkennen. Als wir am Grabstein des Gründers vorbeilaufen, kommen die Erinnerungen an den Kampf gegen Mirlinda kurz hoch, doch ich schiebe sie sofort weg. Ich betrachte Noel von der Seite, die Lederrüstung lässt ihn noch kräftiger wirken. Was denkt er über all das?

Er guckt starr geradeaus, nur ab und zu wirft er einen misstrauischen Blick nach unten zu dem Nebel, der an unseren Knöcheln zerrt. Ich weiß, dass er ihn nicht mag. Wenn unsere Informationen stimmen, können im Nordgebirge urplötzlich gigantische Nebelbänke auftauchen, die alles um einen herum in ein undurchdringliches Weiß verwandeln. Da könnte noch einiges auf ihn zukommen.

Das ist eine Sache, die ich eigentlich immer toll an ihm fand – dass er nie so tut, als wäre für ihn etwas okay, wenn es ihm in Wirklichkeit Sorgen macht. Er hat das irgendwie nicht nötig.

Jetzt wünschte ich allerdings, dass er wenigstens ein bisschen so tun würde, als wäre es in Ordnung zwischen uns. Einfach, damit diese Reise nicht ganz so unerträglich wird.

Hätte er doch nur das Tuch meiner Mutter nie gefunden! Dann wäre jetzt alles anders. Vielleicht würden wir jetzt Hand in Hand hier entlanggehen, ich wüsste, dass er mich küsst, bevor wir auf die Pferde steigen, und nichts könnte uns aufhalten. Aber so ist es eben nicht. Denn anstatt mich auf jeden Moment dieser Reise zu freuen, würde ich am liebsten aufs Pferd steigen, ihn einfach abhängen und die Bibliothek alleine finden.

Ich hätte das Tuch nie mitnehmen dürfen. Habe ich wirklich geglaubt, ich könnte es ewig verstecken?

Aber ja, eigentlich habe ich das. Ich hätte ja schließlich nie damit gerechnet, einem Menschen mal so nahezukommen wie Noel. Und sowieso bereue ich trotz allem nicht, das Tuch damals um meine Hüfte gebunden zu haben.

Was meine Mutter wohl dazu sagen würde, dass ich mich verliebt habe?

Sie hat mich immer davor gewarnt, romantische Gefühle für jemanden zu entwickeln. So hat sie es genannt. Sie sagte mir: »Romantische Gefühle sind das Gefährlichste, was dir passieren kann. Du bist eine Tochter des Brennenden Königs, und er wird deinen Gemahl aussuchen. Wenn du etwas für jemand anderen empfindest, dann bist du nicht sicher vor dir selbst. Liebe kann so stark sein, dass sie uns zu sehr leichtsinnigen Dingen treibt. Aber für dich ist sie aussichtslos.«

Ich kann verstehen, warum sie so gedacht hat. Sie wusste genau wie ich, wozu mein Vater fähig war. Sogar noch viel besser als ich. Er kam sie noch immer oft besuchen. Es heißt, er nimmt die Maske dabei ab. Ich dagegen sah ihn nur bei den seltenen Familienmahlzeiten und bei den öffentlichen Anlässen: den blutroten Umhang, das glänzende Metall der Maske. Die Unbeweglichkeit, wenn er Feinden des Hofes oder selbst seinen eigenen Söhnen während des *Brennenden Turniers* beim Krepieren zusah. Waren da jemals Regungen unter der Maske? Ob ich ihm *ähnlich sehe*?

Ich habe nie nach den Antworten gefragt. Ich habe nie mit ihm gesprochen, ja, Estelle war ihm in diesem einen Moment bei der Haremszeremonie viel näher, als ich es je war. Und vielleicht ist das auch besser so. Ich habe meine Mutter nicht um seine Gesellschaft beneidet … und ihre Einstellung zur Liebe sehr ernst genommen.

Ihre warnenden Worte sind sogar noch ein paarmal durch meinen Kopf gegeistert, als Noel und ich uns nähergekommen sind. Aber was sollten sie schon gegen meine Gefühle ausrichten.

Außerdem bin ich mir auch ganz sicher, dass meine Mutter selbst verliebt war. In Ria, eine der Kammerzofen. Aber sie darauf anzusprechen, wäre zwecklos gewesen, das hätte sie nie zugegeben. Fast kann ich ihre Stimme hören, wie sie mir versichert, dass sie meinen Vater mehr als alles andere liebt, oder so einen Mist, weil diese Lüge schon längst ein Teil von ihr geworden war. Ich fand es schrecklich, wenn sie so sprach, und ihre Miene dabei nicht das kleinste Anzeichen von Zweifel zeigte. Ich kannte doch ihr Angstgesicht.

Einmal in der Woche hatte ich *Mutterzeit.* Ich durfte dann gegen Abend drei Stundenstriche bei meiner Mama verbringen. Ansonsten sah ich sie nur in der Öffentlichkeit – bei Mahlzeiten, Empfängen oder anderen besonderen Anlässen.

Die *Mutterzeit* hatte nichts zu tun mit den endlosen Lektionen in Sprachkunst, Geografie, fremden Kulturen, Reiten, Tanzen, Etikette. Sie hatte nichts zu tun mit dem Vorgezeigtwerden vor Diplomaten und Herzögen, als wäre ich ein Pokal, ja, oder eher noch ein Stück Vieh. Nicht einmal mit den endlosen Stunden, in denen ich bloß in meinem Gemach saß und an die Wandteppiche starrte, so, als hätte man mich dort einfach vergessen, hatte die Zeit in den Gemächern meiner Mutter auch nur das Geringste zu tun.

Diese drei Stunden bei ihr waren so anders als der Rest meines Lebens, dass ich manchmal das Gefühl hatte, sie gehörten gar nicht dazu.

Meine Mama war immer unheimlich sanft und liebevoll, ich brauchte sogar jedes Mal kurz, um mich überhaupt daran zu gewöhnen.

Wir saßen zusammen auf ihrem riesigen Himmelbett, oft roch es penetrant nach den weißen Blüten der Calla-Pflanze, die in goldenen Vasen überall im Raum verteilt waren. Die kamen von meinem Vater. Aber obwohl ich das wusste, konnte ich nicht anders, als diesen Duft zu mögen. Er gehörte zu ihr.

Wir saßen also dort, meine Mama erzählte mir Geschichten, sie zeigte mir, wie man Nester flicht, die wir dann ungesehen wieder auseinanderbauen mussten, oder wir machten uns über die besonders unangenehmen Wachen und Diplomaten lustig.

Die Zeit verging jedes Mal schnell. Ich habe sie immer mit dem Gefühl verlassen, eine Geschichte zu wenig gehört, nicht genug Umarmungen eingefordert zu haben.

Nur ab und zu wurden unsere kostbaren Stunden getrübt, kam ihr Angstgesicht durch; in den Wochen vor dem *Brennenden Turnier* ein paarmal öfter.

In der Öffentlichkeit war sie dann wieder ein ganz anderer Mensch. Das habe ich mir vielleicht ein bisschen abgeguckt. Am Tag des Turniers saß sie so unerschütterlich und kalt auf den Rängen, als könne nichts sie schockieren. Selbst als mein Bruder Claudius, einer der möglichen Thronfolger, im Turnier ums Leben kam, bewahrte sie die Fassung.

Es kam unvorhergesehen. Das Brennende Turnier findet einmal in jedem Jahresumlauf statt und dient dazu, die jungen Prinzen, die noch Thronfolger werden könnten, zu »selektieren«. Der ganze Hof versammelt sich und sieht ihnen bei ihrem verzweifelten Kampf zu. Tote gibt es immer, die Frage ist nur, wer und wie viele.

Claudius hatte in den *Drei Disziplinen* – Kraft, Weisheit, Wille – sehr viele Punkte gesammelt. Daher stellte man in der *Letzten Disziplin* sieben Tränke für ihn hin, und nur einer davon war vergiftet. Seine Chancen standen also gut.

Für mich war Claudius schon immer ein Fremder gewesen, weil alle Königskinder von Geburt an weitestgehend getrennt voneinander aufwachsen – und trotzdem verfolgt mich immer noch, was dann passierte.

Zielstrebig griff er nach dem dritten Trank und stürzte ihn in einer einzigen schnellen Armbewegung hinunter. Einen Moment lang passierte gar nichts. Ich wollte schon erleichtert aufatmen, da griff er sich plötzlich an den Hals, schnappte röchelnd nach Luft. Man konnte es bis oben auf den Palisaden hören. Es war, als brenne sich auch bei mir ein Gift durch den Hals. Ich kniff die Augen zusammen, und er schlug mit einem dumpfen Geräusch auf den Steinboden des großen Hofes auf.

Als ich danach zu meiner Mutter blickte, konnte ich keine Regung in ihrem Gesicht erkennen. Doch ich wusste, wie sehr es sie zerriss.

Ich reibe mir die Arme. Wir haben das Friedhofstor erreicht. Hinten rechts erkenne ich Garreds Gestalt, wie er die Massengräber ausschaufelt, um neue Leichen hineinzuwerfen. Er sieht nicht mal hoch. Nur Nelson schaut zu uns herüber, schnaubt.

Noel zieht die Gitterflügel auseinander. Sie quietschen schrill.

Wir durchqueren das Tor, steigen schweigend auf unsere Pferde und reiten in die Nacht.

11

Lavis. Nordgebirge.

Ich kann nicht anders, ich muss anhalten und staunen.

Vorsichtig, aber bestimmt ziehe ich an den Zügeln. Buntig stoppt sofort, ich springe aus dem Sattel und laufe ein paar Schritte über die hellen Steine zu einem kleinen Felsvorsprung, von dem ich weit über die Landschaft blicken kann.

Ich kenne die Sonnenaufgänge über den Bergen durch die Fenster der Königsburg. Aber das ist überhaupt gar kein Vergleich.

Die Sonne selbst ist erst als Schimmer unten an der Bergkuppe zu erkennen. Doch ihr rötliches Licht strahlt gegen die Wolken, die aussehen wie ein zweites Gebirge aus Feuer. Und es strahlt über das Auf und Ab der kargen Felsenödnis, über die weiten geschwungenen Täler, die steilen Felsen und die Geröllhügel, über die knorrigen Bäume, die schräg durch das Gestein brechen und dann ihre Äste trotzdem nach oben Richtung Himmel recken, über die weite Ebene in der Ferne, wo die Dörfer der Minenarbeiter, der Getreidebauern, der Jäger, der Holzfäller vor der dunklen Waldmasse wie Tintenspritzer auf einem Pergament verteilt sind.

Und die Sonne taucht das alles in dieses warme, morgendliche Glühen.

Ich werfe einen kurzen Blick nach hinten. Noel ist nicht von seinem Pferd gestiegen, hat neben Buntig angehalten. Er schaut mich ungeduldig an, und das finde ich jetzt fast am schlimmsten von allem bislang. Es ist Noel. Er wäre doch eigentlich der Erste, der losrennt, um jede Einzelheit in sich aufzusaugen.

Was muss seine Enttäuschung über mich mit ihm gemacht haben? Wie sehr muss es ihn getroffen haben, zu denken, ich hätte ihm nur etwas vorgemacht? Dabei stimmt es doch gar nicht, es stimmt kein bisschen. Wenn er das nur verstehen würde!

Trotzdem fühle ich mich plötzlich unglaublich armselig. Die ganze Zeit habe ich nur darauf geachtet, wie schlecht es mir geht, aber wie sehr *ihn* das vielleicht auch mitnimmt, habe ich die meiste Zeit über vergessen.

Was kann ich nur tun? Wie soll ich ihn davon überzeugen, dass mein Kampf für Favilla und, viel wichtiger, meine Gefühle echt waren? Ich weiß nicht, wie man Misstrauen tötet.

Wir haben während des ganzen Weges nur das Nötigste geredet, in knappen, kühlen Sätzen. Meistens bin ich vorangeritten, als die erfahrenere Reiterin war das sinnvoll.

Ich gehe jetzt eilig zurück zu Buntig – die Freude am Sonnenaufgang ist mir ordentlich vergangen – und schwinge mich wieder in den Sattel. Ich drücke meine Fersen in die Flanken des Pferds. Stumm reiten wir hintereinander den schmalen Bergpfad entlang.

Ich starre leer auf die spitzen Dreiecksohren von Buntig, die von Zeit zu Zeit ohne erkennbaren Grund zucken, und ab und zu legt er sie für einen kurzen Moment an. Ich fühle mich nur noch beschissen. Einfach wegen allem.

Stundenlang reiten wir so weiter. Die Hufe schlagen rhythmisch auf die Steine, es geht hoch und wieder abwärts, manchmal schlingen sich die Wege eng an den felsigen Abhängen vorbei, dann wieder fällt oder steigt die Landschaft in alle Richtungen nur ganz leicht. Das Einzige, was hier wächst, sind borstige Grasbüschel und Moos, das sich vereinzelt auf den Steinen breitgemacht hat. Irgendwo weiter weg entdecken wir einige Bergseen, aber es ist unglaublich schwer, die Entfernungen und Größen hier abzuschätzen. Man denkt, die nächste Anhöhe ist jeden Moment überwunden, und dann geht es doch weiter und weiter bergauf. Oder man steht plötzlich direkt vor einer Abbruchkante, obwohl man dachte, dort sei noch viel Platz.

Beim Weg orientieren wir uns so gut es geht an der Skizze, die der Wissenschaftler uns angefertigt hat. Unser Pergament ist allerdings eine von Jon erstellte Abschrift.

Wir versuchen, uns möglichst weitab der zwei großen Pässe zu bewegen. Sie sind in diesem Bereich die zwei einzigen Grenzübergänge von Lavis, und entsprechend gut hat mein Vater sie gesichert. Auf den Wegen selbst sind laut dem Wissenschaftler nur wenige Patrouillen unterwegs, aber das muss nichts heißen.

Immer wieder lassen wir wachsame Blicke über die weiten Bergmuster schweifen. Doch außer einigen Steinböcken, die an einem flachen Hang gegenüber unserem Weg die langen, gebogenen Hörner gegeneinanderdonnern, und ein paar Krähen, die über die Steine stelzen oder aufflattern, wenn wir zu dicht an ihnen vorbeikommen, sind nur wir stummen Reiter hier unterwegs.

Zwischendurch machen wir eine kurze Rast an einer Quelle, die aus dem Stein sprudelt, lassen die Pferde verschnaufen, dann geht es weiter. Buntig ist sehr viel ruhiger und gefügiger als Ginger. Immer wieder muss Noel die Stute kurz zur Ruhe bringen. Bei den schmalen Pfaden, die dicht an einem Abhang vorüberführen, bleibt ihm dann nichts anderes übrig, als abzusteigen und sie am Zaumzeug zu führen.

Gegen Nachmittag erreichen wir eine kleine Senke, durch die ein klarer Bergbach sprudelt. Auf der rechten Seite erheben sich die Berge wie mächtige Festungsanlagen, auf der anderen Seite, etwa zwanzig Schritte weiter entfernt vom Bach, endet das Plateau abrupt in einer steilen Abbruchkante. Dort geht es bestimmt hundert Schritte nach unten.

Zwischen den blassen Steinen hat sich das Gras hier überall durchgekämpft, sogar ein paar knospende Bäumchen sprießen auf unserer Seite des Bergbachs hervor und bieten uns vielleicht noch etwas zusätzlichen Schutz gegen den Wind, der im Laufe des Tages immer mehr zugenommen hat.

Weil wir schließlich schon vor Sonnenaufgang aufgebrochen sind und Ginger außerdem von Stunde zu Stunde widerspenstiger geworden ist, beschließen wir, für heute hier zu bleiben und morgen in aller Frühe weiterzureiten.

Wir steigen ab und führen die Pferde zum Bergbach. Der Boden ist dort uneben, immer wieder ziehen sich tiefe Risse durch den Stein. Ich mache mit Buntig einen kleinen Bogen, sodass wir leichter zum Wasser kommen, gierig senkt er seinen

Kopf und trinkt in großen Zügen. Ich tätschle ihm die Flanke, das hat er wirklich verdient.

Hinter mir wiehert Ginger aufgebracht. Ich sehe mich um.

Sie will sich nicht von Noel vorwärtsführen lassen. Der streckt vorsichtig die Hand nach ihrem Hals aus, aber Ginger reißt wütend den Kopf nach oben, steigt jetzt beinahe. Noel hält sie an den Zügeln unten, er muss sich richtig dagegenstemmen, so viel Kraft hat Ginger.

»Führ sie ein Stück zurück, dann beruhigt sie sich«, sage ich und deute zur Abbruchkante.

»Alles gut, ich mach das schon«, sagt Noel nur und kämpft weiter mit der aufgebrachten Stute.

»Du …«

»Sam«, sagt Noel jetzt etwas schärfer. »Sie wird gerade nur noch nervöser. Lass mich hier mal bitte einfach machen.«

»Na gut«, sage ich. »Dann mach halt.«

Ich führe Buntig vom Wasser weg und binde ihn an. Noel hat Ginger immer noch nicht beruhigt.

Mit meinem Lederbeutel in der Hand stapfe ich los, suche mir eine paar größere Felsen, hinter denen Noel mich nicht sehen kann. Ich ziehe mir die Hose runter, nehme das blutige Stofftuch heraus und pinkle. Dass ich ausgerechnet jetzt meine Monatsblutung haben muss, war klar. Ich wische alles sauber und spüle mir die Hände mit dem Wasserschlauch ab.

Ganz toll – jetzt war ich schon wieder so schnippisch. Aber wenn er die gesamte Zeit über kein Wort redet und dann nur unfreundlich ist, schaffe ich es einfach nicht, nett zu sein. Auch wenn ich mir das fest vorgenommen habe. Das bin ich eben leider nicht.

Als ich mir die Hose zugeknöpft habe, atme ich noch einmal tief durch. Noel sollte mir egal sein. Ich habe viel wichtigere Dinge vor mir. Wenn ich den Auftrag des Wissenschaftlers nicht erfüllen kann, bin ich verloren. *Darauf* sollte ich mich konzentrieren. Ich sollte …

In diesem Moment höre ich Ginger wiehern, mindestens doppelt so laut wie vorher. Aber es klingt jetzt nicht mehr bockig, sondern panisch. Als ob sie kurz davor ist, durchzugehen.

Und dann ertönt ein tiefes Knurren, dazu mischt sich eine raue, brutale Stimme: »Na, wen haben wir denn hier? Das könnte interessant werden.«

Scheiße! Das kann doch jetzt nicht sein! Mein Herz donnert los. Wir hätten vorsichtiger sein müssen.

Hastig schleiche ich mich am Felsen entlang vorwärts. Als ich zwei kleinere Blöcke erreiche, ducke ich mich dahinter und spähe von dort hervor.

Die beiden Königswachen stehen mit gezückten Schwertern vor Noel. Zwei dunkle Silhouetten in der Abendsonne. Und neben ihnen noch eine dritte Silhouette – kleiner, gedrungener. Aber sie ist diejenige, die mir die Gänsehaut jetzt bis über den Nacken jagt. Es ist einer der Kampfhunde, die die Schwarzgewändler für den König züchten.

Das tiefe Knurren vibriert bis in meine Kehle, dabei bin ich bestimmt zwanzig Schritte entfernt.

Noel ist tief in die Knie gegangen und hält seine Axt vor sich ausgestreckt, zeigt damit direkt auf den Kampfhund. Ginger ist nach hinten zurückgewichen, wiehert und schnaubt nervös. Weiß anscheinend nicht genau, ob sie abhauen soll oder lieber nicht.

Der linke – der größere der beiden Wachmänner – blickt Noel an und lacht freudlos auf. »Du willst doch nicht ernsthaft mit uns kämpfen, Junge.« Er zuckt einmal locker mit dem Schwert in seiner Hand. »Na los, leg die Waffe weg, und ich sage Kojote, dass er dir nichts tun soll.« Drohend macht er einen Schritt nach vorn, und auch der Kampfhund rückt vor, fängt jetzt an, wild und schnappend zu bellen. Ich kann die kräftigen Muskeln unter dem schwarzen Fell zucken sehen. »Und du solltest uns außerdem ganz schnell sagen, wo dein Begleiter abgeblieben ist. Sonst wird das hier wirklich nicht angenehm für dich ausgehen.«

Ich presse die Lippen aufeinander. Klar, sie haben Buntig gesehen und sofort verstanden, dass Noel nicht allein unterwegs ist. Was soll ich machen?

Überraschen kann ich sie nicht mehr.

Vielleicht müsste ich jetzt blitzschnell irgendeinen klugen Plan aushecken. Aber ich habe keinen.

»Beruhigt euch mal, ich bin hier drüben«, sage ich laut und löse mich aus der Deckung des Steinblocks. Ich hoffe, sie merken nicht, wie sehr meine Knie zittern, als ich in aller Seelenruhe zu Buntig gehe und mir den Schild hinten vom Sattel nehme.

Buntig trippelt hin und her, in seinen Augen flackert es nervös. Ich wende mich der Königspatrouille zu.

Der Kampfhund feindet ununterbrochen Noel an, die beiden Wachmänner allerdings haben den Kopf verwundert zu mir gedreht.

»Es ist ein Mädchen«, sagt der kleinere und klingt dabei, als zweifele er an dem, was er da sieht. Sein Gesicht ist kantig und sein stoppliger Bart ungleichmäßig. Beide Wachen stecken in schweren Plattenrüstungen. Auf der Brust prangt das schwarze Phönixsymbol.

»Das sehe ich, Mann«, meint der große, dann schaut er zu Noel und wieder zu mir zurück. »Was in aller Welt habt ihr hier oben zu suchen? Und wo habt ihr Waffen und Pferde her?« Er zögert. »Ihr seid doch nicht etwa ungesehen über einen der Pässe gelangt?«

Ich gehe auf die beiden zu. Stelle mich vor sie. Sie ragen vor mir auf wie Mauern aus Metall.

Das Zittern in meinen Knien lässt sich kaum noch kontrollieren. Das müssen sie einfach bemerken. Aber ich tue so, als wäre da nichts.

Und selbst die undurchdringlichste Mauer hat ihre Schwachstellen.

Ich starre dem Großen gelangweilt in die Augen, hebe mein Schwert ein Stück. »Was ist? Kommen wir zur Sache?«

Ich kenne die Männer meines Vaters. Ich weiß, dass es darauf hinauslaufen wird. Warum warten?

Die Wachen schauen einander für einen Augenblick an, dann prusten sie los vor Lachen.

»Hey, Kleine …«, beginnt der Große, der Rest des Satzes geht in einen reißenden Schmerzensschrei über. Ich ziehe das Schwert blitzschnell wieder aus seiner Achselhöhle hervor. Blut schwappt in großen Stößen hinterher.

Sein Kopf knickt nach unten, und er starrt fassungslos auf seine Schulter, unter der die rote Flüssigkeit hervorschießt und sich über den glänzenden Brustpanzer ergießt.

»Kojote«, röchelt er noch, bevor er auf die Knie sinkt.

Der Kampfhund fährt herum. Er fletscht die scharfen Zähne, die Lefzen zucken. Dann stößt er sich kraftvoll vom Boden ab. Er schießt auf mich zu wie eine Bestie aus Nacht.

Ich reiße den Schild hoch. Der Aufprall ist noch heftiger als erwartet, stößt mich zu Boden. Das Tier ist über mir, ich lasse mein Schwert fallen und presse dem Hund mit beiden Händen den Schild entgegen, um ihn mir vom Leib zu halten, seine langen, spitzen Zähne vor meinem Gesicht schnappen geifernd nach mir, er drückt sich vorwärts, meine Muskeln halten das nicht länger aus, er kommt immer näher, schnappt zu, schnappt zu.

Mit einem wilden Schrei stoße ich den Schild nach vorne und werfe die Bestie zurück. Ich kralle nach meinem Schwert am Boden, aus den Augenwinkeln sehe ich, wie Noel von der anderen Wache mit kräftigen Hieben nach hinten getrieben wird. Ich krabbele rückwärts, will mich aufrichten. Aber da stürzt das Tier schon wieder auf mich zu, ich reiße die Arme hoch, zu langsam. Schmerz!

Ich schreie.

Die Zähne des Kampfhundes haben sich tief in meinen rechten Oberarm gebohrt. Er fasst nach, sodass sie noch tiefer einsinken, ich schreie lauter, es bringt mich fast um den Verstand.

Ich brülle, trümmere ihm die Kante meines Schildes ins Gesicht. Er jault auf, lässt los, weicht zurück. Doch da reißt er das Maul schon wieder auf, Rot trieft von seinem Gebiss, er stößt sich ab, will erneut seine Zähne in meinem Fleisch versenken.

Ich weiß nicht, wie ich es schaffe, den verletzten Arm zu heben, aber ich steche mit dem Schwert zu, genau in den geöffneten Rachen, der auf mich zuschießt. Ein Röcheln, der Kampfhund drängt vorwärts, wirft mich erneut zu Boden. Ich schreie, aber lasse das Schwert nicht los, egal, wie sehr mein Arm wehtut. Der Hund zuckt noch mal nach vorn. Einmal. Zweimal. Und dann erschlafft das Tier.

Aber ich darf nicht verschnaufen, höre das wilde Schlagen von Metall auf Metall. Ich wälze mich unter dem schweren Körper des Hundes hervor, springe auf. *Noel!*

Die Wache hat ihn weit zurückgedrängt, bis hinter den Bach und auf das Plateau vor der Abbruchkante. Noel schwingt seine Axt schnell und kraftvoll, aber die Wache lässt ihn keinen Treffer landen. Sein Gegner ist ein hervorragender Kämpfer, das sehe ich sofort, in den Bewegungen liegt eine gruselige Routine.

Er wird Noel töten.

Ich sprinte los. Die Wache treibt ihn weiter zurück, weiter auf die Abbruchkante zu. Nur noch ein paar Schritte. *Ich bin gleich da.*

In diesem Moment setzt die Wache zu einem kräftigen Hieb an. Die Wucht des Schlages lässt Noel nach hinten prallen, sodass er genau an der Kante um sicheren Stand ringt. Ich kann von hier aus sehen, wie er die Augen aufreißt.

Die Wache setzt nach, will ihn hinabstoßen, doch Noel schafft es irgendwie, einen seitlichen Satz nach vorn zu machen. Die Wache hat zu viel Schwung, ihre Rüstung ist zu schwer. Sie strauchelt noch kurz, reißt Noel am Arm herum, kann sich daran nicht halten – stürzt.

Aber ich atme nicht auf! Noel. Die Wache hat ihn zu weit mitgezerrt, er steht jetzt an der Kante und ist im Begriff, nach hinten wegzukippen. Er rudert mit den Armen in der Luft, wankt nach hinten, ich schaffe es nicht rechtzeitig. *Oh nein! Das darf nicht …*

Da plötzlich findet er die Balance, macht einen Schritt nach vorn. Noch einen.

Er steht sicher auf dem Felsen, und nun bin ich bei ihm, halte vor ihm an.

Ich starre in sein Gesicht, er atmet schwer. Er wäre fast hinuntergefallen. Um Haaresbreite wäre er in den Abgrund gestürzt.

Einen Moment stehen wir noch schwer atmend voreinander. Dann geht's nicht mehr anders. Ich schnelle vor und schlinge meine Arme um ihn. Drücke meinen Kopf gegen seine Schulter, höre den Herzschlag unter dem Leder pochen. Er wäre fast in den Abgrund gestürzt.

Noel erstarrt. Aber ich lasse nicht los. Er kann mich mal.

Nach einer Weile merke ich, wie er langsam seine Arme hebt und sie vorsichtig um mich legt, bedacht darauf, meine Bisswunde nicht zu berühren. Er vergräbt sein Gesicht in meinen Haaren und drückt mich. Ein bisschen zu fest, ein bisschen, als wolle er mich zerquetschen. Aber das ist okay so. In seinen Armen ist alles okay.

12

Lavis. Nordgebirge.

Ein Ast bricht krachend im Lagerfeuer, die beiden Enden rutschen ab bis ganz zum Boden, wo sie in die Asche tauchen. Die Flammen malen ein orangerotes Muster in der Finsternis. Sie zittern, als ein Windstoß durch die versteckte Senke fährt.

»Geht's?«, fragt Noel, während er vorsichtig meinen Verband löst.

Ich verziehe keine Miene und nicke. Dabei brennt die Wunde fürchterlich. Ich schaue lieber nicht hin, sondern starre weiter in die Flammen. Versuche, mich auf seine rauen Hände zu konzentrieren, die meine Haut berühren und Linien aus angenehmer Wärme hindurchjagen.

Noel betrachtet eine Weile meinen Arm, dann trägt er mit zwei Fingern die Gelbpaste auf, und sofort riecht es kräftig nach Minze.

Einmal kann ich es nicht verhindern, kurz zu zucken und die Luft einzuziehen, ansonsten bin ich ganz still.

»Die Wunde sieht so weit gut aus«, sagt Noel. »Aber bist du dir wirklich ganz sicher, dass wir morgen nicht doch lieber umkehren sollten?«

»Ganz sicher«, sage ich und blicke ihn flüchtig an. Im Schein des Lagerfeuers sehen seine Haare aus wie gemeißelt.

Er leckt sich über die Lippen. »In Ordnung. Wir können ja morgen früh noch einmal gucken, wie es dir geht.«

Noel legt den Verband wieder um meinen Arm, setzt sich dann neben mich, an meine unversehrte Seite. Unsere Schultern berühren sich, wir schauen ins Feuer, und mein Herz pocht kräftig. Ich merke, wie sehr ich das vermisst habe – seine Nähe zu spüren, einfach beieinander zu sein. Die Wärme der Flammen lässt mein Gesicht, meine Hände glühen.

»Ich liebe diese frische, saubere Luft vom Frühling«, sagt Noel irgendwann. »Noch ist es viel zu kühl, aber trotzdem merkt man schon, dass der Frühling kommt.«

»Das Lagerfeuer raucht.« Ich werfe ihm einen Blick von der Seite zu und lächle verhalten. »Das ist alles.«

»Nein, ich meine die ganze Zeit schon, seit wir draußen sind.«

»Ja, man hat total gemerkt, wie du's genossen hast«, sage ich ironisch.

Jetzt lächelt Noel matt und lässt einmal gespielt schuldig den Kopf sinken. »War nicht so mein Tag heute.«

Wir gucken wieder ins Feuer, alles andere um uns herum dunkel, tiefschwarz dunkel, nur der Himmel etwas heller mit Sternpunkten, als hätte jemand Stiche in ein schwarzes Tuch gesetzt, hinter dem es hell leuchtet. Sie wirken hier viel größer, und die Sternbilder, die mir Gireon von den Zinnen der Königsburg aus gezeigt hat, sind viel besser zu erkennen.

Noel lehnt sich nach hinten, stützt sich auf seine Hände.

Ich schmiege mich ein bisschen enger an ihn. Sein Körper ist warm, hier bin ich richtig.

»Denkst du manchmal an den Totengräber? An Mirlinda?«, fragt er nach einer Weile.

Ich überlege kurz. »Ja, manchmal«, sage ich dann. »Es ist eigentlich völlig verrückt, aber auf eine ganz seltsame Weise finde ich trotzdem, dass der Totengräber unser Freund gewesen ist.«

»Ja.« Noel nickt. »Irgendwie schon.« Er greift hinter sich nach ein paar Ästen, bricht sie durch und legt sie aufs Feuer. Funken stieben auf und tanzen für ein paar Augenblicke in der Luft, bevor sie verglühen. »Über Mirlinda habe ich auch schon mit Jon gesprochen. Er meinte, sie sei zwar stets etwas undurchsichtig gewesen, aber gerade sie schien immer hinter der Idee von Favilla zu stehen.«

Ich zögere, picke mit spitzen Fingern ein Ascheblättchen von seinem Leinenhemd, das dorthin gestoben ist.

»War es komisch für dich, so nah an deiner alten Heimat entlangzureiten?« Irgendwie will ich plötzlich das Thema wechseln.

Noel springt zum Glück darauf an: »Schon ein bisschen. Ich habe überlegt, was wohl passieren würde, wenn ich jetzt einfach nach Hause reite und an die Tür klopfe.«

»Und?«

»Keine Ahnung. In meinem Kopf ist es dort immer noch genauso, wie als ich abgeholt wurde. Meine Mutter hat genau gleich viele graue Haare, die Falten auf der Stirn von meinem Vater sind gleich tief, und Claire lacht noch genauso wie damals.« Er schweigt einen Moment. »Ich habe Angst davor, dass ich mich irre, weißt du?«

Ich nicke. »Ja, das verstehe ich. Ich kenne das.«

Wieder schweigen wir. Ich merke, dass Noel mich beobachtet. Aber nicht so wie die letzten Tage, sondern mit diesem aufmerksamen, interessierten Friedhofswachpostenblick, den ich so mag.

»Du hast mir mal von deiner Mutter erzählt«, sagt er dann behutsam. »Denkst du oft an sie?«

Ich nicke erneut. »Ich will mir einfach nicht vorstellen, dass es ihr noch schlechter gehen könnte als ohnehin schon. Mein … der König bevorzugt einige seiner Frauen besonders. Aber wenn sie seine Gunst verlieren …« Ich breche ab.

Noel schweigt. »Ich glaube nicht, dass das passiert ist«, sagt er dann vorsichtig.

»Stimmt.« Ich versuche, die Wörter so fest auszusprechen wie möglich. »Ich auch nicht.«

Langsam streiche ich mit dem Finger über meinen Unterarm. Plötzlich sind die Erinnerungen da, gerade die an meine Mutter kommen manchmal wie aus dem Hinterhalt. Doch ich bin froh über sie, denn es ist besser, als wenn ich mich nicht mehr an sie erinnern würde. Ich drehe mich zu Noel um. »Sie hat mir immer ein Gedicht aufgesagt. Sie hat gemeint, es ist ein Lagerfeuergedicht. Willst du's hören?«

Noel lächelt. »Na klar.«

Ich räuspere mich. Bin jetzt irgendwie ganz nervös. Die ersten Wörter zittern noch, dann geht es allmählich besser:

O schaurig war meine Wanderschaft,
Durch all die neun Königslande,
Die mich gebracht durch Tag und Nacht,
Und an des Lebens Rande.
Ich habe gesehen helles Licht,
Doch wich mir auch die Schwärze nicht.
O schaurig und schön war die Wanderschaft,
Und schloss undurchdringliche Bande.

Ich schritt durch das Reich von Noctuán
Und sah die großen Eulen im Wald;
Sie erinnern sich wohl noch immer daran,
Was tausend Jahr her ist bald.
Aeris, dort musst ich auf Hilfe pochen,
Der Wind kroch tief in meine Knochen.
Die Falken des Sturmes hielten ihn an,
Und befreiten ihn wieder kalt.

In Akila schien Sonne auf weites Feld,
Golden glänzten die Adler vor Kraft;
Weil Ehre und Mut sie zusammenhält,
Hat kein Krieg sie dahingerafft.
Rakk, die Insel, lebt in den Fluten,
Keine Strömung lässt sich vermuten.
Die Wellentaucher scheuen die Welt,
Die ich kaum zu sehen geschafft.

Ich lief in Terg über kahle Erde,
Auf dass keine Harpyie mich kriegt;
Sie halten sich Menschen wie eine Herde,
Macht liegt in ihrem Blick.
Durch weiße Schleier ins Dunkel hinein,
Cavions Höhlen sind Schwärze allein.
Flügel aus Leder jagen geschickt,
Weh, wenn ich ausgewählt werde.

Parvania schillert vor Farbenpracht,
Kein Schatten vermag das zu trüben,
Die Anmut, sie hat sie eigen gemacht,
Und wag nie, einen Pfau zu belügen.
Vigilis, das Land, das wir so hassen,
Steinernes Gift wollt' mich dort fassen;
Ein Greif über jede Waffe lacht,
Sie kann keinen Schaden zufügen.

Von Weitem konnt' ich sie sehen,
Als ich in die Heimat kam,
Die Feuer, die niemals vergehen,
Die nie ein Greif sich nahm.
Lavis, mein Land, deine Ferne war schwer,
Die Phönixe sind es, die ich verehr,
O schaurig schön war die Wanderschaft,
Doch erst zu Haus bleib ich stehen.

Ich schließe den Mund und merke, dass ich ganz außer Atem bin. Meine Wangen sind heiß, nervös spiele ich mit den Fingern auf dem Steinboden herum.

»Es ist schön«, sagt Noel dann endlich. »Mir gefällt es.« Er rückt noch ein bisschen näher und legt einen Arm um mich. Ich kuschele mich rein, umgreife seinen Oberarm mit meinen kalten Fingern.

»Und ich habe dich noch nie so viel reden gehört«, fügt Noel amüsiert hinzu.

Ich schnaube und steche ihm mit meinem Ellenbogen in die Seite. »Blödmann.«

Aus den Augenwinkeln kann ich ihn lächeln sehen, dann senkt er sein Gesicht auf meine Haare und drückt mir einen Kuss auf den Kopf. Ich drehe mich zu ihm, unsere Gesichter sind nur ein paar Handbreit voneinander entfernt. Ich schaue in seine dunklen, braunen Augen … und erschrecke.

Er senkt den Blick, ich habe plötzlich einen Kloß im Hals. In seinen Augen lag etwas, das mir überhaupt nicht gefällt. Und jetzt werde ich anders nervös, unschön nervös.

»Sam?«

»Mmh.«

»Ich finde, du solltest es Jon sagen.«

»Was sagen?«, frage ich, aber ich weiß natürlich, was kommt.

»Die Wahrheit. Wer du bist, wo du herkommst.«

Ich starre ihn an. Öffne den Mund. Schließe ihn wieder. Das kann doch nicht sein Ernst sein! Das kann er doch nicht wirklich verlangen!

Aber Noel erwidert meinen Blick ganz ruhig, als hätte er sich lange überlegt, was er hier sagt.

»Er wird verstehen, warum du es ihm nicht sofort sagen konntest. Er ist ein sehr vernünftiger Mann, und wenn du es ihm selber sagst, dann wird er das zu schätzen wissen und richtig deuten können.«

Ich schweige. Noel fährt einmal vorsichtig mit der Außenseite seines Zeigefingers an meiner Schulter entlang, aber ich lehne mich von ihm weg.

»Ich werde natürlich auch mit Jon reden«, sagt er. »Er hört sich meine Meinung an, er gibt viel darauf – ich bin mir ganz sicher, dass dir nichts passieren wird. Sonst würde ich es dir nicht vorschlagen«. Feuerknistern. »Überleg doch nur mal, was für Informationen du uns liefern könntest. Du könntest uns mehr voranbringen als alle Spione in ganz Tyrganon zusammen.«

Ich stehe auf, stelle mich vor ihn hin. Meine Wangen zucken, ich habe die Fäuste geballt. Ich mache noch einen Schritt auf Noel zu.

»Wenn du Jon auch nur ein Wort sagst«, zische ich, »dann gibt es dich für mich nicht mehr.«

Noel wirkt völlig unbeeindruckt. »Du bist die Königstochter. Steh dazu.«

»Tu ich doch«, sage ich viel leiser als beabsichtigt. Ich habe ihm gerade das Gedicht meiner Mutter vorgetragen. Ich war gerade ehrlich, warum reicht das nicht?

»Tust du nicht.« Noel steht nun ebenfalls auf. Er ist riesig. »Du hättest es nie von selbst erzählt. Weil du nicht dazu stehst. Du versteckst dich.«

»Ich hätte es vielleicht noch erzählt.«

»Du solltest nicht warten, bis Jon es durch Zufall herausfindet. Das ist doch nur eine Frage der Zeit. Du könntest ihm so viel Misstrauen nehmen, wenn er es von dir selbst hört. Freiwillig.«

Wir stehen uns gegenüber. Unsere Blicke starr aufeinandergerichtet. Wie vor einem Kampf. In mir brodelt es, meine Muskeln verkrampfen sich. *Ist klar, Noel. Jon das Misstrauen nehmen.* Warum gibt er nicht wenigstens zu, dass *er* sehen will, ob er mir wirklich trauen kann? Wenn ich es Jon sage, dann glaubt mir Noel wahrscheinlich auch endlich. Aber erst dann. Das soll er doch wenigstens zugeben!

»Sam«, sagt Noel, er will mich an den Händen nehmen, aber ich ziehe sie wütend zurück, laufe ums Lagerfeuer herum, schnappe mir die Blendlaterne.

»Ich übernehme die erste Wache.«

»Sam, jetzt hör mir doch mal zu.«

Ich habe mich schon einige Schritte entfernt und bin einen kleinen Felsblock hinaufgeklettert, von wo aus ich die dunklen Gebirgspfade am besten überblicken kann. Noel kommt nicht hinterher, immerhin kapiert er das. Er steht allein vor dem Feuer, groß und schattig, den Blick immer noch auf mir.

»Na gut«, sagt er, und am schlimmsten finde ich, dass er dabei weiterhin so ruhig bleibt. Als hätte er sich das von Jon abgeguckt. »Denk bitte darüber nach. Ich lege mich dann hin.«

»Vielleicht solltest du diese Nacht lieber kein Auge zumachen«, sage ich laut. »Wer weiß, ob die Königstochter dir sonst noch die Kehle durchschneidet.«

Aber ich schaffe es nicht, ihn wütend zu machen. Er schweigt jetzt und legt sich einfach auf sein Lager neben das Feuer. Er schließt die Augen, ob er wirklich schläft, weiß ich nicht. Aber sein Gesicht sieht friedlich aus. Es sieht schön aus.

Ich starre in die Bergdunkelheit. Schwarze Umrisse zeichnen ein unbestimmtes Muster vor noch mehr Schwarz. Rechts von mir raschelt es, etwas Kleines, vielleicht ein Hase oder eine Schlange. Die Wut in mir beruhigt sich nur langsam. Nach einer Weile ziehe ich mein Schwert und spiele mit dem Griff in meinen Fingern.

Ich könnte fliehen.

Aber ich denke nicht wirklich darüber nach. Ich kenne die Antworten. Egal, wie riskant es bleibt, der Kampf gegen meinen Vater ist das Einzige, was ich habe. Ich kann Favilla nicht den Rücken kehren. Und Noel auch nicht. Obwohl ich ihn in diesem Moment am liebsten aufwecken und gegen seine Brust schlagen würde, bis er mich versteht. Trotz allem. Ich könnte nicht abhauen.

13

Lavis. Nordgebirge.

»Hier muss es sein.«

Noels Stimme klingt heiser. Es ist der erste Satz seit mehreren Stundenstrichen, den einer von uns beiden spricht. Der Weg über die immer gleichen kargen Gebirgspfade ist ewig gewesen und hat sich nur darin vom Vortag unterschieden, dass unsere Stimmung noch bedrückter war.

Noel zieht die Zügel an und springt vom Pferd. Eilig läuft er auf die Felswand vor uns zu, wo der Weg ein jähes Ende nimmt. Die Wand ragt endlos in die Höhe und streckt sich weit nach rechts und links. Allerdings knickt sie auf der rechten Seite schon bald seitlich ab.

Ich stelle mich neben Noel. Das Pergament mit den Beschreibungen des Wissenschaftlers halte ich in den Händen. Es ist natürlich auch nur eine von Jon angefertigte Abschrift.

Jons Buchstaben sind voll und geschwungen. Die Wörter sehen geradezu elegant aus.

An dem eingezeichneten Punkt befindet sich eine hohe Felswand. Hier verbirgt sich der Durchgang zur geheimen Bibliothek. Der Felsen muss nach innen geschoben werden. Es geht leichter, als man denkt. Bevor das aber möglich ist, muss etwas in der kleinen Höhle rechts neben der Felswand gemacht werden. Ich weiß nicht, was es dort zu erledigen gilt, aber die Männer haben jedes Mal, wenn ich sie beobachten konnte, einen Stapel Feuerholz mit hineingenommen. Und es hat immer eine Zeit lang gedauert. Der Rest liegt dann wohl an euch.

Noel tritt an die Felswand. Er lässt die Finger über die zerklüfteten Steine fahren. Nichts deutet darauf hin, dass hier ein Tor sein könnte. Er drückt sich mit der Schulter gegen den Stein, aber natürlich passiert nichts.

»Wir müssen erst in die Höhle«, sage ich.

»Ich weiß.« Noel zuckt mit den Schultern. »Ich dachte mir, vielleicht haben wir Glück, und es geht so.«

Ich höre nur halb zu, bin schon nach rechts, wo die Felswand zur Seite abknickt. Dort gelange ich nun an einen kleinen, unscheinbaren Pfad, der sich zwischen kahlem Gestrüpp und dem Felsmassiv entlangwindet.

Es sind nur ein paar Dutzend Schritte, bis ich den Eingang entdecke. Ein unscheinbares Loch im Stein, gar nicht besonders gut verborgen. Etwas Gestrüpp nimmt wahrscheinlich von weiter weg die Sicht darauf, und man könnte die mannshohe, schmale Öffnung auch leicht als Schatten auf dem Stein abtun.

Aber wenn man danach sucht, ist es anscheinend wirklich einfach, sie zu finden.

Am Eingang der Höhle schließt Noel zu mir auf. Ich zögere.

Es würde mich wundern, wenn der Brennende König seine größte Quelle der Macht nicht irgendwie gesichert hat, hat Jon gesagt. Könnte das auch schon für den Durchgang dorthin gelten?

Aber was nützt das Warten? Ich gehe rein.

Und sofort zucke ich zurück. Ich habe mein Schwert schon halb gezogen, als ich meinen Irrtum erkenne. Mit einem leisen Klingen lasse ich meine Waffe zurück in die Schwertscheide gleiten. Atme aus.

Es ist bloß eine aus dem Stein gemeißelte Figur, die mit leerem Blick über die Höhle wacht. Ich schnalze mit der Zunge. Ein alter Bekannter, er ähnelt den steinernen Vogelmännern auf dem Friedhof ziemlich genau.

Auch er trägt einen Umhang und hat einen Vogelkopf, wenn auch einen viel breiteren als die Friedhofsstatuen. Und dieser Vogelmann hält keine Fackel vor der Brust, sondern ein wuchtiges Felsenschwert.

Ich trete ein paar Schritte nach vorn, Noel ist neben mir. Er hält seine Axt gezückt.

Hier drinnen ist es düster, aber ein bisschen Sonnenlicht fällt in den Eingangsbereich, und das reicht, um das meiste halbwegs zu erkennen. Besonders groß ist die Höhle nicht, vielleicht zehn Schritte im Durchmesser.

Auf dem Boden liegen einige Steinbrocken, ein paar einzelne dünne Zweige und etwas, das die abgestreifte Haut einer Schlange sein könnte.

An der linken Höhlenwand entdecke ich ein unter einem Felsvorsprung in den Boden eingearbeitetes steinernes Rund, in dem unverkennbar Aschereste liegen. Es erinnert mich an die Feuerstelle im Gemeinschaftsraum. Ich trete näher, gehe direkt davor in die Hocke.

Im Fels über der vermeintlichen Feuerstelle führt ein kopfdicker Schacht nach oben, fast wie ein Kamin.

»Seltsam.« Noel ist plötzlich neben mir. Er nimmt ein kleines Steinchen und schleudert es von unten den Schacht hinauf.

Wir fahren beide zusammen, als es auf einmal laut und metallisch klingt. Kurz darauf fällt der Stein mit einem raschelnden Geräusch wieder vor uns in die Aschereste.

Noel kneift die Augen zusammen. »Ist da oben eine Klappe?«

»Wenn, dann kommen wir nicht ran. Der Schacht ist zu schmal dafür«, antworte ich. »Ich würde sagen, das ist eine Feuerstelle. Die gehen hier mit Feuerholz rein. Dürfte ziemlich klar sein, was wir zu tun haben.«

»Das kann noch nicht alles sein«, sagt Noel.

Ich zucke mit den Schultern. Nehme dann das Feuerholz aus der Tragetasche und staple es zusammen mit einigen feineren Reisigbüscheln in das steinerne Rund.

Noel läuft währenddessen in der Höhle auf und ab, ich kann mich nicht richtig konzentrieren.

»Oh Mann«, murmle ich. »Könnte hier nicht jemand eine Fackel vergessen haben oder so? Das wär' ein bisschen weniger mühsam.«

Jetzt lege ich ein Büschel Distelwolle neben mich. Ich nehme Feuerstein und Zunder in die linke Hand, das Feuereisen in die rechte. Sechsmal muss ich das Feuereisen auf den Flint schlagen, bis der Zunder endlich den Zündfunken auffängt und zu glühen beginnt.

Nun lege ich den Zunder in die Distelwolle und puste dem Feuer Luft zu, bis die Wolle hell und rauchig brennt. Schnell auf den Holzstapel damit und weiterpusten. Das Feuer greift erst nach dem feinen Reisig, dann auch nach den anderen Ästen, und ich muss husten vom Rauch.

Ich stehe auf, trete ein paar Schritte zurück und betrachte die Flammen. Und jetzt?

Es stimmt schon, das wird wohl noch nicht die Lösung gewesen sein.

»Die Statue muss es sein.« Noels Stimme hallt eigenartig zwischen den Steinwänden wider. »Wie bei den Sarkophagen der Phönixwächter.«

»Hm?« Ich drehe mich um.

Noel steht direkt vor dem Vogelmann und betrachtet ihn von oben bis unten. »Irgendwo gibt es einen Mechanismus. Ganz sicher.«

Er greift nach dem steinernen Schwert und ruckelt daran. Nichts bewegt sich. Er tritt näher und beginnt, die Statue abzutasten: die Finger, die Arme, den Schnabel, die Augen. Am Hals hält er inne. Dann nimmt er den Vogelkopf in beide Hände und beginnt zu drehen. Es klappt. Der Kopf bewegt sich, Noel dreht ihn unter dem schabenden Geräusch von Stein auf Stein einmal um sich selbst.

»Ha.« Noel sieht zu mir rüber, aber ich starre ihn bloß teilnahmslos an. Auch Arschlöcher können geheime Schalter finden, na und?

Und jetzt ist plötzlich noch ein seltsames Rauschen zu hören. Es kommt vom anderen Ende der Höhle, aus der Wand genau über der Feuerstelle, und es vermischt sich mit dem Knistern der Flammen.

»Wasser?«, fragt Noel zweifelnd.

Wir gehen auf den Schacht zu, lauschen. Aber es ist unverkennbar. Da scheint wirklich Wasser zu plätschern, und ich glaube, es plätschert auf Metall. Vielleicht ist es eine Art Topf oder Kessel.

Noel kneift die Augen zusammen. »Und das soll reichen, um das Tor öffnen zu können?«

Ich zucke wieder mit den Schultern. »Mal abwarten.«

Noel seufzt. »Na gut, ich gucke oben nach, ob sich was am Tor tut, und du passt hier auf das Feuer auf, in Ordnung?«

Ich nicke.

»Dann bis gleich.« Noel geht aus der Höhle, und ich atme auf. Ich will jetzt wirklich nur noch diese Mission zu Ende bringen und mich dann so fern von ihm halten wie möglich.

Ich habe zwar immer noch keine Ahnung, wie ich das schaffen soll, aber es muss einen Weg geben. Ich weiß nicht mehr, wie man das mit uns noch geradebiegen sollte.

Es will einfach nicht in meinen Kopf, wie er ernsthaft von mir verlangen kann, dass ich es Jon sage. Wie verblendet muss er schon sein, dass er nicht sieht, wie unberechenbar und gefährlich Jon ist.

Plötzlich habe ich wieder Johannas verlorene Stimme im Ohr. Warum sie im Verlies gelandet ist, weiß wohl auch nur Jon. Aber davon kann ich Noel ja schlecht erzählen.

Ich starre auf die Flammen, lausche der Mischung aus Knistern und dem Wasserplätschern weiter oben in der Wand. Erst ganz langsam, bald aber überraschend schnell verwandelt sich das Geräusch in ein wildes Brodeln. In dem Schacht muss eine unglaubliche Hitze herrschen.

Ich warte noch eine Weile. Dann höre ich ein Schaben weiter oben im Fels, anscheinend bewegt sich dort irgendetwas Schweres. Kommt das jetzt wirklich daher, dass wir ein Feuer unter einem Wasserkessel entzündet haben? Auf jeden Fall tut sich was, ich sollte nach Noel schauen.

Ich beeile mich, rauszukommen, und haste anschließend den schmalen Pfad entlang. Noel steht wie besprochen vor der Felswand, hier ist das schabende Geräusch sogar noch deutlicher zu hören.

Noel schüttelt ungläubig den Kopf. »Das gibt es nicht. Wenn das jetzt wirklich funktioniert, dann gibt es das einfach nicht.«

Er stemmt sich gegen den Stein. Erst tut sich nichts. Doch nun, ganz langsam, bewegt sich der Fels nach innen. Mit ein paar schnellen Schritten bin ich bei Noel und stemme mich ebenfalls gegen den Stein. Natürlich würde er es auch alleine schaffen, wenn nicht er, dann keiner, aber ich will trotzdem nicht nur blöd rumstehen.

Jetzt ist bereits ein dunkler Spalt im Fels zu sehen. Der Durchgang.

Der Durchgang, nach dem Favilla seit 300 Jahren sucht! Völlig egal, was der Wissenschaftler mit dieser einen Schriftrolle will. Wir könnten schon sehr bald einen entscheidenden Schritt im Kampf gegen meinen Vater vorangekommen sein!

Keuchend drücken wir weiter. Mit jedem Stück, das das Tor

aufgeht, wird es leichter. Schließlich haben wir den schweren Felsblock ganz zur Seite geschoben und stehen vor einem schwarzen Tunnel.

Weit hinten erkenne ich einen Lichtschimmer. Dort auf der anderen Seite wartet die Bibliothek auf uns. Noel ist ganz still, aber ich kann seine Nervosität richtig spüren, seine Bewegungen sind eilig, fast hektisch.

Wir holen die Pferde, und ich werfe einen letzten Blick zurück ins Gebirge. Kneife die Augen zusammen. Dahinten, das Weiß dort – ist das *Nebel*?

Aber ich bin mir nicht sicher, und eigentlich ist es auch nicht wichtig. Wir stehen kurz vor dem größten Durchbruch Favillas überhaupt.

Ich wende mich ab, und wir machen uns auf den Weg durch den Tunnel.

Unsere Pferde halten abrupt an. Ginger schnaubt, reckt den Kopf nach vorn und flehmt. Ich drücke Buntig die Hacken kräftig in die Flanke, aber auch er macht keinen Schritt vorwärts.

»Was ist denn jetzt los?« Noel starrt misstrauisch nach vorne. Wir haben den Tunnel durchquert und sind nun schon eine ganze Weile durch eine schmale Schlucht geritten. Rechts und links von uns strecken sich die Steilhänge endlos in die Höhe, vor uns erkenne ich eine Biegung. Was liegt dahinter?

Ich presse Buntig noch mal die Hacken in die Flanke, aber er meckert lediglich kurz auf, ohne sich auch nur ein Stück nach vorn zu bewegen, und seine Ohren zucken unruhig. Da ist nichts zu machen, ich steige ab.

»Vielleicht werden sie von den Schatten dort irritiert«, sage ich, dann deute ich nach hinten. »Binden wir sie hier an die Steine.«

»In Ordnung.« Noel nickt. Keiner von uns spricht aus, dass es auch ganz andere Gründe haben könnte, warum die Pferde nicht weiterwollen.

Als wir sie angebunden haben und unseren Weg fortsetzen, lege ich eine Hand locker an den Griff meines Schwertes.

Wir gehen nebeneinander, kommen der Biegung immer näher, und ich kann auch Noels Anspannung förmlich spüren. Es könnte immer noch sein, dass der Wissenschaftler uns belogen hat. Womöglich laufen wir geradewegs in eine Falle. *Was hat die Pferde dazu gebracht, anzuhalten?*

Wir erreichen die Biegung.

Meine Augen weiten sich. Mir stockt der Atem.

Aber nicht, weil wir in einen Hinterhalt geraten sind. Auch nicht wegen irgendeiner anderen Gefahr, nein, der Mann ohne Zunge hat die Wahrheit gesagt.

Ich mache einen zögerlichen Schritt nach vorne, ich kann immer noch nicht glauben, dass es wirklich echt ist.

Wir stehen auf einer Art Plateau, und vor uns öffnet sich ein felsiges Tal, das in allen Richtungen von Steilhängen eingerahmt wird.

Große Gesteinsbrocken liegen dort an den Rändern versprengt. Sie werden zur Mitte hin weniger, wo sich ein Pfad aus brüchigen Pflastersteinen, gesäumt von verwitterten, teilweise abgebrochenen Säulen, entlangzieht, die ehemals wohl weiß waren, nun aber längst gräulich braun sind.

Und dieser Pfad führt geradewegs auf unser Ziel zu: Ein Turm ragt am Ende des Tals in die Höhe wie eine gewaltige steinerne Fackel. Reihen über Reihen grauer Felsquader münden oben in einer massigen Kuppel. Auf halber Höhe, das Gebirge als Fundament, befindet sich ein kleiner Nebenturm, der an der Außenmauer emporsteigt. Unten am Fuß säumen den Hauptturm raue, unbearbeitete Felsbrocken, sodass es aussieht, als wäre er aus der Erde und durch die Gesteinsschichten nach oben gebrochen.

Die geheime Bibliothek.

Der Ort, den schon Generationen vor mir gesucht haben. Der Ort, der die größte Machtquelle meines Vaters ist. Der Ort, der alles verändern kann.

Aber auch der Ort, an dem ich Favilla nun wirklich betrügen werde, schießt es mir plötzlich durch den Kopf. Denn was habe ich hier vor? Ist Noels Misstrauen nicht völlig berechtigt, wenn ich dem Wissenschaftler heimlich etwas mitbringe – auch wenn es um mein Leben geht?

Noel neben mir ist ganz still. Sein Mund ist leicht geöffnet, und er nimmt den Blick nicht einen Moment von dem gewaltigen Turm.

»Wir sollten näher ran«, flüstere ich, dabei gibt es ja eigentlich gar keinen Grund, so leise zu sprechen.

Noel braucht noch kurz, dann schluckt er. Nickt.

»Ja«, sagt er mit belegter Stimme. »Sollten wir wirklich.«

Niemand hätte durch Zufall auf diesen Ort stoßen können, das ganze Tal ist so abgeschottet, dass der Tunnel tatsächlich der einzige Weg hinein und wieder hinaus sein muss.

Ohne uns abzusprechen, vermeiden wir den großen Pfad in der Mitte und halten uns stattdessen dicht an den Steilhängen, die diesen Ort wie eine Burgmauer umschließen. Immerhin wissen wir nicht, ob dieses Tal wirklich verlassen ist. Ich blinzele nervös.

Fürchte nicht die Wächter. Sie werden es merken.

Wir kämpfen uns zwischen den Gesteinsbrocken hindurch, vorsichtig setze ich einen Fuß vor den anderen, damit ich nicht abrutsche und mir den Knöchel verdrehe. Es ist mühsam, aber wir nähern uns nach und nach der Bibliothek, die mit jedem Schritt höher und mächtiger erscheint. In meinem Kopf wird es währenddessen immer lauter. Ich muss es tun. Wenn der Wissenschaftler mich an Jon verrät, bin ich verloren. *Mir bleibt gar keine Wahl.*

Das wusste ich die ganze Zeit. Aber jetzt, wo ich kurz davor stehe, ist es noch mal ganz anders. Jetzt ist es echt geworden.

»Runter«, zischt Noel plötzlich und reißt mich grob am Handgelenk hinter einen Felsbrocken.

»Was ist los?« Ich halte mir die schmerzende Bisswunde am Oberarm.

»Schau ganz vorsichtig«, flüstert Noel. »Gib keinen Laut von dir, wenn du sie siehst. Oben auf der Kuppel.«

»Okay.«

Ich drehe meinen Kopf langsam herum, spüre meine Armwunde jetzt plötzlich noch viel mehr, als würde mein schnelles Herz alles Blut dorthin schicken. Ich betrachte die abgerundete Spitze des Turmes.

Meine Augen brauchen einen Moment. Und dann ist es plötzlich, als würde das, was ich sehe, wie ein Geist in mich hineinfahren und mich taumeln lassen.

Das kann doch nicht …

Ich sehe Noel an.

Er nickt einmal, die Augenbrauen eng zusammengezogen. »Greife«, sagt er.

Ungläubig schaue ich zum Turm zurück. Die Kreatur in Grau scheint fast mit dem Stein zu verwachsen. Sie hat einen spitzen Vogelkopf, bewegt sich allerdings auf vier Beinen, der Körperbau erinnert aus der Entfernung an eine große Raubkatze. Aber ich glaube, sie ist gefiedert, ich kann es von hier aus nicht erkennen.

Jetzt streckt sie die gewaltigen Flügel aus, die ihr aus dem Rücken wachsen und größer sind als der Körper der Kreatur selbst. Sie stößt sich ab, segelt mit einigen kräftigen Schlägen durch die Luft. Hinten auf der Kuppel erkenne ich einen zweiten Greifen.

»Es gibt sie wirklich«, murmelt Noel neben mir. »Die Legenden sind wahr, Sam, es gibt wirklich Greife.«

»Ja«, flüstere ich. Doch selbst das kommt mir plötzlich zu laut vor. In mir zittert alles.

Sie sind die Wächter. Davon hat der Wissenschaftler gesprochen.

Ein Greif über jede Waffe lacht.

Wir können unsere Blicke einfach nicht von den beiden Kreaturen dort oben nehmen. Selbst aus der Ferne geht von ihnen etwas so Ehrfurchtgebietendes aus, dass mir eine Gänsehaut über den Nacken krabbelt.

Und dann plötzlich sind sie verschwunden, ist die Bibliothek verschwunden.

Eine weiße Wand hat sich vor alles geschoben.

»Eine Nebelbank«, sagt Noel, sogar vor seinem Gesicht sind schon weiße Schlieren, die sich langsam verdichten.

»Das ist unsere Chance.« Ich nicke kurz Richtung Bibliothek. »So kommen wir ungesehen hinein.«

»Ja!«, sagt Noel, in seinen Augen brennt es begeistert. Dieses Feuer ist so ehrlich, und aus irgendeinem Grund muss ich plötzlich daran denken, wie er mir von dem Tauchen im See erzählt hat und davon, wie sein Kumpel und er versucht haben, die Fische zu fangen. Wie Noel die Bewegungen nachgemacht hat, als er es erzählte.

Ich kralle meine Hand in die Seite meines Leinenhemds. Ich kann ihn nicht hintergehen, ich kann das Pergament nicht einfach klauen.

Er muss die Wahrheit wissen.

»Noel …«, beginne ich vorsichtig, doch da sehe ich, wie sich in seinem Gesicht etwas verändert. Der Minenjunge verschwindet, und der Zirkler kommt hervor.

»Nein. Unsinn«, sagt er. »Wir warten, bis die Nebelbank vorbeigezogen ist. Dann hauen wir hier ab, um Jon Bericht zu erstatten.«

»Aber …«

»So sind Jons Anweisungen.«

Jon, Jon, Jon. Ich kann das nicht mehr hören. Was hat seine komische Sonderstellung nur aus ihm gemacht?

»Nein«, sage ich plötzlich mit fester Stimme. Und ich kann jetzt kaum noch glauben, dass ich ihm sagen wollte, was der Wissenschaftler mir aufgetragen hat. Das da ist nicht der Noel, den ich kennengelernt habe, nicht der mit den Funkelaugen – jedenfalls nicht mehr immer.

»Was nein?«

»Wir gehen rein.«

»Sam, wir werden nicht …«

Er verstummt, als ich mich aufrichte und einen Schritt nach hinten trete. Ich kann Noels Gesicht jetzt kaum noch erkennen.

»*Du* willst doch immer alles wissen«, sage ich.

Und dann verschwinde ich im Nebel.

14

Nordgebirge. Verborgener Talkessel.

Weiß.

Überall.

Keine Formen, nicht mal Schemen oder irgendwas, sind zu sehen. Es ist einfach alles weiß um mich herum, wie eine stockdunkle Nacht, nur in anderer Farbe.

Behutsam schleiche ich vorwärts. Taste mit den Händen vor mir in das kalte Meer aus Nichts. Mit den Füßen teste ich bei jedem Schritt den Untergrund, bevor ich voll auftrete, überall könnten Risse oder bröckliger Stein sein. Ab und zu stoße ich auf größere Felsbrocken, denen ich dann ausweichen muss.

Ich habe keine Ahnung, ob ich noch in die richtige Richtung gehe. Ich versuche, mich am Gefälle zu orientieren. Der Talkessel läuft auf den Turm zu, eigentlich müsste das so klappen. Aber es könnte genauso gut sein, dass ich von der Bibliothek weg oder die ganze Zeit im Kreis laufe.

Weiter vorwärts. Wenn ich noch richtig bin, dann kann es nicht mehr weit sein. Ganz allmählich habe ich das Gefühl, die großen Felsbrocken, die sich mir in den blinden Weg stellen, werden weniger.

Ob Noel wohl noch immer in unserem Versteck ist?

Ich blinzele. Fühle mich ein bisschen schlecht bei dem Gedanken an ihn. Hauptsache, er tut jetzt nichts Unüberlegtes und ruft damit die beiden Kreaturen auf den Plan.

Greife. Mein Vater hat Greife als Wächter der Bibliothek. Wie ist das möglich? Befehligt er sie? Oder tun sie das *freiwillig*?

Ich fahre mit dem Finger über die Gänsehaut auf meinem Arm.

Ein weiteres Geheimnis, das mein Vater verborgen gehalten hat. Wer wusste davon? Die Wissenschaftler – ohne eine Zunge, um davon zu erzählen. Wahrscheinlich Dario, Maximilian und Hektor, drei meiner Halbbrüder, die nicht mehr um die Krone kämpften und für die Betreuung und den Transfer der Wissenschaftler zuständig waren. Vielleicht noch einige Wachen, aber sonst sicher niemand. Gireon auf jeden Fall nicht.

Plötzlich sehe ich ihn wieder vor mir in seinem kleinen Lehrzimmer auf und ab gehen. Ich höre seine Fistelstimme.

Vigilis und Lavis. Eine uralte Feindschaft herrschte zwischen den Greifen und den Phönixen, den mächtigsten Vogelwesen von ganz Tyrganon. Den Ursprung kennt heute niemand mehr, wie das wohl bei den meisten Fehden der Fall ist.

Während die Phönixe nahezu unsterblich sind, da sie immer wieder aus ihrer eigenen Asche auferstehen, waren die Greife nahezu unverwundbar. Ihre Haut war von einer Art steinernen Membran überzogen, die keine Waffe der Welt durchdringen konnte, heißt es. So waren Phönixe und Greife – wenn man es so nennen mag – ebenbürtige Gegner.

Ihr wisst ja, wie diese Fehde ausgegangen ist, Königliche Ho-

heit. Die Phönixe triumphierten schlussendlich, und die Greife wurden vernichtet. Doch Ihr solltet sehr froh darüber sein. Greife waren tödliche und grausame Kreaturen. In den alten Kriegsberichten steht geschrieben, dass in ihren Krallen ein Gift schlummerte, das sich in den Blutbahnen ihrer Opfer ausbreitete und sie von innen heraus in Stein verwandelte.

Ich schüttele einmal den Kopf, um die Stimme meines alten Lehrmeisters loszuwerden. Das war es, was Gireon über sie wusste. Aber was wusste er alles nicht?

Es sind uralte, magische Kreaturen – wer sagt, dass ein bisschen Nebel mich wirklich vor ihren Blicken verbergen kann?

Ich beschleunige meine Schritte, setze die Füße unvorsichtiger auf, sodass ich mehrmals fast stürze. Ich komme jetzt einfach nicht mehr von dem Gedanken los, dass jeden Moment eine gewaltige Kralle aus dem Weiß auftaucht und sich in meine Brust bohrt wie ein Folterinstrument. *Hör auf damit, Sam!*

Dann plötzlich stoßen meine Hände gegen etwas Kaltes, Raues. Wieder ein Felsblock. Ich taste mich nach rechts entlang. Taste und taste. *Moment.*

Das ist zu breit für einen zersprengten Brocken. *Ja.* Das dürften die zerklüfteten Felsen am Fuße des Bibliotheksturmes sein! Ich muss nur noch einen Weg zwischen ihnen hindurch finden, dann bin ich beim Eingang.

Vorwärts. Immer am Felsen halten, so muss es klappen. Und nach einer Weile stoßen meine Füße wirklich gegen etwas Hartes, ich fühle nach unten: glatt geschliffener Stein, länglich, rechteckig. Treppenstufen. Ich mache einen Schritt hinauf, noch einen. Allmählich erkenne ich wieder undeutliche Umrisse. Die Treppe führt zu einem Plateau oder so etwas. Ich glaube, ich habe es wirklich bis zum Eingang geschafft.

Ich steige die Stufen Schritt für Schritt nach oben, und als mich eine Hand aus dem Nichts packt, weiß ich: Der Mann ohne Zunge ist hier. Alles in mir krampft sich zusammen. Ich will sie abschütteln, nach meinem Schwert greifen, dann erst merke ich, dass die Hand viel kräftiger ist. Und wärmer.

»Bist du jetzt völlig übergeschnappt?«, flüstert Noel und zieht mich die restlichen Stufen hinauf.

»Lass mich los«, sage ich kühl.

Noel lässt wirklich meinen Arm los, aber er bleibt dicht vor mir stehen. In den Nebelschwaden verschwimmen die Züge seines Gesichts.

Ich lege den Kopf in den Nacken und schaue nach oben – Felsen. Wir sind wohl unter einer Art Vordach gelandet.

»Kannst du mir mal erklären, was das soll?«

»Wenn wir noch länger warten, ist der Nebel weg, und die Greife sehen uns«, sage ich und gehe an ihm vorbei auf den Torbogen zu, der sich vor uns aus dem Weiß schält.

Noel folgt mir. Ich denke mal, er weiß genau wie ich, dass es jetzt kein Zurück gibt. Wenn wir wieder ins Weiß eintauchen, um den Weg aus dem Tal anzutreten, und der Nebel so plötzlich verschwindet, wie er gekommen ist – dann werden uns die Greife auf freier Flur entdecken.

Wir bleiben vor dem Tor stehen, das in die mit massigen Steinen aufgemauerte Wand des Turmes eingelassen ist. Gleich rechts daneben erkenne ich eine riesige Winde aus schwarzem Metall. In der Mitte des Drehkreuzes ist ein geschwungenes

Schriftzeichen eingraviert, das mir nichts sagt. Eine Art Kreis mit Verzierungen.

Ich greife nach einem Stab des Drehkreuzes, er ist eisig kalt an der Haut und schießt ein Brennen in meine tauben Hände. Ich drücke den Stab nach unten, um die Winde in Bewegung zu setzen. Das Eisen leistet Widerstand, meine Muskeln spannen, und plötzlich jagt ein stechender Schmerz durch die Bisswunde unter dem Verband.

Gepresst keuche ich auf, mir ist kurz schwindelig. Aber ich versuche, so zu tun, als wäre nichts.

Ich drücke weiter, die Zähne fest aufeinandergebissen. Mit einem Ruck setzt sich die Winde in Bewegung, und jetzt geht es viel leichter. Schabend zieht sich das Tor mit jeder Drehung nach oben. Gibt nach und nach ein schwarzes Loch frei.

»Das genügt.« Noel macht eine ungeduldige Handbewegung in Richtung Eingang. »Wir können durch.«

Ich nicke. Mit ein paar Schritten bin ich bei ihm, unter meinem Verband pocht es kräftig. Dann gehen wir rein.

Es ist ein kleiner, dunkler Vorraum. Hier befindet sich wiederum eine Winde, und ich bin froh, dass Noel sofort vortritt und sie eilig herunterdreht, um das Tor wieder zu schließen. Alles andere wäre viel zu riskant. Die Greife haben es zwar von oben vermutlich nicht richtig im Blick, weil es sich unter dem Vordach befindet. Aber wenn sich der Nebel verzieht und die Kreaturen dann doch das offene Tor entdecken, werden sie sofort wissen, dass Eindringlinge in ihrem Turm sind.

Am Ende des Vorraums öffnet sich ein kleiner Eingang. Dort hängt ein dichtes Geflecht aus getrockneten Holzstäben, dünn, fremdartig, so wie selbst ich sie noch nicht gesehen habe – und das, obwohl in den Königsgärten die verschiedensten exotischen Pflanzen versammelt waren. Dahinter dringt ein unruhiges rötliches Licht zu uns durch.

Ich sehe zu Noel, Noel sieht zu mir. Er ist immer noch wütend, das erkenne ich sofort, aber noch etwas liegt in seinen Augen. Das Wissensfeuer.

»Gehen wir?«, frage ich.

Er schluckt und nickt.

Ich fasse zwischen die Holzstäbe und schiebe sie zur Seite. Sie drücken gegeneinander, kratzen dabei laut, was mich sofort an Knochenfinger denken lässt. Gemeinsam treten Noel und ich durch das Holzgeflecht.

Es riecht nach Wissen. Die warme, trockene Bibliotheksluft dringt so heftig in meine Nase und meinen Mund, diese Mischung aus Leder, Pergament und Staub, dass ich beinahe husten muss.

Auch meine Augen brauchen einen kurzen Moment, um sich an das seltsam rötliche Licht zu gewöhnen. Ich schaue nach oben. Und öffne staunend den Mund.

Bücher. Unendliche Reihen aus Büchern. Nicht nur überall in dem Labyrinth aus Regalen vor uns, nein – auch über uns. Die gesamte Innenwand des Turmes ist mit Buchrücken und Pergamentspitzen bedeckt. Wie eine endlose Tapete klettern die Reihen in die Höhe, immer neue Regalringe lösen einander ab.

Auf der gegenüberliegenden Seite des Turmes, direkt vor den Wandregalen, windet sich eine schmale Wendeltreppe aus schwarzem Eisen steil in die Höhe. Ihr gitterartiges Geländer ist höher als ich selbst. Die Treppe reicht bis ganz oben zur

Turmspitze, wo ein gewaltiger Leuchter angebracht ist, von dem das kräftige, rote Licht in die ganze Bibliothek, über das Leder und das Holz strahlt.

»Das gibt es nicht, Sam.« Noels Stimme bebt. Seine Hand tastet nach meiner und umschließt sie. Ich zucke nicht mal zurück, lasse es einfach zu.

Ich merke, wie Noels Hand zittert.

»Wir müssen uns umsehen«, flüstert er, seine Stimme verliert sich beinahe, wird nach vorn von den dichten Gängen der Regalreihen und nach oben von der offenen Höhe des Turmes geschluckt.

»Ja«, sage ich, und ich fühle mich noch armseliger als gestern auf dem Weg durchs Gebirge. Mein Blick ist auf den Boden aus Marmor gerichtet, wo sich ein Muster ausbreitet, genauso wie in der Großen Halle von Favilla. Nur ist das hier keine Flamme, sondern ein Kreis aus … knospenden Ästen? Ich kann es nicht erkennen, der Rest wird von den Regalen geschluckt.

Ich lasse den Blick nun weiter über diese Regale, die Buchrücken schweifen. Einige sehen noch aus, als hätte sich das Leder gerade erst um das Pergament geschlungen, goldene und silberne Prägungen zieren den Einband. Andere scheinen geradezu brüchig, die oberen Kanten wie angefressen. Sterbend. Aber ich suche nach etwas anderem.

Es fühlt sich falsch an, als Noel nun meine Hand loslässt und vorwärts in die Regalschluchten gehen will.

»Noel«, sage ich heiser.

»Ja?« Er dreht sich ruckartig um, eine Haarsträhne bleibt ihm verschwitzt an der Stirn kleben. Das rötliche Licht flimmert über seine kräftigen Züge in dem braunen Gesicht.

Ich schlucke. »Schau mal hier rechts.« Ich deute auf ein breites Pult, das sich etwas weiter vorn an der Turmwand befindet. Darauf liegt ein gewaltiges ledernes Buch. »Das ist wahrscheinlich der Bibliothekskatalog. Da können wir nachsehen, wo es was zu finden gibt.«

»Ja«, sagt Noel und nickt irgendwie zerstreut. »Du hast recht.«

Wir halten also nach rechts auf das Pult an der Wand zu, doch Noel hat den Blick auf die Bücher geheftet, die in den nach innen gerichteten Regalen stehen. Er fährt vorsichtig mit den Fingern über die Rücken, zieht unbeständige Linien durch den Staub.

»Sam, hier liegen die Gedanken aus Jahrtausenden. So viele«, sagt er. »Kannst du dir das vorstellen?«

Nun kommen wir vor dem Pult zum Stehen. Das Buch darauf ist riesig, bestimmt so groß wie mein Schild, den ich bei den Pferden gelassen habe. Ein silbern schimmernder Streifen umrahmt den Buchdeckel, der aus kräftigem, dunkelbraunem Leder besteht. Kein einziges Schriftzeichen ist darin eingraviert. Ich fahre mit der Hand drüber, das Leder ist weich, fast wie Fell. So eine Tierhaut kenne ich nicht, egal, wie sehr sie bearbeitet wurde.

»Na los«, drängt Noel neben mir jetzt. »Worauf wartest du?«

Vielleicht darauf, dass alles sich plötzlich auflöst? Dass ich dich nicht hintergehen muss, weil der Wissenschaftler mich nie erkannt hat? Weil du verstehst, was in mir vorgeht. Weil du verstehst, dass ich dir nicht sagen konnte, wer ich wirklich bin, und weil ich mich dir anvertrauen kann. Vielleicht darauf?

Ich streiche mir die Haare hinter die Ohren und schlage das

Buch auf. Es nützt nichts, zu zögern. Je schneller ich es hinter mich bringe, desto besser.

Der Einband gibt kein knarzendes Geräusch von sich, als der Buchdeckel aufschwingt, wie kräftiges Leder es sonst tut; er bleibt ganz stumm. Der Pergamentgeruch ist jetzt noch intensiver, als wir auf die langen Reihen aus Wörtern und Zahlen starren. In kleinen, geschwungenen Linien wurden sie auf die erste Doppelseite geritzt. Es ist der Bibliothekskatalog.

Auch wenn die Buchstaben etwas seltsam aussehen – ihre Schwünge wirken kantig, und einige Striche sind anders gesetzt, als ich es kenne –, kann ich sie doch lesen. Oben links beginnt die Liste mit den verschiedenen Abteilungen der Bodenregale, auf den nächsten Seiten geht es weiter mit den untersten Ringen der Turmwand und von dort immer weiter nach oben. Aber ich muss nicht lange suchen. Ich weiß, wo ich hinmuss.

Eilig blättere ich bis zum Ende des Buches. »Hier«, sage ich und deute auf die rechte untere Seite, wo die Abteilungen des *Kuppelringes* aufgelistet sind. Es ist der oberste Ring des Turmes, denn danach kommt nur noch ein nicht weiter definierter Abschnitt *Kellergewölbe.*

»*Vogelwesen. Phönixe.* Überleg mal, Noel«, ich fühle mich dreckig, aber ich spreche einfach weiter, »wir haben immer noch keine Ahnung, wo sich der Thronfolger aufhalten könnte. Wir wissen nur, dass die Königswachen ihn wahrscheinlich auch schon suchen. Aber er ist möglicherweise mit einem Phönix unterwegs. Wenn wir herausfinden wollen, wo sich der Phönix aufhalten könnte, dann ist das unsere Chance. Da oben könnte der Schlüssel zu allem sein, weißt du?«

Ich sehe in Noels Gesicht. Er hat den Kopf ein bisschen schief gelegt und starrt auf das Verzeichnis.

»Jetzt sind wir drin. Draußen sind die Greife. Vielleicht schaffen wir es nie wieder hier rein. Die Nebelbank könnte eine einmalige Gelegenheit gewesen sein«, sage ich, und Noel nickt langsam. Ich fahre mir mit der Zunge über die Lippen, bringe die Worte kaum hervor. »Komm, Noel, wir holen Jon das Wissen, das er mehr als alles andere benötigt«, ich fasse vorsichtig nach seiner Hand, »und über alles andere reden wir später noch mal.«

Noel blickt weiter auf den Katalog, aber ich kann sehen, dass das Wissensfeuer ungebrochen in seinen Augen brennt. Es dauert nicht mehr lange.

Und wirklich: Schon wenige Augenblicke später nickt Noel wieder. »Ja«, sagt er leise, und dann noch ein zweites Mal lauter: »Ja. Komm, Sam, der Thronfolger wartet.«

15

Die geheime Bibliothek. Wendeltreppe.

Noel geht vor. Seine Schritte klingen laut auf dem schwarzen Metall, dumpf und schrill gleichzeitig, wie dunkel läutende Glocken. Ich folge ihm, versuche, so leise aufzutreten wie möglich.

Die Treppe windet sich in engen Schwüngen um sich selbst, sodass wir schnell an Höhe gewinnen. Ich bin schon völlig außer Atem, aber ich erlaube mir nicht, anzuhalten, Noel tut es auch nicht.

In regelmäßigen Abständen öffnet sich das hohe, gitterartige Geländer der Wendeltreppe zur Turmwand hin. Von dort führen dann kleine, hölzerne Stege vor den Regalen an der Wand entlang. Auf der Abgrundseite werden sie nur durch ein niedriges Metallgeländer gesichert. Etwa auf unserer jetzigen Höhe leitet einer der Stege zum Nebenturm auf der anderen Seite, dessen Eingang mit einem Vorhang aus Holzstäben ausgestattet ist, genau wie unten beim Haupteingang.

Ich blicke nach oben. Das rote Licht vom Leuchter ist schon viel intensiver. Von hier sieht er aus wie eine feurige Sonne, die Strahlen flackern über die endlosen Bücherwände. Ihre Schatten sehen aus wie scheue Tiere, die versuchen, sich zwischen den Ledereinbänden zu verkriechen.

Dann schaue ich nach unten. Halte mich unwillkürlich am Gittergeländer der Wendeltreppe fest.

Ich habe keine Höhenangst oder so etwas. Aber wenn ich sehe, wie weit es jetzt schon hinabgeht, breitet sich trotzdem ein mulmiges Gefühl in meinem Bauch aus. Von hier oben sind die Bodenregale nur noch kleine Striche, wie Stickereien auf einem Stoffuntersetzer.

Nicht mehr hingucken! Weiter hoch, immer weiter. Die Bücherreihen scheinen kein Ende nehmen zu wollen. Ich merke, dass ich ganz schön schwitze. Und irgendwie bin ich auch total kurzatmig, so kenne ich mich gar nicht.

Noel sieht kein einziges Mal nach unten. Er hat den Blick auf die Kuppel gerichtet und geht mit gleichmäßigen Schritten immer weiter hoch. So, als ziehe ihn die Spitze dieses Turmes magisch an, seit er weiß, dass dort *die* Information für Jon sein könnte. Langsam wird der Abstand zwischen uns größer.

Ich darf keine Pause machen. Wenn er »Die Magie der Feuerwende« vor mir entdeckt, kann ich sie vielleicht nicht mehr unbemerkt verschwinden lassen. Warum überhaupt will der Wissenschaftler dieses Pergament haben? Was kann daran so wichtig sein? Phönixe. Magie der Feuerwende. Der Gedanke will mir nicht aus dem Kopf, dass es mit den Königswachen zu tun hat, die die Länder durchsuchen. Mit dem Rätsel, dem Thronfolger, mit allem. Verrate ich alles, wofür Favilla kämpft?

In meiner Brust brennt es, und mein Kopf ist ganz heiß. Ich gebe mein Bestes, doch der Abstand zu Noel vergrößert sich weiter, ich fluche leise. *Vorwärts, Sam! Nicht anhalten.*

Doch als Noel nun oben ankommt, geht er nicht einfach weiter, wie ich erwartet hätte. Er dreht sich um, sieht, dass ich noch mindestens zwanzig Stufen unter ihm bin. Wartet.

Ich erlaube mir trotzdem nicht, langsamer zu werden. Kämpfe mit den letzten Stufen. Dann bin ich bei ihm, und er schaut mich besorgt an. »Alles in Ordnung mit dir?«

»Ja«, sage ich knapp, während ich versuche, meine Atmung zu beruhigen.

»Bist du dir sicher? Du bist ganz blass um den Mund.«

»Alles gut«, sage ich und zwinge ein halbherziges Lächeln hervor. »Nur die Höhenangst.« Doch das stimmt nicht. Ich habe gar nicht mehr nach unten gesehen, aber mir ist trotzdem ganz schwindelig.

Ich mache eine fahrige Bewegung in Richtung der Regalreihen. Hier im obersten Ring unter der Kuppel ist der Steg viel breiter und aus Stein geformt. Ich kann nicht mal sehen, was genau sich noch alles auf der anderen Seite befindet.

Der Leuchter flackert in der Mitte und macht es unmöglich, dahinter etwas anderes auszumachen. Erst hier aus der Nähe erkenne ich, dass es sich um eine riesige Glaskugel handelt, die an einer schweren Eisenkette von oben herabhängt. Seltsam – müsste diese Kugel nicht viel zu heiß sein? Aber ich spüre keine Hitze, gar nichts. Im Gegenteil, obwohl ich schwitze, ist mir irgendwie viel zu kalt.

»Hier muss die Abteilung über Phönixe sein. Ich gehe rechts rum, du links«, sage ich jetzt schnell.

Noel sieht mir noch ein letztes Mal besorgt ins Gesicht. Dann nickt er.

Ich laufe los, lasse meinen Blick schnell über die kleinen Beschriftungen auf dem Holz gleiten. Mein Herz ist ein wildes Etwas. Ich bin so aufgeregt, dass ich mehrmals hingucken muss, bevor ich die kleinen, glänzenden Plaketten entziffern kann.

... Königsadler ... Harpyien ... Sturmfalken ...

Komm schon, komm schon, komm schon ...

... Greife ... Phönixe

Das ist es! Ich bin kurz davor! Mein Blick rennt über die einzelnen Pergamente und ihre Beschriftungen wie ein panisches Tier. Immer schneller. Schauer jagen mir den Rücken hinunter.

Da.

Die Magie der Feuerwende

Ich werfe einen hastigen Blick zu Noel hinüber. Von seiner Position aus müsste ich sehr gut zu erkennen sein. Aber er sucht unermüdlich die Regalreihen auf seiner Seite ab.

Ich wende mich wieder dem Pergament mit dem großen, roten Wachssiegel zu, greife vorsichtig danach, ziehe es heraus und lasse es in einer fließenden Bewegung unter das Leder meiner Rüstung gleiten. Ich klemme es zwischen Gürtelsaum und Haut.

»Sam!« Noels Stimme ist wie ein Peitschenhieb, der direkt durch meine Brust ins Herz knallt. Ich fahre heftig zusammen.

»Ganz vorsichtig, Sam«, sagt Noel jetzt etwas leiser. »Nicht bewegen.«

Ich drehe mich zu ihm um, aber er schaut gar nicht direkt zu mir. Sein Blick ist auf etwas gerichtet, das sich hinter mir befindet.

Ich folge diesem Blick.

Und werde zu Stein.

Dort auf der anderen Seite der Kuppel erkenne ich einen Bereich, wo keine Bücher stehen. Wie eine Höhle inmitten der Leder- und Pergamentwände. Und in dieser Höhle, im Schatten der großen, roten Flamme, bewegt sich etwas.

Ein massiger, grauer Körper, ein Schnabel, Gefieder, Schwingen, Krallen.

Ein dritter Wächter.

Ich blinzele mehrmals. Meine Augen wollen es nicht glauben.

Die Flügel des Vogelwesens sind angelegt, der Kopf ist geduckt. Aber jetzt bewegt dieser Kopf sich zu uns, und kalte, starre Augen sehen zu uns herüber.

Wir wurden entdeckt.

16

Die geheime Bibliothek. Kuppelring.

Der Greif löst sich aus dem Schatten.

Wieder erinnern mich seine Bewegungen an die einer großen Raubkatze, als er jetzt die ersten Schritte auf dem steinernen Steg macht. Kraftvoll, lauernd, ich spüre jede Bewegung unter meinen Füßen vibrieren.

Er hat die Flügel noch immer angelegt. Sein Blick ist stechend. Er nimmt ihn nicht einen Moment von mir.

Die Kreatur ist riesig, groß wie eine Balliste, geht es mir durch den Kopf, *ein Schnabelhieb könnte mich in der Mitte zerteilen.*

Der Greif kommt weiter den Steg entlang auf mich zu, und ich weiß nicht, was ich tun soll. Rennen? Kämpfen? Schreien? Mir ist nach allem auf einmal.

Aber ich stehe nur da, während das Wesen auf mich zupirscht.

Es sind jetzt höchstens noch fünfzehn Schritte, ich erkenne das schwere, graue Gefieder. Wie eine Rüstung aus Eisenschuppen schmiegen die Federn sich an seinen Körper. Meine Kehle schnürt sich zu.

Die schweren Krallen kratzen auf dem Steg, und ich muss

bei dem Geräusch an den Federkiel des Wissenschaftlers auf dem Pergament denken. Nur ist das hier keine vage Drohung. Es ist real, was sich dort über den Stein bewegt.

Bloß … worauf wartet er? Warum greift er nicht einfach an? Genießt er diesen Moment etwa wie eine Katze, die mit ihrer Beute spielt?

Auf jeden Fall muss ich versuchen, einen Vorteil daraus zu schlagen. Ich atme flach. Wieder jagen Schauer über meinen Rücken, ich kann nicht sagen, ob aus Erschöpfung oder Angst.

Nun setze ich langsam einen Fuß nach hinten. Noch einen, allzu weit ist die Wendeltreppe nicht entfernt, das hohe Eisengeländer könnte Schutz bieten. Noch einen Schritt, noch einen, ganz langsam aber sicher nähere ich mich der Treppe hinter mir.

Der Greif folgt, der Abstand zwischen uns schrumpft. Aber ich traue mich nicht, schneller zu werden.

Plötzlich spüre ich eine Bewegung, und ehe ich weiß, was passiert, hat Noel sich an mir vorbeigeschoben. Er hält die Hand am Griff der Streitaxt, die an seinem Gürtel befestigt ist.

Er will gerade etwas zu mir sagen, da geschieht es: Der Greif ruckt mit dem Kopf nach oben, reißt den Schnabel auf. Und aus seiner Kehle dringt ein scharfer Schrei, der sich wie ein Dolch bis tief in meinen Kopf bohrt. Ich stöhne auf und presse mir die Hände auf die Ohren. Doch es hilft überhaupt nichts, der Schrei drängt sich gnadenlos in meinen Schädel.

Dann verstummt der Greif, ein schrilles Surren bleibt in meinem Kopf zurück, und wie durch Nebel sehe ich die Kreatur zum Sprung ansetzen.

Noel und ich drehen uns gleichzeitig um, beginnen zu rennen. Das ist alles, was uns jetzt noch bleibt.

Die Wendeltreppe. Es ist nicht weit. Es ist machbar. Hinter uns tönt ein mächtiges Rauschen, ich wende den Kopf, sehe den Greifen heranschießen, eine Wand aus Grau, die uns vernichten will. Doch da bin ich bei der Treppe.

Ich schwinge mich hinter das Geländer, dicht gefolgt von Noel, in diesem Moment prallt auch schon der Körper des Greifen mit einer solchen Wucht gegen das Eisen, dass es sich nach innen biegt. Seine Klauen schnappen zwischen den Stäben hindurch und verfehlen nur knapp meine Schulter.

»Runter«, keucht Noel. Wir stürzen, so schnell es geht, die Treppe hinab. Vor meinen Augen flackert es.

In den alten Kriegsberichten steht geschrieben, dass in ihren Krallen ein Gift schlummerte, das sich in den Blutbahnen ihrer Opfer ausbreitete und sie von innen heraus in Stein verwandelte.

Er hat mich eben gerade fast erwischt. Das mannshohe, gitterartige Geländer umfasst die gesamte Außenseite der Wendeltreppe und mag ein Schutz sein – aber ob das wirklich ausreicht?

Noel ist direkt hinter mir, macht allerdings keine Anstalten, mich zu überholen. Ich bin froh darüber. Er ist zwar genauso machtlos gegen dieses tödliche Wesen dort oben wie ich. Trotzdem ist es ein gutes Gefühl, ihn gleich hinter mir zu wissen.

Wir rennen weiter. Ich kämpfe gegen den Schwindel an, der mich in immer neuen, immer heftigeren Wellen erfasst. Und mein rechter Oberarm tut schon wieder so furchtbar weh.

Plötzlich donnert der Greif wie eine Katapultkugel von der Seite heran, schlägt gegen das hohe Treppengeländer. Der Aufprall wirft Noel und mich nach hinten, wir werden auf der anderen Seite vom Eisengitter abgefangen. Ich taumele, ich kann nicht mehr richtig sehen, die Schmerzen zucken jetzt unkontrolliert durch meinen rechten Arm.

Ich spüre, wie Noel mich festhält und irgendetwas sagt, das ich nicht verstehe. Ich kralle mich in seinen Rücken. Er zieht mich die Treppen runter, ein nächster Aufprall schmettert durch das Eisen, Noel hält mich einfach weiter fest.

Erst ganz langsam klärt sich meine Sicht wieder. Das Gittergeländer über uns ist völlig verbogen, aber anscheinend ist der Greif nicht ganz durchgebrochen. Nur deshalb sind wir wohl noch am Leben. Ein greller Schrei dringt über uns durch den Turm, wahrscheinlich nimmt der Wächter Anlauf für den nächsten Angriff.

Meine Füße bewegen sich jetzt wie von selbst mit, während Noel mich immer weiter die Treppe runterzieht.

Ein Schatten rauscht vorbei. Ich erwarte, dass ein Aufprall uns jeden Moment wieder nach hinten stößt, aber einen Augenblick lang passiert gar nichts. Dann kracht es unter uns, vielleicht zehn Schritte tiefer. Die Treppe erzittert. Wir halten ruckartig an. Was?!

Wieder kracht es. Was geht da vor sich? Ich stürze nach vorn ans Geländer, starre angestrengt nach unten.

In diesem Moment sehe ich, wie der Greif ein drittes Mal unten in die Wendeltreppe donnert, und jetzt verstehe ich auch, was er vorhat. Er hat sich dreimal in genau die gleiche Stelle geschleudert. Das Eisen ist schon völlig verbogen, man kommt da kaum noch durch – *er schneidet uns den Weg ab!*

»Scheiße«, fluche ich, und wieder beginnt es vor meinen

Augen zu flackern. Ich habe keine Ahnung, wie lange ich das hier noch durchhalte.

»Der Nebenturm«, ruft Noel, als es unter uns wieder kracht und die Wendeltreppe jetzt schon mehr als bedenklich schwankt. »Der Steg über uns führt zu ihm. Das ist unsere einzige Chance! Komm!«

Wir hasten nach oben, schnell zu dem Punkt, wo sich das Geländer zu einem der Holzstege hin öffnet. Und raus.

Es kommt mir vor, als hätte ich eine endlose Leere betreten. So als wäre da rechts von mir nichts als Tiefe, und irgendwie stimmt das ja auch. Ich habe das Gefühl, jeden Moment in sie hineinzukippen.

Noel dreht sich hektisch zu mir um. »Na los, Sam. Schneller.«

Ich nicke. Folge ihm. Ich hefte den Blick nach links auf die Bücher, Leder, Pergament, Holz. Wenn ich nach unten schaue, ist es vorbei, dann greift die Tiefe nach mir.

Einfach hier entlang. Einfach hier auf dem Steg entlang, und dann bist du beim Turm. Vor dir ist Noel, du musst ihm nur nach, es kann nichts passieren.

Aber dann – ich weiß nicht, warum – schaue ich doch nach unten.

Und es durchbohrt mich wie eine spitze Kralle.

»Noel!«, schreie ich, da ist der Greif schon heran, mir bleiben nur Augenblicke, um zu reagieren.

Ich mache einen Hechtsprung nach vorn.

Schaffe es irgendwie, Noel mitzureißen.

Der Luftstoß hinter mir hat die Kraft eines Orkans. Ein ohrenbetäubendes Donnern, als der Greif direkt hinter uns in die

Regale kracht. Die Regalwand birst, während wir schmerzhaft auf dem Holzsteg aufschlagen, unzählige Bücher schleudern herab, verschwinden in der Tiefe. Ein Holzgestell neigt sich nach vorn. Dann kippt es knarrend auf den Steg, der erzittert, und von dort auch den Turm hinab.

Den Aufprall hören wir nicht, der Greif kreischt, außer sich vor Wut. Er muss uns um nur eine Handbreit verfehlt haben.

Atemlos rappeln wir uns vom Boden des Stegs auf. Gleich vor uns ist schon der Eingang zum Nebenturm, eine kleine unscheinbare Öffnung im Stein, zu klein für einen Greifen. Wir müssen es schaffen.

Hinter uns kreischt der Wächter erneut. Ich reiße den Kopf herum, sehe, wie er einen Bogen fliegt, um dann wieder auf uns zuzuschießen. Noch einmal werden wir es nicht schaffen, auszuweichen.

Aber da haben wir den Eingang erreicht, wir hechten durch den Vorhang aus Holzstäben. Landen in einem düsteren Vorraum, ganz ähnlich wie unten beim Haupteingang. Eine Klaue schießt uns durch die Stäbe hinterher, kratzt flüchtig über das Leder an Noels Schulter.

Wir weichen nach hinten zurück, die Kralle tastet blind nach uns. Ich bekomme kaum Luft, kann meinen Blick nicht von diesen spitzen Klauen nehmen, die kurz davor waren, sich in meinen Körper zu rammen.

Wir weichen weiter zurück, nach hinten gibt es noch einen Vorhang aus Holzstäben, den wir nun durchqueren.

Das Kreischen des Wächters dringt jetzt nur noch gedämpft zu uns durch, dann donnert es, und der Nebenturm erzittert kurz.

Noel starrt in Richtung des Eingangs. »Er hat erst angegriffen, als ich dazukam«, sagt er verwundert, und als ich ihn verständnislos anschaue, schüttelt er schnell den Kopf. »Egal. Los. Wir haben nicht viel Zeit.« Er macht einige Schritte in den riesigen, runden Raum, den ich erst jetzt richtig wahrnehme.

Wir stehen vor einem Arsenal von Waffen: Schwerter, Äxte, Dreschflegel, Speere, Lanzen, Schilder, Armbrüste, Bögen. Der ganze Saal ist voll von ihnen. Sie liegen in Reihen auf großen Steinbänken, sie stehen in der Hand von Plattenrüstungen ohne Träger, sie hängen in Vitrinen wie Echsen im Terrarium. Mir wird schwindelig bei dem Anblick.

»Der Greif wird früher oder später durch den Eingang brechen«, ruft Noel. »Komm.«

Er rennt zwischen die Waffenreihen. Ich will ihm nach und ihm sagen, dass es keine Waffe gibt, die einen Greifen verletzen kann. *Wir haben keine Chance*, will ich sagen.

Aber ich stehe nur dort und versuche, nicht umzukippen. Mein Arm pocht wie wild, schickt die Schmerzen jetzt in heftigen Wellen durch meinen ganzen Körper. Und alles, was ich denken kann, ist, ob hier auch solche Handschuhe wie die von Mirlinda gelagert sind.

Wo ist überhaupt Noel? Ich kann ihn nicht mehr sehen zwischen den Waffen. Mir ist so schwindelig. Ich kann nicht mehr … Alles dreht sich … Ich … Wo …

Plötzlich ist Noel wieder da. Er trägt irgendetwas mit sich. Bindet es um meine Hüfte. Was macht er da? Vom Eingang ein Donnern. Bersten von Stein. Was macht Noel da? Ich streiche ihm übers Gesicht. Mein Kopf ist so heiß. »Hast du die Handschuhe von Mirlinda gefunden, Noel?«, frage ich ihn.

Jetzt nimmt er mein Gesicht in beide Hände. Ich will, dass er mich küsst. Aber er redet nur eindringlich auf mich ein. »*Sam …*«, die Worte dringen wie durch Watte zu mir durch, »*… bricht gleich … springen …*«, ich nicke, »*… verstanden Sam? …*«, jetzt kommt er meinem Gesicht noch näher, und ich sehe seine Augen ganz klar, sie sind aufgewühlt, völlig aufgewühlt, »*… vertrauen, dass du mit mir springst?*« Ich nicke, ich versuche, ihm in die Augen zu gucken, diesmal verstehe ich, was er meint. »*… Halt dich an mir fest.*«

Wieder donnert es vom Eingang. Wieder bricht Stein. Und jetzt dringt das rote Licht von dort zu uns hindurch. Es schüttelt mich. Ich habe Angst.

»Los!«, schreit Noel, nimmt meine Hand, und wir rennen dem Donnern entgegen.

Da ist der Greif. Er hat den Eingang völlig zertrümmert. Wie ein fliegendes Gebirge schwebt er davor. Er sieht uns. Er kreischt. Er schießt vor. Aber da sind wir schon an der Kante, und es gibt nichts zu zögern, wir stoßen uns ab. Springen in die große Leere des Turmes.

Noel hat einen Arm um meine Hüfte geschlungen. Er wirbelt etwas, wirft? Keine Ahnung, alles flackert schon wieder. Aber eins merke ich: Es geht abwärts. Rasend schnell abwärts. Wir stürzen auf die Regale am Boden zu. Die Luft reißt an mir. Wir stürzen so schnell. Die Regale werden größer, gleich schlagen wir auf.

Ich schließe die Augen und klammere mich an Noel fest.

»Ich will nicht sterben, Noel«, flüstere ich.

Dann ruckt es kräftig, etwas quetscht meine Hüfte, mir bleibt für einen Moment die Luft weg. Ich reiße die Augen auf. Wir sind nicht aufgeschlagen. Wir schwingen vorwärts, kurz über dem Boden, auf eines der Regale zu. Noel streckt die Füße vor und landet auf dem Regal. Es erzittert, wackelt, aber es bleibt stehen. *Wir* bleiben stehen auf dem Regal. Wir sind nicht aufgeschlagen. Schwarz flackert es vor meinen Augen. Wir leben!

Noel löst etwas von meiner Hüfte.

»Wir müssen runter, schnell«, presst er hervor, und ich will ihm helfen, aber ich kann nicht mehr. Mein Arm. Es flackert noch mal schwarz, immer schneller jetzt, und ich kippe nach hinten. Spüre, wie Noel mich auffängt. Höre das Kreischen von oben. Wir hätten. Mirlindas Handschuhe gebraucht. Sie hätten den Greifen verletzen können. Oder den Totengräber. Wir …

Es geht irgendwo runter, Holz, Luftstöße, eine Klappe, dann wieder runter. Was passiert? Noel ist da. Es ist alles gut, Noel ist da. Ich schließe die Augen. *Mein Arm.*

17

Die geheime Bibliothek. Kellergewölbe.

»Sam.« Etwas schlägt mir immer wieder gegen die linke Wange, ich versuche, es mit einer Handbewegung wegzuwischen, aber das klappt nicht. Irgendwo weit über mir donnert es.

»Sam!«

Ich öffne die Augen.

Noels besorgtes Gesicht ist ganz dicht vor mir. Schweißperlen malen ein Muster auf seine Stirn. Er senkt die Hand. »Sam«, sagt er, »bleib bei mir.«

Ich nicke, aber meine Lider sind so schwer, dass sie einfach wieder zufallen wollen.

Noel greift nach meinem Ohr und dreht mir kräftig das Ohrläppchen um.

»Au!« Hilflos boxe ich nach ihm.

»Hey«, sagt Noel und streicht mir die Haare nach hinten, »sieh mich an.«

Ich gebe mein Bestes, ertrage kaum die Angst in seinem Blick. *Er hat Angst um mich.*

»Was ist los mit dir?«, fragt er eindringlich. »Was fehlt dir?«

»Mein Arm.« Langsam wird mein Kopf etwas klarer. Er

glüht immer noch, und die Schauer jagen über mich hinweg wie Sturmböen. Aber ich nehme alles wieder ein bisschen besser wahr.

»Klar.« Noel fasst sich an die Stirn. »Ich Trottel.« Dann streift er sofort meinen Ärmel nach oben, zieht einen Dolch aus dem Gürtel und macht sich an meinem Verband zu schaffen.

»Wo sind wir?«, frage ich, und wieder erklingt ein dumpfes Donnern von oben.

Ich starre hoch, durch die Decke fällt in winzigen, kaum wahrnehmbaren Schlitzen rotes Licht, aber es reicht, um dem Gemäuer eine schummrige Beleuchtung zu verleihen. Über diesen Schlitzen bewegt sich etwas, verdunkelt einige von ihnen für einen Moment, dann kracht es.

»Die Kellergewölbe«, sagt Noel, während er ganz vorsichtig damit beginnt, den Verband aufzuschneiden. »Der Greif kommt hier nicht rein.«

Hinter ihm ragt ein großes, ausgestopftes Tier auf, vielleicht ein Bär. Daneben etwas Kleineres, Katzenartiges. Beide haben die Zähne in die Finsternis gefletscht. Sie sind mit dicken Spinnweben überzogen – wie alles hier. Die klebrigen Fäden haben sich wie ein endloses Tuch über die Ansammlung aus Gegenständen gelegt.

Rechts von mir stehen Skulpturen, weitere liegen umgestürzt davor. Daneben sammeln sich ganze Stapel alter Gemälde, Schmuckstücke, Pokale.

Hinten links recken sich Gitterstäbe vom Boden hoch, und als ich genauer hinsehe, erkenne ich, dass es sich um große, rostige Käfige handelt.

»Okay. Ich bin ganz vorsichtig«, sagt Noel. Er hat die letzte

Lage des Verbands erreicht. »Aber es könnte trotzdem wehtun.«

Ich nicke. Er holt einmal tief Luft, dann zieht er. Es macht ein reißendes Geräusch, und ich spüre ein unangenehmes Ziepen, mehr nicht. Ich schaue auf meinen Oberarm.

Und plötzlich wünschte ich, mein Kopf wäre wieder woanders, durcheinander, und ich könnte nicht sehen, was ich sehe.

Noel versucht, sich nichts anmerken zu lassen, legt sorgfältig den Verband beiseite. Aber ich habe gesehen, wie groß seine Augen eben vom Schock geworden sind.

Die Stellen an meinem Oberarm, wo die Zähne des Kampfhundes ins Fleisch gedrungen sind, sind dunkel verkrustet, um sie herum ist die Haut rot und geschwollen. Und unter der Wunde, die einer der Fangzähne gerissen hat, hat sich eine pralle, dicke Beule gebildet. Sie ist bestimmt so groß wie ein halbes Hühnerei, und unter der geröteten, körnigen Haut schimmert gelbrahmiger Eiter.

Der Druck auf der Wunde wird unerträglicher, je länger ich hinschaue.

»Scheiße«, keuche ich.

Noel schluckt. »Das ist halb so wild«, sagt er dann, und ich würde ihm nur zu gern glauben. »Das kriegen wir wieder hin.«

Er knipst seinen Trinkschlauch vom Gürtel und zieht seinen Dolch. Dann sieht er mich eindringlich an. »Der Eiter muss raus.«

»Ich weiß.«

Noel nimmt meinen Unterarm in die Linke, ich habe noch nie in meinem Leben jemanden so konzentriert erlebt. Es ist, als wäre ich nicht mehr da, sondern nur noch der Arm. »Abszessspaltung«, murmelt er zu sich selbst. »Ein langer Schnitt. Nicht tief.«

Nun setzt er die Klinge an, ich zucke einmal kurz zusammen, als das kühle Metall meine Haut berührt. Ich halte die Luft an. Bleibe jetzt ganz ruhig. Die Wunde pocht.

Schnitt.

Die Haut reißt förmlich auf, doch der Schmerz ist nichts gegen das erleichternde Gefühl, das beinahe zeitgleich eintritt. In kräftigen Stößen fließt der Eiter aus der Wunde, etwas Blut mischt sich dazu. Die gelbe Flüssigkeit rinnt meinen Arm hinab, sie riecht faulig. Aber mich ekelt das nicht, ich bin einfach nur froh, dass sie aus meinem Arm raus ist.

Noel sieht mich an. »Geht's?«

Ich nicke.

»Gut.« Er konzentriert sich wieder auf meinen Arm. »Säubern. Verbinden.«

Er löst seinen Trinkschlauch vom Gürtel. Und … was macht er jetzt?

Noel fängt an, seine Lederrüstung zu lösen, und schon kurz darauf hat er sie abgestreift. Er zieht sich nun das Unterhemd aus Leinenstoff über den Kopf und entblößt seinen muskulösen Oberkörper.

»Denkst du, sowas zieht bei mir?«, sage ich und lächele matt.

»Na, beim Wassereinbruch hat es damals auch geholfen.« Über Noels Gesicht huscht ebenfalls ein kurzes Lächeln. Er nimmt das Leinen in beide Hände und reißt kräftig. Es ratscht, und er hat ein Stück Stoff in der Hand. Das teilt er dann noch mal in zwei Hälften.

Nun rückt Noel zu mir und tröpfelt Wasser über die Wunde. Die kühle Flüssigkeit fühlt sich gut an auf meiner glühenden Haut.

Noel wischt den Arm sauber, auf der Wunde selbst tupft er nur ein paarmal vorsichtig. Aber sogar das lässt mich schon scharf die Luft einziehen.

Schließlich bindet er das zweite Stück Leinen um die Wunde. Es zieht unangenehm, und kurz wird mir wieder schwindelig.

Trotzdem geht es mir immer noch besser als vor dem Schnitt. Dieser schreckliche Druck pocht nicht mehr in meinem Arm, und mir ist nicht mehr ganz so heiß wie vorher.

Doch auch ich habe in Heilkunde ab und zu aufgepasst. Die Entzündung ist so nicht behoben. Lange nicht behoben. Es wird schon bald wieder deutlich schlimmer werden.

»Sam?« Noels Stimme klingt belegt.

»Mhm.«

»Ich weiß, wie schlecht es dir geht. Und ich würde alles dafür geben, uns retten zu können. Aber *ich* kann uns nicht retten.« Noel holt Luft, in seinem Gesicht arbeitet es. »Du musst es tun.«

Über uns donnert es wieder, gleich darauf ein dumpfes Krachen. Noel sieht mir direkt in die Augen. Er wartet darauf, dass ich antworte.

»Das verstehe ich nicht«, sage ich leise.

»Der Greif hat erst angegriffen, als ich dazukam«, sagt Noel. »Ich habe mich vor dich gestellt, und ab diesem Moment wollte er uns vernichten. Vorher hat er dich nur belauert, vielleicht sogar nur interessiert angeschaut.«

»Warum sollte er das tun?«

»Weil du eine Tochter des Brennenden Königs bist, Sam. Diese Wesen gehorchen ihm anscheinend aus irgendeinem Grund. Du bist von seinem Blut. Vielleicht gehorchen sie auch dir. Oder sie tun dir zumindest nichts.«

Ich schüttele energisch den Kopf, aber Noel lässt sich nicht beirren. Er spricht ruhig und bestimmt. »Wer ist dafür zuständig, dass den Wissenschaftlern in regelmäßigen Abständen Zutritt zur Bibliothek gewährt wird?«

»Drei meiner Halbbrüder.«

»Siehst du. Glaubst du, sie zeigen den Greifen ein Wachssiegel oder so etwas, bevor sie mit den Wissenschaftlern in den Turm gehen? Nein. Ihre Blutsverwandtschaft ist ihr Siegel. Dein Siegel.«

»Aber …« Plötzlich habe ich das Gefühl, meine Stirn glüht wieder wie Feuer. »… ich gehöre nicht mehr ihm … ich habe ihm nie gehört …«

Noel nickt. »Ich weiß, aber trotzdem bist du seine Tochter.«

»Das hat nichts zu bedeuten«, sage ich verzweifelt. Ich kralle die Hände in meine Leinenhose. »Der Greif würde uns angreifen. Er würde uns umbringen. Es hat überhaupt nichts zu bedeuten.«

»Warum stehst du nicht *einmal* dazu, wer du bist?« Noel redet immer eindringlicher. »Warum verschließt du so krampfhaft die Augen davor?«

»Tue ich nicht.«

»Na klar.«

»Du hast gut reden.« Mein Kopf wird immer heißer, ich hebe die Stimme. »*Du* findest es doch so schrecklich, wer ich bin. Du willst doch, dass ich Jon meine *Schuld* selbst gestehe.

Aber weißt du was, Noel? Ich kann nichts dafür. Ich habe es mir nicht ausgesucht.«

»Ich weiß.« Und jetzt senkt Noel das erste Mal, seit er hiermit angefangen hat, den Blick. Er greift vorsichtig nach meiner Hand. Seine bebt. »Und ich weiß auch, wie bescheuert ich mich benommen habe, Sam. Nicht nur einmal. Ständig und überhaupt. Ich habe dir nichts vorzuschreiben, und ich hätte es nie versuchen sollen.« Noel hebt den Kopf, und so, wie er mich anschaut aus seinen warmen, braunen Augen, will ich ihm alles glauben. Und gleichzeitig will ich nicht hören, was er mir nun zu sagen hat.

»Aber wenn du jetzt nicht da hochgehen und die Tochter des Brennenden Königs sein kannst, dann werden wir hier nicht wieder rauskommen.«

Ich schlucke, mein Hals ist eng und brennt. Mein Kinn zittert.

Das kann doch unmöglich stimmen. Das kann doch nicht die einzige Chance sein. Aber was, wenn es eine Chance ist …

Fürchte nicht die Wächter. Sie werden es merken, hat der Wissenschaftler geschrieben.

Er wusste von den Greifen. Dass eine Nebelbank aufziehen würde, konnte er nicht ahnen. Und trotzdem ist er fest davon ausgegangen, dass ich ihm das Pergament bringen kann.

Möglicherweise hat Noel recht.

Er hält noch immer meine Hand. Unter meinem Verband spüre ich ein dumpfes Pochen. Noel hat einen Grund, das hier vorzuschlagen. Er weiß es, und ich weiß es. Mit jedem Augenblick, den wir verstreichen lassen, breitet sich der Tod weiter in meinem Blut aus.

Ich muss mich jetzt entscheiden.

Und ich habe es längst.

Vielleicht hat Noel recht, vielleicht irrt er sich. Aber so oder so. Ich werde nicht hier unten vor mich hindämmern und darauf warten, dass der Wundbrand mich dahinrafft.

Ich stehe auf.

18

Die geheime Bibliothek. Kellergewölbe.

Noel stützt mich, während ich die schmalen Treppenstufen hinaufgehe. Kurz wollte ich seine Hilfe abschlagen, wie aus Gewohnheit. Aber ich kann sie jetzt wirklich gut brauchen.

Mein Kopf ist heiß und verschwitzt. Mein Arm pocht weiterhin wie wild. Und ich glaube, das Einzige, was mich halbwegs klar denken lässt, ist die schreckliche Aufregung. Sie pustet etwas von dem Schwindel aus meinem Schädel.

Das hier könnten die letzten Momente meines Lebens sein.

Dort oben ist die Luke. Wir sind nicht mehr weit entfernt. Ich kann den Greifen nicht länger über den Boden rumoren hören. Keine Schatten wälzen sich mehr über die schmalen Lichtstriche. Aber ich bin mir ganz sicher, dass er nur auf uns wartet.

Meine Beine werden immer schwerer, wollen sich die Treppen nicht rauf bewegen. *Egal. Weiter. Irgendwie weiter.* Wenn ich jetzt zögere, dann weiß ich nicht, ob ich es da hochschaffe.

Erst vor der Luke halte ich an, drücke das dunkle, metallverstärkte Holz vorsichtig auf. Es knirscht leise.

Das rote Licht strahlt uns entgegen. Der Bücherstaub zwängt

sich sofort in meine Brust. In der Bibliothek ist es wärmer als in den unteren Gemäuern, aber mir ist nur noch kalt.

Ich hebe mich seitlich auf den Turmboden, drücke mich mit meinem gesunden Arm und beiden Beinen ganz durch die Luke.

Noel folgt mir nach oben. Ich habe gar nicht erst versucht, ihn zu überreden, dass er unten bleibt.

Ich richte mich auf, sehe nach rechts und links. Um mich herum zeugt alles von der zerstörerischen Wut des Greifen. Ein Schlachtfeld aus zerbrochenen Regalen erstreckt sich vor uns, abgeknickt, ineinandergestürzt. Herausgefallene Bücher umgeben sie wie kleine, dunkle Aaskrähen, die jeden Moment aufflattern könnten.

Ich nehme eine Bewegung über uns wahr, werfe einen schnellen Blick nach hinten zu Noel.

Er nickt mir zu. Ich versuche, mir sein Gesicht genau einzuprägen.

Dann drehe ich mich um und trete vor. Über die Regalleichen hinweg gehe ich auf die Mitte des Bibliotheksrundes zu. Ich suche mir einen festen Stand auf dem Boden. Erst dann richte ich meinen Blick in die Höhe. Nur wenige Momente später ist der Greif heran.

Er schwebt über mir. Ganz dicht.

Seine Flügel schlagen kraftvoll, um ihn in der Luft zu halten. Ich muss mich gegen die Windstöße stemmen, damit sie mich nicht zurückdrängen, mein Haar flattert nach hinten. Das gewaltige Wesen verdunkelt das Licht aus der Turmspitze, es nimmt meine ganze Welt ein. Vor ihm fühle ich mich so klein und wehrlos.

Der Greif kommt noch ein Stück näher. Seine Augen sind von einem starren Silber, und er hält mich mit seinem unbarmherzigen Blick gefangen. Ein Zucken nach vorn würde ausreichen, um mich aufzuspießen. Es wäre nichts für ihn. *Fressen Greife ihre Opfer?*

Der Staub der Bücher drückt immer fester in meine Brust, erstickt die Luft dort. Ich schwitze kalt. Alles in mir schreit danach, zurückzuweichen.

Der Greif wird jeden Moment zuschlagen. Warum sollte es ihn abhalten, dass ein bestimmter Mann mein Erzeuger ist? Warum in aller Welt sollte es das?

Er genießt diese letzten Augenblicke. Aber er kennt kein Siegel, es ist ihm völlig egal. Er wird mich töten. Er wird Noel töten. Ich muss hier weg. Der Ausgang ist nicht weit. Wenn ich jetzt renne, kann ich es schaffen. Ich sollte – *nein.*

Ich renne nicht weg. Ich renne nicht mehr weg.

»Ich bin die Tochter des Brennenden Königs«, sage ich und merke, wie meine Stimme mit jedem Wort fester wird. »Ich bin die Tochter des Brennenden Königs, und du hättest uns niemals angreifen dürfen. Du darfst mich nicht verletzen. Du lässt uns gehen.« Ich atme einmal tief ein, so als hätte ich lange die Luft angehalten, dann füge ich noch leise hinzu, vielleicht am allermeisten für mich: »Ich habe keine Angst vor dir.«

Die gnadenlosen Augen des Greifen bleiben auf mich gerichtet wie zwei Pfeilspitzen. Er schlägt weiter mit den Flügeln, stößt ein Schnauben aus.

Ich sehe ihn unbeeindruckt an. Mein Rücken ist gerade. Mein Kinn leicht nach vorn gereckt.

Die Zeit dehnt sich ins Unendliche. Der Schwindel kriecht langsam wieder in meinen Kopf, will die Macht zurück. Aber ich ignoriere das. Ich rühre mich nicht vom Fleck.

Da stößt der Greif plötzlich einen wütend unterdrückten Schrei aus. Er ruckt kräftig mit den Flügeln und steigt in die Luft. Er steigt immer höher, an den Bücherreihen des Turmes hinauf. Mit jedem Schlag seiner Schwingen wird er kleiner, so als würde er am Ende zwischen den Buchdeckeln verschwinden, in die alte Zeit zurück, aus der er stammt. Und ich stehe in der Mitte der zertrümmerten Regale und schaue ihm wie gebannt nach.

»Gehen wir!« Noel reißt mich aus meiner Trance. Er steht auf einmal neben mir, lächelt. »Ich wusste, dass du es schaffst, Sam.«

Bevor ich etwas erwidern kann, bedeutet er mir mit einem Kopfnicken, dass wir jetzt lossollten.

Eilig steigen wir über die Regale und gehen auf den Ausgang zu.

Noel bedient die Winde, ich sehe dem Tor zu, wie es langsam nach oben fährt. Und so erleichtert ich in diesem Moment bin, dass der Greif uns verschont hat – ich merke, wie die fiebrigen Schauer langsam, aber sicher zurückkehren. Und das macht mir beinahe genauso viel Angst, wie der Wächter es eben noch getan hat.

Das Tor ist oben. Raus. Das Tageslicht blendet mich wie eine grelle Explosion. Ich taumele ein paar Schritte nach hinten. Fange mich.

»Alles in Ordnung?«, fragt Noel besorgt.

Ich bleibe noch einen Moment stehen, blinzele mehrmals.

Scheiße. Mir gefällt das hier ganz und gar nicht. »Beeilen wir uns, heimzukommen«, sage ich dann heiser.

Wir verlassen den Vorhof der Bibliothek und nehmen den von abgebrochenen Säulen gesäumten Pfad in der Mitte des Talkessels. Ein kurzer Blick Richtung Himmel bestätigt mir, was ich irgendwie schon wusste: Die beiden Greife auf der Kuppel machen keine Anstalten, uns zu folgen.

Dann konzentriere ich mich ganz auf meine Schritte. Denn schon das wird zunehmend schwieriger, mein Atem flacher. Noel bemerkt meine Mühe und fängt wieder an, mich zu stützen. Ich wehre mich nicht.

Den Weg bekomme ich nur noch halb mit. Einen Fuß vor den anderen setzen. *Komm schon, Sam, einfach nur einen Fuß vor den anderen.*

Irgendwann, ich weiß nicht, ob nach wenigen Augenblicken oder Stunden, haben wir Ginger und Buntig in der Schlucht erreicht, und es geht mir schlecht.

Es ist jetzt alles wieder da. Das Flackern. Die Schmerzen. Die Hitze. Die Kälte. Diese Kälte. Mir ist plötzlich so unglaublich kalt. Ich bin müde. Mir ist so …

Noel hält mich aufrecht. »Mach mit«, sagt er, und ich gebe mein Bestes, als er mich auf Gingers Rücken hebt. Aber ich glaube, ich helfe überhaupt nicht. Noel schwingt sich hinter mich.

Ich lasse mich einfach nach hinten fallen, gegen seinen schweren, starken Körper. Er schlingt die Arme um mich.

Ich kippe ein bisschen zur Seite. Er hält mich. Ich schaue zu ihm hoch.

Und für einen Moment ist alles Flackern verschwunden,

und wir sehen uns nur an. Vielleicht verliere ich gleich das Bewusstsein. Ich will die Züge seines Gesichts mit dem Finger nachzeichnen, die kräftigen Linien um seinen Kiefer, die erschöpften Ringe unter seinen Augen, die feinen, kaum wahrnehmbaren Grübchen, da, wo die Wangen anfangen. Vielleicht ist das hier der letzte Blick in sein Gesicht.

»Wir kriegen das schon hin«, sagt Noel.

»Na klar.« Meine Stimme ist kaum mehr als ein Flüstern.

Noels Miene verkrampft sich. Seine Lippen zittern. Seine Hände krallen sich in meine Seite. »Ich liebe dich, Königstochter«, haucht er leise. »Du bist das Mädchen, in das ich mich verliebt habe, Sam.«

Ich streiche ihm schwach über das Gesicht, durch sein schwarzes, dichtes Haar. Meine Augen brennen. »Ich hab dich auch ein bisschen gern, Minenjunge«, flüstere ich.

Seine festen Lippen landen auf meinen, urplötzlich und mit Wucht, aber gleichzeitig ganz sanft und zärtlich. Sie streichen warm über meinen Mund, zeigen mir, wie wahr seine Worte sind. Und wenn es einen Moment gibt, in dem für mich alles aufhören soll, dann doch dieser hier.

Aber jetzt lösen sich seine Lippen auch schon wieder. Er streicht mir die Haare aus dem Gesicht. »Wir müssen los.«

»Ja.«

Es ist höchste Zeit. Ich spüre, wie die Dunkelheit nach mir greift.

Ich drehe meinen Kopf nach vorn, lasse mich matt gegen Noel sinken. Er ergreift die Zügel, und Ginger beginnt vorwärtszulaufen. Die rhythmischen Bewegungen haben etwas Einschläferndes. Machen mich schon wieder so müde.

Ich merke noch, wie Ginger vom Trab in den Galopp wechselt, nachdem wir den verborgenen Durchgang passiert haben. Mehr nicht mehr.

19

Favilla. Krankenstation.

Ich öffne die Augen.

Starre in ein unruhiges Düster. Blinzele.

Ich drehe den Kopf.

Da sitzt jemand. Ich blinzele noch mal, langsam löst sich das schwummrige Gefühl in meinem Schädel, und ich kann alles besser erkennen.

Das Licht der Fackeln bewegt sich über Estelles helles Gesicht. Sie hat die roten Haare nach hinten zu einem Zopf gebunden. Ihre Haltung auf dem Steinquader neben mir ist unheimlich gerade, sie lächelt mich an. »Du bist wach«, sagt sie.

Ich nicke und will mich aufsetzen – sofort dringt ein scharfes Ziehen durch meinen Oberarm. Mit zusammengebissenen Zähnen lasse ich mich wieder nach unten rutschen, starre auf einen frischen Verband. Durch den Stoff ist dick aufgetragene Gelbpaste zu erkennen. Ich habe frische, leichte Leinenkleidung an, irgendetwas meldet sich in meinem Kopf, an etwas müsste ich denken, aber ich komme nicht drauf.

»Komm, ich helfe dir hoch.« Estelle stützt mich an Rücken

und Hüfte, sodass ich mich aufrecht gegen das kleine Brett am Kopfende des Bettes lehnen kann. »Möchtest du etwas trinken?«

»Ja«, krächze ich, meine Kehle ist so trocken wie ein verdorrtes Flussbett.

Estelle reicht mir einen Trinkschlauch, und ich kippe das kühle Wasser nur so in mich hinein, bis das Ding leer ist. »Danke.« Ich wische mir den Mund ab. »Das hat gutgetan.«

Estelle nimmt den Trinkschlauch wieder zurück, steht auf und verschwindet nach hinten. Die Krankenstation kommt mir viel, viel kleiner vor als sonst. Die Wände eng, die Decke niedrig. Und selbst der große Tisch, der voll ist von Jons medizinischen Geräten, wirkt auf mich wie ein schmales Abstellpult.

Estelle kommt mit einem Teller voll angekokelter Höhlenkäfer zurück und stellt ihn neben mein Bett. »Benjamin wünscht gute Besserung.«

Erst jetzt merke ich, wie flau sich mein Magen anfühlt. Ich greife schnell nach einem der Käfer. »Wie lange war ich weg?«

»Seit du wieder hier in Favilla bist, zwei ganze Tage. Wir haben uns wirklich Sorgen um dich gemacht.«

Estelle zögert. Sie sieht zu Boden, und eine rote Locke fällt ihr vors Gesicht, die sie nervös wieder nach hinten wischt. »Die Zelle war in den letzten Tagen leer ohne dich. Ich habe dich vermisst.« Sie macht eine Pause, ich will etwas sagen, aber da redet sie schon weiter: »Ich habe dich echt vermisst. Selbst unser wütendes Schweigen wäre mir plötzlich lieb gewesen. Ich … ich habe mich unmöglich benommen und dich verletzt.

Ich wollte so sehr hier weg – egal, wie. Es tut mir leid.« Sie streicht mir flüchtig über den gesunden Arm.

Ich schweige. Genieße den Nachhall ihrer Worte.

Dann greife ich nach ihrer Hand. »Schon gut. Ich glaube, wir waren beide nicht so nett zueinander in der letzten Zeit.«

Jetzt müssen wir lächeln, und Estelle schüttelt den Kopf. »Das nächste Mal sollten wir uns das vielleicht überlegen, bevor jemand zu einer lebensgefährlichen Mission aufbricht.«

Ich schnaube und nicke. Kurz ist es nun ganz still. Estelle sieht wieder zu Boden. Ich spüre, dass sie noch nicht fertig ist. Eine plötzliche Unruhe erfasst mich.

»Da ist noch etwas, Sam.« Sie greift unter ihr Gewand und zieht ein Pergament mit einem großen, roten Siegel hervor. In meiner Brust verkrampft es sich. Ich starre auf das Schriftstück in ihren Händen. *Die Magie der Feuerwende.* Ich schlucke. Weiß nicht, was ich sagen soll.

»Keine Angst.« Estelle lässt es eilig wieder unter ihrem Gewand verschwinden. »Niemand weiß davon. Ich sage es auch keinem, versprochen.«

Ich schließe kurz die Augen und atme erleichtert aus. »Danke.« Ich sehe mich unwillkürlich im Raum um, prüfe selbst die Schatten in den leeren Senkgräbern. »Und du bist dir ganz sicher, dass es niemand gesehen haben könnte?«

»Ja. Ganz sicher. Nachdem du hierhergebracht wurdest, habe ich dir direkt nach einer kurzen Erstversorgung durch Jon die Klamotten ausgezogen und dich in neue gesteckt. Ohne andere Leute im Raum. Ich dachte, es wäre dir vielleicht lieber, wenn ich es tue, als wenn Jon das macht. Oder Noel.« Sie grinst anzüglich. »Jedenfalls in dieser Situation.«

»Halt die Klappe.« Ich grinse ebenfalls und schubse sie leicht mit der linken Hand. Dann werde ich ernster. »Wie geht es ihm?«

»Gut. Aber er macht sich Sorgen«, sagt Estelle. »Jon hat uns Zirkler eigentlich eingeteilt, abwechselnd auf dich aufzupassen. Er wollte, dass du ein vertrautes Gesicht siehst, falls du im Fieber aufwachst. Wir mussten Noel davon abhalten, jede einzelne Schicht zu übernehmen.«

Ich lächele. »Alles andere hätte mich auch gewundert.«

In diesem Moment schiebt sich die Tür auf. Und im ersten Augenblick bin ich enttäuscht, als ich Melvins breites Grinsen sehe. Obwohl ich mich natürlich freue, ihn zu sehen.

»Habe ich da etwa zwei zarte Feenstimmen gehört?« Melvin schiebt sich ganz durch die Tür. Er kommt mit großen Schritten und schwingenden Armen auf mich zugestapft. »Ich wusste, so ein blöder Köterbiss würde dich nicht unterkriegen.«

Er bleibt vor mir stehen. Seine blonden Haare sind durcheinander, jetzt wuschelt er mir durch meine. »Hab mich hier im Schwertkampf schon echt gelangweilt mit den ganzen Amateuren.«

»Na, dann weißt du jetzt ja endlich, wie ich mich beim Kampf gegen dich fühle«, sage ich und lächele. Plötzlich fühle ich mich richtig gut. Es ist seltsam, aber mir kommt es vor, als wäre ich nach Hause gekommen. Und dass ich so was mal über diesen Ort voller Knochen und Misstrauen denken würde, hätte ich nie im Leben erwartet.

Vor allem, weil ich jetzt noch etwas vor mir habe, das alles hier für mich ändern könnte …

»Na gut.« Estelle drückt noch einmal meine Hand. Dann

steht sie auf und geht zur Tür, während Melvin es sich neben meinem Bett bequem macht, sich einen der Höhlenkäfer schnappt und mit gerümpfter Nase den schwarz verkohlten Bauch begutachtet.

»Ich sage Noel Bescheid, dass es dir gut geht«, sagt sie.

»Mach das«, sage ich, und ich spüre das Blut in meinen Wangen. Ignoriere Melvins dämliches Grinsen, als er vielsagend die Augenbrauen hoch und runter bewegt.

Noch am Abend desselben Tages stehe ich in der Verhörzelle. Ich bin ein bisschen wacklig auf den Beinen, aber Jon war es wichtig, dass ich dabei bin. Mir auch, das weiß er nur noch nicht. Die Schatten der Flammen huschen über das ausgedörrte Gesicht des Wissenschaftlers, der an seinen Stuhl gefesselt ist. Ich habe hier heute etwas zu erledigen.

Noel steht vor dem Tisch mit den Folterwerkzeugen. Sein Blick ist erst aufmerksam auf den Wissenschaftler, dann wieder auf Jon gerichtet. Aber ab und zu sieht er mit funkelnden Augen zu mir herüber, und ein kaum wahrnehmbares Lächeln spielt um seine Lippen.

Er konnte mich nicht mehr am Krankenbett besuchen. Jon hatte ihn für irgendwelche wichtigen Aufgaben eingespannt, was ich komisch finde, aber na gut.

Ich versuche, ihm auch zuzulächeln. Und eigentlich würde ich mich mindestens genauso auf den Moment nach diesem Verhör freuen, wie er es vielleicht tut. Aber nur eigentlich. Die Pergamentrolle unter meinem Umhang raschelt leise.

»Ich schätze, du kennst Sam noch.« Jon steht in der Mitte des Raumes und fixiert den Wissenschaftler. Der hat den unförmigen Schädel schief gelegt und wirft mir einen interessierten, erwartungsvollen Blick zu. Seine dünnen Hände liegen in seinem Schoß gefaltet.

»Sam ist eine meiner besten Rekrutinnen«, spricht Jon weiter. »Ich habe sie zur Bibliothek geschickt. Sie hat sich auf dem Weg eine Blutvergiftung zugezogen, und beinahe wäre alle Hilfe zu spät für sie gekommen. Möchtest du wissen, warum ihr beinahe die Zeit fehlte, rechtzeitig wieder hier zu sein, um sich behandeln zu lassen?« Jon lächelt freudlos.

»Du hattest in deiner Beschreibung der Bibliothek offenbar *vergessen*, dass in dem Talkessel eine ganz bestimmte Art von Wächtern auf uns wartet.« Er macht einen Schritt auf den Wissenschaftler zu und streckt den Kopf vor. »Die beiden wurden in die Bibliothek getrieben und waren dort eingeschlossen. Das hätte Sam fast das Leben gekostet. Nur eine plötzlich auftauchende Nebelbank ermöglichte ihnen die Flucht. Und nicht nur das, in der Bibliothek hat einer der Greife eine solche Verwüstung angerichtet, dass der Brennende König garantiert davon erfahren wird. Er wird sofort wissen, dass seine Bibliothek nicht mehr so geheim ist wie gedacht.«

Noel nickt mir kurz zu. Ich möchte ein stummes *Danke* mit den Lippen formen, lasse es dann aber und konzentriere mich wieder auf Jon.

»Du kannst dir vorstellen, dass ich etwas verärgert bin«, sagt Jonathan nun zu dem Mann ohne Zunge. »Du bist dir sicher im Klaren darüber, welche Konsequenzen das nun nach sich ziehen müsste.« Er macht eine Pause.

Der Wissenschaftler wirkt unbeeindruckt. Desinteressiert schaut er auf seine zusammengefalteten Spinnenhände.

Jon wirft einen Blick zwischen mir und Noel hin und her, einen irgendwie eigenartigen Blick, aber ich kann nicht weiter darüber nachdenken: »Sam«, sagt er. »Noel hat mir auch schon eine Einschätzung gegeben, aber was denkst du: Hat der Wissenschaftler uns nun eher vorangebracht, oder sind wir durch unseren Weg zur Bibliothek vielmehr in größerer Gefahr als zuvor?«

»Na ja …« Ich weiß, dass Jon auf etwas anderes hinauswill. Aber ich kann nicht mitspielen. Es muss jetzt sein. Mit zittrigen Fingern hole ich die Pergamentrolle unter dem Umhang hervor, doch den Blick des Wissenschaftlers erwidere ich fest und sicher. »Ich konnte es Noel nicht mehr sagen, er dachte, es sei verloren gegangen, aber wir haben ein Dokument gefunden, und ich konnte es bei mir tragen. Es ist vielleicht von großem Wert für uns.«

Jon kneift die Augen zusammen und tritt langsam auf mich zu. Er nimmt mir das Pergament aus der Hand. Seine Reaktion sehe ich nicht, auch nicht die von Noel, denn ich schaue noch immer dem Wissenschaftler in die Augen. Und jetzt verziehen sich seine rissigen Lippen zu einem hämischen Lächeln. Er schüttelt ganz leicht den Kopf, wohl um mir zu bedeuten, dass ich eine närrische Dummheit begangen habe.

Dann greift er nach der Schreibfeder und tunkt sie in das Tintenfläschchen.

Mein Herz zittert. Aber ich werde ihm keine Chance geben. Seit ich mich dem Greifen gestellt habe, war mir klar, dass ich mich zu nichts mehr zwingen lassen werde. Vor allem nicht dazu, Noel zu hintergehen. Ich habe keine Angst vor dem

Mann ohne Zunge. Ich werde es Jon selbst sagen, und dann werden wir sehen, was passiert.

»Jon«, presse ich so laut hervor, dass es mich selbst erschreckt. Jon wohl auch. Denn er dreht sich ruckartig zu mir um – genau in dem Moment, in dem etwas mit einem Surren knapp an ihm vorbei durch den Raum zischt und mit einem plockenden Geräusch im Hals des Wissenschaftlers landet. Ein dunkler, schmaler Keil, der da wie eine abgebrochene Kralle aus seiner Kehle ragt.

Ein Armbrustbolzen.

»Runter«, schreit Noel, stürzt nach vorn und wirft Jon mit sich zu Boden. Ich reiße den Kopf nach rechts, starre auf den offenen Eingang, ein tiefschwarzes Viereck – jemand muss unbemerkt die Tür aufgestoßen haben. Schnell ducke ich mich und presse mich an die Wand, sodass ich aus der Schusslinie bin.

Noel und Jon kriechen hastig bis zu mir. Drücken sich neben mir mit dem Rücken an den Stein. Wir alle drei atmen schnell. Mein Herz zittert nicht mehr, es donnert wild gegen meine Brust. Was zum Henker passiert hier? Wer … Ich kann keinen klaren Gedanken mehr fassen.

Alles, was ich jetzt wahrnehme, ist der Mann ohne Zunge, der nach dem Armbrustbolzen in seinem Hals greift. Röchelt. Hustet.

Dann kippt er leblos mit dem Kopf nach vorn und zerbricht den Federkiel auf dem Pult.

Welche Disziplinen hat das Brennende Turnier?

»Und so muss ein würdiger Sohn, der einmal Vater des Volkes werden will, all dies in sich vereinen – Kraft, Weisheit und Wille. Vor allen Dingen aber muss er eines: Er muss dem Tod entgehen können, ohne ihn zu sehen. Er muss spüren, *wo dieser lauert.«*

– aus der Turnieransprache des Herolds

Am Turnier teilnehmen müssen alle Söhne des Königs ab dem sechzehnten Jahresumlauf. Haben sie den fünfundzwanzigsten Jahresumlauf erreicht, ohne beim Turnier ums Leben gekommen zu sein, setzt der Brennende König sie als seine Vasallen ein. Sie haben dann allerdings keine Möglichkeit mehr auf die Thronfolge, falls der Brennende König verstirbt.

Die Thronfolge kann stets nur an einen jungen Königssohn gehen, der noch im Brennenden Turnier antritt. Welcher von ihnen in der Gunst des Brennenden Königs am weitesten oben steht, und im Falle seines Ablebens schlussendlich die Krone übernehmen würde, das weiß keiner außer der König selbst.

1. Disziplin: Kraft

Die Prinzen treten in einem Massenkampf gegeneinander an. Die Wahl der Waffe ist frei, Hämmer und ähnliche Hiebwaffen sind verboten. Ein Prinz darf unter keinen Umständen getötet oder irreparabel verwundet werden. Als besiegt gilt er, wenn er einen Treffer erleidet, der im echten Kampf tödlich wäre.

Neben den Prinzen kämpfen die »Raben« in der Massenschlacht. Gekennzeichnet sind sie durch ihre schwarzen Rüstungen und Schnabelhelme. Die Raben attackieren zu passiv kämpfende Prinzen. Raben dürfen getötet werden. Das hat allerdings keine Auswirkung auf die Punktzahl.

2. Disziplin: Weisheit

Die Prinzen treten auf Schachfeldern mit lebensgroßen Figuren gegeneinander an. Sie bewegen die hölzernen Soldaten selber, haben sie eine von ihnen berührt, so müssen sie auch mit dieser ziehen. Für jeden Zug bleiben nur wenige Momente Zeit.

Diese Disziplin funktioniert nach dem Ausscheidungsmodus. Wer verliert, ist ausgeschieden. Wer gewinnt, muss eine nächste Partie gegen einen anderen Sieger spielen. Dies geht so lange, bis nur noch ein Prinz im Spiel ist.

3. Disziplin: Wille

Die Prinzen werden in voller Plattenrüstung in kleine, eiserne Kammern gesetzt, die nach und nach immer weiter erhitzt werden. Sie halten die Hitze so lange aus, wie es ihnen möglich ist. Sie geben ab einem gewissen Punkt auf, oder die Ohnmacht packt sie.

In diesen drei Disziplinen werden je nach Platzierung Punkte vergeben.

Die Letzte Disziplin

Vor jedem Prinz wird eine Anzahl an Flakons mit verschiedenen Flüssigkeiten aufgestellt. Je mehr Punkte ein Prinz in den drei Disziplinen gesammelt hat, desto mehr Flakons erhält er. Nur in einem der gläsernen Flakons schlummert ein tödliches Gift. Der Prinz trinkt einen einzigen der Flakons. Ist es einer der wirkungslosen Tränke, bleibt er im Rennen um die Thronfolge. Wenn nicht …

Brennt es euch auch schon in den Fingern? Habt ihr die **Kettenhemdringe** schon zusammengekratzt? Werft ihr bereits einen nervösen Blick zur **Knochenuhr**, weil ihr viel zu wenig Zeit fürs heutige Würfelspiel habt?

Dann wollen wir euch nicht länger auf die **Folter** spannen. Hier ist die Anleitung:

Könige und Narren – Das Würfelspiel

Spielvorbereitung

Simpel – es werden zwei Würfel benötigt, und jeder Spieler erhält zehn Kettenhemdringe.

Spielziel

König werden, also sämtliche Ringe der anderen Narren zu erspielen.

Das Spiel

Grundsätzlich geht es darum, den Würfelwurf des vorangegangen Spielers mit dem eigenen Würfelwurf zu übertreffen und dadurch Ringe zu gewinnen.

Das Überwerfsystem staffelt sich wie folgt:

- Man bildet aus den beiden Würfeln seine Zahl, und zwar die höher mögliche. Wirft man z. B. eine Zwei und eine Drei, so macht man daraus eine 32 und keine

23, wirft man z. B. eine Sechs und eine Vier, so macht man daraus eine 64 und keine 46.
Ist die Zahl höher als die zuvor geworfene, hat man den Wurf gewonnen.

- Ein Pasch ist höher als jede andere Zahl. Je höher der Pasch, desto besser. Pasch zwei schlägt Pasch eins. Pasch drei schlägt Pasch zwei usw.
- Ist das Wurfergebnis identisch, so kommt es zu einem Stechen. Beide Spieler nehmen einen Würfel in die Hand und werfen gleichzeitig. Die höhere Zahl gewinnt.

Startspieler A beginnt, er muss dafür einen Ring in den Pot setzen und würfelt.

Spieler B hat nun zwei Möglichkeiten:

1. Er spielt mit um den Pot, indem er ebenfalls einen Ring in den bestehenden Pot setzt.
2. Er gibt den bestehenden Pot freiwillig an den vorherigen Spieler ab (da er sich keine Gewinnchancen ausrechnet) und beginnt einen neuen Pot.

Entscheidet er sich für:

1., würfelt er.

Ist sein Ergebnis schlechter als das von Spieler A, so erhält Spieler A den Pot.
Ist sein Ergebnis besser als das von Spieler A, so hat B nun das Anrecht auf den (nun bereits etwas wertvolleren) Pot – allerdings nur, wenn Spieler C es nicht schafft, das Ergebnis von Spieler B zu überwerfen, oder freiwillig einen neuen Pot eröffnen will.

2., geht der alte Pot an Startspieler A.

Spieler B setzt nun einen Ring in die Mitte, um den neuen Pot zu eröffnen. Er würfelt. Da es ein neuer Pot ist, muss er niemanden überbieten. Nun geht es weiter mit Spieler C.

Aktionen

So viel zum grundsätzlichen Spielprinzip. Probiert das erst einmal kurz aus, damit das klar ist. Wenn man es einmal drinhat, ist es ganz einfach und läuft von selbst ☺.

Da das Spiel so aber noch ein bisschen lahm wäre, gibt es noch einige Aktionen, die man sich mit seinen Ringen erkaufen kann. Jetzt kommt der Teil, warum Noel und Melvin manchmal aufstehen, wie gebannt auf die noch rollenden Würfel starren und dann laut aufschreien, wenn sie zum Liegen kommen.

AKTION I: ZWINGEN

Entscheidet sich ein Spieler (B), dass er nicht um den aktuellen Pot mitspielen, sondern einen neuen beginnen möchte (weil er denkt, dass er es sowieso nicht schafft, höher zu werfen), so hat der Spieler vor ihm (A), die Möglichkeit, ihn zum Mitspielen zu zwingen, indem er selbst noch zwei zusätzliche Ringe in den Pot legt.

Das ergibt dann Sinn, wenn sich der Spieler A sicher ist, dass er nicht mehr überworfen wird. Hat er z. B. einen Pasch vier geworfen, so wird der Spieler B nach ihm sehr wahrscheinlich keinen höheren Wurf haben. Das heißt, Spieler A investiert zwei Ringe, um wahrscheinlich einen weiteren Ring dazuzugewinnen. Verliert er nun aber den Wurf, so verliert er natürlich auch die zwei weiteren Ringe, die er mit in den Pot gelegt hat. Zwingen bedeutet also immer auch das Risiko, anstatt einen höheren Potgewinn zu erhalten, den Pot komplett zu verlieren.

AKTION 2: ERHÖHEN UND KONTERN

Vor dem eigenen Würfelwurf kann man zusätzliche Ringe in den Pot legen, um seinen Würfelwurf (*den man allerdings noch nicht geworfen hat*) um + fünf Augenzahlen je eingesetzten Ring zu erhöhen. Aus einer 64 würde also z. B. mit einem zusätzlichen Ring eine 69 werden.

Wenn man einen Pasch wirft, erhöht jeder Ring den Pasch um jeweils eins. Mit einem eingesetzten Ring würde somit aus einem Pasch zwei ein Pasch drei werden.

Der Spieler, der überboten werden soll, kann diese eingesetzten Ringe allerdings kontern. Für jeden Ring, den der Gegenspieler zum Erhöhen einsetzt, kann er einen Ring setzen, um die Erhöhung zu neutralisieren. Das kann sogar immer so weitergehen, bis jemand alle seine Ringe in den Pot geworfen hat.

ACHTUNG: Kontern heißt nicht, dass man seinen eigenen Wurf nachträglich erhöhen kann! Man kann bloß die Erhöhung des Gegenspielers neutralisieren.

Wird nicht (mehr) gekontert, so ist es maximal möglich, seinen Wurf mit vier Ringen, also + 20 oder Pasch + vier, zu erhöhen.

Auch wenn man z. B. schon sechs Ringe oder noch mehr eingesetzt hat und diese gekontert wurden, ist es immer noch möglich, mit vier weiteren Ringen auf + 20 zu kommen.

Die Erhöhung wird nun schließlich auf den Wurf raufgerechnet. Überwirft man damit den vorherigen Spieler, so bleibt der Bonus auf dem Wurf bestehen. Der nächste Spieler kann nun allerdings erneut versuchen, seinen Wurf im Vorhinein zu erhöhen, und wird dann eventuell gekontert.

Hat ein Spieler sich z. B. + 15 erkauft und wirft z. B. eine 64, so bleibt sein Ergebnis bei 79. Dies kann der Spieler nach ihm nur schlagen, wenn er seinen Wurf selber erhöht oder er einen Pasch würfelt – denn selbst ein Pasch eins ist stärker als eine 79.

AKTION 3: WURF WIEDERHOLEN

Hat man geworfen und den Wurf verloren, so gibt es noch die Möglichkeit, fünf Ringe in den Pot zu setzen und seinen Wurf zu wiederholen. Klappt es nun aber wieder nicht, sind somit fünf weitere Ringe verloren. Solange man genügend Ringe hat, kann man den Wurf beliebig oft wiederholen. Möglich aber, dass man dabei seine kompletten Ringe verliert, wenn die Würfe immer wieder drunterbleiben.

Der Phönix

Dann gibt es noch eine Besonderheit, wenn eine 21 geworfen wird. Die Feierbiester unter euch, die jetzt schon »MEIER!« brüllen wollen, müssen wir allerdings leider enttäuschen: Eine 21 ist hier »Der Phönix«. Wird ein Phönix gewürfelt, so muss der König, also derjenige mit den meisten Ringen, an jeden Mitspieler einen Ring abgeben.

Das passiert allerdings, *nachdem* der Wurf verrechnet und der Pot evtl. schon vergeben wurde.

So, jetzt aber los!

Dreht die Öllampen runter, und rückt enger zusammen.

Es kann nur einen König geben!

Interview mit Bernhard Hennen

© Bettina Blumenthal

BERNHARD HENNEN begleitet die Buchreihe »Kings & Fools« als Pate. Mit seiner langjährigen Erfahrung und seinem Fachwissen als einer der aktuell erfolgreichsten deutschen Fantasy-Autoren beantwortet er Natalie Matt und Silas Matthes Fragen zum Aufbau von Lavis, der mit unzähligen Details angereicherten, düsteren und phantastischen Welt in »Kings & Fools«. Er hilft bei Entscheidungen zu passenden mittelalterlichen Details, findet Lösungen für knifflige Plotprobleme und begleitet die Autoren aktiv im Schreibprozess. Aber nicht nur das, es gibt auch ganz praktische Tipps vom Meister der Fantasy: So trafen sich Bernhard Hennen, Natalie Matt und Silas Matthes beispielsweise, um gemeinsam Schwertkampf zu trainieren und die Kampfszenen in den ersten Bänden von »Kings & Fools« möglichst wirklichkeitsgetreu nachzustellen.

Lest hier ein exklusives Interview mit Bernhard Hennen, in dem er über »Kings & Fools« und seine Rolle als Pate der Reihe spricht.

Was ist in Ihren Augen das Besondere an »Kings & Fools«?
Es ist ein gelungener Genremix, der Elemente aus Fantasy und Mystery miteinander verbindet und frischen Wind in die phantastische Literatur bringt.

Was ist Ihre Lieblingsszene in »Verfluchte Gräber«?
Was hat mir in Band drei am besten gefallen? Die Antwort auf diese Frage wird mit jedem Buch etwas schwerer. Ich mochte den Augenblick des ersten Kusses zwischen Noel und Sam sehr. Auch die dramatische Szene ganz zum Schluss, in der Noel aufdeckt, wer Sam wirklich ist, hat mir sehr gut gefallen. So gut, dass ich eigentlich noch dringender wissen möchte, wie es zwischen den beiden weitergeht, als, wie sich das Rätsel der geheimen Botschaft auf dem Friedhof auflöst.) Doch noch etwas Vorsprung vor diesen beiden Höhepunkten in der Erzählung (ja, ich gestehe, ich mag es romantisch) hat für mich das Kapitel, in dem das Wasser in Favilla einbricht. Ich war ganz und gar an Noels Seite, als er sich durch die steigende Flut kämpfte, und habe beim Lesen die Welt um mich herum vergessen. Mehr kann ein Buch nicht schaffen!

Was ist Ihre Lieblingsszene in »Vergessenes Wissen«?
Eindeutig der Augenblick, in dem Sam dem Greifen gegenübertritt. In dieser Szene bekennt sie sich endlich zu ihrer Herkunft und streift ihr Zögern und ihre Unsicherheit ab. Die Szene ist wunderbar dramatisch aufgebaut und was die Figurenentwicklung angeht einer der Höhepunkte der Serie.

Was hat Sie dazu bewogen, als Pate an der Buchreihe »Kings & Fools« mitzuwirken?
Es gab gleich zu Beginn des Projekts zwei Punkte, die mich überzeugt haben einzusteigen. Zum einen waren es die atmosphärisch dichten Leseproben von Natalie und Silas, zum anderen das Konzept für die Buchreihe. Kurze Bücher, die sich im Aufbau an den Strukturen moderner Fernsehserien orientieren, fand ich überaus interessant. Schnell vorangetriebene Geschichten sind für ein jugendliches Publikum, dessen Erwartungen an Stories mehr vom Fernsehen als von Leseerlebnissen geprägt sind, die richtige Antwort am Buchmarkt. Inwieweit all die Ideen, die hinter dem Projekt standen, dann auch umsetzbar waren, musste sich erst noch zeigen. Doch war das Konzept innovativ und vielversprechend, und es war spannend, sich auf etwas ganz Neues einzulassen.

Sie schreiben bereits seit Jahren sehr erfolgreich Fantasybücher. Welche Erfahrungswerte konnten Sie den beiden Autoren besonders mit auf den Weg geben?
Es ist mein Credo, dass Fantasy einem Autor nicht erlaubt, einfach wild drauflos zu formulieren. Um eine neue Welt überzeugend und lebendig zu gestalten, muss man sehr viel Planungsarbeit investieren. Es sind die Details, die im Kopf des Lesers einen Film ablaufen lassen und eine Fantasywelt unverwechselbar machen. Und diesen Details nähert man sich auf zwei Wegen, durch Recherche oder besser noch durch eigene Erfahrung, wo dies möglich ist. Man schreibt Reitszenen einfach anders, wenn man selbst Umgang mit Pferden hatte oder die Gefühle eines

Kriegers am Abend vor der Schlacht, wenn man mit Soldaten gesprochen hat, die wirklich in die Schlacht ziehen mussten.

Wie haben Sie die Zusammenarbeit mit den beiden Autoren empfunden?

Oft als einen Blick zurück in meine eigene Vergangenheit. Es war schön, den beiden helfen zu können, aus Fehlern zu lernen, die ich einst begangen hatte. Besonders gut hat mir der kritische Respekt gefallen, mit dem sie mir begegnet sind. Oft haben sie sich meine Meinung zu einem Problem angehört, meine Ratschläge eingefordert und dann doch einen eigenen, neuen Weg erarbeitet. Ihren Weg. Immer wieder kam es vor, dass ich in bearbeiteten Szenen Sätze und Ideen gefunden habe, vor denen ich nur im Geiste den Hut ziehen konnte, denn ich hätte es nicht so gut geschrieben. Und darum ging es letztlich, den beiden ab und an ein wenig zu helfen, damit sie ihren eigenen Stil und ihre eigenen Geschichten vervollkommnen.

Ein Gruß an die Leser:

Seid auf der Hut, wenn ihr zu eurer Lesereise in die düsteren Gewölbe von Favilla aufbrecht. Fast alles ist anders, als es auf den ersten Blick scheint.

7 Fragen an Silas Matthes

© privat

Ginger oder Buntig?

☐ ☐ ☒ Nelson ♡

Höhenangst oder Platzangst?

☒ ☐

Sonnenaufgang oder Sonnenuntergang?

☐ ☒

3 Sätze über Dich: *Ich bin Silas und wurde 1992 im schönen Hamburg geboren. Wenn ich nicht gerade studiere oder schreibe, verreise ich, spiele Handball, Beachvolleyball oder Klavier und genieße das Leben mit meinen Lieblingsmenschen. Ich glaube, dass Lachen zu den großartigsten Dingen auf dieser Welt gehört.*

Warum Oetinger34? *Ein ganz neues Imprint, das gezielt Debütanten sucht und in dessen Rücken ein Riese wie die Verlagsgruppe Friedrich Oetinger steht – na ja, habe ich mir gedacht, ich wäre ein ganz schöner Trottel, wenn ich es nicht mal versuchen würde.*

Was ist das Besondere an Deinem Text? *Oh, ich denk mal, das variiert von Leser zu Leser. Für mich sind es bei ›Kings & Fools‹ wahrscheinlich die erzählerischen Besonderheiten, die sich durch das Schreiben im Autorenteam und zum Beispiel durch die damit verbundenen Perspektivwechsel ergeben. Und die Atmosphäre der Bücher hat etwas ganz Eigenes, finde ich.*

Ein Gruß an Deine Leser: *Moin!*

7 Fragen an Natalie Matt

© BLACK DEER

Ginger oder Buntig?

☒ ☐

Höhenangst oder Platzangst?

☒ ☐

Sonnenaufgang oder Sonnenuntergang?

☐ ☒

3 Sätze über Dich: *Ich heiße Natalie, bin 1993 in Freudenstadt im Schwarzwald geboren und studiere Kulturwissenschaft. Ich liebe es, mich faszinieren zu lassen und von Begeisterungswellen völlig mitgerissen zu werden – bestenfalls andere dabei anzustecken. Ich glaube, das sind die schönsten Momente im Leben, immer die, bei denen es Dir durch und durch geht.*

Warum Oetinger34? *Mir gefällt es, so nah an der Zielgruppe zu sein, das direkte Feedback zeigt gleich, was ankommt und was nicht. Ein spannendes Konzept, das auf dem Buchmarkt heraussticht.*

Was ist das Besondere an Deinem Text? *Das sollt Ihr erst mal selbst herausfinden. Ich hoffe jedoch, die Lebendigkeit im Text springt auf Euch über. Der Text soll leben, durch die Nähe zu den Figuren und die ganz eigene Atmosphäre.*

Ein Gruß an Deine Leser: *Ich hoffe, Ihr habt beim Lesen genauso viel Spaß, wie ich es beim Schreiben hatte.*